Alle Rechte, einschließlich das des vollständigen oder auszugsweisen
Nachdrucks in jeglicher Form, sind vorbehalten.

Sämtliche Personen dieser Ausgabe sind frei erfunden. Ähnlichkeiten
mit lebenden oder verstorbenen Personen sind rein zufällig.

Der Preis dieses Bandes versteht sich einschließlich der gesetzlichen
Mehrwertsteuer.

Umwelthinweis:
Dieses Buch wurde auf chlor- und säurefreiem Papier gedruckt.

Linda Lael Miller

Bliss County – Der Hochzeitspakt

Roman

Aus dem Amerikanischen von
Christian Trautmann

MIRA® TASCHENBUCH
Band 25821
1. Auflage: April 2015

MIRA® TASCHENBÜCHER
erscheinen in der Harlequin Enterprises GmbH,
Valentinskamp 24, 20354 Hamburg
Geschäftsführer: Thomas Beckmann

Copyright © 2015 by MIRA Taschenbuch
in der Harlequin Enterprises GmbH
Deutsche Erstveröffentlichung

Titel der Amerikanischen Originalausgabe:
The Marriage Pact
Copyright © 2014 by Hometown Girl Makes Good, Inc.
erschienen bei: HQN Books, Toronto

Published by arrangement with
Harlequin Enterprises II B.V./S.àr.l

Konzeption / Reihengestaltung: fredebold&partner GmbH, Köln
Umschlaggestaltung: pecher und soiron, Köln
Redaktion: Mareike Müller
Titelabbildung: Thinkstock / Getty Images, München;
Harlequin Enterprises II B.V./S.àr.l
Autorenfoto: © Harlequin Enterprises S.A., Schweiz, John Hall Photography
Satz: GGP Media GmbH, Pößneck
Druck und Bindearbeiten: CPI books GmbH, Leck – Germany
Printed in Germany
Dieses Buch wurde auf FSC®-zertifiziertem Papier gedruckt.
ISBN 978-3-95649-118-4

www.mira-taschenbuch.de

Werden Sie Fan von MIRA Taschenbuch auf Facebook!

*In Liebe für Buck und Goldie Taylor,
wahre Freunde und echte Weststaatler.*

PROLOG

Eines Samstags im September, vor zehn Jahren ...

Beide Seiten der schattigen Straße waren verstopft von Autos und Pick-ups, und zwar in beide Richtungen auf einer Länge von einer Meile. Dabei lief die Zeit – rasant. Tripp Galloway entschied sich daher, den alten Pick-up seines Stiefvaters in zweiter Reihe neben der wartenden Limousine des Brautpaars zu parken. Er stellte den Automatikhebel auf „Leerlauf", zog die Handbremse an und sprang aus dem Wagen. Den Motor ließ er laufen, die Tür offen.

Der Chauffeur der Limousine vertrieb sich die Zeit auf dem Gehsteig, das Handy ans Ohr gepresst. Ein Auf-die-Uhr-Gucker, urteilte Tripp im Vorbeigehen. Der Mann konnte das Ende der Veranstaltung offenbar nicht erwarten, damit er sein Geld erhielt und verschwinden durfte. Sein Hängebackengesicht war gerötet.

Als der Chauffeur bemerkte, dass Tripp den Pick-up einfach stehen lassen wollte, unterbrach er sein Telefonat. „Hey, Kumpel, Sie können hier nicht parken ..."

Tripp lief ohne ein Wort an ihm vorbei durch das offene Tor und den Plattenweg entlang.

Die Türen der kleinen und ehrwürdigen Kirche aus rotem Backstein in Mustang Creek, eines der ältesten Gebäude der Gemeinde, standen trotz des kühlen, wenn auch sonnigen Herbstnachmittags weit offen. Drinnen war es verdächtig ruhig.

Das konnte ein gutes Zeichen sein – oder auch nicht.

Tripp hatte nicht viel Ahnung von Hochzeiten, schon gar nicht heutzutage, wo viele Paare die Zeremonie frei nach ihrem Geschmack gestalteten. Aber wenn die Veranstaltung vorbei war und er zu spät kam, um ein Ehe-Unglück zu verhindern, dann müsste man doch triumphale Orgelmusik hören, oder?

Andererseits konnte die Stille auch bedeuten, dass Hadleigh Stevens genau in diesem Augenblick „Ja, ich will" sagte. Und damit wäre der Zug abgefahren.

Tripp atmete tief durch und schritt weiter.

Drei Platzanweiser hielten sich in der winzigen Vorhalle auf und beobachteten die Zeremonie am Altar, wobei sie nervös ihre steifen schwarzen Fliegen richteten. Tripp schob sich dreist zwischen ihnen hindurch. Und endlich befand er sich im Altarraum.

Zum Glück versuchte niemand, ihn aufzuhalten.

Sein Auftritt würde für Hadleigh dramatisch genug werden, auch ohne dass irgendwer niedergeschlagen wurde oder es ein Handgemenge gab.

Mal ganz abgesehen davon, dachte er grimmig, dass dies hier eine Kirche und keine Cowboy-Bar ist.

Auf dem Weg zum Brautpaar nahm er die übrigen Gäste nur aus den Augenwinkeln wahr. Sie drängten sich auf den Kirchenbänken und der Chorempore entlang der Wände.

Die Hochzeit war offenkundig das Hauptereignis der Saison. Außer im Juli, wenn das Rodeo stattfand, passierte nicht viel in Mustang Creek. Daher wäre die Hochzeit ohnehin schon Gesprächsstoff gewesen, auch ohne die bevorstehende Unterbrechung. Jetzt, schoss es Tripp durch den Kopf, wird der Tag zur Legende werden.

Die Zeit schien plötzlich langsamer zu verstreichen, während er unbeirrt seinen Weg fortsetzte.

Hadleigh stand vorn, eine Erscheinung in Weiß, wunderschön. In ihrem Schleier, der ihren weitgehend nackten Rücken bedeckte, glitzerten winzige Strasssteine in den Regenbogenfarben wie Lichtstrahlen in einem Wasserfall. Sie und der Bräutigam standen vor dem Pfarrer, der Tripp natürlich noch vor dem glücklichen Paar erblickte. Der alte Mann zog die Augenbrauen hoch, seufzte schwer und klappte das kleine Buch zu, aus dem er gelesen hatte. Das Geräusch hallte dröhnend in der Kirche wider.

Unter den Gästen herrschte für einen Moment Verblüffung, dann erklang Gemurmel.

Innerlich wappnete Tripp sich gegen den Aufruhr, allerdings schritt immer noch niemand ein.

Hadleigh drehte den Kopf, um dem Blick des Pfarrers zu folgen, und erschrak, als sie Tripp entdeckte, der nur wenige Meter vor ihr stehen geblieben war. An seinen Stiefeln klebten die pink-weißen Rosenblätter, die den Mittelgang bedeckten.

Sie gab keinen Laut von sich, zumindest noch nicht. Doch trotz der Schichten aus Chiffon, aus denen ihr Schleier gemacht war, sah Tripp, wie Hadleighs leuchtende Augen sich vor Überraschung weiteten. Innerhalb der nächsten Sekunden aber wich die Verblüffung der Braut purer Wut.

Sie wirbelte herum, trat einen Schritt auf ihn zu und wäre beinahe über den Saum ihres übertriebenen Brautkleids gestolpert. Das trug nicht gerade zur Verbesserung ihrer Stimmung bei.

Tripp war ein unerschrockener Kriegsveteran und verdiente seinen Lebensunterhalt damit, Linienflugzeuge zu fliegen. Doch jetzt hatte er Herzklopfen, und er spürte, wie die Hitze ihm den Hals hinaufkroch und es in seinen Ohren pulsierte.

Sag etwas, forderte ihn eine Stimme in seinem Kopf auf – die Stimme seines toten besten Freundes, Hadleighs älteren Bruders Will.

Nach einem kurzen Räuspern erkundigte sich Tripp in wohlwollendem Ton: „Habe ich den Teil verpasst, bei dem der Pfarrer fragt, ob jemand einen Grund nennen kann, weshalb diese zwei nicht im heiligen Bund der Ehe vereint werden sollen?"

Hinter sich hörte er empörte Laute, gefolgt von lautem Geflüster und hier und da nervösem Gekicher. Aber das war im Moment die geringste seiner Sorgen.

Er schaute unverwandt den Pfarrer an und wartete auf die Antwort.

Hadleigh stieg das Blut in die Wangen. Sie öffnete den Mund und schloss ihn wieder. Es schien, als wären ihre Stimmbänder verknotet.

Der Pfarrer, ein fast kahlköpfiger runder Mann namens John Deever, züchtete Schweine, wenn er nicht predigte, Trauungen vollzog oder neun Monate im Jahr an der Mustang Creek Highschool Werken unterrichtete. Er war bekannt dafür, dass er einen Overall unter dem Talar trug, falls gerade besonders viel zu tun war. So konnte er sich anschließend gleich wieder der Farmarbeit widmen, ohne sich groß umziehen zu müssen.

„Das", verkündete Deever missbilligend, „ist höchst dramatisch."

Allerdings hätte Tripp schwören können, ein kurzes Aufblitzen in den Augen des Mannes entdeckt zu haben, trotz des vorwurfsvollen Tons.

Der Bräutigam Oakley Smyth schaute sich um und wirkte leicht geschockt, sich in einer Kirche wiederzufinden, umgeben von Leuten und konfrontiert mit einem Einspruch. Er glich einem Mann, der jäh aus tiefem Schlaf gerissen worden war – oder einem Koma. Während er Tripps Anwesenheit zur Kenntnis nahm und erfasste, was diese bedeutete, verengten sich seine Augen zu schmalen Schlitzen. Sein frisch rasiertes Gesicht lief rot an.

„Was zum …", murmelte er, verkniff sich jedoch den Rest, was auch immer es gewesen sein mochte.

„Denn …", fuhr Tripp energisch fort – wie jemand, der jedes Argument beiseitefegen will, „… denn zufällig kenne ich einen Grund, und zwar einen verdammt guten."

Hadleigh hielt ihren Brautstrauß so fest umklammert, dass die Fingerknöchel weiß hervortraten. Mit wenigen entschlossenen Schritten war sie bei Tripp. Ihre Wangen schienen zu glühen, die whiskeyfarbenen Augen funkelten vor Zorn. „Was glaubst du eigentlich, was du hier tust, Tripp Galloway?", stieß sie gepresst hervor und sah dabei aus, als hätte sie den Strauß pinkfarbener und weißer Blumen liebend gern gegen eine Pistole eingetauscht.

„Ich verhindere diese Ehe", erwiderte er, da er das für eine rhetorische Frage hielt – schließlich lag die Antwort auf der Hand.

Für einen kurzen Moment herrschte angespannte Stille.

„Warum?", flüsterte Hadleigh und beendete damit das Schweigen. Jetzt klang sie ebenso entsetzt wie wütend. Mit ihren achtzehn Jahren war sie eine erblühende Schönheit, aber noch lange keine erwachsene Frau, fand Tripp. Nein, sie war immer noch die kleine Schwester seines verstorbenen besten Freundes, die zu beschützen er geschworen hatte. Zu jung und zu naiv, um zu wissen, was gut für sie war, ganz zu schweigen davon, dass sie sich auf einen Abgrund zubewegte.

Statt darauf etwas zu erwidern, schaute Tripp ihrem Auserwählten in die Augen und fragte ruhig: „Soll ich Hadleigh erzählen, was gegen diese Hochzeit spricht, Oakley? Oder möchtest du es ihr lieber selbst sagen?"

Der Bräutigam hatte sich bisher nicht gerührt, bis auf ein gelegentliches Wangenzucken. Doch der Ausdruck in seinen Augen hätte glatt zwei Schichten braun-olive Farbe von einem Army-Jeep geschmolzen.

Wäre Tripp an Oakleys Stelle gewesen, hätte er vermutlich nicht nur finster gestarrt. Er hätte jedem Mann, der die Dreistigkeit besaß, im letzten Moment seine Hochzeit zu stören, einen Kinnhaken verpasst, Kirche hin oder her.

Eine bemerkenswerte Erkenntnis, wenn man bedachte, was er gerade tat. Aber hier ging es um Grundsätzliches.

Oakley schluckte sichtlich und schüttelte einmal sehr langsam den Kopf.

Der rechts neben ihm stehende Trauzeuge betrachtete die Decke, als wäre er plötzlich fasziniert von den Deckenbalken.

Keiner der Platzanweiser schritt ein, noch irgendein Gast.

Es war, als stünden alle anderen außerhalb einer großen, undurchdringlichen Blase und betrachteten Hadleigh, den Bräutigam und Tripp wie die Figuren in einer Schneekugel.

13

Hadleigh funkelte Tripp immer noch wütend an, bebend vor angestrengter Beherrschung. Tränen schimmerten in ihren Augen, und ihre volle Unterlippe zitterte.

Nicht weinen, flehte Tripp im Stillen. Alles, nur das nicht.

Sie war verletzt und durcheinander, und wenn Hadleigh litt, dann litt er mit. Das war wie ein Gesetz des Universums.

„Wie konntest du nur?", flüsterte sie, und die Traurigkeit in ihrer Stimme traf ihn bis ins Mark.

Tripp hatte vorgehabt, es ihr zu erklären, allerdings später, an einem ruhigen Ort, ohne dass die Hälfte von Bliss County zuschaute. Also hielt er ihr die Hand hin und wartete darauf, dass Hadleigh sie ergriff. Wie oft hatte sie das als Kind gemacht, wenn sie Angst hatte oder unsicher war, und Will fort oder zu abgelenkt gewesen war, um es zu bemerken.

Statt seine Hilfe anzunehmen, umfasste Hadleigh den Brautstrauß mit beiden Händen und schlug ihm damit auf die Hand. Es schmerzte, als hätte sie ihn mit einer Bullenpeitsche und nicht mit dem Blumenstrauß gehauen, und der Schlag entlockte ihm ein leises und beleidigtes „Au!".

„Ich gehe nirgendwo mit dir hin", stellte sie klar, nachdem sie sich ein wenig beruhigt hatte. Sie atmete schwer, straffte die schmalen Schultern und hob das Kinn. „Ich bin hier, um zu heiraten, und genau das werde ich auch tun. Ich liebe Oakley, und er liebt mich. Darum wäre ich dir dankbar, wenn du aus dieser Kirche verschwindest, bevor dich Gottes Zorn in Form eines Blitzes trifft!"

Seufzend schüttelte Tripp seine immer noch schmerzende Hand. Offenbar begriff jeder der Anwesenden, mit Ausnahme der Braut, dass die Party vorbei war.

Es würde keine Hochzeit geben, weder heute noch sonst irgendwann.

Keine Trauung, keine Hochzeitstorte, keine Flitterwochen.

Tripp versuchte, Hadleigh zur Vernunft zu bringen, ein unter diesen Umständen zugegeben ehrgeiziges Vorhaben.

„Hadleigh", begann er, „wenn du wenigstens …"

Erneut holte sie mit dem Blumenstrauß aus. Diesmal zielte sie auf sein Gesicht und legte so viel Wucht in den Schlag, dass sie um ein Haar selbst das Gleichgewicht verloren hätte. Tripp wich dem Strauß aus, griff nach ihr und warf sie sich kurzerhand über die rechte Schulter.

„Mann, du bist noch genauso widerspenstig wie eh und je", meinte er. Außerdem war sie schwerer, als sie aussah. Obwohl eine Bemerkung in dieser Richtung definitiv ein taktischer Fehler wäre. Zumal ihn gerade ein Meer aus wogender weißer Seide und mit Strass besetzter Spitze bedeckte, sodass er kaum noch etwas sehen konnte, geschweige denn atmen.

Die entführte Braut, ein Cowgirl aus Wyoming, wehrte sich heftig, indem sie kreischte und mit den Resten des Brautstraußes auf Tripps Rücken haute, während er sie durch den Mittelgang trug. Er zertrat die schon zerquetschten Rosenblätter, während er an den Reihen der Gäste vorbeimarschierte, ohne nach links oder rechts zu blicken. Stumm durchquerte er die Vorhalle und gelangte hinaus in den hellen Sonnenschein.

Noch immer sprach niemand ein Wort oder machte Anstalten, sich einzumischen, obwohl Hadleigh tobte und schrie und Hilfe verlangte.

Tripp marschierte mit weit ausholenden Schritten auf den Pick-up zu, dessen oft überholter Motor laute Geräusche von sich gab, während die zerbeulte, mit Tupfern von Grundierfarbe übersäte Karosserie förmlich vor Verlangen nach Geschwindigkeit zu vibrieren schien. Der Limousinenfahrer stand nach wie vor auf dem Gehsteig, kettenrauchend und in sein Handy plappernd. Als Tripp aus der roten Backsteinkirche kam, die strampelnde und kreischende Braut über der Schulter, klappte ei den Mund zu und starrte die beiden an.

Inzwischen musste das Bouquet völlig hinüber sein, denn nun trommelte Hadleigh mit ihren Fäusten auf Tripps Rücken. Offenbar hatte sie die Absicht, mindestens eine seiner Nieren, am besten aber alle beide, zu blutigem Brei zu schlagen.

Endlich erreichte er den Pick-up. Tripp seufzte erleichtert, obwohl er mit Hadleigh und ihrem Brautkleid zu kämpfen hatte, bis er die Beifahrertür aufkriegte und es ihm gelang, Hadleigh in den Wagen zu befördern. Er stopfte das voluminöse Kleid hinein und warf die Tür fest zu. Vermutlich würde Hadleigh versuchen zu fliehen, doch bis sie sich durch sämtliche Kleiderschichten gekämpft und den Türgriff in der Hand hatte, saß Tripp schon auf dem Fahrersitz und fuhr los.

Er hoffte, dass sie vernünftig genug war, um nicht aus dem fahrenden Auto zu springen. Andererseits ließ ihr Männergeschmack berechtigte Zweifel an ihrem IQ aufkommen. Also fasste er sie am linken Arm – nur für den Fall, dass er ihren gesunden Menschenverstand überschätzte.

Sie schien sich ein wenig zu beruhigen, obwohl sie immer noch stinkwütend zu sein schien.

„Ich kann nicht glauben, dass du das gerade eben getan hast!", platzte sie schließlich heraus, als er sie losließ. Mittlerweile fuhren sie vierzig Meilen pro Stunde, daher war es unwahrscheinlich, dass sie jetzt noch einen Sprung wagte. Dafür gab es ein anderes Problem. Ihr verdammtes Hochzeitskleid füllte praktisch die ganze Kabine des Pick-ups aus, was nicht ungefährlich war. Tripp fühlte sich an seine Kindheit mit Will erinnert, als sie irgendwie an eine Packung Waschpulver gelangt waren, das sie in den Springbrunnen vor dem Gerichtsgebäude in Bliss River gekippt hatten. Im Nu war der Seifenschaum wie ein Tsunami über ihnen zusammengeschlagen.

„Glaub es ruhig", erwiderte er knapp.

Inzwischen hatte sie den Schleier zurückgeschlagen. Darunter kam ein gerötetes Gesicht mit zerlaufenem Mascara zum Vorschein. Sie tat ihr Bestes, um Tripp finster anzufunkeln. Eine ihrer künstlichen Wimpern hatte sich gelöst und hing an ihrem Augenlid wie ein Insekt an der Windschutzscheibe. Tripp musste lachen.

Das war natürlich ein Fehler. Allerdings hätte er es, selbst wenn sein Leben davon abgehangen hätte, nicht geschafft, keine

Miene zu verziehen. Dabei hatte er sein Glück wahrscheinlich schon genug herausgefordert. Über eine Frau zu lachen, die dermaßen wütend war, grenzte geradezu an Dummheit. Doch nun war es passiert.

Falls Will aus dem Himmel zuschaute, oder wo immer die guten Menschen landeten, hoffte Tripp nur, dass er zufrieden war. Es wäre leichter gewesen – und ungefährlicher –, mit einer Bärenmutter Walzer zu tanzen, als Hadleigh vor einem Leben mit jemandem wie Oakley Smyth zu retten.

Die Atmosphäre in der Fahrerkabine war zum Zerreißen gespannt. „Findest du das alles auch noch witzig?", fuhr Hadleigh ihn an und verschränkte die Arme vor der Brust, was gar nicht so einfach war, weil das Kleid ihr im Weg war.

Tripp unterdrückte ein letztes Lachen. „Ja", gestand er. „Ich finde das tatsächlich witzig. Und ich wette, dir wird es eines Tages auch so ergehen."

„Ich hätte dich verhaften lassen können!"

„Nur zu", erwiderte Tripp unbekümmert. „Bring Spence Hogan dazu, mich in den Knast zu werfen. Ich wäre allerdings schneller wieder draußen, als du ‚Pokerfreund' sagen kannst." Er runzelte nachdenklich die Stirn. „Aber jetzt, wo du es erwähnst, würde ich meinen alten Kumpel Spence wirklich gern fragen, warum er dich nicht verhaftet hat, bis du zur Vernunft gekommen wärst und mit Smyth Schluss gemacht hättest." Er schüttelte den Kopf. „Smyth", wiederholte er verächtlich. „Wie überheblich muss man eigentlich sein, um einen ansonsten absolut gewöhnlichen Namen mit y zu schreiben?"

„Du glaubst, du kennst Oakley", meinte Hadleigh aufbrausend. „Aber das stimmt nicht."

„Nein", widersprach Tripp milde. „Du bist diejenige, die ihn nicht kennt."

„Wir lieben uns! Zumindest liebten wir uns, bis du dich eingemischt hast! Wie soll ich den Leuten nach diesem Vorfall jemals wieder unter die Augen treten? Was ist mit all der Planung und dem Geld, das Gram und ich für dieses Kleid ausgegeben haben? Von den Blumen und dem Kuchen und den Brautjungfernkleidern für Bex und Melody ganz zu schweigen. Und zu allem Überfluss wartet in unserem Esszimmer auch noch ein Berg Geschenke, die wir jetzt zurückgeben müssen ..."

Sie verstummte, und Tripp wartete eine Weile, bevor er sagte: „Du bist verliebt in die Liebe, Hadleigh. Das ist alles. Hast du denn noch gar nicht darüber nachgedacht, dass ein Mann, der eine Frau wirklich liebt, wenigstens irgendetwas gesagt, wenn nicht sogar gekämpft hätte, um zu verhindern, dass sie an ihrem Hochzeitstag aus der Kirche geschleppt wird?"

Dieses Argument nahm ihr den Wind aus den Segeln, und Tripp bereute seine Worte sofort – ein bisschen. Die Wahrheit tut weh. Leider war an dieser abgedroschenen Weisheit viel dran.

„Oakley ist ein Gentleman", entgegnete sie schließlich und schniefte pikiert. „Kein raubeiniger Cowboy, der glaubt, er könne alles mit seinen Fäusten lösen!"

„Hast du etwas gegen Cowboys?", neckte Tripp sie.

Erneut wurde sie knallrot. „Ach halt den Mund. Halt einfach den Mund."

Diskretion war nie eine seiner Stärken gewesen. „Wo wir gerade dabei sind ... warum, um alles in der Welt, klebst du dir falsche Wimpern an?", fragte er mit echter Neugier. „Mit den Wimpern, mit denen du zur Welt gekommen bist, ist doch nichts verkehrt, soweit ich das beurteilen kann."

Hadleigh stieß einen frustrierten Laut aus. „Bist du fertig?", entgegnete sie sauer.

So viel zu einer vernünftigen Unterhaltung zwischen Erwachsenen.

Normalerweise hätte Tripp darauf bestanden, dass sie sich anschnallte. Aber er war sich ziemlich sicher, dass sie in dieser bauschigen Wolke aus jungfräulicher weißer Seide und Spitze den Gurt nicht finden würde.

Jungfräulich.

Ob Hadleigh noch unschuldig ist? Oder hatte Oakley Smyth – oder irgendein anderer schleimiger Typ – sie ins Bett gelockt?

Diese Vorstellung machte Tripp wütend, obwohl Hadleighs Sexleben ihn überhaupt nichts anging. Sicher, achtzehn war jung, doch so jung nun auch wieder nicht. Viele Frauen in dem Alter schliefen schon mit Männern, auch wenn sie nicht verheiratet waren.

Tripp beschloss, diesen Gedanken aus seinem Kopf zu verbannen und ihn ebenso wenig auszusprechen. Denn das wäre einem Streichholz gleichgekommen, das man an eine Lunte hält.

Stattdessen würde er sich aufs Fahren konzentrieren.

Also rollten sie in gereiztem Schweigen über die ruhige Hauptstraße von Mustang Creek, vorbei an der Post und dem Lebensmittelladen sowie dem alten Kino, das während einer der letzten Rezessionen geschlossen worden war.

Nach und nach entspannte Tripp sich und erinnerte sich lächelnd an die alten Tage, als Hadleigh ein schlaksiges Mädchen gewesen war, mit zerschrammten Knien, knochigen Ellbogen, Zahnlücken und dem Sommersprossengesicht mit den großen Augen, in denen lauter Fragen standen. Damals war sie ihm und Will und ihren Freunden ständig hinterhergelaufen, wann immer sie es zuließen. Seitdem hatte sie sich zwar sehr verändert, aber das hieß doch noch lange nicht, dass sie sich für den Rest ihres Lebens an einen Mann binden musste. Bis dahin hatte sie immer noch eine Menge Zeit.

Was war denn mit dem College? Schließlich war sie sehr klug. Ihre Ergebnisse beim College-Eignungstest waren überdurchschnittlich gewesen, weshalb ihr ein Vollstipendium von einer der besten Universitäten im Land angeboten worden war. Außerdem ... wollte sie nicht wenigstens ein bisschen von der Welt außerhalb von Wyoming, Montana und Colorado sehen? Sich in einigen Jobs ausprobieren, um herauszufinden, was ihr wirklich lag? Oder wenigstens für eine Weile allein wohnen?

Ein schrecklicher Gedanke kam Tripp, während er darüber nachdachte, warum sie es so eilig damit hatte, einen Ehemann zu finden. Und wie ein Idiot platzte er gleich damit heraus, anstatt es für sich zu behalten. „Sag mal ... du bist doch nicht etwa schwanger?"

Sie erstarrte in ihrem Versuch, die falschen Wimpern abzureißen. „Selbstverständlich nicht. Oakley und ich haben – hatten – zwar vor, Kinder zu bekommen, allerdings nicht sofort." Wieder schimmerten Tränen der Empörung in ihren Augen.

Kein Wunder, dass sie sauer und enttäuscht war, schließlich hätte dies der schönste Tag ihres Lebens werden sollen. Vielleicht war er das auch, aber im Moment musste es sich für Hadleigh eher wie der schlimmste Tag anfühlen. Tripp war unendlich froh über ihre Antwort, hatte sich jedoch so weit im Griff, sich nichts anmerken zu lassen. Die Vorstellung, die süße, sensible und früher so vernünftige Hadleigh könnte das Kind eines anderen Mannes unter dem Herzen tragen, hatte ihn schwer getroffen.

Besonders da dieser Mann ihr höchstwahrscheinlich das Herz brechen würde, noch ehe die Flitterwochen vorbei waren.

Außerdem war Hadleigh einzigartig. Eine Frau, die echte, wahre Liebe verdiente, genauso wie sie es verdiente, beschützt zu werden, zusammen mit dem Baby, das sie eines Tages haben würde.

„Wenn Oakley dich liebt", meinte Tripp mit sanfter, rauer Stimme, „wird er auf dich warten, Hadleigh. Er wird warten, bis du bereit bist, seine Frau zu werden."

Sie wandte den Blick ab, und Tripp sah, dass sie wieder weinte und versuchte, es vor ihm zu verbergen. Etwas in ihm zog sich zusammen.

„Verrat. Mir. Wieso." Sie sprach jedes Wort mit Nachdruck und sehr langsam aus.

Bisher hatte Tripp keinen weiteren Plan gehabt als den, Hadleigh aus der Kirche zu holen, bevor sie Oakley Smyths Ehefrau werden und ihr Leben dadurch ruinieren konnte. Doch jetzt, wo sich der Aufruhr gelegt hatte, begann er, seine Möglichkeiten abzuwägen.

Falls da welche waren.

Er konnte Hadleigh nicht zu dem kleinen Haus fahren, das sie mit ihrer Großmutter bewohnte. Zumindest noch nicht, denn Alice Stevens war vermutlich noch in der Backsteinkirche und versuchte, das Beste aus der schwierigen Situation zu machen. Vielleicht brachte sie in dieser Minute den unvermeidlichen Klatsch zum Verstummen.

So wie es schien, würde es jede Menge Tratsch geben, und Tripp verspürte nicht das geringste Bedürfnis, die Probleme noch zu verschlimmern, indem er Zeit mit Hadleigh allein hinter verschlossenen Türen verbrachte. Nicht einmal für die wenigen Minuten, die es dauern würde, bis Alice von der Kirche zu Hause war.

Wenn er Hadleigh irgendwo hinbrachte, wo sie ungestört waren, würden die Leute annehmen, dass er nicht nur ihre Tränen trocknen wollte, nachdem er ihre Hochzeit mit seinem Auftritt verhindert hatte.

Ihm und Hadleigh stand ein schwieriges Gespräch bevor, und das war nicht überall möglich. Die Ranch seines Stiefvaters war dafür nicht geeignet, denn sie lag mehrere Meilen außerhalb der Stadt und die Chancen standen gut, dass Jim um diese Zeit unterwegs wäre. Er nutzte das Tageslicht und ging so sorgsam damit um wie mit seinem Geld. Also wäre er höchstwahrscheinlich irgendwo auf seinem Land unterwegs, um verrostete Zäune zu flicken oder ein paar dürre Rinder zusammenzutreiben, die den letzten Winter überlebt hatten.

„Du", stieß Hadleigh hervor, „wirst das nicht einfach abtun. Du wirst nicht einfach so *tun*, als wäre nichts passiert, Tripp Galloway, denn du hast gerade meine Traumhochzeit verhindert, und das werde ich weder vergessen noch verzeihen!"

Er wertete das nicht als leere Drohung. Ein Gefühl von Aussichtslosigkeit überfiel ihn. Wenn das der Preis war, den er dafür zahlen musste, das Richtige gemacht zu haben – wovon er felsenfest überzeugt war –, dann okay. Aber das hieß nicht, dass es einfach werden würde.

Ein Stück die Straße hinunter entdeckte er Bad Billy's Burger Palace und Drive-Thru und entschied, dass der Laden für eine Unterhaltung genügen würde. Mit etwas Glück wären nur die Bedienung sowie ein paar Stammgäste und Touristen da – und keine neugierige Meute. Die Ortsansässigen konnten anschließend übereinstimmend bezeugen, dass zwischen Tripp und der Braut, die er Oakley Smyth vor der aristokratischen Nase weggeschnappt hatte, nichts war. Alle anderen, die auch nur das leiseste Interesse am neuesten Klatsch hatten, hielten sich ohnehin noch am Ort des Verbrechens auf und zerrissen sich dort die Mäuler. Sie würden sich gegenseitig fragen, was nur aus dieser Welt geworden sei, und vorgeben, diesen ganzen Zirkus nicht inbrünstig zu genießen.

„Ich höre dich", sagte Tripp müde, während er den Blinker setzte. Tripp stellte fest, dass er hungrig war. Kein Wunder, schließlich hatte er weder für das Frühstück noch für das Mittagessen Zeit gehabt, bevor er sich über den berüchtigten kalifornischen Freeway 405 zu dem Hangar kämpfen musste, wo seine Cessna aus dritter Hand auf ihn wartete. Es zeigte sich jedoch, dass der Luftverkehr über L. A. fast so chaotisch war wie die Engstellen auf den Highways unter ihm.

Als er endlich auf der Landebahn außerhalb von Bliss River aufsetzte, fünfunddreißig Meilen von Mustang Creek entfernt, zweifelte Tripp an seinem Verstand.

Jims klappriger Pick-up wartete startklar auf ihn, mit vollem Tank, steckendem Schlüssel und einer Nachricht, geschrieben auf die Rückseite eines alten Kalenderblatts aus dem Futtermittelladen – der Aprilseite 1994, um genau zu sein.

Konnte nicht auf dich warten, hatte Jim in seiner seltsam eleganten Handschrift geschrieben. *Hab ein paar kranke Kälber auf der Ranch, deshalb ist Charlie – der neue Helfer – in seinem Wagen mitgefahren, um mich wieder mit nach Hause zu nehmen. Wir sehen uns später auf der Ranch. PS: Bring Hadleigh die Nachricht schonend bei, ja? Sie wird ziemlich verletzt sein und wütend wie eine Wildkatze, die mit allen vier Pfoten in einem Sirupbottich erwischt wurde.*

Mit diesem weisen Ratschlag im Kopf war Tripp über kurvige Highways und Schotterpisten-Abkürzungen gerast, den Fuß praktisch im Vergaser des alten Pick-ups, damit er bloß rechtzeitig zur Kirche gelangte, bevor der Pfarrer die Sache mit den üblichen Worten besiegelte.

Hiermit erkläre ich euch zu Mann und Frau.

Die Gefahr war mittlerweile gebannt, trotzdem schüttelte es Tripp bei der Vorstellung, dass Hadleigh um ein Haar Mrs Oakley Smyth geworden wäre.

Hadleigh starrte durch die staubbedeckte Windschutzscheibe und machte ein verblüfftes Gesicht. „Bad Billy's?", fragte sie, während Tripp den Pick-up auf den Parkplatz lenkte. „Was machen wir hier?"

„Ich komme um vor Hunger", antwortete Tripp freundlich und stellte den Wagen in der Nähe der Tür ab. Der Parkplatz war fast leer, ein gutes Zeichen. „Und ich glaube, du möchtest ein paar Antworten."

„Ich trage ein Hochzeitskleid", erinnerte sie ihn, indem sie die Worte zwischen ihren zusammengebissenen, perfekten weißen Zähnen hervorstieß. Vor gar nicht so langer Zeit war sie ein „Metallmund" gewesen, wie Will sie genannt hatte. Tripp dachte mit einem Anflug von Nostalgie daran und verkniff sich ein Grinsen. Damals hatte sie so viel Stahlgitterwerk im Mund gehabt, dass sie lispelte.

„Ist mir schon aufgefallen."

„Kannst du mich nicht einfach nach Hause bringen?"

Hadleigh klang jetzt kleinlaut; ihre Kraft ließ nach. Das war nur ein vorübergehender Zustand, wie er vermutete. Binnen weniger Minuten würde sie bereits wieder versuchen, ihm die Augen auszukratzen.

„Denk an deinen Ruf", riet er ihr. „Wie sähe es denn aus, wenn wir bei dir zu Hause allein wären, nach dem, was passiert ist? Was würden die Leute sagen?"

„Als würde es dich kümmern, was irgendwer denkt", konterte Hadleigh und verdrehte dabei die Augen. „Wie dem auch sei, ich versuche jedenfalls, nicht an meinen Ruf zu denken. Denn der dürfte ernsthaft Schaden erlitten haben."

Tripp grinste, stieg aus dem Auto und ging auf ihre Seite. Er öffnete die Tür, während sie nach dem Türknopf suchte, um ihn auszusperren. In ihrem aufgebrachten Zustand kam ihr anscheinend nicht in den Sinn, dass er jederzeit mit dem Schlüssel aufschließen konnte.

„Möchtest du selbst laufen?", erkundigte er sich übertrieben höflich und verbeugte sich. „Oder soll ich dich tragen?"

Es sah aus, als ergieße sich aus dem Wagen eine schimmernde Wolke aus Stoff. Vorsichtig setzte sie einen Fuß auf den Boden, wobei sie jede Hilfe von Tripp ablehnte. Der glitzernde Saum ihres prächtigen Kleids schleifte über den Schotter vor Bad Billy's Restaurant, zwischen weggeworfenen Zigarettenkippen, Kaugummipapier und Strohhalmen hindurch.

„Wage es ja nicht, mich anzufassen", warnte sie ihn mit anscheinend neu erwachter Wut und rauschte majestätisch an ihm vorbei, wie eine Königin vor ihrem großen Auftritt bei Hofe – oder beim Gang zur Guillotine mit der Würde der Unschuldigen. Der Schleier hing auf ihren Rücken hinunter, nur noch von einer Haarnadel gehalten, die herauszurutschen drohte, sodass ihr wundervolles braunes Haar sich aus dem ehemals anmutigen Knoten lösen und herabgleiten würde.

„Würde mir nicht im Traum einfallen", erwiderte Tripp erneut grinsend. „Dich anzufassen, meine ich."

Er beschleunigte seine Schritte, um Hadleigh zu überholen, und hielt ihr die schwere Glastür auf, bis sie an ihm vorbeigeschritten war.

Sie warf ihm einen vernichtenden Blick über die Schulter zu und marschierte mit gestrafften Schultern und hoch erhobenen Hauptes an dem Schild vorbei, auf dem stand, man möge bitte warten, bis man zu einem Tisch geführt wurde.

Wie Tripp gehofft hatte, waren nur ein paar Kellnerinnen und Bedienungen am Autoschalter in dem Schnellrestaurant, außerdem der Koch und ein Typ, der mit einer Tasse Kaffee und einem Stück Kirschkuchen vor sich auf seinem Barhocker saß.

Tripps Magen fing an zu knurren.

Unterdessen näherte Hadleigh sich, immer noch in königlicher Haltung, der nächsten Tischnische und rutschte auf die mit Vinyl bezogene Sitzbank, wobei sie einen lustigen Versuch unternahm, ihre wogenden Röcke, und was sich sonst noch darunter befand, zu bändigen. Ihr Gesicht war jetzt blass, und erneut überfiel Tripp Mitgefühl. Oder war es Reue?

Vermutlich von beidem ein bisschen.

Er setzte sich auf die Bank ihr gegenüber.

Eine Kellnerin – auf ihrem Namensschild stand Ginny – kam mit tänzelnden Schritten und großen Augen an ihren Tisch. In Las Vegas oder Los Angeles mochten die Leute in Hadleighs Kleidung in billige Schnellrestaurants gehen, aber in Mustang Creek, Wyoming, passierte das einfach nicht.

Zumindest nicht bis zum heutigen Tag.

„Was darf's sein?", erkundigte sich die Bedienung, als würde sie Frauen in Hochzeitskleidern jeden Tag Essen servieren. „Das Tagesgericht ist Hackbraten-Sandwich mit Salat und einem Dressing Ihrer Wahl."

Halbwegs rechnete Tripp damit, dass Hadleigh verkündete, sie sei entführt worden und verlange, auf der Stelle die Polizei zu rufen. Zu seiner Überraschung erklärte sie stattdessen bestimmt: „Ich nehme einen Cheeseburger, medium, dazu einen Schokoladen-Milchshake, bitte. Mit Schlagsahne."

„Für mich das Tagesgericht", sagte Tripp ein wenig heiser, sobald er an der Reihe war. „Blue-Cheese-Dressing auf dem Salat."

Ginny – sie kam ihm nicht bekannt vor, aber er war auch lange fort gewesen – schrieb alles sorgfältig auf ihren Block und verschwand.

„Ich hatte schon seit sechs Wochen keinen Milchshake mehr", gestand Hadleigh und klang, wie Tripp fand, als wollte sie sich rechtfertigen, da sie fest damit rechnete, dass er sie kritisierte. „In diesem verdammten Kleid ist kein Platz für ein einziges zusätzliches Pfund, obwohl ich monatelang wie verrückt trainiert und nur von Salatblättern und Wasser gelebt habe."

„Ich schätze, du kannst es riskieren", erwiderte er. Für seinen Geschmack sah sie gut aus, besser als gut, gemessen daran, wie dieses Kleid ihre Kurven mit aufregender Vollkommenheit umschmeichelte.

Sie verzog das Gesicht. „Vielen Dank." Ihr Ton war so säuerlich wie ihre Miene.

„Warum sich nicht auf das Gute konzentrieren? Da die Hochzeit gestorben ist, kannst du essen, so viel du willst." Er machte eine Pause. „Solange keine Naht platzt, bevor du zu Hause bist, ist doch alles in Ordnung."

Sie kniff die ausdrucksvollen, goldgesprenkelten Augen zusammen. Selbst mit verlaufenem Make-up war ihr Gesicht wunderschön, auf eine unperfekte Art.

„Ist dir eigentlich klar, dass mein ganzes Leben ruiniert ist?", fuhr sie ihn an. „Und das ist alles deine Schuld!"

„Du bist achtzehn", erinnerte er sie. „Dein ganzes Leben hat noch gar nicht angefangen."

„Das glaubst du vielleicht. Außerdem bin ich schon ziemlich reif für mein Alter."

„Von wegen", konterte Tripp.

„Deiner Meinung nach", erwiderte sie. „Wie dem auch sei – falls du es vergessen haben solltest: Es ist absolut legal, wenn eine Frau mit achtzehn heiratet." Sie verzog das Gesicht. Selbst das sah gut aus bei ihr. „Und wenn Gram nichts dagegen hat, warum dann du?"

Er beugte sich über den Tisch. „Deine Großmutter hat vermutlich etwas dagegen, nur verfügt sie nicht über die Kraft, dich aus der Kirche zu schleppen. Und erzähl mir bloß nicht, sie hätte sich nicht den Mund fusselig geredet, damit du begreifst, dass es besser ist, noch eine Weile zu warten. Ich kenne Alice Stevens zu gut, um das auch nur eine Sekunde lang zu glauben. Du warst einfach zu stur und wolltest nicht auf sie hören, das ist alles."

Ihr Kopf lief rot an, und sie wich seinem Blick aus – offenbar war Alice tatsächlich gegen die Heirat gewesen. Dann schaute sie ihn wieder an, so durchdringend, dass er es fast körperlich spürte. „War es Gram? Hat sie dich gebeten zurückzukommen und das zu tun, was du gemacht hast?"

„Nein", antwortete er. „Ich verfolge die Lokalnachrichten online. Dabei habe ich erfahren, dass du heiraten wirst. Deine Großmutter hatte nichts damit zu tun."

„Du mochtest Oakley noch nie, genauso wenig wie mein Bruder. Ich verstehe nicht, warum, denn er ist wirklich sehr lieb."

Es stimmte, weder Tripp noch Will hatten sich mit Oakley abgeben wollen, der während der gesamten Schulzeit in ihrer Klasse gewesen war. Darum, dass er sieben Jahre älter war als Hadleigh, ging es nicht.

Ebenso wenig entscheidend war in diesem Fall Tripps schlechte Meinung von Oakley, der ein Schleimer und hinterhältiger Typ war und vom Kindergarten an bis zur Abschlussklasse andere schikaniert hatte. Hier ging es um ein Versprechen, das Tripp seinem Freund Will vor einigen Jahren gegeben hatte, als dieser sterbend in einem Feldlazarett in Afghanistan gelegen hatte. Vor allem aber ging es um die Recherche, die Tripp betrieben hatte, obwohl er Smyth schon so lange kannte. Er hatte einfach das Gefühl gehabt, dass sich da noch mehr verbarg.

Und natürlich stellte sich diese Vermutung als richtig heraus.

Jetzt war er also wieder hier, zurück in seiner alten Heimatstadt, und saß an einem Tisch im Schnellrestaurant der Braut gegenüber, die er vor knapp einer halben Stunde gekidnappt hatte.

Das Essen wurde serviert. Die Kellnerin eilte gleich wieder davon, nachdem sie beide kurz und gründlich gemustert hatte. Hadleigh rührte ihren Cheeseburger nicht an, und auch Tripp ließ sein Hackbraten-Sandwich unberührt auf dem Teller liegen.

Mit leiser Stimme erzählte er Hadleigh von der Tänzerin in Laramie, einer Frau namens Callie Barstow. Mit ihr hatte Oakley immer wieder zusammengelebt, über fünf Jahre lang. Bis zum letzten Wochenende, um genau zu sein. Darüber hinaus hatten die beiden gemeinsame Kinder, einen vierjährigen Jungen und ein sechs Monate altes Mädchen. Die Kinder trugen Callies Nachnamen, und der Smyth-Clan wusste entweder nichts von ihrer Existenz oder ignorierte sie einfach, bis sie vielleicht wieder aus seinem Leben verschwinden würden.

Laut dem Bericht des Detektivs fing Callie allmählich an, unter der ständigen Heimlichtuerei zu leiden. Sie wollte, dass ihr und den Kindern Respekt entgegengebracht wurde sowie angemessene finanzielle Unterstützung, und die Kinder sollten als rechtmäßige Erben des Smyth-Vermögens anerkannt werden. Aber Oakley drückte sich anscheinend nicht nur vor der Ehe mit ihr, sondern überhaupt davor, die Frau seinen Eltern vorzustellen. Das Ende vom Lied war, dass Callie die ganze Situation satt hatte. Falls Oakley seinen Eltern weiterhin nichts von ihren Enkeln erzählte, würde sie es tun.

Oakley wollte diese peinliche Konfrontation weiter hinauszögern, wusste allerdings gleichzeitig, dass er das nicht ewig schaffen würde. Also beendete er ziemlich theatralisch die Beziehung. Die Kinder unterstützte er weiter, das musste sogar Tripp ihm widerstrebend zugutehalten. Dann machte er Hadleigh einen Antrag. Offenbar hoffte er, Callies unausweichlichem Geständnis die Brisanz nehmen zu können, indem er eine Frau heiratete, die gesellschaftlich akzeptierter war.

Obwohl die Stevens im Vergleich zu den Smyths eher arm waren, waren sie alteingesessen. Sie galten als eine sehr geachtete Familie. Hadleighs und Wills Vorfahren gehörten zu den allerersten Pionieren, die sich in den 1850ern in dem Landstrich niedergelassen hatten, lange vor den landhungrigen Einwanderern, die auf den Bürgerkrieg folgten. In Orten wie Mustang Creek zählte diese lange Verbundenheit eine Menge.

Das alles wäre völlig in Ordnung gewesen – bis auf die Tatsache, dass Oakley weiterhin regelmäßig mit Callie schlief.

Ansehen zu müssen, wie Hadleigh diese Informationen verarbeitete, war schlimmer als alles, was Tripp bis dahin hatte durchmachen müssen. Natürlich mit Ausnahme der Tiefpunkte seines Lebens, als er seine Mutter verloren und einige Jahre später am Totenbett seines besten Freundes gewacht hatte, in einem fremden Land, unfassbar weit weg von zu Hause.

Manche Leute, vermutlich die meisten, hätten jetzt Beweise gefordert: Fotos, Dokumente, irgendetwas, das die Wahrheit dessen belegte, was Tripp erzählt hatte. Aber Hadleigh hörte nur zu und glaubte ihm. Ihre Träume zerplatzten, eine Welt stürzte für sie ein, das erkannte er in ihren braunen Augen.

Das Schlimmste jedoch kam erst noch, denn Hadleigh fragte ihn, ob er sie mit nach L. A. nehmen könnte, wenn er wieder abreiste. Er gab ihr eine Antwort, von der er wusste, dass sie so schmerzhaft sein würde wie ihr zerbrochenes Märchen von der Hochzeit.

„Das geht nicht", erklärte er ruhig. „Meine Frau hätte kein Verständnis dafür."

1. KAPITEL

Mustang Creek, Wyoming, heute
Mitte September

„Tja, Hund, wir sind fast zu Hause", sagte Tripp Galloway zu seinem Beifahrer, einem schielenden schwarzen Labrador, den er im letzten Jahr als Welpen von
der Ladefläche eines zerbeulten Pick-ups am Rand eines Highways in Seattle gekauft hatte.

Ridley sah ihn an und gähnte herzhaft.

Tripp seufzte. „Die Wahrheit ist, dass ich auch nicht allzu
begeistert bin", gestand er.

Ridley gab ein mitfühlendes Jaulen von sich und drückte
die Schnauze wieder an die fleckige Scheibe auf der Beifahrerseite. Das war seine Art zu sagen, dass er gern den Kopf
aus dem Fenster stecken würde, wenn es Tripp recht wäre,
um seine Ohren im Wind flattern zu lassen wie zwei pelzige
Fahnen.

Tripp lachte und drückte den Knopf auf seiner Armlehne,
um Ridleys Fenster bis zur Hälfte herunterzulassen. Das un-
ausweichliche Röhren erfüllte die große Kabine. Der Hund war
im Hundehimmel, während sein Herrchen sich nicht zum ersten Mal fragte, wie Ridley bei dem heftigen Fahrtwind atmen
konnte.

Ein weiteres kleines Geheimnis des Lebens, dachte er.

Vor sich erkannte er die heruntergekommenen Randbereiche
von Mustang Creek – hier und dort eine Tankstelle mit Shop,
ungepflegte Grundstücke mit ein paar einsamen Wohnwagen,
die ihre besten Tage hinter sich hatten, und mehr Lagerhäuser,
als irgendeine Gemeinde brauchte, besonders von der Größe
seiner Heimatstadt.

Das sind vermutlich die Zeichen der Zeit, dachte Tripp ein
wenig mürrisch, dass die Leute so verdammt viel Zeug haben,

dass ihre Häuser und Garagen überquellen. Statt einmal in sich hineinzuhorchen und sich zu fragen, welche Leere sie in ihrem Innern auszufüllen versuchten, kauften sie noch mehr Zeug und mieteten sich dann einen Lagerplatz, um die Ergebnisse exzessiven Einkaufens unterzubringen. Wenn das in diesem Tempo weiterging, würde bald der ganze Planet überschwemmt sein mit Kartons und Kisten voller vergessener Dinge.

Resigniert schüttelte er den Kopf. Er war ein wohlhabender Mann, hielt es aber für sinnvoll, von allem nur ein Teil zu besitzen, ob es sich nun um Uhren handelte, Stiefel, Häuser oder Autos. Natürlich machte er gewisse Ausnahmen, zum Beispiel bei Hunden, Pferden und Rindern, um nur einige zu nennen. Andererseits waren Tiere keine Dinge.

Tripp lenkte seine Gedanken wieder auf die bevorstehende Heimkehr. Im Lauf der Jahre war er immer mal wieder hier gewesen, zu Thanksgiving oder zu Weihnachten, zu Beerdigungen und Hochzeiten – von denen eine besonders denkwürdig gewesen war. Außerdem zu einem oder zwei Klassentreffen in der Highschool. Aber es war schon sehr lange her, seit er hier gewohnt hatte.

Außerhalb der Saison war Mustang Creek nur ein verschlafenes kleines Nest in einem großen Tal, mit hoch aufragenden Bergen an allen Seiten. Im Sommer, wenn die Leute Familienurlaub machten und Wohnmobile und Minivans durchkamen, um sich entweder auf dem Weg zum oder vom Yellowstone die Grand Tetons anzusehen, kam Leben in den Ort. Die zweite lebhafte Saison war natürlich der Winter, wenn Besucher aus aller Welt zum Skilaufen kamen, eine der beeindruckendsten Landschaften bewunderten und zur Freude der mitunter genervten Einwohner viel Geld ausgaben.

Zufällig trafen Tripp und Ridley in der kurzen ruhigen Spanne zwischen den Besucherströmen ein. Tripp freute sich darauf, eine ruhige Zeit auf der Ranch seines Stiefvaters zu verbringen und wieder einmal richtig körperlich zu arbeiten.

31

Nachdem er jahrelang sein kleines, aber profitables Charterjet-Unternehmen von Seattle aus geführt hatte, sehnte er sich nach der Befriedigung, die ein schweißtreibender, die Muskeln beanspruchender Tag auf der Ranch verschaffte. Ironischerweise hatte er in seinem Unternehmen meistens hinter dem Schreibtisch gearbeitet, statt im Cockpit zu sitzen, wo er viel lieber gewesen wäre.

Er hatte einige schwerwiegende Veränderungen in seinem Leben vorgenommen, die meisten in jüngster Zeit. Dazu gehörte, dass er seine Firma inklusive aller sechs Flugzeuge sowie sein Penthouse mit der atemberaubenden Aussicht auf Elliot Bay verkauft hatte.

Den Stadtverkehr vermisste er nicht, weder das Gehupe noch den anderen Lärm und auch nicht das Gedränge, durch das man sich ständig schieben musste.

Tripp Galloway war bereit für ein wenig Erholung auf dem Land.

Mehr als bereit.

Es gab Dinge in seiner Vergangenheit, die er bewältigen musste, jetzt, wo er vorübergehend die Überholspur des Lebens verlassen hatte, mit all den Tabellen und Kalkulationen, den Dreiteilern und Meetings – ganz zu schweigen von der permanenten Flut an Textnachrichten, Anrufen und Entscheidungen, die es zu treffen galt, und zwar ständig, sofort und am besten gestern.

Hier, draußen auf dem Land, würde er nicht mehr verdrängen können, was rund um die Uhr in seinem Unterbewusstsein brodelte. Zum Beispiel der Verlust seiner Mutter, als er sechzehn gewesen war. Oder hilflos am Bett seines besten Freundes zu sitzen, während dieser starb, Tausende Meilen weit von zu Hause entfernt. Und dann war da noch seine kurze Ehe, die inzwischen acht Jahre zurücklag. Er und Danielle kamen ohneeinander besser zurecht, daran bestand kein Zweifel. Trotzdem war die Scheidung eine sehr schmerzliche Erfahrung gewesen.

Seitdem war er mit vielen Frauen ausgegangen, hatte jedoch stets darauf geachtet, sich nicht zu sehr auf sie einzulassen. Sobald die jeweilige Dame von Kindern und einem Haus anfing und Hochzeitszeitschriften herumliegen ließ, aufgeschlagen bei Hochzeitskleidern oder günstigen Verlobungsringen, beendete er die Sache, und zwar schnell. Dabei war es nicht so, dass Tripp kein Zuhause oder keine Familie wollte.

Er hatte geglaubt, Danielle wolle beides auch.

Das war ein Irrtum gewesen.

Als sie die Beziehung nach etlichen Meinungsverschiedenheiten endlich beendeten, machte ihm nicht Danielles Auszug noch monatelang, sogar jahrelang zu schaffen, sondern der geplatzte Traum. Das Scheitern.

Tripp verdrängte die deprimierenden Gedanken, während er und sein Hund ins Zentrum der kleinen Stadt fuhren. Er wollte sich nicht von der Vergangenheit herunterziehen lassen. Ridley hatte den Kopf wieder eingezogen und beobachtete die Umgebung mit heraushängender Zunge.

Mustang Creek in ordentlichem Zustand bot einen interessanten Anblick. Die Main Street war gestaltet wie eine alte Westernstadt, mit Holzfassaden an sämtlichen Gebäuden, Gehsteigen aus Planken und Anbindepfosten. Vor einigen Läden gab es sogar Pferdetröge. Obwohl ein paar der Lokale Namen hatten, die nach einem Saloon klangen – the Rusty Bucket, the Diamant Spur und so weiter –, gab es nur eine echte Bar, die Moose Jaw Tavern. Hinter dem Rusty Bucket verbarg sich eine Versicherung, und das Diamont Spur war eine Zahnarztpraxis.

Vielleicht war dieser Westernstil kitschig, aber Tripp gefiel es irgendwie. In manchen Momenten hatte er das eigenartige Gefühl, in ein Zeitloch gefallen und im neunzehnten Jahrhundert gelandet zu sein, als das Leben noch unkomplizierter, wenn auch unkomfortabler war.

Nachdem sie die Main Street hinter sich gelassen hatten, sah die Stadt gleich moderner aus, wenn man die 1950er denn modern nennen wollte. Hier standen gepflegte Schindelhäuser mit gestrichenen Veranden und eingezäunten Vorgärten, in denen die letzten Sommerblumen blühten. Die Gehsteige wölbten sich an einigen Stellen, hauptsächlich durch Baumwurzeln, und Hunde liefen allein durch die Straßen, sauber und gut gefüttert. Sie fühlten sich sicher, weil sie jemandem gehörten, jeder sie mit Namen kannte und sie den Weg nach Hause ganz leicht fanden.

Ridley jaulte, wahrscheinlich vor Neid, als sie an einem dieser selig herumstreunenden Hunde vorbeikamen.

Tripp lachte und tätschelte den Hals des Labradors. „Beruhige dich", sagte er. „Sobald wir auf der Ranch sind, wirst du mehr Auslauf haben, als dir lieb ist."

Ridley legte die Schnauze auf das Armaturenbrett, rollte mit den Augen und seufzte, als wollte er sagen: „Alles nur leere Versprechungen."

Und dann tauchte sie plötzlich auf, die Kirche aus rotem Backstein, ganz unverändert wie der Rest der Stadt. Ihr Anblick erinnerte Tripp daran, wie er Hadleigh Stevens' Hochzeit gesprengt hatte, indem er sie wie einen Sack Getreide einfach über die Schulter geworfen und hinausgetragen hatte. Ein seltsames Gefühl meldete sich in seinem Bauch.

Es war nicht so, dass er bedauerte, was er getan hatte. Die Zeit hatte gezeigt, dass es richtig gewesen war. Der Idiot Oakley Smyth, den sie fast geheiratet hätte, wurde gerade das dritte Mal geschieden, wegen Spielsucht und seiner Abneigung gegen die Monogamie. Darüber hinaus war sein Vermögen dank einer Klausel im Testament seiner Eltern, die jede Änderung gestattete, die der Testamentsvollstrecker für angebracht hielt, nicht mehr wert als ein Traktor, den man bei Wind und Wetter draußen vor sich hinrosten ließ. Das hatte zur Folge, dass der Geldfluss von einem Sturzbach zu einem Tröpfeln verkümmerte.

Es schien, als sei Oakley dieser Tage nicht unbedingt zu beneiden.

Das war Tripp nur recht. Was ihm hingegen gar nicht recht war, weder damals noch heute, war, Hadleigh so verletzt zu sehen – und zu wissen, dass er ihr persönlich das Herz gebrochen hatte, egal wie gut seine Absichten auch gewesen sein mochten. Zu wissen, dass sie nie das gefunden hatte, was sie wirklich wollte, schon seit sie ein kleines Mädchen war: ein Zuhause und eine Familie, und zwar die ganz traditionelle, die aus Mann und Frau, den statistischen zweieinhalb Kindern und ein paar Haustieren bestand.

Als sie den Ort verließen, setzte ein leichter Nieselregen ein, passend zu seiner Stimmung – das Wetter konnte sehr schnell umschlagen in Wyoming. Bis zur Ranch waren es noch etwa zehn Meilen, und Tripp gab Gas, denn er konnte es nicht erwarten, endlich dort hinzugelangen.

Während der Wagen Fahrt aufnahm, ließ Ridley ihn wissen, dass er ein weiteres Mal seinen Kopf in den Wind stecken wollte, Regen hin oder her.

Regen.

Nun, dachte Hadleigh Stevens, im Gegensatz zu mir werden die Farmer und Rancher ihn zu schätzen wissen.

Manche Leute fühlten sich bei solchem Wetter richtig wohl. Sie kochten sich Tee, entzündeten ein hübsches Feuer im Kamin, streiften die Schuhe ab und schlüpften in bequeme Slipper. Doch Hadleigh machte es immer ein wenig traurig, wenn der Himmel sich bewölkte und es zu regnen begann, ob in Strömen oder nur tröpfelnd.

An jenem Nachmittag vor vielen Jahren hatte es auch geregnet, als ihre Großmutter in die Schule gekommen war, das Gesicht von Kummer zerfurcht und ohne ein Wort zu sagen, um Hadleigh abzuholen. Sie waren in Grams altem Kombi weggefahren, um Will abzuholen. Blass wartete er vor dem Gebäude der Highschool und scherte sich nicht um den Regen. Da er sieben Jahre älter war als sie, wusste er, was sie nicht wusste –

dass ihre Eltern nur Stunden zuvor bei einem Autounfall außerhalb von Laramie ums Leben gekommen waren.

Es regnete auch am Tag der Beerdigung ihrer Mom und ihres Dads und auch einige Jahre später, als Hadleigh und ihre Großmutter vom Wills Tod erfuhren, der an den Folgen einer Bombenexplosion in Afghanistan gestorben war.

Und als Gram schließlich nach langer Krankheit gestorben war, hatten alle ihre Schirme unter dem grauen Himmel aufgespannt, wie bunte Pilze.

Heute versuchte Hadleigh mit ihrer üblichen Methode, die düstere Stimmung zu vertreiben – indem sie sich beschäftigte.

Sie hatte *Patches* mittags geschlossen, den Stoffladen, den sie von ihrer Großmutter geerbt hatte. Ihre beiden engsten Freundinnen wollten heute Abend vorbeikommen, in einer ernsten Angelegenheit. Das bescheidene Haus war ordentlich und sauber. Hadleigh hatte nach dem Mittagessen eine Stunde lang gesaugt, Staub gewischt und Möbel poliert, doch es gab immer noch viel zu tun. Zum Beispiel musste sie noch duschen, etwas mit ihren Haaren machen und einen Kuchen zum Nachtisch backen.

Sie warf gerade einen letzten kritischen Blick auf das Wohnzimmer, um sicherzugehen, dass alles an seinem Platz war, als sie draußen auf der Veranda ein vertrautes Jaulen hörte, gefolgt von beharrlichem Kratzen an der Fliegentür.

Muggles.

Als Hadleigh die Tür öffnete, flog ihr Herz dem klitschnassen Golden Retriever zu, der einsam auf ihrer Fußmatte saß, mit leuchtenden braunen Augen, in denen sich Hoffnung und Zerknirschtheit widerspiegelten.

Langsam trat Muggles über die Türschwelle und tropfte den bunten Teppich in dem kleinen Flur voll. Wieder schaute das Tier betrübt zu Hadleigh auf.

„Ist schon gut", versicherte sie und beugte sich herunter, um ihm den Kopf zu tätscheln. „Mach schön Platz. Ich hole dir ein hübsches flauschiges Handtuch. Dann bekommst du etwas zu essen und kannst es dir vor dem Feuer gemütlich machen."

Gehorsam setzte Muggles sich, und um die Hündin herum bildeten sich kleine Regenpfützen.

Hadleigh lief schnell ins Badezimmer – Gram hatte es die Damentoilette genannt – und nahm ein blaues Handtuch aus dem Regal zwischen Waschbecken und Toilette.

Zurück im Flur kniete sie neben Muggles, wickelte sie in das Handtuch und trocknete das dreckige Fell so gut sie konnte.

„Und jetzt zum Futter", sagte sie, als Muggles so sauber war, wie es ohne Bad oder gründliches Abduschen eben ging. „Folge mir."

Muggles wedelte einmal mit dem buschigen Schwanz und erhob sich vom Teppich.

Das arme Ding roch nach – nassem Hund. Noch immer hingen Matschklumpen im Fell der Hündin, doch es kam Hadleigh nicht in den Sinn, sich über ihre sauberen Teppiche oder frisch gewischten Fußböden aufzuregen.

In der Küche, die wie der Rest des Hauses angenehm unmodern war, ging Hadleigh zur Speisekammer, wo die Plastiknäpfe standen, die sie extra für Muggles gekauft hatte. Die Hündin war in den vergangenen drei Monaten regelmäßig zu Besuch gekommen, seit ihre Besitzerin Eula Rollins gestorben war. Eulas Mann Earl war schon alt, nicht mehr gesund und überdies vom Kummer über den Verlust seiner geliebten Frau gebeugt. Er war kein unfreundlicher Mensch, nur neigte er verständlicherweise dazu, manche Dinge zu vergessen – zum Beispiel dazu, den Hund wieder ins Haus zu lassen.

Darum hielt Hadleigh einen Fünfundzwanzig-Kilo-Sack Hundetrockenfutter vorrätig, genau wie einen Stapel alter Decken im Flurschrank – für genau solche Momente, in denen Muggles Wasser, eine Mahlzeit und einen Platz zum Ausruhen brauchte.

37

An der Spüle füllte sie einen der Näpfe mit Wasser. Während Muggles durstig trank, ging Hadleigh auf die Veranda, um eine großzügige Portion Trockenfutter zu holen.

Als der Hund fraß, nahm Hadleigh die Decken aus dem Schrank im Flur und legte sie vor den Pelletofen in der einen Ecke der Küche. Kaum hatte Muggles zu Ende gefressen, trottete sie müde zu dem improvisierten Hundebett, drehte sich ein paarmal und legte sich zum Schlafen nieder.

Hadleigh seufzte. Wie die meisten Frauen in der Nachbarschaft kümmerte sie sich um Earl, indem sie ihm hin und wieder einen Auflauf brachte oder einen frisch gebackenen Kuchen, seine Medizin von der Apotheke abholte, ihm die Zeitung und die Post brachte. Und vor jedem Besuch nahm sie sich vor, den alten Mann auf Muggles anzusprechen, sehr behutsam natürlich. Doch sobald sie die Straße überquert, an die vertraute Tür geklopft und er sie hineingelassen hatte, verlor sie angesichts seiner Einsamkeit und Verzweiflung, die überdeutlich zu spüren war, den Mut.

Ein andermal, sagte sie sich dann schuldbewusst. *Morgen oder übermorgen spreche ich ihn darauf an, ob ich Muggles nicht lieber adoptieren sollte. Earl liebt diesen Hund. Und er ist alles, was ihm von Eula geblieben ist, abgesehen von bittersüßen Erinnerungen und diesem alten Haus voller Nippes.*

Tja, dachte sie seufzend, während der Regen heftig auf ihr Dach prasselte, vielleicht ist „ein andermal" jetzt. So viel Mitgefühl sie auch für Earl empfand, irgendetwas musste geschehen. Muggles konnte schließlich nicht für sich sprechen, also blieb Hadleigh nichts anderes übrig.

Entschlossen nahm sie ihre Kapuzenjacke von einem der Haken auf der hinteren Veranda. Sie musste zwischen anderen Jacken wühlen, da Grams dort immer noch hingen, zusammen mit der zerschlissenen Jeansjacke, die erst ihrem Dad und später Will gehört hatte.

Sie spürte einen Kloß im Hals und berührte einen der Ärmel, der am Ellbogen ganz weich war und an den Aufschlägen ausgefranst. Für einen Augenblick überließ sie sich den Erinnerungen an die beiden Männer. Da sie ein deutlicheres Bild von Will hatte, erinnerte sie sich an den Klang seines Lachens, an die Art, wie er stets die Fliegentür beim Betreten oder Verlassen des Hauses zugeknallt hatte, begleitet von Grams gut gemeinten Ermahnungen.

Wie viele jüngere Geschwister hatte Hadleigh ihren großen Bruder verehrt. Inzwischen hatte sie seinen Verlust zwar akzeptiert, konnte sich aber nicht damit abfinden, wie unfair es war. Er war noch so jung gewesen, als er starb, voller Möglichkeiten, Energie und Idealismus, und er hatte nie die Chance bekommen, seine Träume zu verwirklichen.

Jahrelang hatte der Duft von Wills Aftershave noch in dieser Jacke gehangen, mit einem Hauch Holzrauch. Doch nun verströmte das Kleidungsstück einen feuchten Regentaggeruch, ein wenig muffig – wie ein alter Schlafsack, den jemand zusammengerollt und im Keller oder auf dem Dachboden verstaut hatte, um ihn anschließend zu vergessen.

Reiß dich zusammen, ermahnte sie sich angesichts der Traurigkeit, die sie zu übermannen drohte. *Denk ans Hier und Jetzt, denn nur das zählt.*

Entschlossen setzte sie ihre Kapuze auf und zog die Bänder fest. Dann marschierte sie hinaus in den Regen.

Die Hände tief in den Taschen, folgte sie mit gesenktem Kopf dem betonierten Weg neben dem Haus, an Blumenbeeten und den vertrauten Fenstern vorbei. Im Stillen ging sie all die Dinge durch, die sie Earl sagen könnte, sobald er die Tür aufmachte – und verwarf gleich darauf wieder alles.

Was sie sich ausdachte, klang so … herablassend. Wie konnte sie diesem guten Mann erklären, dass er zu alt und zu krank war, um sich ausreichend um seinen Hund zu kümmern? Earl Rollins hatte sein ganzes Leben lang hart gearbeitet, war in der Kirche aktiv gewesen und in der Gemeinde. Er hatte in den letzten Jahren nicht nur seine berufliche Identität und die gewöhnlichen Freiheiten verloren, die jüngere Leute für selbstverständlich nahmen, zum Beispiel den Führerschein. Er hatte auch Eula verloren, seine Partnerin.

Auf der anderen Seite war da Muggles, eine lebendige, atmende Kreatur, die Futter brauchte, ein Dach über dem Kopf und Liebe.

Hin- und hergerissen zwischen Verantwortung und Mitleid setzte Hadleigh ihren Weg fort, erreichte den Vorgarten und blieb dann unvermittelt im nassen Gras stehen.

Ein Krankenwagen bog gerade mit Blaulicht in die Auffahrt der Rollins ein.

Hadleigh schaute kurz nach links und rechts und rannte über die Straße. Ihr Herz pochte schnell.

Eine andere Nachbarin, Mrs Culpepper, stand in Earls Türrahmen und winkte den Sanitätern, sie sollten sich beeilen.

„Schnell", flehte sie.

Das musste Hadleigh der Frau von den Lippen abgelesen haben, denn wegen des prasselnden Regens auf den Dächern, Gehsteigen und dem Asphalt war es unmöglich, etwas zu hören.

Die Rettungssanitäter liefen an Mrs Culpepper vorbei und verschwanden im Haus.

Hadleigh rannte zur Veranda. Sie wollte niemandem im Weg sein, aber sie musste unbedingt wissen, was passiert war.

Mrs Culpepper drehte sich zu ihr um, nachdem sie die Sanitäter mit schriller Stimme in die Küche geschickt hatte.

„Es ist schrecklich", stöhnte die ältere Dame.

Und obwohl Hadleigh eine unziemliche – ein Wort ihrer Großmutter – Ungeduld verspürte, nahm sie sich zusammen. Mrs Culpepper, lange schon in Rente, war in der ersten Klasse ihre Lehrerin gewesen. Genau wie Eula und Earl gehörte sie zu Mustang Creek, Wyoming, wie die Landschaft.

Also wartete Hadleigh höflich auf weitere Informationen.

„Ich kam vorbei, um nach Earl zu sehen", berichtete Mrs Culpepper, nachdem sie ein paarmal geschluckt und sich mit der Hand Luft zugefächert hatte, wie an einem heißen Tag. „Denn ich habe ihn seit Dienstag weder gesehen noch gehört. Zum Glück schließt er seine Tür nie ab. Eula hat das früher auch nie gemacht, nicht einmal wenn Earl beruflich unterwegs war. Wie dem auch sei, als niemand auf mein Klopfen und Rufen öffnete, bin ich einfach hineingegangen und habe ihn auf dem Küchenfußboden gefunden, die Augen weit aufgerissen. Es kostete ihn große Kraft, zu sprechen …" Sie machte eine Pause, um tief Luft zu holen. „Ich habe sofort einen Krankenwagen gerufen und mich dann neben Earl gekniet, um zu hören, was er mir zu sagen versuchte."

Behutsam legte Hadleigh ihr eine Hand auf die zarte Schulter. „Vielleicht sollten Sie sich lieber hinsetzen", schlug sie vor, besorgt wegen der blassen Gesichtsfarbe der alten Dame und dem Zittern in der Stimme.

Doch Mrs Culpepper schüttelte den Kopf. „Nein, nein", protestierte sie. „Es geht mir gut, meine Liebe." Ein weiterer flacher, rasselnder Atemzug folgte. „Als ich endlich verstand, was Earl mir mitzuteilen versuchte, brach es mir glatt das Herz. So krank er war, machte er sich wegen des Hundes Sorgen. Er wollte wissen, wer sich um ihn kümmern würde."

Hadleighs Augen füllten sich mit Tränen. Sie hatte also recht gehabt, Earl liebte Muggles wirklich. Doch noch bevor sie etwas sagen konnte, kamen die Sanitäter mit der Trage aus der Küche. Unter der Krankenhausdecke sah Earl eingefallen und grau aus. Seine Augen waren geschlossen.

Hadleigh betrat den winzigen Flur und schob Mrs Culpepper behutsam zur Seite, damit die Sanitäter vorbeikonnten. Dann lief sie ihnen schnell hinterher. Draußen gelang es ihr, Earls Hand zu halten. Sie fühlte sich kalt und trocken an.

„Seien Sie unbesorgt", sagte sie und hob wegen des jetzt auf alle niederprasselnden Regens ein wenig die Stimme. „Hören Sie mich, Earl? Machen Sie sich wegen Muggles keine Sorgen.

Sie ist bei mir, und ich verspreche, dass ich mich so lange wie nötig um sie kümmern werde!"

Erstaunlicherweise öffnete Earl die Augen und blinzelte im Regen. Ein zögerndes Lächeln erschien auf seinem Gesicht, und seine Lippen formten ein Wort. „Danke."

„Bitte treten Sie zur Seite, Ma'am", bat einer der Sanitäter in brüskem, aber noch höflichem Ton.

In Earls nassem Vorgarten sah Hadleigh zu, wie die Sanitäter geschickt die Beine der Trage einklappten und den Patienten in den Wagen schoben. Einer der beiden Männer kletterte ebenfalls hinein und setzte sich neben Earl, während der andere die Türen schloss, nach vorn lief und sich hinter das Steuer setzte.

Sekunden später raste der Wagen davon.

Trotz ihrer Benommenheit besaß Hadleigh noch genug Geistesgegenwart, um die Straße zu überqueren und ihren schon ein wenig ramponierten Kombi mit der Holzverkleidung aus der Garage zu fahren, um Mrs Culpepper nach Hause zu bringen. Sie wohnte zwar ganz in der Nähe, praktisch nur um die Ecke, worauf sie Hadleigh auch hinwies. Aber der Regen ließ nicht nach, und ein Nachbar auf dem Weg ins Krankenhaus reichte, fand Hadleigh.

Nachdem sie Mrs Culpepper sicher vor ihrem Haus abgeliefert hatte, rannte Hadleigh zurück zum Wagen und fuhr nach Hause.

Unterwegs musste sie wieder an Will denken und wie stolz er auf diesen alten Kombi gewesen war. Er hatte darauf bestanden, dass es sich um einen Oldtimer handele, und hatte vor, seinen Originalzustand wiederherzustellen, sobald seine Dienstzeit bei der Airforce beendet wäre und er zurück nach Mustang Creek käme.

Am Ende war er zwar heimgekehrt, aber in einem mit der Flagge bedeckten Sarg, begleitet von einem tieftraurigen Tripp Galloway und zwei weiteren uniformierten Soldaten.

Tripp Galloway.

Allein bei dem Gedanken an diesen Mann stellten sich ihr die Nackenhärchen auf. Aber an diesem trüben, verregneten Nachmittag war selbst diese Gereiztheit eine willkommene Abwechslung.

Tripp hatte nicht vorgehabt, bei Hadleigh vorbeizuschauen, zumindest nicht bewusst. Trotzdem parkte er jetzt vor ihrem Haus, in dem er als Kind so viel Zeit mit Will verbracht hatte. Lächelnd erinnerte er sich an jene glücklichen Tage, als sie in der Auffahrt Basketball gespielt und in der Garage auf alten Gitarren herumgeschrammelt hatten, überzeugt, dass ihr bunt gemischter Haufen potenzieller Hinterwäldler dazu auserkoren war, die nächste chartstürmende Grunge-Band zu werden.

In diesem Haus war er stets willkommen gewesen.

Alice hatte ihn freundlich empfangen und einfach noch ein Gedeck auf den Abendbrottisch gestellt, wenn er mit Will, je nach Jahreszeit, nach dem Basketball-, Baseball- oder Football-training hereinkam. Blieb Tripp nach dem Essen noch länger, was oft genug der Fall war, machte sie ihm ein Bett in Wills Zimmer. Dafür räumte er den Tisch ab, trug den Müll raus und half entweder Will oder Hadleigh – je nachdem, wer an der Reihe war – beim Abwasch und Abtrocknen. Nach dem Tod seiner Mutter kümmerte Alice sich um seine Hausaufgaben und wusch manchmal sogar seine Wäsche.

So war Alice, möge Gott ihrer großzügigen Seele Frieden gewähren.

Jetzt hatte Hadleigh das Kommando, und ihr würde er ungefähr so willkommen sein wie eine Flohinvasion.

Ridley gab ein tiefes Knurren von sich, nicht feindselig, eher ein wenig verzweifelt.

Na fabelhaft, dachte Tripp, denn er deutete die Meldung des Hundes als Bitte, hinausgelassen zu werden, bevor ihm ein Malheur passierte. Er würde sein Bein an Hadleighs Briefkastenpfosten heben oder einen Haufen auf ihrem Rasen fallen lassen. Oder beides.

Seufzend stieg Tripp aus, zog die Schultern wegen des strömenden Regens ein und ging auf die Beifahrerseite, um Ridley die Tür zu öffnen. Der Hund sprang aus dem Wagen. Tripp legte ihm die Leine an, riss eine Plastiktüte für das Geschäft von der Rolle, die er unter dem Beifahrersitz aufbewahrte, und machte sich auf den Weg, fort von Hadleighs Briefkasten und dem Spalierbogen zu ihrem Vorgarten.

Ridley, für gewöhnlich sehr umgänglich, sperrte sich, setzte sich sogar und wollte sich nicht von der Stelle rühren.

„Verdammt", murmelte Tripp.

Sein Hund gehorchte umgehend.

Und Murphys Gesetz entsprechend war dies exakt der Moment, in dem Hadleigh in ihre Auffahrt bog, am Steuer des Kombis, der einst Wills stolzer Besitz gewesen war. Selbst durch die regennasse Frontscheibe und die hart arbeitenden Scheibenwischer konnte er ihr Gesicht deutlich erkennen.

Sie sah überrascht aus, dann verwirrt, dann beleidigt.

Tripp bückte sich mit der Plastiktüte in der Hand. Glücklicherweise würde der Müll bald abgeholt werden, denn vor jedem Haus stand eine Mülltonne.

Er warf den Beutel in eine von ihnen und wappnete sich für die Begegnung mit Hadleigh. Dabei tat er sein Bestes, um ein Lächeln zustande zu bringen, als er sich zu ihr umdrehte.

Das Lächeln war flüchtig und hielt nicht.

Hadleigh begrüßte den Hund herzlich und tätschelte ihm den Kopf, dann wandte sie sich mit düsterer Miene an Tripp.

„Was machst du hier?" Sie hatte die Hände in den Jackentaschen vergraben und die Kapuze so festgezurrt, dass sie ihn an ein kleines Kind in einem Schneeanzug erinnerte, das sich für einen kalten Wintertag angezogen hatte.

Tripp dachte über die Frage nach. In Anbetracht der Tatsache, dass er fast bei Jims Ranch angekommen war, nur um dann

44

doch noch einmal umzukehren, eine durchaus berechtigte Frage.

Was tue ich hier?

Verdammt, wenn ich das wüsste!

Ridley wedelte mit dem Schwanz, schaute mit fragendem Blick zu Tripp und dann voller Zuneigung zu Hadleigh.

Tripp suchte nach den richtigen Worten und entschied sich für: „Mich nass regnen lassen?"

2. KAPITEL

Ist Tripp Galloway real – oder ein Produkt meiner über-spannten Fantasie?

Hadleigh biss sich auf die Unterlippe, trat von einem Bein auf das andere und fragte sich, warum sie sich nicht einfach umdrehte und wegging. Aber das schien unmöglich zu sein, als würden die Sohlen ihrer Schuhe an diesem ganz gewöhnlichen Gehsteig vor ihrem ebenso gewöhnlichen Haus festkleben. Außerdem fühlte sie sich auf einmal seltsam losgelöst von allem, als hätte sie ihren Körper kurz verlassen, um gleich darauf zurückgeschleudert zu werden, nur dass sie neben sich landete wie ihr eigener Geist.

Der Regen hörte nicht auf und durchnässte sie, den Mann und den Hund.

Weder Tripp noch dem Tier schien das Wetter etwas auszumachen. Beide sahen sie unverwandt an – der Hund in freudiger Erwartung, während sein Herrchen fast so beunruhigt aussah, wie Hadleigh sich fühlte.

Im nächsten Moment fand eine weitere schwindelerregende Veränderung statt, indem sie unvermittelt wieder eins mit sich wurde. Als würde man eine schwere Stahltür zuschlagen.

Hadleighs Wangen glühten – es wäre allein schon schlimm genug, wenn sie kurz vor einem Zusammenbruch stünde. Aber im Beisein von Tripp? Undenkbar.

Ihre einzige Rettung war es, wütend zu werden.

Und was macht er wirklich hier?

Hat dieser Mann mein Leben nicht schon genug auf den Kopf gestellt? Sicher, er hat mich vor Unglück bewahrt, indem er damals im September die Hochzeit mit Oakley gestoppt hat. Aber darum ging es nicht.

Jeder andere hätte den Anstand besessen, sich aus der Geschichte herauszuhalten und sie ihre eigenen Fehler machen lassen, damit sie aus ihnen lernen konnte.

Nicht so Tripp Galloway. Seiner aufdringlichen, überheblichen Ansicht nach war sie damals zu jung gewesen, zu verletzlich, zu naiv – na schön, zu blöd auch –, um Entscheidungen, ob nun richtig oder falsch, ohne seine Einmischung zu treffen.

Als könnte er ihre Gedanken lesen, grinste er leicht und umfasste sanft ihren Ellbogen. „Können wir ins Haus gehen?", fragte er. „Vielleicht werden wir auch dort das Gefühl haben, weiter im Regen zu stehen, aber dem armen Ridley hier wird es gleich besser gehen. Er ist bloß nicht in der Position, etwas zu sagen, das ist alles."

Und Hadleigh hatte Mitleid – mit dem Hund, nicht mit Tripp.

Sie befreite ihren Ellbogen aus seinem Griff, nickte jedoch brüsk zustimmend, ehe sie vorging. Im Gänsemarsch marschierte die kleine Gruppe über den Vorgartenweg, Hadleigh mit gesenktem Kopf voran, die Schultern wegen des Regens hochgezogen. Ridley folgte ihr auf den Fersen. Tripp bildete das Schlusslicht.

Auf dem Weg ins Haus versuchte Hadleigh sich aufzuraffen, auf dem Absatz kehrtzumachen, wie eine Steinwand dazustehen und dem Mann ins Gesicht zu sagen, er solle verschwinden und sich nicht mehr blicken lassen.

Sie schaffte es nicht.

Es war unverantwortlich, Tripp in ihr Haus zu lassen – und damit in ihr Leben.

Die ganze Situation erinnerte sie mehr als nur ein bisschen an Grams Lieblingsgeschichte zur Abschreckung, jener zeitlosen Fabel vom leichtgläubigen Frosch, der einen Skorpion auf dessen Bitten hin mit über den Fluss nimmt, nur um in der Mitte des Flusses einen tödlichen Stich von dem Skorpion zu bekommen.

Warum hast du das getan? wollte der schon geschwächte Frosch wissen, denn nun würden sie beide ertrinken, weil der Skorpion ohne seinen Stachel nicht überleben konnte – diesen

Punkt hatte Hadleigh nie so ganz begriffen. Die Antwort des Skorpions ergab jedoch auf finstere Weise einen Sinn: *Weil ich ein Skorpion bin. Ich kann nicht anders.*

Tripp war vielleicht kein Skorpion, trotzdem konnte er ihr wehtun. Wie niemand sonst.

Noch immer verstimmt stand sie auf der Fußmatte vor ihrer Tür. Sie hatte ihre Chance gehabt. Die Hand schon auf dem Türknauf, sah Hadleigh über die Schulter, in der Hoffnung, ihr Besucher hätte vielleicht Zweifel hinsichtlich seines Besuchs bekommen und wäre verschwunden. Hätte einfach den Hund geschnappt und wäre in seinem Pick-up davongefahren.

Schön wär's. So leicht war nichts, was Tripp anging, zumindest was Hadleigh betraf.

Er stand viel zu nah bei ihr und betrachtete sie mit einem amüsierten und zugleich traurigen Ausdruck in den Augen. Im Regen sahen sie beinah türkis aus. Sein Haar war klitschnass, und an seinen unfair langen Wimpern hingen Wassertropfen. Seine Nähe hatte etwas beunruhigend, wundervoll Intimes.

Ridley brach den Bann, indem er sich ausgiebig schüttelte und sowohl Hadleigh als auch Tripp mit nach Hund riechendem Regenwasser besprengte.

Es folgte ein kurzer Moment der Anspannung, dann musste Hadleigh wider Willen lachen.

Tripps Augen leuchteten, und auch er lachte, leise und heiser. *Verdammt, sogar sein Lachen ist sexy.*

Sie dachte erneut an den unglücklichen Frosch, wandte sich rasch wieder ab und rüttelte am Türknauf. Die Tür klemmte, da das Holz alt war und dazu neigte, bei feuchtem Wetter aufzuquellen. Hadleigh wollte gerade mit der Schulter dagegenstoßen, als Tripp die Hand flach auf das Holz legte und die Tür aufdrückte.

„Hier müsste einiges renoviert werden", bemerkte er.

Natürlich flog die Tür jetzt problemlos auf, mit quietschenden Angeln, sodass Muggles, die sicher schon mit der Schnauze am Türspalt gelauert hatte, mit auf dem Holzboden klackenden Krallen zurückwich.

Die Hündin zu sehen freute Hadleigh, obwohl sie noch nicht über den Anblick hinweg war, wie der arme Earl in den Krankenwagen verfrachtet und abtransportiert worden war. Und nun war auch noch Tripp ohne jede Vorwarnung aufgetaucht.

Ausgerechnet er.

Doch einen Grund zu feiern hatte sie: Muggles würde von jetzt an bei ihr bleiben, und zwar mit Earls Segen.

„Sie tut nichts", sagte Hadleigh, als die beiden Hunde sich Schnauze an Schnauze auf der Türschwelle gegenüberstanden, einen stummen Machtkampf austragend.

Ridley gab als Erster nach und wich schwanzwedelnd zurück, ein breites Hundegrinsen im Gesicht. Anscheinend hatte Muggles ihn bezirzt.

„Der Bursche ist auch ein bisschen eingeschüchtert", meinte Tripp und machte keine Anstalten, den Hund von der Leine zu lassen.

Einige weitere Momente der Anspannung vergingen – Hadleigh fühlte sich jedenfalls angespannt –, dann verlor Muggles das Interesse. Sie drehte sich um und trottete ins Wohnzimmer, wo sie es sich auf dem Teppich vor dem kalten Kamin gemütlich machte.

Froh, dass die Hunde nicht aufeinander losgegangen waren, ansonsten aber so nervös wie zuvor, führte Hadleigh ihren Besucher durch das kleine Esszimmer in die aufgeräumte Küche. Dabei hätte Tripp den Weg mit verbundenen Augen gefunden. Schließlich hatte er als Teenager in diesem Haus fast so viel Zeit verbracht wie in seinem Zuhause. Damals waren er und Will unzertrennlich gewesen.

Ihren ansonsten peniblen Ordnungssinn ignorierend, warf Hadleigh die nasse Jacke durch die Tür zum Waschraum und ging automatisch zur Kaffeemaschine. Genau das taten Leute vom Land und aus der Kleinstadt, wenn unverhofft Besuch auftauchte – ob er nun willkommen war oder nicht. Man bot einen Platz am Tisch an und einen Becher heißen Kaffee, besonders bei schlechtem Wetter. Und für gewöhnlich auch noch etwas zu essen.

Hadleigh nutzte die paar Minuten, in denen sie mit diesen Dingen beschäftigt war, um sich vom Schock, Tripp plötzlich wiederzusehen, zu erholen. Das Letzte, womit sie an diesem Tag gerechnet hätte, war eine Begegnung mit dem Helden ihrer Kindheit, ihrer Jugendliebe und ihrem Erzfeind.

Die Entscheidung zur Rückkehr nach Wyoming musste Tripp ziemlich spontan getroffen haben. Hätte er seine Pläne irgendwem gegenüber erwähnt, hätte sich die Neuigkeit in Mustang Creek wie ein Lauffeuer verbreitet und wäre ihr mit Sicherheit zu Ohren gekommen.

Oder auch nicht.

„Setz dich", sagte sie. Auch das geschah ganz automatisch, wie das Kaffeeangebot. Währenddessen dachte sie immer noch über den Frosch und den Skorpion nach.

Dieser saublöde Frosch.

Sie hörte das vertraute schabende Geräusch, als Tripp einen Stuhl vom Tisch wegzog.

Ridley trottete zu Muggles' Napf und schlabberte etwas Wasser. Hadleigh musste lächeln. Fühl dich nur ganz wie zu Hause, Hund, dachte sie zärtlich. Sie mochte mit Tripp ihre Probleme haben – und nicht zu knapp –, aber einem Hund, den sie nicht leiden konnte, war sie noch nicht begegnet.

Die Stille in der Küche war bleiern.

Während der Kaffee durchlief, ging Hadleigh in den Flur und nahm ein paar Handtücher aus dem Wäscheschrank. Dann kehrte sie in die Küche zurück und gab sie Tripp, eines für ihn und eines für den Hund. Besser gesagt warf sie ihm die Handtücher hin.

„Danke", murmelte er, wobei seine Augen funkelten und ein amüsiertes Zucken seine Lippen umspielte.

Sie sparte sich das übliche „Gern geschehen". Es wäre ohnehin nicht aufrichtig gewesen, und darüber hinaus traute sie ihrer Stimme nicht.

Einen Moment später eilte sie schon wieder hinaus, diesmal ins Schlafzimmer. Bibbernd von der Regennässe schloss sie die Tür und schälte sich rasch aus ihren nassen Sachen. Sie zog sich komplett um und kam in trockener Jeans, Sweatshirt und dicken Socken zurück in die Küche.

Tripp stand an der Arbeitsfläche, mit dem Rücken zum Raum, und schenkte zwei Becher Kaffee ein. Die dunkelblonden Haare hatte er sich trocken gerubbelt, jetzt sahen sie sexy zerwühlt aus. Das Hemd klebte durchsichtig an seinem Körper, und auch die Jeans war vollkommen durchnässt.

Hadleigh blieb im Türrahmen stehen und genoss wider besseres Wissen, jedoch keineswegs verschämt, den Anblick seiner schlanken und doch muskulösen Figur.

Verdammt, dachte sie kopfschüttelnd. *Der Mann sieht von hinten fast genauso gut aus wie von vorn – wo bleibt denn da die Gerechtigkeit?*

Seine noch feuchten Haare ringelten sich am Kragen, und sie atmete den vertrauten Duft seiner Haut nach frischer Wäsche ein, selbst auf die Entfernung einiger Schritte.

Auf einmal fiel ihr das Schlucken schwer, während die Sekunden vergingen. Mit jeder einzelnen verblasste ihre angebliche Gleichgültigkeit mehr, kehrte die Erinnerung an die alten Wunden zurück.

Sie fühlte sich benommen, nicht nur verletzlich, sondern geradezu ausgeliefert, wie ein noch federloses Küken, das zu früh geschlüpft war und bis zu den Knöcheln in den Splittern der Eierschale stand.

Frustriert von sich selbst, strich sie sich mit einer Hand über die Stirn.

Ich verliere die Kontrolle, ganz klar. Ich verliere hier eindeutig die Kontrolle.

Tripp war sich der Tatsache anscheinend überhaupt nicht bewusst, dass er dabei war, ihre Welt erneut auf den Kopf zu stellen. Und das, nachdem sie Jahre damit zugebracht hatte, wieder Ordnung in ihr Leben zu bringen und ihn zu vergessen.

Er stellte die Kaffeekanne wieder auf die Wärmeplatte zurück, nahm einen Becher in jede Hand und drehte sich um.

Gerade als sie dachte, nichts könnte sie mehr überraschen und sie hätte ihr inneres Gleichgewicht wenigstens für den Augenblick zurückgewonnen, bewegte sich der Boden unter ihren Füßen.

Ihr Verstand schaltete sich ein und speicherte in Sekundenbruchteilen alles an Tripp ab, als wäre dies ihre erste Begegnung. Plötzlich war er ein Fremder und zugleich jemand, den sie seit Ewigkeiten liebte. So fühlte es sich zumindest an.

Genug, ermahnte sie sich im Stillen. *Reiß dich zusammen. Das passt doch überhaupt nicht zu dir.* Und das stimmte. Wenn sie keine Quilts entwarf oder Schaufensterdekorationen für ihren Laden und dabei ihren Launen und Eingebungen folgte, war sie absolut bodenständig.

Es war auch nicht so, als sähe sie diesen unverschämt attraktiven Kerl zum ersten Mal oder wüsste nicht mehr, wie gut er aussah.

Schließlich war sie zusammen mit Tripp aufgewachsen und hatte ihn auch immer mal wieder kurz gesehen seit jenem schicksalhaften Tag, an dem er wie ein Wilder in ihre Märchenhochzeit geplatzt war. Doch dabei hatte es immer eine sorgsam aufrechterhaltene Distanz zwischen ihnen gegeben.

Hin und wieder war er nach Mustang Creek zurückgekommen, zu Hochzeiten und Beerdigungen, einschließlich der von Alice vor zwei Jahren. Doch selbst da hatte er darauf geachtet, ihr nicht zu nah zu kommen. Und wenn er zu gelegentlichen Besuchen bei seinem Stiefvater aufgetaucht war, für gewöhnlich um Weihnachten, war er nie lange geblieben. Nie hatte er versucht, Kontakt zu Hadleigh aufzunehmen.

Was war jetzt anders?

Sie ahnte, dass ihr die Antwort auf diese Frage nicht gefallen würde. Falls sie überhaupt eine bekommen würde. Andererseits wollte sie unbedingt erfahren, warum er hier war, in ihrem Haus.

Tripp hielt mit den dampfenden Bechern in der Hand inne und seufzte. Anscheinend las er in ihrem Gesichtsausdruck ebenso leicht wie in ihren Gedanken, denn er sagte mit rauer Stimme: „Ich kann dir nicht genau erklären, warum ich hier bin, falls es das ist, was du mich fragen willst."

Ohne ein Wort ging sie zum Tisch und nahm Platz. Sie schätzte, dass Tripp stehen bleiben würde, wenn sie sich nicht setzte, und allmählich bekam sie weiche Knie.

Tatsächlich trat er an den Tisch, stellte einen der Becher vor sie und ließ sich auf den Stuhl ihr gegenüber sinken. Ridley, dessen Fell vom Abtrocknen lustig zerzaust war, legte sich prompt seinem Herrchen zu Füßen. Er gähnte herzhaft und schloss die Augen, um ein Nickerchen zu machen.

Tripp räusperte sich, starrte einige Minuten in seinen Kaffee und hob dann den Kopf, um Hadleigh in die Augen zu sehen. Ein trauriges Lächeln umspielte seine Mundwinkel. „Es ist seltsam, nach all den Jahren wieder in diesem Haus zu sein."

Hadleigh schluckte. Sie überreagierte definitiv auf alles, was dieser Mann sagte oder tat, schien aber nichts dagegen tun zu können. Tatsache war, dass sie bei Tripp, dem besten Freund ihres Bruders und ihrer ersten großen Liebe, schon immer überreagiert hatte.

„Seltsam?", krächzte sie.

„Na ja, nach Wills Tod und all dem", erklärte er ein wenig verlegen.

Tränen schossen ihr in die Augen, wie so oft, wenn die Sprache auf ihren verstorbenen Bruder kam, obwohl Will schon seit zehn Jahren tot war. Hadleigh zwang sie zurück, nickte einmal kurz und legte die Hände um ihren Becher, um sich die Finger daran zu wärmen. Sie trank jedoch nicht. „Ja", stimmte sie mit leiser Stimme zu.

Dann aber kehrte die ihr angeborene Sachlichkeit zurück. Das wurde auch Zeit. Ihre besten Freundinnen Melody Nolan und Becca „Bex" Stuart würden bald zu dem Treffen kommen, das sie eine Woche lang geplant hatten. Aus mehreren Gründen wollte Hadleigh, dass Tripp verschwunden war, bevor ihre Freundinnen auftauchten.

Schließlich mussten sie sich ernsten Angelegenheiten widmen. Strategien entwerfen. Ziele setzen.

Und es ging Tripp absolut nichts an, um welche Ziele es sich im Einzelnen handelte.

Andererseits wollte sie so sehr, dass ihr Besucher blieb, wie sie sich sein Verschwinden auf Nimmerwiedersehen wünschte.

Tripps Ausstrahlung empfand sie gleichermaßen als anziehend und abschreckend, und zwar so stark, dass sie am liebsten die Flucht ergriffen hätte. Er konnte zärtlich sein, das wusste sie, besonders bei kleinen Kindern, alten Menschen und Tieren. Aber er war auch durch und durch ein knallharter Cowboy, stolz und männlich, mit sich selbst im Einklang, seelisch wie körperlich. Er hatte einen von Scharfsinn geprägten Humor und eine wilde Ader, breit wie der Snake River. Aber er konnte auch stur sein auf eine Art, die ihn unerträglich machte.

Wenn Tripp sich erst einmal eine Meinung zu etwas oder über irgendjemanden gebildet hatte, wich er genauso wenig zurück wie die Grand Tetons.

Tja, nur konnte Hadleigh ebenso störrisch sein.

Dies war ihr Haus, und sie hatte ihn nicht gebeten, hier auf einen Kaffee vorbeizuschauen, sich und seinen Hund mit ihren sauberen Handtüchern abzutrocknen und ganz still und leise ihre wohlstrukturierte Welt aus den Angeln zu heben wie ein moderner Samson.

Sie musste ihre verrücktspielenden Emotionen unter Kontrolle bringen, sonst war sie verloren.

Also verschränkte sie die Arme und lehnte sich mit skeptischer Miene zurück, demonstrativ auf eine Erklärung seinerseits wartend. Wenn Tripp wirklich nicht wusste, weshalb er hier war, sollte er sich schleunigst daranmachen, es herauszufinden. Denn der sprichwörtliche Ball war jetzt auf seiner Hälfte des Feldes.

Tripp rutschte unbehaglich hin und her, dann räusperte er sich erneut. Doch als er den Mund aufmachte, um etwas zu sagen, kam nichts heraus.

Hadleigh rührte sich nicht, doch sie wusste, dass die Anspannung, die sie ausstrahlte, ihre unausgesprochene Frage unterstrich: „Nun?"

Er unternahm einen weiteren Versuch – Tripp konnte einfach nicht aufgeben, wenn er sich etwas vorgenommen hatte. Seine Stimme klang rostig, als zwinge er die Worte aus sich heraus. „Ich fand nur, es sei an der Zeit, die Dinge aus der Vergangenheit zwischen uns zu klären. Das ist alles. Dein Bruder war mein bester Freund. Ich kenne dich, seit du ein kleiner Knirps warst ..." Er atmete tief ein und wieder aus. Sein Hals hatte sich beim Sprechen leicht gerötet, und sein Gesichtsausdruck war ernst. „Es ist falsch, Hadleigh", fuhr er fast schroff fort, „dass wir schon so lange Gegner sind und uns aus dem Weg gehen wie ... als wären wir Feinde oder so was."

„Wir *sind* Feinde", erinnerte sie ihn mit süßlicher Stimme.

Seine Miene verdüsterte sich, und er schüttelte den Kopf. „So muss es aber nicht sein, und das weißt du sehr genau."

„Bittest du mich, dir zu verzeihen?", fragte sie in leichtem Tonfall, der dazu gedacht war, ihn zu verärgern. Das entsprach vielleicht keinem erwachsenen, reifen Verhalten, doch nach dem, was er ihr vor zehn Jahren zugemutet hatte, verdiente er das. Und wenn Tripp Galloway sich wand und unwohl fühlte, sollte ihr das nur recht sein.

Endlich war er einmal an der Reihe.

Seine Wangenmuskeln zuckten, und seine blauen Augen funkelten. Er fuhr sich durch die Haare, zerwühlte sie damit noch mehr, und sah Hadleigh verbittert an.

Anscheinend suchte er verzweifelt nach einer Antwort.

Gut für ihn.

„Du willst, dass ich mich dafür entschuldige, deine Hochzeit mit Oakley Smyth verhindert zu haben? Vergiss es", presste er hervor, nachdem er seine Selbstbeherrschung wiedergefunden hatte. Er wagte es tatsächlich, den Zeigefinger zu heben. Wäre sie ihm näher gewesen, hätte sie glatt hineingebissen. „Tatsache ist, Lady, dass ich das Gleiche jederzeit wieder tun würde, wenn es sein müsste."

Da platzte Hadleigh der Kragen. Sie schob ihren Stuhl zurück, um aufzustehen, und hätte den Tisch umgeworfen wie ein betrogener Spieler in einem alten Western, wenn der Hund nicht zu Tripps Füßen gelegen hätte. Sie wollte das arme Tier nicht verängstigen, falls sie das nicht schon längst getan hatte.

Na fabelhaft. Zu allem Überfluss fühle ich mich jetzt auch noch schuldig.

„Du hast vielleicht Nerven, etwas Derartiges von dir zu geben!", rief sie und hatte Mühe, ihre Stimme einigermaßen zu dämpfen. „Wie kannst du es nur wagen?"

Tripp stand ebenfalls auf. „Ich habe etwas getan, wovon ich wusste, dass es richtig war. Und ich will verdammt sein, wenn ich mich jemals dafür entschuldige", erwiderte er gelassen.

Hadleigh zwang sich, weder zu zittern noch zu schreien. Noch sich mit Fäusten auf ihn zu stürzen.

„Ich glaube, du solltest jetzt besser gehen", sagte sie in so ruhigem, fremdem Ton, dass sie klang wie jemand anderes.

Wie jemand, der nicht seit der Pubertät hoffnungslos in Tripp Galloway verliebt war.

Er betrachtete ihr Gesicht und las vermutlich viel zu viel in ihren Augen. „Nichts ist zwischen uns geklärt, Hadleigh", informierte er sie. „Nicht mal annähernd."

Die Zeit schien stehen zu bleiben.

Tripps Mund näherte sich gefährlich ihrem. Für einen schrecklichen, beschämenden Moment glaubte Hadleigh wirklich, er würde sie küssen. Ja, sie *wollte*, dass er sie küsste.

Stattdessen und zu ihrer großen Erleichterung und noch größeren Enttäuschung wich er zurück, sprach sanft mit dem Hund und ging dann einfach zur Haustür.

Ein Glück, dass ich den los bin, dachte Hadleigh.

Der Hund folgte Tripp natürlich, schaute jedoch noch einmal zurück, mit einem Ausdruck, den man resigniert nennen konnte. In der nächsten Sekunde war auch er verschwunden.

Hadleigh stand reglos da, bis die Haustür zufiel, nicht laut, aber doch mit einem deutlich vernehmbaren, entschlossenen Klick.

Sie sollte froh sein, dass er fort war, schließlich hatte sie ihn hier gar nicht haben wollen.

Warum bin ich es dann nicht?

Eine Weile stand Hadleigh wie angewurzelt in der Küche, überwältigt von ihren widersprüchlichen Emotionen – stumpfe Wut, in die sich Aufregung mischte, außerdem Furcht mit einem gleichen Anteil an Erleichterung und schließlich Glück, gemischt mit Kummer.

Sehr verwirrend.

Andererseits … wann waren ihre Gefühle für Tripp nicht verwirrend gewesen?

Wieder in seinem silbernen Pick-up mit der extragroßen Kabine, den er vor etwa einem Jahr in einem Anfall von Heimweh in Seattle gekauft hatte, startete Tripp den Motor per Knopfdruck und trat das Gaspedal einmal durch, nur um das befriedigende Röhren des Motors zu hören. Der Regen hatte endlich nachgelassen und sich von einem Wolkenbruch in feinen Niesel verwandelt. Sogar die Sonne kämpfte sich durch die sich hier und da teilenden Wolken.

Trotz seiner aufgewühlten Gefühle hob der aufklarende Himmel seine Stimmung.

Ridley saß wachsam auf dem Beifahrersitz und beobachtete Tripp genau, den Kopf leicht zur Seite geneigt, als erwarte er irgendeine Erklärung.

Nach einem kurzen Seitenblick auf Hadleighs Haus legte Tripp den Gang ein. „Es wird eine Weile dauern, bis ich bei der Lady nicht mehr in Ungnade bin." Er lachte. „Aber ich mochte Herausforderungen schon immer."

Ridley sah ihn nur komisch beunruhigt an.

Tripp sah grinsend in den Rückspiegel und fuhr los. Die durchdrehenden Hinterreifen schleuderten matschiges Wasser hoch, ehe sie geräuschvoll auf dem Asphalt fassten.

Als sie die Stadtgrenze passierten, hatte der Regen ganz aufgehört, sodass die Welt einen frisch gewaschenen Glanz bekam. Die Wolken wurden immer dünner und lösten sich dann ganz auf, und grelle Sonnenstrahlen schienen zwischen den roten und goldenen Blättern der Bäume hindurch, die auf den weiten Grasflächen zu beiden Seiten der Straßen standen, was ein fast sakrales Licht erzeugte.

Selbst Ridley schien ein wenig beeindruckt zu sein von der Landschaft.

Tripp pfiff beim Fahren leise vor sich hin und bewunderte die Gegend aufs Neue, obwohl er diese Straße doch schon unzählige Male entlanggefahren war.

Zu beiden Seiten weideten Rinder, Black Angus und Hereford hauptsächlich, sowie Pferde aller möglichen Rassen. In dem vom Wind gebeugten Gras hingen Regentropfen wie glitzernde Diamanten. Ein Stück weiter kamen Tripp und Ridley an einer Herde Bisons vorbei, die trügerisch schwerfällig hinter einem festen Zaun grasten.

Der blaue Himmel wölbte sich über allem. Am Horizont ragten die zerklüfteten Gipfel der Grand Tetons auf.

Zu Hause, dachte Tripp.

Er hatte einige Bedenken gehabt, für immer zurückzu-kommen, und Hadleighs Empfang konnte man nicht gerade als ermutigend werten. Aber jetzt, als er all das hier in sich aufnahm und die raue Landschaft seine Seele berührte, wusste er, dass er die richtige Entscheidung getroffen hatte.

Ob es nun leicht werden würde oder hart, dies war der Ort, an den er gehörte.

Hier, nicht in der Großstadt, war er am ehesten er selbst und wirklich frei.

Sein Zuhause, nicht besonders originell „Galloway Ranch" genannt, umfasste gut zweihundert Hektar Land in einem der Täler im felsigen Hochland. Das flache grüne Weideland konnte einen Neuankömmling erstaunen, weil es sich hinter den Hügeln ganz unerwartet vor einem erstreckte.

Am Anfang der Zufahrt stand ein wenig schief der alte Brief-kasten, rostig, aber stabil, mit dem vom Wetter verblassten Fa-miliennamen bedruckt, wie ein Teil der Landschaft – und das schon so lange Tripp denken konnte.

„Anschnallen", befahl er Ridley, als sie über das sogenannte Cattle Guard fuhren, einen Gitterrost, der das Ausbrechen der Rinder verhinderte. „Es wird eine holprige Fahrt bis zum Haus."

Auffahrt klang im Grunde schon zu vornehm für den Kuh-pfad, hier und dort von Pappeln gesäumt, die beim Bau der Ranch als Windschutz gepflanzt worden waren. Der ausgefah-rene, unbefestigte Weg war fast eine Meile lang, wand sich um Felsen und eine Ansammlung uralter Kiefern, überquerte gleich zweimal einen kleinen Bach, führte durch Senken und wieder bergan.

Ridley schien das Geschaukel nichts auszumachen. Er sah gebannt hinaus auf das Weideland, das sich um sie herum er-streckte. Seine Hinterläufe zitterten in freudiger Erwartung, sobald er einen Hasen oder einen Schwarm aufgescheuchter Wachteln entdeckte.

Die Scheune, groß und rot und dringend eines Anstrichs bedürftig, kam zuerst ins Blickfeld, danach das Blockhaus mit seiner rundum laufenden Veranda und dem grauen Schindeldach.

Die Haustür ging auf, und Jim trat hinaus, nicht mehr ganz so groß wie beim letzten Mal, als Tripp ihn gesehen hatte, deutlich dünner und mit ein wenig hängenden Schultern.

Sein Haar war zwar noch voll, aber fast vollständig weiß geworden.

Ein breites Grinsen erhellte sein vom Wetter gegerbtes Gesicht. Er blieb, wo er war, statt auf Tripp zuzugehen – so wie er das stets getan hatte. Stattdessen lehnte er an einem der dicken Stützpfeiler, die das Verandadach trugen, und hob eine Hand zum Gruß.

Beim Anblick des einzigen Vaters, den er je gehabt hatte, zog sich Tripps Herz zusammen. Jim hatte nicht nur den Sohn eines anderen wie seinen eigenen großgezogen, sondern die Mutter dieses Jungen mit einer stillen, unerschütterlichen Hingabe geliebt, von der die meisten Frauen vermutlich höchstens in Büchern lasen oder in Filmen hörten.

Er war nie ein reicher Mann gewesen, doch arm konnte man ihn auch nicht nennen. Er arbeitete lang und hart, züchtete einige der besten Rinder und Pferde in Bliss County, und hatte stets gut für seine Frau und seinen Sohn gesorgt. Bei gutem Wetter fand er Zeit, um mit Tripp angeln und zelten zu gehen, ihm Reiten, Lasso werfen, Schießen und Traktor fahren beizubringen. Während der harten Winter in Wyoming, wenn ein bitterkalter Wind übers Land wehte und sich so hohe Schneeverwehungen bildeten, dass die Zäune nur noch als graue Linien in der glänzenden Schneedecke erkennbar waren, stand Jim Morgen für Morgen klaglos aus seinem warmen Bett auf, zog sich Socken und Schuhe an und ging über den kalten Boden, um den launischen alten Ofen im Keller anzuwerfen. Anschließend machte er Kaffee und fachte das Feuer im Kanonenofen an.

Er schaffte es immer, dass der Pick-up ansprang, egal wie tief die Temperaturen in der Nacht gesunken sein mochten, und war guter Dinge, auch wenn der frische Schnee auf seiner Hutkrempe ihm in den Kragen seines Schafsfellmantels rutschte.

Manche Männer konnten gut quatschen, wenn es um Dinge wie Liebe und Integrität ging, um harte Arbeit und Ausdauer, Anstand und Courage angesichts von Not jeglicher Art. Jim Galloway redete nicht „wie ein Wasserfall", um es mit seinen Worten auszudrücken, sondern lebte all diese Qualitäten und noch einige mehr still vor.

Tripp betrachtete seinen Vater durch die Frontscheibe des Pick-ups und musste schlucken. Er sollte sich besser im Griff haben, um sich hier nicht lächerlich zu machen. Entschlossen stellte er den Motor aus, öffnete die Tür und stieg aus. Ridley legte keinen Wert auf Förmlichkeiten und sprang nach draußen, wo er freudig im Kreis rannte.

Jim lachte über die Mätzchen des Hundes, dann sah er zu Tripp, und seine Miene wurde ernst. Abgesehen davon, dass er kurz von einem Bein auf das andere trat, bewegte er sich nicht, sondern blieb dort, wo er war, die eine Schulter an den Verandapfeiler gelehnt. Es sah aus, als sei er sich nicht ganz sicher, ob er aus eigener Kraft stehen konnte.

Als Tripp durch das Gartentor trat und näher kam, wurde seine Ahnung zu bitterer Gewissheit. Vor einigen Tagen hatte Jim am Telefon zugegeben, dass er Hilfe brauchte. Viel mehr hatte Tripp aber nicht erfahren. Jetzt wusste er, dass seine Sorge berechtigt gewesen war.

Irgendetwas stimmte hier ganz und gar nicht.

Ridley folgte seinem Herrchen und fing wieder an, übermütig herumzuspringen, seine neu gewonnene Freiheit feiernd.

Tripp stieg lächelnd die Verandastufen hinauf, bereit für den gewohnten Händedruck.

Zu seiner Überraschung legte Jim den Arm um Tripp und hielt ihn eine ganze Weile fest, ehe er sich wieder genug im Griff hatte, um ein Lächeln aufzusetzen – vermutlich genauso gezwungen wie Tripps – und sich zu räuspern. Jims blaue Augen waren wässrig, als er Tripps Schulter drückte, ihn auf Armeslänge von sich hielt und murmelte: „Lass dich ansehen, Junge."

Tripp konnte sein falsches Lächeln nicht länger ertragen, es war ohnehin längst zur Grimasse geworden. Also ließ er es. „Was ist los, Dad?", fragte er ruhig. „Und erspar mir den wortkargen John-Wayne-Bullshit. Sag mir einfach, was los ist."

Jim seufzte und stieß sich von dem Stützpfeiler ab. Er schwankte kaum merklich, und sein Griff an Tripps Schulter wurde fester.

„Ich nehme an, du hast ein Recht, es zu erfahren", räumte er nach einem langen Moment des Nachdenkens ein. Dann deutete er zur offenen Tür. „Wir lassen die Fliegen rein, wenn wir hier draußen herumstehen. Außerdem können wir diese Unterhaltung besser im Haus bei einer Tasse Kaffee führen – wenn es dir recht ist."

Tripp nickte angespannt. Klugerweise beherrschte er sich, Jims Arm zu umfassen, um ihn ins Haus zu geleiten.

Er pfiff Ridley zu sich, der ihn jedoch völlig ignorierte, weil er viel zu sehr mit dem Beschnüffeln eines Blumenbeets beschäftigt war.

„Lass den armen Kerl doch", meinte Jim. „Er braucht ein bisschen frische Luft und Bewegung."

Nach einem kurzen Zögern blieb Tripp dicht hinter seinem Stiefvater, bereit ihn aufzufangen, sollte er stürzen. „Aber er könnte weglaufen oder so was …"

Ohne sich umzudrehen, schlurfte Jim über die abgenutzten Holzdielen im Wohnzimmer. „Der kommt schon klar", meinte er und gab ein kratziges Lachen von sich. „Wir sind hier nicht in der Großstadt, mein Junge. Wenn er wegrennt, kommt er auch wieder. Ganz abgesehen davon gibt es hier draußen so wenig Verkehr, dass er kaum Gefahr läuft, von einem Müllwagen oder Taxi angefahren zu werden."

Trotz seiner Sorge um seinen Stiefvater lachte Tripp heiser und kurz. „Nein, stimmt, hier draußen auf dem Land ist es sicher wie beim Picknick der Sonntagsschule – wenn einem ein paar Wölfe, Kojoten, Klapperschlangen und Grizzlybären nichts ausmachen."

Jim ging kopfschüttelnd durch den Bogengang ins Esszimmer. „Lange her, seit du zuletzt deinen Fuß mal in den guten alten Dreck gesetzt hast", bemerkte er trocken. „All die Jahre, die du in Seattle gelebt hast, umgeben von nichts als Beton und Asphalt, haben deiner Birne bestimmt nicht gutgetan und dich zu einem Grübler und Pessimisten gemacht."

Diesmal war Tripps Grinsen echt. Für Jims Geschmack war jede Gemeinde mit mehr als zehntausend Einwohnern zu groß.

Deshalb verteidigte er Seattle auch gar nicht, Jim würde nur seufzen und abwinken. Also sagte er nur: „Die Sache ist die, dass ich zurückgekommen bin, um zu bleiben."

Jim blieb im Türrahmen zur Küche stehen und hielt sich mit einer Hand an ihm fest, um sich einen Moment auszuruhen. „Das wurde aber auch Zeit", brummelte er gutmütig, straffte die knochigen Schultern und bewegte sich weiter, was ihn ein bisschen zu viel Mühe zu kosten schien.

Tripp war erleichtert, als Jim es endlich in die Küche geschafft hatte, zum Tisch ging und sich setzte.

„Ich hole den Kaffee", sagte Tripp in unbeschwertem Ton. „Du kannst ja schon mal anfangen zu erzählen."

3. KAPITEL

Jim brauchte einen Moment, um wieder zu Atem zu kommen. Sein ansonsten von der vielen Arbeit unter freiem Himmel gebräuntes Gesicht war blass, und er schloss für einen Moment die Augen, um Kraft zu sammeln. Als er sie wieder aufmachte, sah er Tripp müde an.

„Ich war krank", gestand er. „Das ist im Wesentlichen die ganze Geschichte."

Tripp, der gerade die Kaffeekanne über der Spüle mit Wasser füllte, hielt erschrocken inne. Sein Hals war plötzlich wie zugeschnürt, als hätte man ihm einen Sattelgurt umgelegt und bis zum letzten Loch festgezurrt. „Was meinst du mit ‚krank'?", fragte er, als er seine Stimme wiedergefunden hatte.

Sein leiblicher Vater war nach einer Blinddarmoperation gestorben, als Tripp noch ein Baby war. Mehr als alte Fotos eines Mannes, der ihm kein bisschen vertraut war, gab es nicht.

Jim Galloway hingegen war sein Dad.

Wieder seufzte Jim. „Keine tödliche Krankheit, also schreib nicht gleich eine Todesanzeige und spar dir die Suche nach einem geeigneten Ort, um meine Asche zu verstreuen", sagte er langsam und nachdenklich. „Wahrscheinlich werde ich noch eine Weile da sein."

Tripps Miene verhärtete sich. „Wahrscheinlich? Was zum Geier soll das heißen?"

Jim musterte ihn mit einer Mischung aus Mitgefühl und Belustigung. Er gab ein raues Lachen von sich, das sich anhörte, als ob es ihm Schmerzen bereite.

„Na, jeder stirbt irgendwann, mein Sohn", krächzte er heiser. „Hat keinen Sinn, sich über Dinge aufzuregen, gegen die man nichts tun kann."

Während Tripp darauf wartete, dass der Kaffee durchlief, lehnte er sich gegen die Arbeitsfläche und verschränkte die

Arme vor der Brust. Vermutlich wirkte er nach außen hin ruhig, aber das war er keineswegs. „Wie lange schon?"

Jim ließ sich nicht so leicht etwas vormachen, aber es war schwer zu sagen, ob er Tripp durchschaute. Er ließ sich nicht in die Karten schauen – sein Credo lautete: Wenn jeder Bescheid weiß, ist es kein Geheimnis mehr. Mit anderen Worten, er glaubte nicht daran, dass alle ständig über alles Bescheid wissen mussten.

Nach einem kurzen Moment lächelte er wieder, nahm sich aber Zeit mit der Antwort. „Ich weiß es seit knapp einem Jahr", begann er schließlich, und so knapp diese Information auch war, wusste Tripp, dass sein Dad nicht einmal das gern preisgab.

Er wollte sich schon beschweren, dass Jim so etwas Wichtiges so lange für sich behalten hatte, doch sein Stiefvater hob die Hand, um ihn zu stoppen.

„Manche Dinge sind eben, na ja, privat", erklärte er.

Hinter Tripp gurgelte und dampfte die alte Kaffeemaschine, die ihren Dienst schon seit der Zeit vor der Jahrtausendwende tat, wie ein kleiner Vulkan kurz vor dem Ausbruch.

„Privat?", wiederholte Tripp ungläubig.

Jim wich seinem Blick aus, und sein Hals lief rot an. „Es kommt alles in Ordnung", versicherte er Tripp, allerdings mit so leiser Stimme, dass man ihn kaum hörte. „Und ich wäre dir wirklich dankbar, wenn du aufhören würdest, alles zu wiederholen, was ich sage."

„Ja, nun", sagte Tripp angespannt und mit einer Portion Ironie, während er sich zu seinem Vater setzte. „Welche Krankheit auch immer es war oder ist, die dich beinah umgebracht hätte und es wahrscheinlich immer noch könnte, ist *privat*. Warum hast du das denn nicht gleich gesagt?"

„Wäre es möglich, mal ein bisschen weniger herumzumeckern?", fragte Jim. Ein Wangenmuskel zuckte in seinem Gesicht, als kaue er auf einem Stück Leder herum. „Das Schlimmste ist überstanden, mein Junge. Ich habe alles getan, was die Ärzte mir geraten haben, und inzwischen bin ich in der Genesungsphase. Mir geht nur ein bisschen früher als sonst die Kraft aus, das ist alles."

Tripp sah seinen Dad an und malte sich aus, was der Mann möglicherweise allein durchgemacht hatte, nur wegen seiner Sturheit und seinem verdammten Stolz. In solchen Momenten wusste Tripp nicht, ob er gegen die nächste Wand boxen oder wie ein kleines Kind in Tränen ausbrechen sollte.

Letztlich tat er keines von beidem, sondern wartete einfach auf den Rest der Geschichte.

Inzwischen hatte die Farbe von Jims Hals von Rot zu Violett gewechselt. „Es stellte sich heraus, dass es meine Prostata war, die all die Probleme verursachte", erklärte er schließlich, und es klang, als hätte Tripp ihm jedes einzelne Wort abgepresst.

Diese hart erkämpfte Antwort musste Tripp erst einmal verarbeiten. „Es wäre leichter gewesen, ein halbes Dutzend Maultiere aus einem Schlammloch zu treiben, als das aus dir herauszubekommen", war alles, was ihm zunächst dazu einfiel.

Und dann schnürte es ihm erneut die Kehle zu. Er fühlte sich benommen, als wäre er vom Pferd gestürzt, das ihm anschließend zu allem Überfluss auch noch auf den Hals getreten war.

Natürlich war ihm klar, dass sein Dad nicht absichtlich krank geworden war. Andererseits fühlte er sich hintergangen und in die Enge getrieben. Diese Empfindungen breiteten sich in seinem Blutkreislauf aus wie Gift.

Diesmal war Jim derjenige, der die Unterhaltung fortführte.

„Der Kaffee ist fertig", bemerkte er in freundlichem Ton, sodass ein Außenstehender hätte meinen können, ihr vorheriges Gespräch habe sich um etwas ganz Gewöhnliches gedreht, wie zum Beispiel die diesjährige Heuernte oder Lokalpolitik.

„Pfeif auf den Kaffee", erwiderte Tripp. Er holte tief Luft und beugte sich über den Tisch. „Was soll das, Dad? Plötzlich bist du zimperlich wie eine alte Jungfer, und es ist dir peinlich, über deine Prostata zu reden?"

Jim, wieder ganz der alte Sturkopf, antwortete nicht.

Und Tripp, ebenso stur, ließ nicht locker. „Es ist schließlich nicht so, als wüsste ich nicht, dass du eine hast. Und soll ich dir was sagen? Ich auch."

Da es sich nur um eine rhetorische Feststellung handelte und Jim nun mal so war, wie er war, gab er auch dazu keinen Kommentar ab. Er sah nur verärgert aus. Dann fuhr er sich durch die weißen Haare und unternahm wenigstens den Versuch einer Erklärung.

„Ich habe nicht damit gerechnet, dass es so lange dauern würde, bis ich wieder zu Kräften komme", gestand er. „Und ich hätte meine Krankheit gar nicht erwähnt, wenn ich die Ranch allein führen könnte." In seinen Augen schimmerten plötzlich Tränen, und sein Adamsapfel hüpfte, als er schlucken musste. „Aber es zeigte sich, dass ich das nicht schaffe. Alles wuchs mir über den Kopf." Jim machte eine Pause, bevor er fast trotzig fortfuhr: „Wie dem auch sei, ich wusste sehr genau, dass ich nicht sterben würde. Das wusste ich gleich. Ich will nicht behaupten, dass es nicht ein paar schwere Tage waren, und auch schwere Nächte. Aber ich hab schon Schlimmeres durchgemacht ... viel Schlimmeres." Wieder hielt er inne und sammelte sich. „Wie den Verlust deiner Mutter. Ellie war mein Polarstern, das weißt du."

Tripp dachte traurig an Ellie Galloway, die auch für seinen inneren Kompass der Norden gewesen war. Selbst nach all dieser Zeit konnte er noch nicht glauben, dass sie für immer gegangen war.

Da er seiner Stimme nicht traute, begnügte er sich mit einem finsteren Blick. So leicht würde Jim nicht davonkommen, und Tripp wollte, dass sein Dad das wusste.

Jim schnaubte ungeduldig. „Was sollte ich denn tun? Verrat mir das mal. Hätte ich dich bitten sollen, nach Hause zu kommen, als das alles losging, damit wir uns beide elend fühlen?"

Nicht im Geringsten besänftigt, obwohl er vermutlich an Jims Stelle genau das Gleiche getan hätte, verweigerte Tripp zunächst die Antwort. Er ging zur Kaffeemaschine, goss etwas Java-Kaffee in einen angeschlagenen Becher und stellte ihn geräuschvoll vor seinen Dad auf den Tisch.

Anschließend kehrte er nicht auf seinen Platz zurück.

Jim trank einen Schluck. „Danke." Ein weiterer Schluck folgte, dann noch einer. „Tja, ich schätze, ich hätte mich wohl ein bisschen eher melden sollen", meinte er schließlich.

Inzwischen stand Tripp vor der langen Fensterreihe und hatte Jim den Rücken zugekehrt. Er beobachtete Ridley, der im Garten herumtollte und offenbar ein Insekt jagte. „So, meinst du?", erwiderte er gereizt.

Der Kaffee, schwarz und stark, wie er ihn mochte, tat Jim anscheinend gut, denn als er antwortete, klang er fast wieder wie früher. „Andererseits war es vielleicht richtig, nichts zu sagen. Ich dachte mir schon, dass du eine Krise kriegst, sobald du davon weißt, ganz egal, wann oder wie du davon erfährst."

Kopfschüttelnd wandte Tripp sich von den Fenstern ab. „Du bist der einzige Vater, den ich habe", sagte er, inzwischen ruhiger – oder vielleicht auch einfach erschöpft. Die Begegnung mit Hadleigh hatte ihn schon aufgewühlt – und jetzt auch noch das. „Mag sein, ich wäre in jedem Fall ausgeflippt. Aber dann hätte ich mich an die Arbeit gemacht auf dieser Ranch, damit du dich darauf konzentrieren kannst, wieder gesund zu werden."

Erneut mied Jim seinen Blick, vermutlich weil seine Augen sich mit Tränen füllten, und dachte über Tripps Worte nach, ehe er einräumte: „Hm, wir haben wohl beide recht." Er blinzelte mehrmals, dann sah er seinen Sohn wieder an. „Du hattest ein Recht, es zu erfahren. Und ich hatte das Recht, es für mich zu behalten." Er hielt kurz inne. „Wollen wir uns darauf einigen?"

Tripp nickte. „Ja, dagegen ist wohl nichts einzuwenden", antwortete er heiser.

„Na gut, dann wäre das geklärt", meinte Jim sichtlich erleichtert und erhob sich mühsam von seinem Platz. „Wenn du jetzt die Pferde füttern gehst, schaue ich mal, was ich uns zum Abendessen machen kann."

Wieder nickte Tripp nur. Es hatte keinen Zweck, das Thema weiterzuverfolgen, jedenfalls nicht heute Abend.

Also schnappte er sich Jims Jeansjacke, die an ihrem üblichen Platz an einem der Haken neben der Hintertür hing, und zog sie an.

Es gab nach wie vor einiges zwischen Vater und Sohn zu klären, aber mit der Zeit würde sich alles finden.

Nur stand Zeit den Menschen nicht endlos zur Verfügung.

Zeit. Bitte lass noch genug davon da sein.

Resigniert verließ Tripp das Haus und ging über die morschen Verandastufen hinunter in den Garten. Ridley hörte auf, die Blumenbeete am Zaun zu erforschen, und trottete zu ihm. Gemeinsam machten sie sich auf den Weg zu den Ställen.

Die Aufgaben waren Tripp vertraut, er hätte sie im Schlaf erledigen können.

Gefolgt von Ridley, der neugierig auf die riesigen wiehernden Kreaturen war, schaufelte Tripp frisches Heu in die Futtertröge, schaute nach, ob genügend Wasser in den alten Aluminiumbottichen war und begrüßte jedes der sechs Pferde, indem er ihnen den Hals tätschelte und ein paar freundliche Worte zu ihnen sagte.

Später, als er und der Hund zum Haus zurückgingen, sah Tripp hoch zum Abendhimmel, an dem schon die ersten Sterne funkelten.

Vielleicht wendet sich ja doch noch alles zum Guten.

Jim wird wieder gesund werden, versicherte er sich. Mit mehr Ruhe und weniger Sorgen würde er schon bald wieder der alte störrische Kerl von früher sein.

Und was Tripps Verhältnis zu Hadleigh anging … nun, das blieb vorerst eine Herausforderung, keine Frage.

Zum Glück mochte er Herausforderungen.

Melody war Hadleighs erster Gast an diesem Abend – Tripp zählte schließlich nicht. Sie sah vom Wind zerzaust aus und als hätte sie sich beeilt, obwohl sie gar nicht zu spät kam. Den schwarzen maßgeschneiderten Mantel hatte sie zugeknöpft, ohne ihre schulterlangen blonden Haare unter dem Kragen hervorzuziehen. Der Riemen ihrer Umhängetasche lief quer über die Brust, und die Platte mit Käse und Aufschnitt aus dem Supermarkt zitterte leicht in ihrer Hand, als sie sie ihrer Gastgeberin hinhielt.

„Du hast es schon gehört", schloss sie, nachdem sie Hadleigh einen Moment betrachtet hatte.

Hadleigh nahm Melody das Tablett ab, stellte es auf die Arbeitsfläche und nickte verdrossen. Es gab keinen Grund, so zu tun, als wüsste sie nicht, wovon Melody sprach. „Tripp ist zurück", sagte sie.

Ist er noch verheiratet? Hat er Kinder?

Ihr hatte der Mut zu fragen gefehlt.

Melody atmete erleichtert auf, legte ihre Tasche weg, knöpfte den Mantel auf und warf ihn über eine Stuhllehne, ehe sie ihr gebändigtes Haar mit gespreizten Fingern und einem Kopfschütteln auflockerte. „Und?", hakte sie nach und musterte Hadleigh weiterhin prüfend.

„Und er war hier", gestand Hadleigh. Für sie waren das keine guten Neuigkeiten, aber sie wusste, dass Melody überrascht sein würde. Darum machte es ihr Spaß, es zu erwähnen.

Die Reaktion erfolgte prompt. „Hier?" Melodys blaugrüne Augen leuchteten zugleich alarmiert und entzückt. „Tripp Galloway war hier? In diesem Haus? Wann?"

„Heute", antwortete Hadleigh. Sie nahm Melodys Mantel vom Stuhl und trug ihn in den Flur, wo sie ihn sorgfältig an

einen der Haken des antiken Garderobenständers ihrer Großmutter hängte.

Melody folgte ihr, wobei sie Hadleigh mit Fragen bombar-
dierte und keine Gelegenheit für eine Antwort gab. „Was wollte
er? Was hat er gesagt? Was hast *du* gesagt? Warst du froh, ihn
zu sehen? Oder wütend? Oder traurig? Warst du geschockt?
Du musst geschockt gewesen sein. Hast du geweint? Du hast
nicht geweint, oder? Ach du liebe Zeit, bitte sag mir, dass du
nicht geweint hast …"

Die Hände in die Hüften gestemmt, drehte sich Hadleigh
um und grinste, obwohl sie eher empört war. „Selbstverständlich habe ich nicht geweint. Ich und Tränen wegen Tripp Galloway? Vergiss es."

Als wüssten sie beide nicht, dass sie sich nach ihrer ruinier-
ten Hochzeit wochenlang die Augen ausgeweint hatte – und
zwar nicht wegen Oakley, sondern weil Tripp verheiratet war.

Wie hatte sie das nicht wissen können?

Tripp hätte es doch seinem Dad erzählt, wenn schon niemandem sonst, oder?

Schwer zu sagen. Jim behielt vieles für sich, wenn es um persönliche Dinge ging. Er gehörte zu der Sorte Männer, die mehr
zuhörten als redeten.

Als gute Freundin sah Melody davon ab, sie auf das Offensichtliche hinzuweisen. „Was wirst du jetzt tun?", fragte sie
stattdessen und begrüßte Muggles mit einem beiläufigen, aber
liebevollen Tätscheln des Kopfes, als der Retriever sich auf dem
Rückweg in die Küche zu ihnen gesellte. Da die Hündin regelmäßig zu Hadleigh kam, war ihre Anwesenheit nichts Besonderes.

Für Melody zählte sie schon zum Haushalt.

„Tun?", wiederholte Hadleigh und kicherte auf sehr be-
fremdliche Weise. „Na, mal sehen. Was kann ich nur tun?" Sie
schnippte mit den Fingern. „Ich hab's. Ich könnte in ein Klos-
ter eintreten. Oder in die Fremdenlegion, vorausgesetzt, sie

nehmen inzwischen Frauen. Falls das nicht klappt, könnte ich zur See fahren, bei der Handelsmarine. Das ist gefährliche Arbeit, aber der Verdienst soll gut sein."

Melody lachte, wirkte aber angespannt. „Hör schon auf", sagte sie. „Das ist ernst. Möglicherweise können wir unseren ganzen Heiratspakt vergessen und noch mal von vorn anfangen."

Inzwischen waren sie wieder in der Küche, und bevor Hadleigh etwas erwidern konnte, spähte Bex Stuart durch das ovale Fenster in der Hintertür, klopfte gegen die Glasscheibe und trat ein.

Die Art, wie Bex sich bewegte, hatte etwas vage Musikalisches. Hadleigh konnte beinah das Klingeln ferner Glöckchen hören.

„Hast du schon gehört?", platzte Bex atemlos vor Aufregung heraus, kaum hatte sie die Schwelle übertreten.

„Tripp Galloway ist wieder in der Stadt", antworteten Melody und Hadleigh im Chor.

Bex, enttäuscht, dass die große Neuigkeit sich schon verbreitet hatte, stellte ihre Handtasche sowie eine Schachtel vom örtlichen Bäcker ab und zog den dick gepolsterten Nylonmantel aus, den Hadleigh ihr abnahm.

Es folgte ein zweiter Gang zum Garderobenständer und zurück, diesmal mit Bex und Muggles als Teil der Karawane. Jetzt war Bex diejenige, die Hadleigh eine Frage nach der anderen stellte.

Das reinste Déjà-vu.

„Könntet ihr bitte mal halblang machen?", wandte Hadleigh sich schließlich an ihre Freundinnen, während die zwei Frauen und der Hund sie neugierig ansahen.

„Ich konnte nichts aus ihr herausbekommen", vertraute Melody Bex an, als wäre Hadleigh plötzlich nicht mehr da.

Bex' Augen, deren Farbe von hellem Bernstein zu Grün wechseln konnte wie die Haut eines Chamäleons, weiteten sich vor Neugier.

„Nicht nur das", fuhr Melody fort. „Er war *hier*."

„Wow", keuchte Bex und schaute nach oben. „Und das Dach ist nicht eingestürzt."

„Kriegt euch endlich ein", forderte Hadleigh ihre Freundinnen auf.

Aber das schien den beiden kaum möglich zu sein. Melody und Bex führten sie regelrecht zurück in die Küche, wobei sie jeweils einen ihrer Ellbogen umfassten. Sie geleiteten sie bis zu einem Stuhl, als wäre sie gerade den Klauen des Todes entrissen worden und stünde noch immer unter Schock.

Muggles folgte ihnen schwanzwedelnd, fasziniert von dem ständigen Hin- und Herlaufen. Seltsame Wesen, diese Menschen, dachte sie vielleicht. *Sobald sie irgendwo sind, wollen sie schon wieder woanders sein.*

Ohne ein Wort zu sagen, legten Hadleighs beste Freundinnen los, als hätten sie die Szene vorher einstudiert.

Bex schob einen Stuhl vor den Kühlschrank und stieg darauf, um einen darüber hängenden Schrank zu öffnen. Sie griff an einer Keksdose mit der Aufschrift *Love Lucy* vorbei und tastete herum, bis sie eine einzelne und sehr angestaubte Flasche Whiskey fand. Sie hatte letztes Weihnachten dafür herhalten müssen, den Eierpunsch aufzupeppen, und war immer noch drei viertel voll.

Unterdessen holte Melody drei gedrungene Trinkgläser aus einem anderen Schrank, trug sie zur Spüle, um sie vorsichtig abzuspülen und anschließend mit einem bestickten Handtuch abzutrocknen.

Hadleigh beobachtete das Ganze verwirrt, genau wie Muggles. Das Schauspiel erinnerte sie an Synchronschwimmen in alten Schwarzweißfilmen, die ihre Großmutter sich gern im Fernsehen angeschaut hatte, vorgeführt in glitzernden Swimmingpools, von badenden Schönheiten in eleganten einteiligen Badeanzügen.

Schwungvoll goss Melody in jedes Glas einen doppelten Whiskey, reichte ebenso schwungvoll eines an Bex und eines an Hadleigh weiter und hob am Schluss ihr eigenes Glas zu einem Toast.

Das weckte eine wehmütige Erinnerung in Hadleigh, denn die Gläser waren Supermarktprämien, die Gram mit Hingabe gesammelt hatte, eines nach dem anderen, bis sie ein Set aus acht Gläsern zusammenhatte. Dabei war ihre Großmutter Abstinenzlerin und eher der sachliche Typ gewesen.

Hadleigh, die damals in der Highschool gewesen war, hatte sie gefragt, weshalb sie diese Gläser unbedingt gewollt hatte, da sie doch nie benutzt wurden. Darauf hatte ihre Großmutter nur gelächelt und erklärt, ihr gefiele es so, wie das Licht durch diese Gläser scheine und auf interessante Weise gebrochen werde. So etwas, meinte sie, könne einen langweiligen Tag aufhellen.

Du warst diejenige, die langweilige Tage aufhellte, Gram, dachte Hadleigh. *Du, mit deiner Liebe und deinem Lachen und deinem Lächeln, das wie ein Zauber wirkte.*

Melody forderte Hadleighs Aufmerksamkeit mit einem lauten „Ähem" ein. „Auf den Heiratspakt", verkündete sie.

Hadleigh nickte nur und nippte vorsichtig an ihrem Glas.

Der Whiskey brannte im Rachen und dann in der Speiseröhre.

Bex, stets für jeden Blödsinn zu haben, überwand ihre offensichtliche Abneigung und kippte den Inhalt des Glases in einem Zug herunter, nur um gleich darauf einen Hustenanfall zu bekommen.

Grinsend ging Melody zu ihr und klopfte ihr beherzt ein halbes Dutzend Mal auf den Rücken.

Bex sah Melody vorwurfsvoll an. „Meine Güte, Mel, du musst nicht gleich auf mich einprügeln."

„Sorry", erwiderte Melody unbekümmert.

„Außerdem", fuhr Bex fort, „ist es vermutlich nicht sehr schlau, auf nüchternen Magen zu trinken. Wenn wir einen vernünftigen Plan ausarbeiten wollen, müssen wir nüchtern sein."

„Du hast recht", stimmte Hadleigh ihr resolut zu, stellte ihr Glas auf den Tisch und stand auf. Sie ging zum Kühlschrank, um den Nudelsalat zu holen, den sie zubereitet hatte, bevor Earl mit dem Krankenwagen abgeholt worden war und sie einen Hund geerbt hatte. Und bevor Tripp aufgetaucht war, im Regen auf dem Gehsteig vor ihrem Haus, mitten am Tag. Unnötig zu erwähnen, dass sie es nicht mehr geschafft hatte, auch noch wie geplant einen Kuchen zu backen. „Na schön, lasst uns essen."

Die Mahlzeit war schlicht, köstlich und, von Hadleighs Standpunkt aus gesehen, viel zu schnell vorbei. Es gab fast nichts abzuwaschen, bis auf die Salatschalen und das Besteck. Beides räumte Melody in die Spülmaschine, während Bex den Tisch abwischte und Hadleigh Muggles für ein paar Minuten nach draußen ließ und ihr anschließend frisches Trockenfutter in den Napf füllte.

Als alles erledigt war, versammelten sich die drei Freundinnen am Tisch – wie in alten Zeiten.

„Da du es nicht fertiggebracht hast, ihn direkt zu fragen, ob er immer noch verheiratet ist – hast du denn wenigstens darauf geachtet, ob er einen Ehering trägt?", erkundigte Melody sich vorsichtig.

Aber Hadleigh war viel zu aufgewühlt gewesen, um daran zu denken. Oder an sonst irgendetwas.

Als Hadleigh nicht antwortete, seufzte Melody und gab sich die Antwort selbst. „Hast du nicht. Na ja, macht nichts. Es scheint auch sonst niemand in der Stadt zu wissen."

Genau wie Tripps Rückkehr nach Mustang Creek offenbar jeden überrascht hatte, war es auch mit seiner Ehe vor zehn Jahren gewesen. Neuigkeiten wie diese verbreiteten sich für gewöhnlich wie ein Lauffeuer in Bliss County, auch wenn sie eigentlich ein Geheimnis sein sollten – besonders dann. Doch irgendwie war es ihm gelungen, diese interessante Information unter Verschluss zu halten.

Bis er es Hadleigh erzählt hatte …

„Ich … konnte nicht denken", gab sie jetzt zu, erneut verlegen. Dabei hatte sie sich doch fest vorgenommen, sich von Tripp Galloway nicht mehr aus der Bahn werfen zu lassen. Dazu musste sie nur endlich aufhören, ständig an ihn zu denken.

Aber wie sollte sie ihn vergessen?

„Du hast Tripp nicht einmal gefragt, warum er zurückgekommen ist?", wollte Bex wissen. Es war typisch für sie, dass sie einfach weiterfragte, wenn ihr eine Antwort nicht gefiel. Anscheinend hoffte sie, durch ihre Beharrlichkeit eine bessere Antwort zu erhalten.

„Er ist in Mustang Creek aufgewachsen, genau wie wir", erwiderte Hadleigh. „Er muss keine Rechenschaft über seinen Aufenthaltsort ablegen. Jedenfalls nicht vor mir."

Melody lehnte sich zurück und musterte Hadleigh nachdenklich. „Erspar uns diese Vorstellung", sagte sie. „Wir sind es, deine besten Freundinnen. Wir sehen alles, wir wissen alles. Du bist seit Ewigkeiten in diesen Mann verliebt."

„Bin ich nicht", protestierte Hadleigh mit weniger Überzeugungskraft, als sie beabsichtigt hatte.

Na schön, ich bin seit Urzeiten in Tripp verliebt.

Es stimmte, sie war hin und weg gewesen, seit Will ihn zum ersten Mal nach der Schule mit nach Hause gebracht hatte. Sie hatte seinetwegen sogar schon Tränen vergossen.

Aber das bedeutete nicht, dass sie den Kerl *liebte* oder jemals *geliebt* hatte.

Tripp war eine der letzten Verbindungen zu Will, mehr nicht, eine Verbindung zu ihrem toten Bruder, an dem sie gehangen hatte. Bis auf Gram natürlich konnte Tripp sich besser als sonst jemand an Will erinnern, und zu Anfang wenigstens hatte er diese Erinnerungen gern mit ihnen geteilt.

Sie hatten Hadleigh Trost gespendet, wie ein Feuer in einer kalten Nacht. Sie hatte Tripp als Freund betrachtet, vielleicht ein bisschen als Ersatz für ihren großen Bruder. Während sie ihm verzeihen konnte, dass er aus dem wichtigsten Tag ihres Lebens einen solchen Zirkus gemacht hatte, empfand sie das Verschweigen seiner Ehefrau als Verrat.

Darüber war sie bis heute nicht hinweg.

„Der Punkt ist", begann Melody und brachte damit das informelle Treffen zurück aufs Thema, „dass Bex und ich wissen müssen, wie du zu unserem Pakt stehst."

Ach ja, der Heiratspakt.

An einem Sommerabend im Billy's, bei seinen berühmten Hühner-Chili-und-Käse-Nachos, hatten die drei sich ein Versprechen gegeben – ein paar Jahre, nachdem Hadleigh von Tripp aus der Kirche verschleppt worden war.

Denn nach einigen Jahren ohne brauchbare Heiratskandidaten in Sicht schien es allmählich, dass die drei dazu bestimmt waren, ewig Brautjungfern zu bleiben statt Bräute zu werden. Sie hatten es satt, darauf zu warten, dass ihr Leben endlich anfing. Sie wollten nicht mehr nur die zweite Geige spielen und Statistinnen bei den romantischen Traumhochzeiten ihrer Freundinnen sein. Sie hatten genug davon, ständig tapfer zu Brautpartys zu gehen und nie selbst eine veranstalten zu können.

Es war nicht so, dass sie keine modernen Frauen wären. Sie hatten alle am College studiert, hatten Karriereziele und diese größtenteils auch bereits erreicht.

Doch tief im Innern wussten sie, dass etwas fehlte.

Sie wollten Ehemänner, ein Zuhause, Familien.

War das so falsch?

Und darüber hinaus hatten sie die Nase voll von Dates mit kleinen Jungs, die sich wie Männer aufspielten.

Verdammt, sie wollten echte Männer, richtige Kerle voll Testosteron und mit allem Drum und Dran.

Darum hatten sie den Pakt geschlossen.

Die Grundsätze ihrer Vereinbarung schrieben sie auf Papierservietten, auf denen Bad Billy's unverwechselbares Logo eines gehörnten Teufels gedruckt war. Im Wesentlichen ging es darum, dass sie sich gegenseitig bei der Suche nach Mr Right unterstützen wollten. Sie würden sich mindestens einmal im Monat treffen, solange alle in einem Umkreis von fünfzig Meilen wohnten. Falls sich daran etwas änderte, wollten sie per Internet Kontakt halten. So konnten sie auf das Ziel konzentriert bleiben – keine Kompromisse.

Entweder wahre Liebe oder gar nichts. Darum ging es.

Bis jetzt hatte es nichts von Ersterem, dafür aber reichlich von Letzterem gegeben.

Aber ein Cowgirl gibt niemals auf.

Hadleigh, Melody und Bex hielten durch.

Was machte es schon, wenn aus dem monatlichen Treffen Shoppingtouren wurden, sie zur Jukebox in Cowboy-Bars tanzten oder sich im Wohnzimmer bei irgendeiner der drei einen Film ansahen und der strategische Charakter ein wenig in den Hintergrund geriet? Kein Plan war perfekt.

Bei anderen Gelegenheiten, besonders nach zu viel Fernsehen, insbesondere dem Oprah Winfrey Network, verstärkten sie ihre Bemühungen. Dann zündeten sie sogar Kerzen an, formulierten Beteuerungen, verfeinerten ihre Absichten ganz esoterisch. Sie hatten sogar mit „Visionstafeln" gearbeitet und Zeitschriftenfotos auf postergroßes Papier geklebt. Dafür wählten sie Bilder von großen Häusern aus, für glamouröse Hochzeiten geschmückte Kirchen, Flitterwochenziele überall auf der Welt, attraktive Männer in Smokings sowie zahllose strahlende, gesunde Kinder, denen jeder die überdurchschnittliche Intelligenz schon von Weitem ansah. Und schlussendlich ein Haustier oder zwei. Diese Collagen klebten sie an die Innenseite ihrer Kleiderschranktüren.

Ihre Freundinnen heirateten munter weiter.

Und luden sie als Brautjungfern ein.

Allmählich fransten die Ränder der Visionstafeln aus, und aus schierer Verlegenheit nahmen sie sie irgendwann ab und verbrannten sie in einer Tonne in Hadleighs Garten.

Ernüchtert, aber nach wie vor entschlossen, schrieben sie sich bei einem Online-dating-Service ein, und zwar bei dem, der sich mit der höchsten Heiratsquote brüstete.

Obwohl ihre Hoffnungen zu Beginn entsprechend hoch waren, mussten sie rasch einsehen, dass auch diese Idee zum Flop geriet. Wenn es zu Treffen kam, stellten sie oft fest, dass sie mit den betreffenden Männern aufgewachsen waren, und zwar hier in Mustang Creek. Der Grund, weshalb sie nie Dates mit ihnen gehabt hatten, war leider offensichtlich. Die Kandidaten aus den abgelegeneren Gegenden benahmen sich verdächtig verheiratet. Oder sie wollten sich Geld leihen. Oder erwarteten sofortigen Sex.

Loser.

Trotzdem blieben die drei Musketiere unverzagt. Auf dem College ließen sie keine Party aus, ob sie nun Lust zu feiern hatten oder nicht. Sie verabredeten sich zu Blind Dates mit den Brüdern, Cousins und Exfreunden verschiedener Freundinnen, Freundinnen von Freundinnen und bloßen Bekannten, wie es die einschlägige „Wie finde ich einen Mann"-Ratgeberliteratur empfahl, die verschlungen und heiß diskutiert wurde.

Die Ergebnisse all dieser Bemühungen waren trist, lieferten aber gute Geschichten und boten reichlich Stoff für Gelächter.

Weniger sture Frauen hätten vermutlich längst aufgegeben und sich mit dem Single-Dasein abgefunden, doch nicht so Hadleigh, Melody und Bex.

Darum saßen sie jetzt hier, zwei Jahre vor ihrem dreißigsten Geburtstag, alle drei erfolgreich in ihren Berufen. Melody war eine talentierte Schmuckdesignerin, Bex gehörte ein florierender Fitnessclub, und Hadleigh genoss landesweite Bekanntheit als Quilt-Künstlerin. Alle drei waren seit jenem Abend bei Billy's, als sie den Heiratspakt schlossen, bei der Suche nach dem Mann ihrer Träume noch keinen Schritt weitergekommen.

Hadleigh, die diesen Gedanken nachgegangen hatte, folgte plötzlich wieder der Unterhaltung.

„Vielleicht waren wir zu unflexibel, weil wir keine Männer in Betracht gezogen haben, die wir bereits kennen", sagte Bex gerade.

Melody nickte konzentriert. „Es könnte Schicksal sein." Sie schwenkte den Rest ihres Whiskeys im Glas. „Ich meine, dass Tripp endgültig nach Mustang Creek zurückkommt und bei Hadleigh vorbeischaut, bevor er zur Ranch rausfährt."

Hadleigh stutzte. „Moment mal", sagte sie. „Wie kommt ihr denn darauf, dass Tripp bleiben will? Sein Dad war ziemlich krank, und es wurde höchste Zeit, dass er auf einen Besuch vorbeikommt. Aber er hat schließlich eine eigene Firma, die er leiten muss. Und möglicherweise ist er nach wie vor verheiratet und hat Kinder."

Sowohl Melody als auch Bex sahen sie ein wenig erstaunt an.

„Du hast nicht zugehört", warf Bex ihr vor, allerdings nicht unfreundlich.

„Nein, offenbar nicht", stimmte Melody ihr zu und grinste. Sie tippte mit dem Zeigefinger auf das Display ihres Smartphones auf dem Tisch. „Das Wunder der Suchmaschinen", fuhr sie fort. „Vor Kurzem hat Tripp seine Firma für viel Geld verkauft, sein Apartment in Seattle auf lange Sicht vermietet und das meiste an Besitztümern abgestoßen. Von einer Ehefrau ist nirgends die Rede, nur von einer Ex. Ihr Name ist Danielle, und sie ist seit acht Jahren mit einem Architekten aus L. A. verheiratet. Die beiden haben zwei Kinder und einen Pudel namens Axel."

Hadleigh machte den Mund auf und wieder zu. Ihr fehlten die Worte.

„Axel", wiederholte Bex beinah traurig. „Der arme Hund."

„Ist das dein Ernst, Hadleigh?", fragte Melody. Bevor sie Schmuckdesignerin wurde, hatte sie eine Karriere als Prozessanwältin angestrebt. Manchmal kam das immer noch durch. „Hast du denn in all den Jahren nie Erkundigungen über Tripp angestellt? Nicht ein einziges Mal?"

Hadleigh fühlte, wie das Blut in ihre Wangen schoss. Muggles, die bis jetzt unter dem Tisch geschlafen hatte, stand auf und legte mitfühlend die Schnauze auf ihr rechtes Bein. „Nein", antwortete sie und versuchte, dabei nicht so zu klingen, als wollte sie sich rechtfertigen. „Ich habe den Mann verdrängt, okay? Ich bin schließlich auch nur ein Mensch."

Ihre Freundinnen tauschten einen Blick, aber keine der beiden erwiderte etwas.

„Von euch beiden hat anscheinend ja auch keine recherchiert", stellte Hadleigh fest.

„Wir waren auch nicht unser ganzes Leben lang verrückt vor Liebe zu diesem Mann", konterte Melody.

„Er hat dir wehgetan", fügte Bex hinzu und sah Hadleigh an. „Ich wollte gar nichts über ihn wissen. Meinetwegen hätte er sich für eine One-Way-Mission zum Mars melden können oder zu sonst irgendeinem Planeten. Je weiter von der Erde entfernt, desto besser."

„Ich habe Tripp Galloway nie geliebt", stellte Hadleigh noch einmal klar. „Weder jetzt noch damals. Er war der beste Freund meines Bruders. Ich habe zu ihm aufgesehen. Vielleicht war da eine Art Heldenverehrung im Spiel, zumindest bis ich meine Zahnspange loswurde. Aber ich wiederhole: Ich war niemals in ihn verliebt."

Wieder tauschten Melody und Bex einen Blick und grinsten dabei ein wenig.

„Ja, klar", sagte Melody süßlich.

„Was immer du sagst, Hadleigh", pflichtete Bex ihr bei.

4. KAPITEL

Den Großteil der nächsten Woche verbrachte Tripp damit, die Zäune abzureiten, Rinder mit dem Galloway-Brandzeichen zu zählen und Streuner zu den benachbarten Ranches zurückzubringen. Er überprüfte die Dächer von Haus und Stall, kümmerte sich um die Pferde und schätzte den Zustand des Heuschuppens auf dem Weideland ein.

Der Schuppen war eher eine Art großer Unterstand, der im Grunde nur aus einem Dach bestand, das von Pfählen gestützt wurde, die in bröckelnden Beton gegossen waren. Er war leer bis auf einige Nester und reichlich Vogeldreck. Das ganze Ding war stark zu einer Seite geneigt und würde mit Sicherheit beim ersten Schnee in sich zusammenstürzen.

Der schiefergraue Himmel kündigte bereits den nahenden Wyoming-Winter an. Tripp schlug den Kragen seines Schaffellmantels hoch, der während seines Stadtlebens ganz in Vergessenheit geraten war, um seine Ohren vor dem Wind zu schützen. Er nahm sich vor, den an den Seiten offenen Schuppen wieder aufzubauen, um möglichst schnell ein paar Tonnen Heu bestellen zu können. Wenn die Blizzards erst losgingen, würde es fast unmöglich sein, mit dem Pick-up Futter zum Vieh zu bringen. Also musste hier draußen auf dem Weideland ein Vorrat angelegt werden. Da die Pferde nicht durch den Schnee kamen, wenn er zu tief war, hatten die meisten Rancher mindestens ein Schneemobil.

Egal, was käme, Wasser würde kein Problem sein. Ein Fluss teilte das Land, und sein Wasser floss zu schnell, als dass er im Winter ganz zufror. Obwohl auch das hin und wieder vorkam. War das Eis zu dick, konnte das Vieh nicht trinken. Dann musste die Oberfläche aufgehackt werden, mit Erdbohrern oder Vorschlaghämmern oder, in extremen Fällen, unter strategisch platzierten Feuern weggeschmolzen werden. Mit

Schnee könnte eine Kuh ihren Durst gut löschen, aber die Biester hatten nicht genug Verstand, um das zu wissen. Also verdursteten sie, auch wenn sie bis zum Kinn im Schnee standen.

All das summierte sich zu einer Menge harter Arbeit in der Kälte für einen Rinderzüchter und jeden Ranchhelfer, den er mit Glück vielleicht fand.

Nachdem er jahrelang in Dreiteilern herumgelaufen war statt in Jeans und Stiefeln, nach Jahren am Schreibtisch statt im Cockpit eines Flugzeugs und im Chefsessel statt auf einem guten Pferd, freute Tripp sich über die Aussicht, jeden Muskel in seinem Körper einzusetzen, und nicht nur den zwischen seinen Ohren, wie Jim es formuliert hätte. Die unausweichlichen Schmerzen nahm er dafür gern in Kauf.

„Es ist ein verdammtes Wunder, dass der Laden hier noch nicht zusammengebrochen ist", verkündete er, als er eines Abends nach getaner Arbeit zu Jim in die Küche kam.

Jim saß am Tisch, eine Tasse frischen Kaffee vor sich, und studierte einen Stapel Reiseprospekte. Eine Woche Erholung hatte Wunder gewirkt für seinen Gesundheitszustand. Er nahm langsam wieder zu, und seine kränkliche Gesichtsfarbe verschwand.

So weit, so gut, fand Tripp.

Sein Dad reagierte auf die Bemerkung, vielleicht aber auch nur auf Tripps Anwesenheit, mit einem abwesenden Kopfnicken. Ridley, dieser Verräter, hatte sich zu Jim ins Haus verzogen, nachdem er einen Tag mit Tripp auf der Ranch verbracht hatte. Ein schöner Helfer war das. Anscheinend zog er es vor, im Haus herumzulungern, wo es warm war und stets ein Napf mit Trockenfutter bereitstand.

Gleichermaßen resigniert wie belustigt hatte Tripp sein Pferd gesattelt und war allein losgeritten, nachdem Ridley ihm die Gefolgschaft aufgekündigt hatte.

„Ich glaube, es könnte mir gefallen, eine von diesen Kreuzfahrten für Singles zu machen", meinte Jim, während Tripp das heiße Wasser anstellte und nach dem obligatorischen schmut-

83

zigen Stück Seife griff, um sich Hände und Unterarme zu waschen. „Da gibt's anscheinend ein paar sehr schöne."

Das war also der Grund für die Hochglanzbroschüren. Jim musste eine Servicenummer angerufen – er hatte eine Computerphobie – und sich das Material schicken lassen haben. Es musste heute mit der Post gekommen sein, da Tripp es zum ersten Mal sah.

Eine Kreuzfahrt für Singles?

Bei der Vorstellung von seinem Dad in Polyesterhose, einem grellen Hawaiihemd und Goldketten um den Hals musste Tripp unwillkürlich grinsen. So weit er sich erinnern konnte, hatte Jim nie etwas anderes außer Jeans, Arbeitshemd und Stiefeln getragen. Allerdings hatte er einen alten Anzug, der lediglich zu Hochzeiten oder Beerdigungen von Mottenkugeln befreit wurde.

„Eins muss man dir lassen", erwiderte Tripp. „Du steckst voller Überraschungen."

Jim wackelte mit den buschigen Augenbrauen. „Auf diesen Booten wimmelt es von männerhungrigen Frauen", erklärte er. „Vielleicht hab ich im Lauf der Zeit ein wenig von meinem Charme eingebüßt, aber möglicherweise funktioniert es auf der Mitleidsschiene."

Jetzt lachte Tripp laut. „Das ist dein Ernst, oder?"

„Zur Hölle, ja. Ellie ist schon so lange nicht mehr da. Ein Mann fühlt sich einsam, wenn er die ganze Zeit nur allein ist wie die letzte trockene Bohne in der Dose."

Während Tripp sich die Hände abtrocknete, malte er sich aus, wie sein Vater mit den Damen auf irgendeinem Schiff herumschäkerte. Es war schwer, sich mit dieser Idee anzufreunden.

„Ich liege dir seit Jahren damit in den Ohren, dass du mehr unter Leute gehen sollst", erinnerte er ihn mit gespielter Verärgerung. Seit Tripp nach Hause gekommen war, hatten sie noch keine tiefere, längere Unterhaltung geführt, doch der Waffenstillstand unter Gentlemen hielt bis jetzt. „Die Single-Gruppe der Kirche wolltest du nicht besuchen, und auch sonst nichts tun, was dich in weibliche Gesellschaft gebracht hätte. Was hat sich plötzlich geändert?"

Natürlich kannte er die Antwort, doch mehr als zwei zusammenhängende Sätze aus seinem Dad herauszubekommen war, als würde man versuchen, eine Horde verwilderter Katzen zu hüten. Darum wollte Tripp die Unterhaltung nach Möglichkeit in Gang halten.

„Es ist schon komisch, wenn man anfängt, sich über den Tod Gedanken zu machen", entgegnete Jim, stand auf und ging zum Herd, wo er den Deckel vom Topf nahm, in dem ein Elcheintopf vor sich hinköchelte. Es duftete köstlich. Wie sich gezeigt hatte, war der alte Mann durch das Alleinleben zu einem anständigen Koch geworden. „Dadurch sieht man manches klarer. Das Leben ist kurz – so lautet die Botschaft. Und das Leben ist unvorhersehbar."

Tripp lehnte sich an die Arbeitsfläche und verschränkte die Arme vor der Brust, während Ridley sich aufraffte und an den Knien seiner Jeans schnupperte. Er deutete auf den Stapel bunter Prospekte. „Welchen Hafen wirst du zuerst anlaufen?"

„Was?"

„Wohin willst du?", präzisierte er die Frage, ermutigt von Jims ziemlich wilden Plänen.

Jim grinste und setzte sich wieder, sodass Tripp sich fragte, ob er Schmerzen hatte. Allerdings erkundigte er sich lieber nicht danach. „Ich würde mich wohl für Alaska entscheiden", antwortete er. „Ich wollte schon immer mal Gletscher sehen und den ein oder anderen Eisbären."

„Um Eisbären zu Gesicht zu bekommen, wirst du noch etwas weiter Richtung Norden müssen", gab Tripp zu bedenken. Er wollte kein Spielverderber sein, aber sein Dad sollte nicht die weite Reise unternehmen, um dann enttäuscht zu sein.

„Mich interessieren ja auch eigentlich nur die Ladies", gestand Jim. „Und Totempfähle auch. Von denen würde ich gern ein paar sehen."

Tripps Magen knurrte, als er an dem dampfenden Topf vorbeiging, um sich zu seinem Dad an den Tisch zu setzen. „Wann reist du ab?", erkundigte er sich.

„Du scheinst es ja richtig eilig zu haben, mich loszuwerden", sagte Jim amüsiert und wurde gleich darauf wieder ernst. „Ich muss zuerst meinen Arzt fragen. Und dann sind da noch die Kosten." Er tippte mit dem schwieligen Zeigefinger auf die Prospekte. „Es kostet um die Hälfte mehr, wenn ich eine Kabine ganz für mich allein buche. Aber ich bin nicht der Typ, der mit einem völlig Fremden in einem Zimmer schläft, nur damit es billiger wird."

„Ich hatte ja keine Ahnung, dass du so anspruchsvoll bist", zog Tripp seinen Stiefvater auf. „Hast du auch vor, erster Klasse zu fliegen, wenn du dich auf den Weg in die Stadt machst, in der die Kreuzfahrt startet? Vielleicht noch ein paar Tage im Fünf-Sterne-Hotel absteigen?"

Jim lachte. „Ich doch nicht. Ich schätze mal, man kommt vorn im Flugzeug genauso schnell ans Ziel wie hinten."

„Dann kommt ein Privatjet als Transportmittel wohl nicht infrage?"

„Was denn?", konterte Jim. „Kein Raumschiff?"

Tripp grinste. „Ein Urlaub würde dir wirklich guttun. Und mindestens für einen Monat wird hier ziemlich was los sein. Du würdest wahrscheinlich nicht viel Erholung bekommen, wenn du bleibst."

„Ich wiederhole – versuchst du mich loszuwerden, mein Sohn?"

„So ein Unsinn. Aber ich muss die Dächer von Scheune und Haus neu decken lassen, und ein neuer Heuschuppen muss her. Die Zäune sind an etlichen Stellen reparaturbedürftig. Also werden überall auf der Ranch Handwerker zu tun haben, und das heißt, es wird nicht gerade ruhig zugehen."

Die genannten Projekte gaben nur einen groben Überblick über das, was Tripp tatsächlich geplant hatte. Er würde Vieh dazukaufen und ein paar Ranchhelfer einstellen – ein Kosten-punkt, den Jim stets gescheut hatte. Außerdem musste er Wohnwagen als Unterkünfte aufstellen, für Stromanschlüsse sorgen und mindestens einen Brunnen bohren. Er musste einen oder zwei Pick-up-Trucks anschaffen und mehrere Pferde, da die derzeitigen Stallbewohner höchstens zu Vergnügungsaus-ritten taugten. Weil Jim vermutlich zu Hause bleiben und hel-fen wollte, wenn er genau wüsste, was alles nötig war, um die Ranch wieder in Schwung zu bringen – von den Kosten mal ganz zu schweigen –, ging Tripp nicht weiter darauf ein.

„Es war immer mein Ziel, dass diese Ranch eines Tages dir gehört", erklärte Jim mit leiser Stimme. „Ich war mir nur nie sicher, ob du sie haben wolltest bei deinem pompösen Lebens-stil, mit Jets und großen Namen." Er seufzte. „Ich gebe zu, ich hatte die Hoffnung, dass du eines Tages zur Vernunft kommen würdest. Dass du zurückkehrst und mit einer guten Frau eine Familie gründest. Mit einer Frau wie Hadleigh Stevens, zum Beispiel." Erneut seufzte er, diesmal tiefer. „Allerdings hatte ich die Absicht, dir die Ranch in einem besseren Zustand zu übergeben."

Einen Moment lang brannten Tripps Augen verdächtig, und seine Stimme klang wie ein Krächzen. Aber über so etwas wie eine Hochzeit mit Hadleigh und die Gründung einer Familie konnte er im Augenblick nicht einmal nachdenken. „Ganz egal, wo ich auch war", begann er, „diese Ranch war immer mein Zuhause. Ich freue mich, dass du mir zutraust, sie zu führen. Ich wünschte nur, ich wäre früher heimgekehrt, das ist alles." Die Worte kratzen ihm im Hals, als wären sie aus grobkörni-gem Sandpapier gemacht. „Dad, du wusstest doch, dass ich Geld habe. Warum hast du mir nicht gesagt, dass du Hilfe brauchst?"

„Weil ich auch meinen Stolz habe, deshalb", entgegnete Jim. „Aber nun bin ich müde, mein Sohn, schlicht und einfach ge-schafft. Ich kann diese Ranch nicht länger führen. Ich will nicht einmal daran denken, ein paar klapprige Rinder einen weiteren harten Wyoming-Winter durchzuschleppen. Oder daran, dass die Pumpe einfriert oder der Ofen schlappmacht. Wie dem auch sei, wenn du diese armselige Ranch nicht willst, kann ich das gut verstehen. Ich würde dir keine Vorwürfe machen. Du bist an das Leben in der Großstadt und ihre Annehmlichkeiten gewöhnt." Er machte eine Pause und sprach dann so leise weiter, dass Tripp Mühe hatte, ihn zu verstehen. „Wenn du lieber woanders wärst, ist das absolut in Ordnung. Alles, worum ich dich bitte, ist, dass du es geradeheraus sagst. Kein Herumdrucksen. Wir bieten die Ranch so wie sie ist zum Verkauf an, akzeptieren das beste Angebot und sehen dann weiter."

Tripp schwieg lange. Die Ranch gehörte Jim, sie war seit über hundert Jahren in Familienbesitz. Der alte Friedhof auf der anderen Seite des Pappelwalds, eine Meile westlich vom Haus, diente als letzte Ruhestätte für eine Reihe von rauen Typen, die meisten blutsverwandt mit Jim.

Seine Mutter Ellie war dort ebenfalls begraben.

„Ich werde die Ranch für dich auf Vordermann bringen", versprach Tripp. „Du weißt, ich habe das Geld, um das zu tun. Du musst sie mir nicht überschreiben. Sie gehört allein dir."

„Diese Ranch", sagte Jim heiser, „wurde seit Generationen vom Vater auf den Sohn vererbt. Und du bist mein Sohn, in jeder Hinsicht, die zählt. Ich möchte mir gern vorstellen können, dass dieses Land eines Tages deinem Sohn gehören wird, und nach ihm seinem Sohn. Aber die Dinge haben sich geändert, das ist mir klar. So wie es früher war, ist es leider nicht mehr. Tja, aber man kann es keinem Mann verübeln, wenn er hofft."

„Nein, kann man nicht", pflichtete Tripp ihm bei.

„Ich habe nicht geglaubt, dass ein Mann eine Frau so lieben kann, wie ich deine Mutter geliebt habe", fuhr Jim fort, und es klang, als müsste er die Worte irgendwie herauspressen, ehe sein Stolz ihn daran hindern konnte. „Als sie in mein Leben trat, brachte sie einen feinen kleinen Jungen mit. Ich war stolz damals, für dich in die Vaterrolle schlüpfen zu dürfen, und das bin ich heute noch."

Nun schwiegen sie beide – Tripp ergriffen von der Tiefe seiner Gefühle für diesen Mann, der ihn aufgenommen, erzogen und ihm bedingungslose Liebe geschenkt hatte. Jim hing seinen eigenen Gedanken nach.

Schließlich brach Tripp das Schweigen. „Mal angenommen, du gehst auf diese Kreuzfahrt, triffst dort die perfekte Frau und bringst sie mit nach Mustang Creek. Was dann? Du musst irgendwo wohnen. Du brauchst eine Schwelle, über die du sie tragen kannst."

„Da wird mir schon was einfallen. Und wenn ich eine Frau auf einer Kreuzfahrt kennenlerne, wird sie auch ein paar eigene Vorstellungen haben, was ein mögliches Zusammenleben angeht", erwiderte Jim.

Früher hätte Tripp alles darauf verwettet, dass Jim niemals seine Ranch verlassen würde. Und nun saß er hier und redete von Kreuzfahrten für Singles, vom Ende seines Rancherdaseins und möglichen Beziehungen zu Frauen, die ihre eigenen Vorstellungen hatten. Natürlich war schon Tripps Mutter eine solche Frau gewesen, wenn auch ein wenig altmodisch in dieser Hinsicht. Für sie hatte Jim das Sagen gehabt. „Jetzt weiß ich, was los ist", verkündete Tripp, als wäre ihm plötzlich alles klar geworden. „Aliens haben den echten Jim Galloway entführt, und du bist nur ein Betrüger. Eine Art Klon."

Jim lachte in sich hinein. „Verdammt, und ich dachte, ich hätte dich reingelegt."

Ridley winselte und erinnerte Tripp an seine Existenz. Er lief zur Hintertür und kratzte am Holz.

Tripp ließ den Hund nach draußen und nahm anschließend zwei tiefe Teller aus einem der Küchenschränke. „Mach deine Reise", ermutigte er seinen Dad. „Ich kümmere mich um die nötigen Renovierungsarbeiten. Wer wo wohnt besprechen wir, wenn du wieder zurück bist. Was die Kosten angeht, überlass sie nur mir."

Jim benahm sich, als hätte Tripp nichts gesagt. Noch erstaunlicher war, dass er keinen Aufstand wegen des Geldes machte. „Apropos Bräute", sagte er listig. „So wie ich das sehe, schuldest du Hadleigh Stevens eine Hochzeit."

„Sprachen wir gerade von Bräuten?", konterte Tripp, während ihn Sehnsucht erfasste bei der Vorstellung, Hadleigh zu heiraten, nur um anschließend ein schmerzhaftes Ziehen zu verspüren.

Noch ein Lachen.

Doch Tripp ließ nicht locker. „Vielleicht hast du ja selbst eine Hochzeit im Sinn. Das heißt aber nicht, dass mir das auch vorschweben muss." Er nahm den Deckel vom Topf, lud eine Portion in einen Teller und brachte ihn Jim.

„Hm", sagte Jim.

Vor der Hintertür jaulte Ridley, und Tripp ließ ihn hinein. Er gab ihm seine Ration Trockenfutter und füllte Wasser in den Trinknapf.

„Selber hm", wandte Tripp sich an seinen Dad und nahm sich ebenfalls von dem Eintopf.

„Ihr zwei würdet bestimmt ein paar tolle Babys bekommen", bemerkte Jim zwischen zwei Bissen.

Tripp stellte sich Hadleigh in seinem Bett vor. Er war nicht unbedingt stolz darauf, aber es war auch nichts Neues, da er in gewisser Hinsicht schon seit zehn Jahren von ihr fantasierte. Vielleicht sogar noch länger. In seiner Vorstellung war sie warm und anschmiegsam und willig. Er malte sich aus, wie es wohl wäre, ein Kind mit ihr zu haben, wie sie beide einen Sohn großzogen oder eine Tochter – oder noch besser von beidem mehrere, sie zu guten Menschen erzogen, genau hier in diesem ehrwürdigen alten Haus, in dem er selbst aufgewachsen war.

Sein Verlangen nach ihr wurde so heftig, dass er sich beinah krümmte.

„Sie gehört nicht gerade zu meinen größten Fans", erklärte
er in vernünftigem Ton, um es sich selbst ebenso ins Gedächtnis zu rufen wie seinem Dad.

Mit dem Löffel auf halbem Weg zum Mund hielt Jim inne
und grinste. „Oh, ich wette, du könntest sie für dich gewinnen,
wenn du es nur versuchst. Was glaubst du denn, warum eine
Schönheit wie Hadleigh immer noch Single ist? Meinst du vielleicht, sie lässt sich von dir wie ein Sack Kartoffeln aus der Kirche schleppen, mitten während der Hochzeit des Jahres, weil
sie nichts für dich übrig hat? Wenn du das glaubst, bist du nicht
so helle, wie ich immer gern geprahlt habe."

Einigermaßen fassungslos begriff Tripp, dass er die Sache
noch nie von der Seite betrachtet hatte. Aber dann entschied
er, dass es zu schön wäre, um wahr zu sein.

„Weil sie nicht bewaffnet war und mir deshalb nicht an Ort
und Stelle in die Kniescheibe schießen konnte?", schlug er vor.

Diesmal lachte Jim laut. „Nein, weil sie Oakley Smyth eigentlich gar nicht heiraten wollte, du verdammter Narr. Sie
dürfte geglaubt haben, du wärst gekommen, um seinen Platz
einzunehmen." Der alte Mann aß noch einen Löffel Eintopf,
kaute nachdenklich und schluckte. „Frauen sind romantisch,
mein Sohn, falls du das noch nicht mitbekommen hast. Es
muss ein grässlicher Schock für Hadleigh gewesen sein, als sie
erfahren hat, dass dieses Weib Danielle dich schon geschnappt
hat."

Jims Theorie konnte nicht stimmen. Das konnte nicht der
Grund dafür gewesen sein, dass Hadleigh nicht wie verrückt
gekämpft hatte, um in der Kirche zu bleiben. Oder? Sicher, sie
hatte ihn geboxt und getreten, den ganzen Weg durch den Mittelgang der Kirche und zum Pick-up. Aber wenn sie wirklich
hätte entkommen wollen, wäre ihr das geglückt.

Oder nicht?

Aber warum, um alles in der Welt, hätte sie das alles so weit
kommen lassen sollen – das Kleid, die Blumen, die Gäste und

die Zeremonie selbst –, wenn sie nicht wirklich Mrs Smyth werden wollte?

Diese Frage ging Tripp durch den Kopf, während er sich an den schmerzlichen Ausdruck in den goldbraunen Augen erinnerte, als er Hadleigh die Wahrheit über Oakley und dessen andauernde Beziehung mit der Mutter zweier Kinder erzählte. Er erinnerte sich, wie sie ihn gebeten hatte, sie mitzunehmen, wenn er Mustang Creek verließ, und an ihr verletztes Erstaunen, als er ihr geantwortet hatte, er sei verheiratet.

Selbst jetzt noch, Jahre später, fühlte er sich deswegen schuldig. Nicht weil er Danielle geheiratet, sondern weil er Hadleigh nicht schon eher davon erzählt hatte.

Er hatte es niemandem in Mustang Creek erzählt, einschließlich Jim. Selbst ihn hatte Tripp erst Wochen später über die Hochzeit informiert.

Warum eigentlich?

Könnte er noch einmal entscheiden, hätte er Hadleigh die Neuigkeit nicht auf diese Weise mitgeteilt. Nur was hätte er ihr denn stattdessen damals sagen sollen? Dass er geglaubt hatte, Danielle zu lieben, die welterfahrene Jetsetterin, die er auf der Party eines Freundes kennengelernt hatte? Dass er schnell gefreit und bald bereut hatte, wie ein altes Sprichwort besagte? Dass die Ehe gescheitert war, bevor sie richtig beginnen konnte, trotz aller guten Absichten und Vorsätze? Denn nachdem die erste Leidenschaft verflogen war, mussten Tripp und Danielle feststellen, dass sie nichts weiter gemeinsam hatten.

Oh, klar. Hätte er etwas von all dem erwähnt, hätte er sich wie ein echter Mistkerl angehört. Wie der typische Ehemann, der auf der Suche nach ein bisschen Spaß außerhalb der Ehe ist.

Hadleigh zu erklären, dass Danielle zu dem Zeitpunkt schon mit einem Bein zur Tür hinaus gewesen war, hätte die Sache auch nicht besser gemacht. Gaben Männer nicht ständig solches Zeug von sich, um jemanden zu verraten, der ihnen vertraute?

Tripp fuhr sich durch die Haare.

Hadleigh war ein sehr kluges Mädchen gewesen, und heute war sie eine kluge Frau. Das bisschen Respekt, das sie nach der vereitelten Hochzeit noch für ihn gehabt haben mochte, wäre in dem Augenblick zu Staub geworden. Ein Mann und eine Frau mochten eine Beziehung vielleicht ohne Geld hinbekommen, ohne ein richtiges Zuhause, ja sogar ohne Liebe. Doch ohne Respekt hielt keine Verbindung.

„Wir werden sehen", sagte Tripp ausweichend, da er wusste, dass Jim das Thema nicht einfach fallen lassen würde, selbst wenn Tripp die Idee, um Hadleigh zu werben, sofort als völlig abwegig bezeichnet hätte.

Erneut funkelten Jims Augen. „Ja", stimmte er zu. „Das werden wir wohl."

Fast eine Woche lang rief Hadleigh jeden Tag im örtlichen Krankenhaus an, um sich nach Earl zu erkundigen. Jedes Mal erklärte man ihr, sein Zustand sei stabil, aber er liege noch auf der Intensivstation und dürfe nach wie vor keine Besucher empfangen.

Die übrige Zeit beschäftigte sie sich mit ihrem Laden und arbeitete an einem Quilt nach dem anderen, während sie Ideen für einen neuen Onlinekurs sammelte. Das Internet war für sie zu einer wichtigen Einnahmequelle geworden, da sie ihre einzigartigen Quilts durch die Kurse in alle Welt verkaufte. Die dabei erzielten Gewinne überstiegen bei Weitem das, was sie mit dem Verkauf von Stoff und Garn im Laden verdiente.

Muggles leistete ihr zum Glück ständig Gesellschaft.

Ohne den Hund hätte sie sich vielleicht einsam gefühlt, da Bex und Melody stark mit ihren eigenen Projekten beschäftigt waren. Bex traf sich mit Anwälten in Cheyenne, um Pläne zur Eröffnung von Franchise-Filialen ihres Fitnessstudios auszuarbeiten. Melody machte Überstunden, um eine besondere Juwelenbestellung für einen wichtigen Verkäufer zu erfüllen.

Trotzdem blieben die drei Frauen via SMS und E-Mails in Kontakt, und der Heiratspakt blieb ein heißes Thema. Allerdings wäre Hadleigh ein anderes Thema lieber gewesen – das Wetter zum Beispiel. Sogar Politik oder Religion.

Alles außer der Ehe, denn wenn sie in diese Richtung dachte, fiel ihr sofort Tripp Galloway ein, und verdammt, das wollte sie einfach nicht.

Er war ihr wunder Punkt, um es einmal milde auszudrücken. Daher stürzte sie sich in die Arbeit.

Als Earl endlich von der Intensivstation in ein normales Krankenzimmer verlegt wurde, besuchte sie ihn. Sie brachte ihm Blumen mit und zeigte ihm auf ihrem Handy Fotos von Muggles, die geduldig im Kombi wartete.

Earl betrachtete lächelnd die Fotos. Er wirkte kleiner, dünner und geschwächter als vor seinem Herzinfarkt. Nach seiner Entlassung aus dem Krankenhaus würde er nicht mehr in sein Haus zurückkehren, vertraute er Hadleigh traurig an. Er würde ins Seniorenheim ziehen, dem Shady Pines Nursing Home. Je eher er dort aufkreuzte, wie er sich ausdrückte, umso besser.

Hadleigh zwang sich zwar zu einem Lächeln, doch war sie ziemlich deprimiert, als sie Earls faltige Stirn küsste und sich verabschiedete. Sie versprach, bald wiederzukommen.

Als sie nach der Mittagspause ihren Laden wieder aufschloss – wie immer in Begleitung der treuen Muggles –, hielt ein ihr sehr vertrauter Pick-up am Bordstein.

Tripp saß hinter dem Steuer, die letzte Person, der Hadleigh momentan über den Weg laufen wollte. Offenbar schlug Murphys Gesetz wieder zu: Alles, was schiefgehen kann, wird auch schiefgehen.

„Mist", raunte sie Muggles zu, und ihre Atmung beschleunigte sich. Hastig versuchte sie, den Schlüssel ins Türschloss zu bekommen. Ihr Herz hämmerte in der Brust.

Muggles bellte freudig, vielleicht wegen Tripps Hund – Hadleigh hatte seinen Namen vergessen –, der mitgefahren war

94

und durch die staubige Frontscheibe des Wagens zu erkennen war.

Grinsend stieg Tripp aus dem Pick-up und kam auf den Laden zu. „Wenigstens eine freut sich, mich zu sehen", meinte er und beugte sich herunter, um Muggles den Kopf zu tätscheln.

Hadleighs Wangen glühten, und das ärgerte sie. Natürlich würde Tripp bemerken, dass sie errötete, und natürlich würde er das völlig falsch interpretieren.

Wieder einmal.

„Ich finde, du schmeichelst dir selbst", erwiderte sie kühl. „Muggles freut sich, einen anderen Hund zu sehen, nicht dich." Du eitler, alberner, verboten aufregender Idiot, fügte sie im Stillen hinzu.

In seiner Jeans, dem weißen Hemd, der Jeansjacke und diesem absolut mühelos wirkenden Sexappeal entsprach Tripp dem Prototyp eines Cowboys. „Mein Fehler", sagte er und verbeugte sich vor ihr.

Hadleigh fiel beinah in den Laden, als die Tür aufging, und das ließ sie noch mehr erröten. Denn für einen Moment hatte sie völlig vergessen, wo sie war und was sie tat. Da sie damit beschäftigt war, ihre Würde zu wahren, schwieg sie.

Tripp folgte ihr in den Laden und genoss anscheinend ihr Unbehagen.

Dieser Mistkerl.

„Möchtest du anfangen, Quilts zu nähen?"

„Nicht in diesem Leben", erwiderte er trocken, wobei er immer noch grinste.

Er blieb auf der anderen Seite des Tresens stehen, was für Hadleighs Begriffe trotz der Barriere zwischen ihnen noch zu nah war. Er sagte nichts mehr, sondern beobachtete sie nur, was sie vollkommen nervös machte. Sein Blick löste ein sinnliches Kribbeln aus, wo immer er gerade landete – auf ihrem Mund, ihrer Halsbeuge, kurz auf ihren Brüsten, um endlich wieder zu ihrem Gesicht zurückzukehren. Er sah ihr direkt in die Augen.

„Was?", fragte sie und war wütend, weil es ihr absolut nicht gelang, seinem Blick auszuweichen. *Was ist dieser Kerl – eine Art Hypnotiseur?*

„Gehst du mit mir essen?", fragte Tripp, als wäre das eine ganz gewöhnliche Bitte und als gebe es da keine Vergangenheit.

„Warum sollte ich?", konterte sie, musste sich jedoch zähneknirschend eingestehen, dass sie seine Einladung annehmen wollte, so dreist und anmaßend sie auch sein mochte.

Vielleicht sollte ich mal meinen Kopf untersuchen lassen.

Tripps Antwort kam prompt und locker. „Weil du essen musst, wie jeder andere auch."

Was sollte sie darauf entgegnen? Ihr fiel nichts anderes ein als: *Ja, klar gehe ich mit dir essen.* Aber sie wollte verdammt sein, wenn sie das laut aussprach.

Seine Miene wurde ernst; wahrscheinlich war das wieder nur ein Trick. „Vielleicht aber auch, weil dein Bruder der beste Freund war, den ich je hatte. Es kommt mir falsch vor, dass du und ich nicht wenigstens vernünftig miteinander umgehen können."

Es gelang ihr, den Blick von ihm abzuwenden – aber nur für einen kurzen Moment. Bei der Erwähnung von Wills Namen schluckte sie, und ihre Augen brannten. Ihr Kummer lauerte stets unter der Oberfläche, trotz all der Jahre, die seitdem vergangen waren. Wenn sie es am wenigsten erwartete, meldete er sich mit voller Wucht.

„Hadleigh", drängte Tripp sie sanft. „Es ist nichts dabei. Wir reden hier über einen Burger und Fritten bei Billy's, das ist alles. Einfach nur ein freundschaftliches Essen – keinerlei Verpflichtungen auf beiden Seiten."

Sie verkniff sich ein Seufzen, verschränkte die Arme vor der Brust, eine typische Abwehrhaltung. Dennoch kamen die nächsten Worte aus ihrem Mund, bevor sie sich eines Besseren besinnen konnte.

„Warum lässt du nicht locker, Tripp?"

Er stützte die Hände auf den Verkaufstresen und beugte sich ein wenig darüber. „Zum Teil, weil ich denke, dass Will sich das wünschen würde", erklärte er sehr ruhig und ärgerlich überzeugend. „Und weil ich erkannt habe, dass du kein schlaksiges Mädchen mehr bist, sondern eine Frau, eine wunderschöne noch dazu."

Lag da etwas Zärtliches in der Art, wie er das Wort „Frau" aussprach? *Sicher ist das nicht mehr als reine Schmeichelei. Warum berührt es mich dann trotzdem tief im Innern?*

„Ich war auch schon eine Frau, als du meine Hochzeit ruiniert hast", entgegnete sie brüsk, in der Hoffnung, dass er nicht merkte, wie aufgewühlt sie war.

Die Schmeicheltheorie fiel ein bisschen in sich zusammen, da er den Kopf schüttelte. „Nein. Damals warst du ein achtzehnjähriges Mädchen mit verträumtem Blick und reichlich naiver Vorstellung von der Ehe." Er machte eine Pause, in der Hadleigh Mühe hatte, ruhig zu atmen. Sie war überhaupt nicht sicher, was sie eigentlich empfand. Dann fuhr er sanft und ruhig fort: „Aber man konnte bereits erkennen, dass du zu der Frau werden würdest, die du heute bist."

Hadleigh wollte etwas erwidern, bekam aber kein Wort heraus. Stattdessen glühten ihre Wangen noch mehr.

Tripp lachte leise, umfasste mit der rechten Hand ihr Kinn und strich mit dem überraschend schwieligen Daumen über ihren Mund. „Ein Abendessen", meinte er. „Um mehr bitte ich dich doch nicht, Hadleigh."

Ihre Lippen prickelten von der Berührung, und sie stellte sich unwillkürlich vor, was für Gefühle er erst in ihr wecken würde, wenn er sie tatsächlich küsste.

Sie zögerte.

Sie sehnte sich nach mehr.

Sie war misstrauisch und fasziniert.

„Ein Abendessen", stimmte sie zu, und ihre Stimme war fast nur noch ein Flüstern.

5. KAPITEL

Weil Hadleigh einfach nichts erspart blieb, wehte Melody wie eine Frühlingsbrise herein, als Tripp den Laden verlassen wollte.

„Hallo", begrüßte sie ihn nach einem kurzen Blick zu Hadleigh. „Schön, dich mal wiederzusehen."

„Melody." Tripp nickte ihr freundlich zu und ging an ihr vorbei hinaus aus dem Laden. Die Glocke über der Ladentür klingelte fröhlich, während Muggles über sein Verschwinden untröstlich zu sein schien und sich schwer seufzend unter einen Tisch voller Geschenkartikel legte.

Hadleigh hätte die Reaktion des Retrievers vielleicht deprimierend gefunden, wenn sie nicht so damit beschäftigt gewesen wäre, so zu tun, als beobachte sie nicht aus dem Augenwinkel, wie Tripp die Wagentür öffnete und seine weizenfarbenen Haare im hellen Septemberlicht leuchteten, ehe er sich hinters Steuer schwang, seinen Hund hinter den Ohren kraulte und den Motor startete.

„Was sollte das denn?", wollte Melody sofort wissen. Als wüsste sie das nicht längst, wo sie Hadleigh doch so gut kannte wie sich selbst.

„Ich kann es dir ebenso gut verraten", erwiderte Hadleigh ohne Begeisterung.

„Allerdings", gab Melody ihr grinsend recht. „Dann muss ich dich nämlich nicht erst in die Mangel nehmen."

„Er hat mich zum Essen eingeladen", gab Hadleigh zu.

Melody stieß ein schrilles Pfeifen durch die Vorderzähne aus. In der Grundschule hatten alle Mädchen sie schwer um diese Fähigkeit beneidet, da sie alle glaubten, nur Jungen seien dazu in der Lage. Im Moment jedoch fand Hadleigh das Pfeifen nur nervig. „Und du hast Ja gesagt", vermutete sie, obwohl klar war, dass sie es längst wusste.

„Wie eine Närrin", gab Hadleigh zu und ließ die Schultern hängen.

Melody strahlte. „Ach was!", rief sie. „Eine Närrin hätte Nein gesagt. Dir ist doch sicher aufgefallen, um was für einen gut gebauten Cowboy es sich da handelt, meine Liebe, oder?"

Hadleighs Wangen röteten sich schon wieder, weil sie ihrer Freundin im Stillen zustimmte und deshalb wütend auf sich war. „Wenn du Tripp so toll findest, warum gehst du dann nicht mit ihm aus?", fuhr sie Melody an.

„Das würde ich glatt", erwiderte diese grinsend. „Nur stehen dem zwei Kleinigkeiten im Weg. Erstens hat er nicht mich gefragt, und zweitens hätte ich ihm eine Absage erteilen müssen, wenn er es denn getan hätte, da ich zufällig eine sehr loyale Freundin bin."

Plötzlich schossen Hadleigh Tränen in die Augen. Sie stellte sich vor Melody. „Was ist nur los mit mir? Bin ich selbstzerstörerisch veranlagt – oder nur blöd? Oder was?"

Melody nahm Hadleigh in den Arm und drückte sie, ehe sie ihr die Hände auf die Schultern legte und sie auf Armeslänge von sich hielt, um ihr in die Augen sehen zu können. „Ach, Liebes", sagte sie und kämpfte selbst mit den Tränen. „Mit dir ist überhaupt nichts los. Tripp ist sexy, und du hattest schon immer eine Schwäche für ihn, ob du es nun zugeben willst oder nicht. Außerdem hattest du kein richtiges Date mehr seit – wie lange ist es her? Zwei Jahre?"

„Länger", gestand Hadleigh. Auch Melody und Bex hatten schon seit Ewigkeiten kein richtiges Date mehr gehabt. Aber ihre Freundin daran zu erinnern wäre ebenso unnötig wie unhöflich gewesen.

„Wohin führt er dich aus?", wollte Melody wissen und war dabei aufgeregt wie ein Kind am Heiligabend.

„Wir gehen zu Billy's. Es ist nur ein freundschaftliches Abendessen. Zumindest hat er das gesagt. Nichts Vornehmes. Und keinerlei Verpflichtungen oder Erwartungen."

Daraufhin sah Melody sowohl skeptisch als auch entzückt aus. Sie legte den Kopf schräg und musterte Hadleigh. „Na ja, das ist ja schon mal ein Anfang", verkündete sie.

„Es ist überhaupt kein Anfang", widersprach Hadleigh, um das klarzustellen. „Tripp und ich haben eine Vereinbarung getroffen: ein gemeinsames Abendessen, mehr nicht."

„Warum dieser Widerstand?", fragte Melody jetzt mit sanfter und ein wenig trauriger Stimme. „Sag mir die Wahrheit. Hast du Angst vor ihm – oder vor dir selbst? Denn vor irgendetwas hast du definitiv Angst, das sieht jeder Idiot. Also beleidige bitte nicht meine Intelligenz, indem du das Gegenteil behauptest."

Die Wahrheit lautete: Sie war geradezu in Panik. Warum? Weil Tripp es geschafft hatte, ihr das Herz zu brechen. Es hatte ein Jahrzehnt gedauert, bis sie darüber hinweg war, und er hatte nicht einmal gewusst, was er getan hatte. Und er hatte die Macht, es wieder zu tun.

Als Kind hatte sie sich ihm nah gefühlt und ihn als ihren Freund betrachtet und nicht nur als Wills, denn genauso hatte er sie auch behandelt. Sie trauerte gemeinsam mit Tripp nach Wills Tod, weinte an seiner Schulter, klammerte sich an die schönen Erinnerungen und den weisen, ja liebevollen Rat, den er ihr gab. Er bat sie, das Leben ihres Bruders nicht auf die tragische, sinnlose Art zu reduzieren, auf die er gestorben war. Wills Zeit auf Erden war knapp bemessen gewesen, aber es dennoch wert, gefeiert zu werden.

Und nach all dem hatte Tripp einfach geheiratet, ohne ihr etwas davon zu erzählen. Falls er je Mitleid für sie empfunden hatte, so ließ er es sich jedenfalls nie anmerken. Stattdessen stärkte er sie einfach dadurch, dass er sie akzeptierte, wie sie war. Er alberte mit ihr herum, selbst wenn Will es lieber gewesen wäre, dass sie sich rarmachte.

Wäre Will noch da gewesen, hätte er gewusst, dass sein bester Freund sich verliebt hatte, weit weg in einer fremden Stadt. Er hätte gewusst, dass Tripp irgendeine fremde Frau gebeten hatte, ihn zu heiraten. Will wäre Trauzeuge gewesen, und Hadleigh wäre zwar auch in dem Fall zutiefst getroffen, aber nicht vollkommen überrumpelt von dieser Entdeckung gewesen.

Melody, die Hadleigh nach wie vor an den Schultern hielt, schüttelte sie sanft. „Du denkst doch nicht etwa daran, noch abzusagen, oder?", fragte sie. „Gib Tripp eine Chance. Die hat er verdient."

Obwohl sie nichts gegen die Angst, erneut verletzt zu werden, tun konnte, nickte Hadleigh. Wenn das wieder passierte, würde sie nicht mehr über den Schmerz hinwegkommen. Ganz gleich, wie viele gute und anständige Männer sie danach kennenlernen würde, ihr Vertrauen wäre dahin. Egal ob Männer darunter wären, die sie theoretisch lieben und heiraten könnte, mit denen sie sich sogar vorstellen könnte, Kinder zu haben – ihre Fähigkeit zu lieben wäre gestorben. Als Ehefrau und Mutter hätte sie nichts mehr zu bieten.

„Ich riskiere so viel, wenn ich ihn zu nah an mich heranlasse", gestand sie schließlich widerstrebend. Eigentlich hatte sie das gar nicht sagen wollen, auch wenn Melody eine ihrer beiden besten Freundinnen war. Doch nun war es heraus, und sie konnte es nicht zurücknehmen.

„Es ist immer ein Risiko, etwas Tiefes für jemanden zu empfinden. Das ist für jeden riskant, aber so läuft das nun mal, Mädchen. Sorry, du wirst nicht die Ausnahme sein, diejenige mit der schriftlichen Glücksgarantie. Die bekommt niemand."

„Ich weiß", flüsterte Hadleigh. „Trotzdem wünschte ich, es gäbe Garantien."

In Melodys Augen schimmerten Tränen des Mitgefühls, aber sie lachte trotzdem. „Wenn du eine Garantie willst, kauf dir ein großes Kuchengerat."

Das zauberte ein Lächeln auf Hadleighs Gesicht. „Na vielen Dank für den Vorschlag."

„Weißt du eigentlich, was schlimmer ist als ein gebrochenes Herz? Wenn man sich kleinmacht und auf Sicherheit spielt. Sich vor dem Leben versteckt. Mensch, Hadleigh, du bist schön und klug und ein wunderbarer Mensch. Wenn Tripp etwas von dir will, zeigt das doch nur, dass er nicht blöd ist."

Hadleigh war gerührt von Melodys Worten, aber auch ein wenig traurig. Denn trotz all der Ermutigungen, die darin steckten, schwang doch eine gewisse Wehmut in ihnen mit. War Melody, die sich immer ganz entschieden für den Heiratspakt eingesetzt hatte, selbst wenn Bex und Hadleigh Zweifel überkamen, insgeheim die Hoffnung auf die Liebe abhanden gekommen?

„Wir machen eine ziemlich große Sache daraus", meinte Hadleigh, um die Stimmung wieder ein wenig aufzulockern. „Tripp lädt mich zu Burgern und Fritten ein. Er entführt mich nicht nach Paris, damit wir uns auf den Brücken küssen und in Straßencafés Händchen halten können. Billy's ist nicht gerade ein romantisches Restaurant, wie du sehr wohl weißt."

„Wann?", fragte Melody überraschend.

„Wann was?"

„Wann soll dieses Date, das eigentlich keines ist, denn stattfinden?"

„Heute Abend", antwortete Hadleigh mit einem leichten Zittern in der Stimme.

„Mach den Laden zu", befahl Melody, hakte sich bei Hadleigh unter und führte sie zum Tresen. „Und zwar auf der Stelle. Wir brauchen Zeit, um zu entscheiden, was du anziehst. Denn so kannst du auf keinen Fall gehen."

Trotzig sah Hadleigh auf ihre Jeans und den rostfarbenen Sweater. „Was ist daran auszusetzen?"

„Unter gar keinen Umständen", schnitt Melody ihr das Wort ab.

„Ich wollte eine andere Jeans anziehen und ein langärmeliges T-Shirt, wenn ich nach Hause komme", erklärte Hadleigh kleinlaut. Billy's war schließlich kein Restaurant für vornehme Abendgarderobe.

Obwohl sie schon einmal im Hochzeitskleid dort aufgetaucht war. Doch es war besser, nicht daran zu denken, besonders wenn sie dem Mann gegenübersaß, in dessen Begleitung
sie damals gewesen war.

Außerdem hatte sie genug zu tun, und bis zum Ladenschluss
waren es noch Stunden. Andererseits wusste sie, wann sie sich
geschlagen geben musste. Also nahm sie ihre Umhängetasche,
kramte darin nach dem Schlüssel und schnappte sich ihren
Mantel von der Glasvitrine, über die sie ihn geworfen hatte, als
Tripp ihr in den Laden gefolgt war.

„Na ja, natürlich Jeans", flötete Melody ganz bei der Sache.
„Ich bin modisch schließlich nicht völlig verblödet. Die Frage
ist nur: welche Jeans? Welche Farbe? Wie eng? Mit oder ohne
kunstvoller Stickerei oder Strass?"

Während sie redete, bugsierte sie Hadleigh zur Tür.

Muggles folgte ihnen selbstverständlich.

„Strass?", echote Hadleigh.

„Willst du Tripp nun beeindrucken oder nicht?" Melody
öffnete die Tür, und alle traten auf den Gehsteig.

„Ehrlich gesagt nein", antwortete Hadleigh. „Ich will ihn
nicht beeindrucken."

Er hat mich schön genannt. Meint er das ehrlich, oder spielt
er nur irgendein Spiel mit mir?

Auf der Highschool, als sie noch ein knochiger, schlaksiger
Teenager gewesen war, hatte Tripp oft scherzhaft an einem ihrer
Zöpfe gezogen und ihr gesagt, dass sie eines Tages eine schöne
Frau sein werde. Aber sie solle sich mit dem Erwachsenwer-
den ruhig Zeit lassen und ein Kind bleiben, so lange sie könne.

„Tja", meinte Melody, „und genau darum brauchst du ja
auch ein wenig freundliche Anleitung."

Damit war das geklärt.

Ehe Hadleigh sichs versah, war ihr Laden abgeschlossen und
sie saß zusammen mit Muggles in ihrem Kombi auf dem Heimweg. Normalerweise ging sie zu Fuß zur Arbeit, da sie nur sechs

Blocks vom Laden entfernt wohnte. Heute jedoch war sie mit dem Wagen da, weil sie endlich die Erlaubnis erhalten hatte, Earl im Krankenhaus zu besuchen.

Melodys schicker kleiner BMW folgte ihr Stoßstange an Stoßstange, als wollte sie Hadleigh scheuchen. Sobald sie nämlich vom Gaspedal ging, hupte Melody.

„Ich schätze, aus dieser Nummer komme ich nicht heraus", sagte Hadleigh seufzend zu dem aufmerksamen Hund. „Aber eines ist sicher. Strass werde ich auf keinen Fall tragen."

Muggles gab ein leises Jaulen von sich.

Als sie ankamen, hielt Melody dicht hinter Hadleighs Wagen und blockierte so die Auffahrt, vermutlich um dafür zu sorgen, dass Hadleigh keinen Fluchtversuch unternahm.

Fünf Minuten später standen die beiden Frauen und der Retriever in Hadleighs Schlafzimmer. Die Schranktüren waren offen, die Kommodenschubladen herausgezogen. Melody sah Hadleighs limitierte Pulloversammlung durch, auf der Suche nach etwas, das, wie sie es nannte, ein bisschen Pep hatte.

„Hast du denn gar keine Kleidung außer Rollkragenpullovern, Männersweatshirts und süßen kleinen Twinsets?", wollte sie wissen und schien mit jeder Minute frustrierter zu werden.

„Ich mag nun mal Rollkragenpullover", protestierte Hadleigh. Sie fühlte sich wie von einer starken Strömung mitgerissen, wie ihr das einmal im Snake River passiert war, als sie aus dem Schlauchboot gefallen war und Will und Tripp hineinspringen mussten, um sie zu retten. Dabei waren die beiden Jungs fast ertrunken, ehe sie Hadleigh sicher ans Ufer bringen konnten.

Das Schlauchboot ging verloren.

„Ich verstehe", erklärte Melody in tadelndem Ton, während sie weiter die Schubladen durchwühlte. „Mal ehrlich – Rollkragenpullover? Wenn das nicht symbolisch ist, dann weiß ich auch nicht. Ich möchte hinzufügen, dass ich keine Ahnung von deiner modischen Rückständigkeit hatte. Mensch, ich erkenne sogar ein paar Sachen aus dem College wieder. Gehst du denn nie shoppen?"

„Doch", entgegnete Hadleigh gereizt, schließlich waren ihre Schränke und Schubladen gefüllt mit Kleidungsstücken. „Ich gehe shoppen."

Melody schüttelte verständnislos den Kopf. „Ich meinte abgesehen von Westernläden und Billigkaufhäusern am Highway?" Sie beantwortete sich ihre Frage gleich selbst. „Nein, das bezweifle ich."

„Melody", begann Hadleigh. „Ich liebe dich wirklich sehr. Aber ist es nicht langsam an der Zeit, dass du nach Hause fährst oder zurück in deine Schmuckwerkstatt? Oder vielleicht einfach in den nächsten See springst?"

„Eines Tages wirst du mir noch dankbar sein", konterte ihre Freundin, die sich endlich für ein hautenges pinkfarbenes T-Shirt mit langen Ärmeln und V-Ausschnitt entschied.

„Das wird aber noch dauern, verlass dich drauf", erwiderte Hadleigh trocken.

Melody warf ihr das T-Shirt zu und fing an, die ordentlich gestapelten Jeans durchzusehen. Hadleigh hatte dieses T-Shirt schon vor Jahren wegwerfen wollen. Es war das Überbleibsel einer längst vergangenen Girlie-Phase gegen Ende ihrer Collegezeit. Zum Glück überwand sie den Hang zu Pink genauso schnell, wie sie über den Typen hinwegkam, dem sie damals unbedingt gefallen wollte.

Joe? Jeff? Joshua?

Irgendetwas mit J am Anfang. Sie konnte sich nicht einmal mehr erinnern.

„Ja!", krähte Melody triumphierend und hielt eine enge schwarze Jeans mit – tatsächlich! – winzig kleinen Strasssteinen entlang beider Beinnähte und am Po hoch.

„Die habe ich schon ewig", sagte Hadleigh fast verzweifelt. „Weißt du noch? Wir haben uns alle die gleiche Hose gekauft, du und Bex und ich. Wir wollten sie zu einem Rockkonzert anziehen. Vermutlich bekomme ich nicht einmal mehr den Reißverschluss zu."

„Unsinn", meinte Melody. „Wahrscheinlich wiegst du noch genauso viel wie in der Highschool. Was, wie ich bemerken darf, wirklich ärgerlich ist."

„Fahr nach Hause, Melody."

„Erst wenn du die Sachen anprobiert hast. Wenn sie nicht passen, fein. Du kannst ruhig mit dem heißesten Typen ausgehen, den diese Stadt je hervorgebracht hat, und dabei aussehen wie eine Obdachlose. Es liegt ganz bei dir."

Hadleigh wusste, sie würde ihre ganze Kraft brauchen, um das Date bei Billy's zu überstehen. Und diese Auseinandersetzung mit ihrer Freundin hatte sie jetzt schon ziemlich geschafft. Darum gab sie klein bei und verschwand mit Jeans und T-Shirt im Badezimmer.

In ein paar Minuten würde selbst Melody sehen, dass sie im Lauf der Jahre zugenommen hatte. Sie hoffte nur, dass es genug war, um die Jeans und das knallige T-Shirt endgültig auszusortieren.

Nur aus Rücksicht auf die arme Muggles verzichtete sie darauf, die Badezimmertür zuzuknallen.

Wie sich zeigte, passte die Jeans wirklich noch. Das war dumm, aber irgendwie auch erfreulich.

Das T-Shirt saß ein bisschen eng, besonders an den Brüsten, aber es war deutlich weniger aufreizend, als Hadleigh befürchtet hatte. Nicht bis zum Bauchnabel ausgeschnitten, zum Beispiel.

Sie kam aus dem Badezimmer, um das Outfit vorzuführen.

„Ha, genau davon habe ich geredet!", rief Melody begeistert.

Hadleighs Stimmung wurde dadurch nicht besser. „Verschwindest du jetzt endlich?"

„Verschwinden? Damit du schnell wieder deine schlabberige Jeans und eins von den Flanellhemden deines Bruders anziehen kannst, kaum dass ich zur Tür hinaus bin? Ausgeschlossen."

Melody blieb und gab Hadleigh nicht erwünschte Schmink-tipps. Außerdem debattierte sie mit ihr darüber, ob sie die Haare hochbinden oder offen tragen sollte.

Sie unablässig daran zu erinnern, dass Hadleigh und Tripp nur ein Burger-Restaurant besuchen würden und kein elegan-tes, teures Lokal, nützte auch nichts.

Als Tripp wie verabredet um sechs Uhr auftauchte, war Melody immer noch da. Sie saß im Schneidersitz auf der Couch, hatte die Schuhe abgestreift und löffelte einen Joghurt. Sie würde nirgendwohin gehen, hatte sie längst verkündet, sondern dem Hund Gesellschaft leisten, bis Hadleigh nach Hause kam und ihr alles erzählte.

„*Falls* du nach Hause kommst", präzisierte sie und eilte zum Fenster, um auf die Straße zu spähen. Hadleigh selbst wollte auf keinen Fall dabei ertappt werden, wie sie nach ihrem so-genannten Date Ausschau hielt. „Wow", murmelte ihre auf-dringliche Freundin. „Der Typ hat sogar extra seinen Pick-up gewaschen. Und er sieht klasse aus, bis runter zu den glänzen-den Stiefeln."

„Hörst du endlich auf?", flüsterte Hadleigh eindringlich.

„Jetzt macht er die Gartenpforte auf", berichtete Melody zwischen zwei Löffeln Joghurt. „Kommt den Weg entlang. Jetzt ist er bei den Verandastufen …"

Es klopfte.

Hadleigh verdrehte die Augen.

Melody gestikulierte wild und formte mit den Lippen laut-los die Worte: „Mach die Tür auf."

Hadleigh starrte sie finster an.

„Wenn du ihn nicht auf der Stelle hineinlässt, dann mache ich es", verkündete Melody mit lauter Stimme.

Tripp klopfte erneut, es klang nach einem improvisierten Rap.

Da ging Hadleigh an Melody vorbei und hob die schwere Tür fast aus den Angeln, so heftig riss sie am Türknauf.

107

Es stimmte, Tripp sah wirklich unverschämt gut aus in seiner engen Jeans, dem gebügelten langärmeligen Hemd in dem gleichen faszinierenden Blau wie seine Augen. Dazu trug er ein Paar Stiefel, das vermutlich mehr gekostet hatte als der gesamte Bestand ihres Quilt-Ladens. Er musterte sie unauffällig, aber gründlich, und einer seiner Mundwinkel hob sich.

Hadleigh löste den Haken der Fliegentür und gab sich die allergrößte Mühe, desinteressiert zu wirken. „Ach, du bist schon da", sagte sie und hätte sich am liebsten auf die Zunge gebissen, weil es so albern klang. Sie war schließlich kein Teenager mehr.

Tripp grinste nachsichtig, aber er verkniff sich jede Bemerkung. Stattdessen fragte er nur: „Bist du fertig?"

Sie nickte, holte umständlich ihre Handtasche und hoffte, dass er nicht bemerkt hatte, dass sie schon wieder errötete.

Ob ich fertig bin? Oh, Cowboy, du hast keine Ahnung, wie sehr.

Melody hielt sich im Hintergrund wie eine wachsame Mutter, die sich nichts anmerken lassen will. Sie lächelte unentwegt, während ihre Augen leuchteten. Muggles trottete aus dem Wohnzimmer in den Flur und schaute schwanzwedelnd zu Tripp hoch.

„Hallo, Hund", begrüßte er Muggles freundlich und kraulte sie erst hinter dem einen und dann hinter dem anderen Ohr.

Die Hündin leckte glücklich seine Hand und trottete anschließend zurück ins Wohnzimmer.

Hadleigh wollte sich gerade säuerlich von ihrer Freundin verabschieden, doch Melody hob den Zeigefinger an die Lippen und scheuchte sie hinaus.

Tripp steckte den Kopf noch einmal zur Tür herein. „Warte nicht auf uns, Melody", meinte er grinsend.

„Du darfst aber gern deinen Wagen wegfahren", ergänzte Hadleigh süßlich, da der BMW immer noch die Auffahrt blockierte.

Melody salutierte im Scherz und folgte Muggles ins Wohnzimmer, wo sie es sich zweifellos wieder auf der Couch gemütlich machen würde.

Als Tripp mit Hadleigh auf dem Beifahrersitz seines Pickups auf den Parkplatz vor Billy's fuhr, kam es ihm wie ein Déjàvu vor.

Nicht, dass sich nicht doch einiges geändert hätte. Diesmal trug sie kein Brautkleid, und er hatte sie auch nicht aus der Kirche entführen müssen. Außerdem war Hadleigh damals noch ein Mädchen gewesen. Inzwischen war sie eine erwachsene Frau – und was für eine.

Bei ihrem Anblick schlug sein Herz höher, und sein Blut rauschte wild durch seine Adern.

Das kleine Mädchen war groß geworden.

Tripp seufzte.

Trotz ihrer Proteste war sie freiwillig mitgekommen, er hatte sie in keiner Weise zwingen müssen. Aber das hieß noch lange nicht, dass sie hier sein wollte, zumindest nicht mit ihm. Sie saß sehr aufrecht auf dem Beifahrersitz, das Kinn leicht vorgeschoben, den Blick fest nach vorn auf die Straße gerichtet.

Als er geparkt hatte und ihr beim Aussteigen helfen wollte, ignorierte sie die Hand, die er ihr anbot.

Heute Abend würde nichts wiedergutgemacht werden, jedenfalls nicht, wenn es nach ihr ging.

Auf dem Weg zum Eingang fragte Tripp sich, was er sagen oder tun könnte, um sich ein wenig bei ihr einzuschmeicheln.

Abgesehen davon, die Stadt zu verlassen und nicht mehr wiederzukommen, fiel ihm nichts Realistisches ein.

Er hielt ihr die Tür auf, und sie blieb einfach stehen, mitten auf der abgelatschten Gummimatte, auf der sich die Gäste seit fast vierzig Jahren die staubigen Stiefel abtraten. Sie sah Tripp ins Gesicht, aber ein Sieg war das nicht.

„Ich könnte dich über die Schulter werfen und hineinschleppen", sagte er halbherzig, da er sehr wohl wusste, dass er diesmal nicht mit so etwas bei ihr durchkommen würde. „Das würde ganz schön Aufsehen erregen."

Hadleigh starrte ihn noch einen Moment lang an, dann stieß sie schnaubend die Luft aus und marschierte ins Restaurant.

Tripps Erleichterung stand in keinem Verhältnis zu diesem eher winzigen Triumph. Aber alles hatte auch sein Gutes. Denn so blieben ihm einige Minuten, um ihr wohlgeformtes Hinterteil zu bewundern, hoch und fest und sehr sexy unter dem schwarzen Denim, in den kleine Strasssteine eingearbeitet waren.

Und dieses pinkfarbene Stretch-T-Shirt, das sie anhatte? Verdammt, es gab nur eine Möglichkeit, wie sie besser aussehen konnte als mit dem T-Shirt: nämlich ohne.

„Komm rein oder bleib draußen!", bellte der legendäre Billy hinter dem Tresen und holte Tripp aus seiner Starre. Er hielt nach wie vor die schwere Glastür auf, nachdem Hadleigh längst eingetreten war. „Ich bezahle doch nicht dafür, den gesamten Staat Wyoming zu heizen!"

Tripp lachte.

Erstaunlicherweise lachte Hadleigh auch.

Vielleicht, nur vielleicht gab es ja doch eine Chance für ihn und Hadleigh.

Aber eine Chance auf was?

Einen Neuanfang? Freundschaft? Eine Art Waffenstillstand, leicht oder brüchig und bewaffnet?

Früher hatte Tripp geglaubt, er kenne alle Antworten, zumindest was den Bruch zwischen ihm und Hadleigh betraf.

Nun jedoch, mit pochendem Herzen und schwirrenden Gedanken, voller Verlangen und Sehnsucht, war er sich nicht sicher, ob er überhaupt irgendetwas wusste.

6. KAPITEL

*H*ier bin ich also, dachte Hadleigh, bei diesem – zum Glück zwanglosen – Date mit niemand anderem als Tripp „Herzensbrecher" Galloway. Das war genau das, worauf sie sich niemals hatte einlassen wollen. Sie hatte es sich sogar geschworen.

Allerdings hatte sie da auch nicht geglaubt, dass sich die Gelegenheit jemals bieten würde.

Nach all ihrer Aufregung vorher, während sie hilflos zugesehen hatte, wie Melody ihre Garderobe durchwühlte, fühlte sie sich in diesem Moment eigenartig ruhig, als sie die vertrauten Düfte in dem Restaurant einatmete. Der Geruch allein hätte ihr verraten, wo sie war, selbst wenn ihre Augen verbunden gewesen wären. Es roch nach Fritten und Zwiebelringen in blubberndem heißen Öl, auf dem Grill brutzelnden Burgern, frisch gebackenen Kuchen, verbranntem Kaffee und ein bisschen nach dem Desinfektionsmittel, das der Hausmeister benutzte.

Wie gefasst sie sich auch fühlen mochte – und sie betete, es möge noch eine Weile anhalten –, war sie sich Tripps Gegenwart doch voll bewusst. Dabei stand er irgendwo ein Stückchen hinter ihr. Aber seine männliche Ausstrahlung war so intensiv, dass es ihr durch und durch ging.

Sie fing tatsächlich sehr interessante – okay, sexy – Schwingungen von ihm auf und reagierte unwillkürlich darauf, nicht nur körperlich, sondern auch emotional, auf eine Weise, die sehr verstörend war.

Außerdem war die Panik, die sie noch vor Kurzem verspürt hatte, so still und leise abgeflaut, dass sie die Veränderung zuerst gar nicht bemerkte. Irgendetwas ging mit ihr vor, und es veränderte sie nachhaltig, wie das erste Tageslicht allmählich den östlichen Horizont in strahlendes Licht tauchte.

Ja, etwas war zweifellos anders. *Sie* war anders.

111

Hadleigh war mehr denn je sie selbst.

Diese Offenbarung war wunderbar und grenzte an eine mystische Erfahrung, doch sie war auch erschreckend. Denn nun, das begriff Hadleigh, stand ihr die schwere Aufgabe bevor, dieses neue Ich und seine Fähigkeiten näher kennenzulernen.

Aber widerfuhren einem solche Offenbarungen nicht eher während der Meditation oder in einer Kirche? Oder auf Berggipfeln und an stillen Flüssen – vorausgesetzt, sie passierten überhaupt? Ganz sicher geschahen nicht allzu viele persönliche Wunder in Lokalen wie Bad Billy's Burger Palace an einem gut besuchten Abend.

Na schön, diese innere Erschütterung war einerseits aufregend, andererseits aber auch ziemlich bizarr. Doch was blieb ihr anderes übrig als mit dem Strom zu schwimmen? Er würde sie irgendwo flussabwärts ans Ufer spülen, reuig und zerzaust. Bis dahin konnte sie den verrückten Spaß genießen, oder?

Mit diesen Überlegungen beschäftigt und völlig ausgelastet, hatte sie ihre Motorik auf Autopilot geschaltet. Sie stand neben dem Empfangspult, vor dem ein Schild die Gäste darüber informierte, dass sie bitte warten sollten, bis sie an einen Tisch geführt wurden. Sie schaute sich in dem belebten Lokal um, während Billy sich bei Tripp beschwerte, er solle die Tür schließen, weil er keine Lust habe, die ganze verdammte Gegend zu heizen.

Lächelnd genoss sie die Eindrücke und überließ sich ihren Betrachtungen. Zum Beispiel registrierte sie, dass jeder Hocker am Tresen besetzt war, und auch die Tische. Kellnerinnen eilten in die Küche und wieder aus ihr hinaus, wo zwei Köche namens Peter und Paul zwischen Dampfschwaden und aus den Pfannen aufsteigendem Rauch arbeiteten. Die angeregten Unterhaltungen auf allen Seiten erzeugten eine angenehme gesellige Atmosphäre.

Hadleigh betrachtete Bad Billy, einen Mann in den Sechzigern, den sie praktisch schon ihr ganzes Leben kannte. Billy versuchte bis heute seinen wahren Charakter zu verbergen – trotz seines Auftretens hatte er ein freundliches Wesen. Niemand, der ihn lange kannte, nahm seine mürrischen Tiraden ernst. Er war schon lange kinderloser Witwer und spielte jedes Jahr den Weihnachtsmann, nicht nur bei der feierlichen Einweihung des Baumes der Stadt. Nein, er brachte Menschen, die krank waren oder arbeitslos oder um jemanden trauerten, Weihnachtsessen. Er kaufte das ganze Jahr über Spielsachen und lagerte sie. Und diese Spielsachen tauchten Weihnachten auf bestimmten Veranden überall in der Stadt und der Umgebung auf.

Obwohl Billy stets darum bemüht war, seine wohltätige Ader geheim zu halten, hauptsächlich weil er seinen Ruf als Grinch nicht verlieren wollte, wusste jeder Bescheid. Tatsächlich gaben viele Bewohner der Stadt nach Thanksgiving haltbare Lebensmittel und Geschenke direkt im Burger Palace ab.

Und das war noch nicht alles, was Billy anging. Er und ein paar seiner griesgrämigen Kumpane hatten irgendwann eine Band gegründet, mit der sie die Bewohner des Altenheims mindestens einmal im Monat unterhielten. Billy spielte auf seinem Akkordeon lebhafte Polkas, unterstützt von Banjos, Gitarren und einer Snare-Drum.

Erst Tripps trockene Erwiderung auf Billys schroffe Begrüßung holte Hadleigh in die Realität zurück.

„Ich sehe, du hast dich seit meinem letzten Besuch nicht verändert, du alter Gauner", zog Tripp ihn auf. „Gut zu wissen, dass es ein paar Dinge gibt, auf die ein Mann sich verlassen kann."

Billy gab einen gereizten Laut von sich, eine Mischung aus Lachen und verächtlichem Schnauben. Das war der Moment, in dem Hadleigh amüsiert zu den beiden Männern sah. Es war ein für Mustang Creek typisches Geplänkel zwischen alten Bekannten, die sich lange nicht gesehen hatten. Die Art, wie Männer einander zu verstehen gaben, dass sie sich über ihr Wiedersehen freuten.

In gewisser Weise konnte man die Worte also als Zuneigungsbekundung deuten.

„Ich werd dir schon noch zeigen, worauf ein Mann sich verlassen kann", grummelte Billy. „Egal wie lange du weg bist und wie oft, Galloway – wenn du wieder auftauchst, bist du immer noch der gleiche Klugscheißer wie vorher."

Tripp lachte. „Na, das ist nicht sehr originell. Das höre ich ständig."

„Es muss auch gar nicht originell sein", polterte Billy. „Nur wahr."

Diesmal erwiderte Tripp nichts. Vielleicht dachte er, dass es einfach zu lange dauern würde, bei Billy das letzte Wort zu haben. Falls das überhaupt möglich war.

Ginny, eine ältere Kellnerin, die seit der Eröffnung bei Billy's arbeitete, kam, um Hadleigh zu begrüßen, wobei sie sie mit dem Ellbogen anstieß und hörbar flüsterte: „Ich habe gehört, du und Tripp, ihr trefft euch. Wenn du mich fragst, ich finde das klasse!"

Hadleigh errötete ein wenig und sah aus Respekt vor der älteren Frau davon ab, dass sie sie eben *nicht* gefragt hatte. Sie verzichtete außerdem auf die Klarstellung, dass sie und Tripp sich nicht „trafen". Das wäre ohnehin Zeitverschwendung gewesen, denn sobald der Klatsch einmal angefangen hatte, sich auszubreiten, konnte man ihn auch nicht mehr aufhalten.

Wie dem auch sei, Ginny Clooney war eine gute Frau und eine von Grams besten Freundinnen gewesen.

Daher unterdrückte Hadleigh nur ein Seufzen. „Hast du einen freien Platz in der Nähe der Fenster für uns?"

Sie hatte die Frage kaum ausgesprochen, als sie Tripps Hand auf ihrem Rücken spürte, sanft, aber entschlossen. So sehr sie sich auch gegen ihn gewappnet glaubte, er schaffte es immer noch, sie zu überrumpeln. Seine Berührung ließ sie regelrecht zusammenzucken und jagte einen sinnlichen Schauer durch ihren Körper, bis hinein in die kleinsten Nervenbahnen. Für einen Moment war ihr, als habe sie versucht, bei einem Gewitter über einen Elektrozaun zu steigen.

Mit dem Unterschied, dass Tripps Berührung ihr keinen Schmerz verursachte. Stattdessen fühlte sie sich gefährlich, verräterisch und wundervoll an.

Hadleigh zähmte ihre allzu lebhafte Fantasie, leider nicht, bevor sie sich gefragt hatte, wie es wohl wäre, Tripp an einem ungestörten Ort Haut an Haut zu spüren.

„Klar kannst du am Fenster sitzen, Schätzchen", erwiderte Ginny und führte sie durch das proppenvolle Lokal zwischen voll besetzten Tischen und Sitznischen hindurch zu einem Tisch, an dem Hadleigh lieber nicht sitzen wollte. „Wie ist es mit dem?"

Ob durch Zufall oder Absicht, Ginny hatte sie zu eben der Tischnische geführt, in der Hadleigh und Tripp am Tag ihrer geplatzten Hochzeit gesessen hatten.

Hadleigh dachte daran, wie sie damals ausgesehen haben mussten – Tripp wild entschlossen und unnachgiebig und sie selbst hoffnungslos romantisch in ihrem sich bauschenden weißen Hochzeitskleid mit dem funkelnden, aber völlig ramponierten Schleier. Von dem verschmierten Make-up und den falschen Wimpern, die sich ebenso gelöst hatten wie ihr aufwendiger Haarknoten, ganz zu schweigen.

Die Erinnerung verstörte Hadleigh, deshalb verdrängte sie sie rasch.

„Der ist gut, Ginny", hörte sie Tripp sehr verhalten antworten. Die Andeutung eines Lächelns lag auf seinem Gesicht, aber es erreichte nicht ganz seine Augen.

Die Kellnerin gab jedem eine Speisekarte und versprach, in ein paar Minuten wiederzukommen. Dann verschwand sie. Inzwischen waren noch mehr hungrige Leute im Billy's eingetroffen, während andere, die ihre Mahlzeit beendet hatten, ihre Mäntel, Handtaschen und Rucksäcke holten, zerknitterte Geldscheine als Trinkgeld auf die von Essensresten übersäten

Tische warfen, Babys in Tragetaschen legten, Kleinkinder mit klebrigen Fingern aus Hochstühlen hoben und ältere Kinder von den Kaugummiautomaten und Videospielen Richtung Ausgang scheuchten.

Hadleigh nahm all diese Eindrücke sehr intensiv wahr, und ein bisschen schnürte es ihr dabei die Kehle zu. Sie liebte es, in Mustang Creek zu leben, hatte es immer geliebt, trotz der bittersüßen Erinnerungen an ihre verstorbenen Eltern und ihre Gram, und natürlich an Will. Ihr wurde klar, dass Tripp sie beobachtete und vermutlich bemerkte, dass sie von Gefühlen bewegt war, die sie für gewöhnlich unter Verschluss hielt. Sie sah ihn direkt an.

„Hast du das alles arrangiert?", fragte sie mit einem gewissen ironischen Unterton. „Wusstest du, dass wir diesen Tisch bekommen?"

Tripp hielt ihrem Blick stand, seine Miene war ernst. „Nein", antwortete er halbherzig lachend. „Das muss einfach Zufall gewesen sein."

Sie nahm schwungvoll ihre Speisekarte. „Wenn du es sagst", erwiderte sie betont gleichgültig und studierte das Angebot, das sie auswendig hätte aufsagen können.

„Warum sollte ich das tun, Hadleigh? Ich versuche, bei dir zu punkten, falls dir das noch nicht klar sein sollte."

Sie klappte die Karte zu, nachdem sie sich schon auf der kurzen Fahrt zu Billy's für ihr Standardgericht entschieden hatte – einen Cobb Salad mit Thousand-Island-Dressing. Da jetzt die neue, mutigere Hadleigh das Kommando hatte, und zwar hoffentlich für immer, stellte sie die gleiche Frage, die sie schon vor einer Woche gestellt hatte, als Tripp plötzlich wieder in ihrem Leben aufgetaucht war. Die Frage, der sie bisher ausgewichen war.

Sie glaubte die Antwort zu kennen, aber sicher war sie nicht, daher kam sie nicht um die Frage herum. „Was bringt dich nach all der Zeit nach Mustang Creek zurück?"

Tripp hatte seine Speisekarte nicht aufgeschlagen; vielleicht wusste auch er längst, was er wollte. Er saß da, die Hände auf dem Vinyl-Umschlag, die Finger leicht miteinander verschränkt. Er wirkte jetzt entspannter, aber immer noch wachsam. „Hauptsächlich bin ich wegen meines Dads zurückgekommen", sagte er, wie zu erwarten. Jeder wusste, dass Jim Galloway, der Inbegriff des starken, wortkargen Mannes, mit Prostatakrebs zu kämpfen gehabt hatte. „Er behauptet, das Schlimmste überstanden zu haben, und vermutlich stimmt das auch, denn ein guter Lügner ist er nicht, nie gewesen." Tripp seufzte. „Die Ranch sieht allerdings aus, als ginge es schon eine Weile abwärts."

In diesem Moment tauchte Ginny wieder auf, mit ihrem Lippenstiftlächeln, ihrer kecken bügelfreien Uniform und den Kreppsohlenschuhen, bewaffnet mit Block und Bleistiftstummel. Hadleigh kam diese Unterbrechung gerade recht, denn die Galloway Ranch war wirklich ein wenig heruntergekommen. Sie erinnerte sie an alte Fotos von einst blühenden Farmen in Familienbesitz, zwangsversteigert oder einfach aufgegeben während der Großen Depression in den 1930ern.

Nicht nur weil Ginny am Tisch stand und auf ihre Bestellung wartete, verkniff sie es sich, ihre Meinung dazu zu äußern, sondern auch, weil sie der derzeitige Zustand der einst erfolgreichen Ranch nichts anging.

Hadleigh bestellte ihren Salat, den großen statt den kleinen, und dazu ein Glas ungesüßten Eistee.

Tripp wählte das Schnitzel, dazu stilles Wasser mit extra Eis, wenn Ginny so nett sein würde.

Ginny rauschte geschmeichelt und glücklich davon und ließ die beiden wieder allein. Da Billy's eins der beliebtesten Restaurants in der Gegend war, blieben sie jedoch nicht lange allein.

Immer wieder kamen Leute an ihren Tisch, um Tripp zu begrüßen – natürlich auch Hadleigh, aber sie war nicht weg gewesen, wie er. Die Leute wollten wissen, wie es Jim ging und ob Tripp vorhabe zu bleiben und die Ranch zu leiten.

Tripp war freundlich zu allen und beantwortete geduldig die immer wieder gleichen Fragen: Ja, Jim schien es besser zu gehen, er denke sogar daran, eine Kreuzfahrt zu machen. Und ja, Tripp würde bleiben, um ihm zu helfen, wo er konnte.

Heißt das, er ist für immer nach Hause zurückgekommen?

Hadleigh war sich nach wie vor nicht sicher, ob sie hoffte, dass die Antwort ja oder nein lautete, als der örtliche Polizeichef Spence Hogan zur Tür hereinkam, das Restaurant durchquerte und vor ihrem Tisch stehen blieb.

Er lächelte Hadleigh an und wandte sich unmittelbar darauf an Tripp.

Spence war mit Will und Tripp zur Highschool gegangen, und die drei waren Freunde gewesen. Dunkelhaarig und attraktiv, mit dunkelblauen Augen und einem freundlichen Wesen, war Spence mit seinen fünfunddreißig Jahren hartnäckiger Junggeselle und kam, nach den Regeln des Heiratspakts, durchaus als potenzieller Ehemann infrage – zumindest technisch gesehen.

Da niemand vollkommen ist, gab es natürlich auch bei ihm das ein oder andere Manko, abgesehen von dem Zu-viel-Vertrautheit-erzeugt-Langeweile-Faktor.

Spence liebte seinen Job als Cop, und er war ein guter Polizist, der sich stark beruflich und für seine Gemeinde engagierte. Er war aufrichtig, integer und solvent, und er sah ohne Frage sehr gut aus. All das waren Punkte, die für ihn sprachen.

Aber wenn es darum ging, eine Familie zu gründen, gab es deutliche Defizite. Das Problem war, dass er nicht daran dachte, sich irgendwelchen Einschränkungen zu unterwerfen. Er wollte sich seine Möglichkeiten offenhalten, und zwar alle. Es war nicht allzu überraschend, dass ihm die Frauen regelrecht zu Füßen lagen.

Melody war ein paarmal mit ihm ausgegangen, sowohl auf der Highschool als auch auf dem College. Beim zweiten Mal sah es ganz danach aus, als könnte es etwas Ernstes werden mit ihnen – bis es schiefging und sie sich trennten. Melodys Kommentar dazu lautete, sie seien wohl beide noch rechtzeitig zur Vernunft gekommen und hätten die Sache beendet.

„Ich habe mich schon gefragt, wann ich dir über den Weg laufen würde", sagte Spence zu Tripp. „Mein Büro ist noch genau dort, wo es schon immer war. Nachdem du schon über eine Woche zu Hause bist, sollte man meinen, du hättest längst mal vorbeigeschaut, um Hallo zu sagen."

Spence nahm sich einen Stuhl vom Nachbartisch und setzte sich.

„Tu dir bloß keinen Zwang an", bemerkte Tripp trocken. „Ach, übrigens: Die Ranch ist auch noch da, wo sie schon immer war."

Aus dem Augenwinkel entdeckte Hadleigh Ginny, die mit den Getränken kam, die sie bestellt hatten.

Sie stellte die Gläser auf den Tisch und stieß den Polizeichef leicht an die Schulter. „Ich nehme an, du willst etwas zu essen?", erkundigte sie sich mit gespielter Empörung.

Spence bedachte die ältere Frau mit einem für ihn typischen Grinsen, das schon an Unverschämtheit grenzte – ein kurzes Aufblitzen strahlend weißer Zähne, ein Funkeln seiner viel zu blauen Augen und ein Wangengrübchen, das sich für einen kurzen Moment zeigte.

Und tatsächlich errötete Ginny. Ginny, die bei jedem anderen Charmeur vollkommen unbeeindruckt blieb.

„Nein, nur Kaffee, bitte", erwiderte Spence. „Schwarz wie üblich."

Und Ginny, die sich gern als „zähes altes Weib" bezeichnete, grummelte etwas und machte sich auf den Weg zu der großen Kaffeemaschine hinter dem Tresen.

Spence seufzte, als wollte er signalisieren, wie sehr er das alles schon kannte und es schließlich nicht seine Schuld sei, dass er auf Frauen jeden Alters anziehend wirkte.

„Wolltest du eigentlich etwas Bestimmtes?", fragte Tripp nicht unfreundlich. „Denn wenn du dir nur deine Kaffeepause versüßen willst, muss ich dir leider sagen, dass ich im Augenblick ein bisschen zu tun habe."

Spence sah zu Hadleigh und dann, nach einem kurzen Lächeln sowie dem kaum merklichen Hochziehen der Augenbrauen, wieder zu Tripp. „Ich verstehe", erklärte er und tat ein wenig gekränkt. „Ich werde dich nicht lange aufhalten."

„Gut", antwortete Tripp nur.

Ginny kam mit einem Kaffee, den sie vor Spence auf den Tisch stellte. Die schwere Steinguttasse klapperte auf der Untertasse.

Schlau genug, um erneuten Blickkontakt mit Spence zu vermeiden, warf sie Hadleigh einen bedeutungsvollen Blick zu.

Hadleigh lächelte beruhigend zurück.

Dann war Ginny auch schon wieder verschwunden.

Spence trank einen Schluck Kaffee und ließ sich absichtlich viel Zeit dabei. „Wie geht es Jim?", erkundigte er sich. Es klang beiläufig, war aber als Sticheln gemeint, wenn auch versteckt.

Hadleigh hätte das vielleicht nicht bemerkt, aber sie sah, dass Tripp innerlich kochte. Außerdem kannte sie diese Art von männlichem Geplänkel zur Genüge, da sie mit Will und seinen Freunden groß geworden war. Die drei hätten fast alles füreinander getan, trotzdem provozierten sie sich bei etlichen Gelegenheiten wie junge Stiere, die um ihr Territorium kämpften.

So nah Tripp und Will sich auch gestanden hatten, das hatte nicht verhindert, dass sie ab und zu hart aneinandergerieten. Dabei kam es durchaus zu blutigen Knöcheln und blauen Augen. Dann wälzten sie sich ineinander verkeilt über den Rasen, bis entweder Gram aus dem Haus kam und beide mit dem Gartenschlauch abspritzte oder sie beide so geschafft waren, dass sie nicht mehr konnten und schwer atmend und lachend nebeneinander auf dem Rücken liegen blieben. Wenn Spence dabei gewesen war, hatte er sich sofort mit ins Getümmel gestürzt.

Anfangs hatten diese Kämpfe Hadleigh verängstigt, schließlich gingen ihr Bruder und seine Freunde richtig aufeinander los. Aber nach und nach realisierte sie, mit ein wenig Hilfe von Gram, dass das wie Sport für die Jungen war. Es war eine Möglichkeit, überschüssige Energie abzubauen und sich zu beweisen.

Tripp ließ sich ausgiebig Zeit, auf Spences Frage nach Jims Befinden zu antworten. Als er es tat, stützte er die Unterarme auf den Tisch, beugte sich ein wenig vor und erklärte: „Meinem Dad geht's gut, Spence. Danke der Nachfrage."

Spence verdrehte die Augen. „Gern geschehen", erwiderte er.

Dann stand er unvermittelt auf und nickte Hadleigh zum Abschied höflich zu. Den Kaffee ließ er halb ausgetrunken auf dem Tisch stehen.

„Das war ja freundlich von dir", spottete Hadleigh, nachdem Spence gegangen war.

Da Ginny gerade mit dem Essen kam, wartete Tripp mit seiner Antwort, bis sie die Teller abgestellt und Spences Tasse abgeräumt hatte.

„Ich dachte, er ist dein Freund", setzte Hadleigh nach, als Tripp noch immer nichts sagte.

„Ist er auch", entgegnete Tripp und nahm den Pfefferstreuer, um sein Essen großzügig zu würzen.

Hadleigh senkte die Stimme. „Na ja, aber das hätte kaum jemand vermutet, so wie du dich gerade ihm gegenüber verhalten hast."

Tripp lachte leise. „Es ist alles in Ordnung", versicherte er ihr. „Tatsächlich treffen wir uns demnächst mit ein paar alten Freunden zum Pokern."

Sie nahm ihre Gabel und spießte ein Stück Blauschimmelkäse auf, mit dem ihr Salat garniert war. „Ich verstehe es trotzdem nicht", gestand sie praktisch flüsternd. „Du und Spence, ihr kennt euch schon so lange, und du hast dich ihm gegenüber auffallend grob verhalten."

Tripp nahm ebenfalls seine Gabel und betrachtete Hadleigh. „Männer sind nicht so versöhnlich wie Frauen. Spence hat mir vorgehalten, dass ich mich nicht gleich bei ihm gemeldet habe. Das stimmt schon. Aber bei dem, was gerade eben passiert ist, ging es nicht um ihn und mich, sondern um dich und mich."

Hadleigh stutzte und hielt mit dem Stück Käse auf halbem Weg zum Mund inne.

„Was?", brachte sie schließlich perplex heraus.

Tripp grinste breit und aß zunächst eine Gabel voll in Soße getunkten Kartoffelbreis, ehe er sich die Mühe machte zu antworten. „Das hier ist eine Kleinstadt", erinnerte er sie unnötigerweise. „Jeder weiß, dass wir in den vergangenen zehn Jahren wie Hund und Katze waren." Er fing an, sein riesiges Schnitzel kleinzuschneiden, das ebenfalls in Soße schwamm und den meisten Platz auf seinem Teller beanspruchte. Als Hadleigh daran dachte, ihn aus schierer Frustration mit ihrem Messer zu traktieren, fuhr er fort: „Uns beiden wird diese Geschichte ewig nachhängen. Ich bin der Typ, der dich an deinem Hochzeitstag aus der Kirche geschleppt hat, bevor du den falschen Mann heiraten konntest. Und du bist die wild gewordene Braut, die sich mit Händen und Füßen dagegen gewehrt hat. Dass wir nun in aller Öffentlichkeit friedlich miteinander essen, führt zwangsläufig zu Spekulationen."

Hadleigh blieb an der Formulierung „wild gewordene Braut, die sich mit Händen und Füßen dagegen gewehrt hat" hängen. *Habe ich wirklich gekämpft? Oder war ich, allem Zappeln und Schreien zum Trotz, nicht doch auch ein bisschen begeistert?*

Das war eine Möglichkeit, die sie nie wirklich in Betracht gezogen hatte, obwohl es ihr natürlich in den Sinn gekommen war. Das eine oder andere Mal hatte Gram angedeutet, Hadleigh hätte insgeheim darauf gehofft, dass Tripp zu ihrer Rettung auftauchen würde, wie ein Held in einem romantischen Film, um ihre Hochzeit zu stoppen und sie wie die Beute eines Piraten vom Fleck weg zu entführen. Nächster Halt: Happy End.

Hatte Gram recht?

Sie runzelte die Stirn. Nein, entschied sie. Selbst mit achtzehn war sie nicht so blöd gewesen. Erstens konnte sie nicht wissen, wie Tripp auf die Nachricht reagieren würde, dass sie Oakley heiraten wollte. Es hätte ebenso gut sein können, dass er sie als dummes Ding abtat und keinen Gedanken mehr an sie verschwendete.

Allerdings hatte sie gewusst, dass er nach Mustang Creek zurückkommen würde, wie sie jetzt mit Schrecken erkannte. Sie hatte einfach gewusst, dass er in die Kirche marschieren und die Trauung stoppen würde, wenn er davon erfuhr.

Woher habe ich das gewusst? Eine intellektuelle Herausforderung war diese Frage nicht gerade. Ihr Bruder hatte Oakley nie besonders gut leiden können. Er hätte genauso gehandelt wie Tripp. Will und er funkten auf derselben Wellenlänge, bis auf gelegentliche Meinungsverschiedenheiten wegen eines Mädchens.

Langsam ließ Hadleigh ihre Gabel sinken, lehnte sich zurück und staunte darüber, wie sehr sie sich über ihre wahren Motive etwas vorgemacht hatte, damals und in den folgenden zehn Jahren.

Tripp beobachtete sie und unterbrach seine Mahlzeit. „Stimmt etwas nicht mit deinem Essen?"

Hadleigh schluckte und schüttelte den Kopf. „Mir ist nur gerade etwas klargeworden."

Er schien ein bisschen verwirrt zu sein. „Sieh mal", begann er, „es tut mir leid, wenn es dir so unangenehm ist, mit mir hier zu sitzen ..."

„Nein, das ist es nicht", unterbrach sie ihn schnell. „Es hat nichts mit diesem Tisch zu tun. Auch nicht mit dem Essen."

„Was ist es dann?" Er klang geduldig, aber das hieß nicht, dass er sie um den heißen Brei herumreden lassen würde.

Um herauszufinden, ob irgendwelche Gäste sie beobachteten, drehte Hadleigh den Kopf. Da dies der Fall war, senkte sie ihre Stimme erneut. „Ich kann hier nicht darüber reden. Aber möglicherweise kann ich das nirgendwo."

„Wenn es nach mir geht, reden wir darüber, um was auch immer es gehen mag."

„Warum glaubst du eigentlich, dass alles, was im Universum geschieht, irgendwie mit dir zu tun hat?" Es war ein lahmer Versuch, Tripp abzuwimmeln, und sie sah sofort, dass das nicht fruchtete.

„Hadleigh." Das war alles, was er sagte. Nur ihren Namen.

Sie probierte es noch einmal. „Wirklich, es ist nichts …"

Es folgte ein kurzes, unangenehmes Schweigen.

„Sieh mir in die Augen und sag mir, dass ich nichts damit zu tun habe, was in deinem hübschen Kopf vorgeht", meinte Tripp ruhig – zu ruhig. „Dann werde ich mich damit zufriedengeben."

„Du … du würdest mir glauben?"

„Das habe ich nicht gesagt."

Sie schaffte es nicht. Sie konnte weder Tripp noch sonst jemanden anlügen. Das wusste er ebenso gut wie sie selbst.

Tripp wartete. Obwohl er der vorbeieilenden Ginny mit erhobener Hand signalisierte, dass er zahlen wollte, wandte er den Blick nicht von Hadleighs Gesicht ab.

Kurz darauf kam Ginny mit der Rechnung. Ihre gute Laune verschwand, als sie auf Tripps und Hadleighs Teller blickte. Während Tripp wenigstens ein bisschen gegessen hatte, war Hadleighs Salat praktisch unberührt.

„Stimmt etwas nicht mit dem …"

Ehe Ginny die Frage ganz aussprechen konnte, sagte Tripp: „Alles war bestens." Er schenkte der Frau ein Lächeln, bei dem Hadleigh vermutlich, hätte es ihr gegolten, sämtliche Kleider vom Leib gefallen wären. „Uns ist bloß eingefallen, dass wir in wenigen Minuten einen Termin haben, das ist alles."

Ginny schmolz regelrecht dahin und reichte ihm strahlend die Rechnung.

Nach einem kurzen Blick auf die zu zahlende Summe nahm er einen Schein aus der Brieftasche und reichte ihn Ginny.

„Ich hole rasch dein Wechselgeld, da ihr es ja eilig habt."

Aber Tripp war bereits aufgestanden. „Nicht nötig." Er bot Hadleigh die Hand, als sie aus der Sitzbank rutschte und dabei mit der Tasche und ihrem Mantel kämpfte.

Hadleigh ignorierte seine Hand, einerseits weil Ginny sie beobachtete und andererseits weil sie sehr gut allein aufstehen konnte.

Zu ihrem Entsetzen beugte sich Tripp zu ihr herüber, um ihr etwas ins Ohr zu flüstern. Sie spürte seinen warmen Atem an ihrer Haut. Er wusste genau, dass nahezu jeder im Restaurant sie beobachtete und wild spekulierte.

„Zu dir oder zu mir?", raunte er leise.

Hadleigh spürte, dass sie errötete. Ihr gelang ein Lächeln, auch wenn es ein wenig gezwungen ausfiel. „Weder noch", entgegnete sie. Wenn Tripp hier eine Show abziehen konnte, dann konnte sie das erst recht. „Unsere Abmachung lautete: ein Essen. Mehr nicht. Das ist nun vorbei, und damit auch der Abend."

Tripps Lächeln war wie eine Flut aus Sonnenlicht, die nach einem Regenguss die Wolken durchbricht. „Erst wenn wir unser Gespräch geführt haben", erklärte er bestimmt. Jeder Beobachter der Szene würde denken, dass die beiden übereinander herfallen würden, sobald sie hinter geschlossenen Türen waren.

Als würde ich mich mit Tripp Galloway einlassen! Das würde einfach nicht passieren, und das war verdammt gut so.

Mehr oder weniger.

„Wir hatten eine Abmachung!", stieß Hadleigh hervor.

125

Tripp hielt ihr den Mantel hin. Jetzt war es nicht mehr nur sein Lächeln, das sie durch und durch wärmte, sondern auch der glühende Ausdruck in seinen Augen. Sie befürchtete Schweißausbrüche, ja schlimmstenfalls eine Ohnmacht. „Unsere Abmachung schloss nicht ein, dass du dich vorzeitig verdrückst", belehrte er sie, nahm ihre Hand und hob sie an seine Lippen. „Nur weil du wegen der vielen Leute nicht sagen willst, was dich beschäftigt", fügte er hinzu.

Hadleigh setzte ein breites Lächeln auf. Sie beherrschte das Spiel genauso gut wie er.

Nur war Tripp ihr einen Schritt voraus, wie sich zeigte. Denn noch bevor sie ihm sagen konnte, was er mit seiner Abmachung anfangen könnte, küsste dieser Mistkerl sie.

Mitten in Bad Billy's Burger Palace and Drive-Thru, vor der halben Gemeinde.

Hadleigh erwiderte den Kuss nicht direkt, doch sie schubste ihn auch nicht weg.

Sie war verloren.

Die anderen Gäste taten nicht einmal so, als hätten sie nichts gesehen. Es gab leises Lachen und verhaltenen Applaus.

Mit dem gleichen Selbstbewusstsein wie an ihrem Hochzeitstag umfasste Tripp ihren Ellbogen und führte sie zwischen den Tischen hindurch und am dicht belagerten Tresen vorbei zum Ausgang.

Gentlemanlike hielt er ihr die Tür auf.

Inzwischen war die Dämmerung hereingebrochen, und der Halbmond stand riesig, majestätisch und sehr hell am Himmel – so hell, dass die Sterne nicht mithalten konnten.

„Du kannst meinen Arm jetzt loslassen", meinte Hadleigh. „Die Vorstellung ist vorbei."

Sanft legte Tripp ihr die Hand unters Kinn. „Ich frage dich noch einmal", sagte er. „Zu dir oder zu mir?"

7. KAPITEL

Zu dir oder zu mir?

Das steht so was von überhaupt nicht zur Debatte, dachte Hadleigh, entzückt von ihrer Empörung.

Tripps Versuch, ihr beim Einsteigen zu helfen, ignorierend, stieg sie auf das Trittbrett und von dort in die Fahrerkabine des Pick-ups.

Während Tripp sich hinters Steuer setzte und den Motor startete, starrte Hadleigh störrisch geradeaus durch die Frontscheibe. Sie fühlte sich hin- und hergerissen von ihren widersprüchlichen Emotionen. Einerseits machte sie dieses alberne Spiel mit, obwohl sie das ganz bestimmt nicht musste. Andererseits hatte sie Angst, die Wahrheit zu sagen, während es sie genau danach drängte, ganz gleich, wie die Konsequenzen aussehen mochten.

Wo ist die neue, selbstbewusste Hadleigh plötzlich abgeblieben? Was ist aus meinem inneren Gleichgewicht geworden?

„Ich finde, wir sollten zu mir fahren", sagte Tripp und klang dabei ärgerlich vernünftig, was schwer zu ertragen war, da Hadleigh sich ganz und gar nicht vernünftig vorkam, während Tripp den Wagen auf den Highway lenkte. „Weil Melody doch bei dir herumhängt."

Hadleigh war ein wenig verärgert – und noch etwas. Allerdings wollte sie lieber nicht genau wissen, was das war.

„Was ist mit deinem Dad?", fragte sie und verspürte den Drang, Melody zu verteidigen. Was unsinnig war, da Tripp sich gar nicht negativ über sie geäußert hatte.

Einerseits hätte sie es am liebsten gehabt, wenn er sie zu Hause ablieferte und anschließend für immer in Ruhe lassen würde. Andererseits wollte sie unbedingt herausfinden, worauf das alles hinauslief.

„Der liegt um diese Zeit wahrscheinlich schon im Bett", antwortete Tripp leichthin. „Und selbst wenn nicht, wird er genug

127

Taktgefühl haben, um uns allein zu lassen. Was ich von Melody nicht behaupten kann."

Hadleigh verschränkte die Arme vor der Brust. Na schön, er provozierte es.

„Melody", erwiderte sie spitz, „setzt sich nur für meine Belange ein." Das war vielleicht eine Untertreibung! Melody hatte darauf bestanden, dass Hadleigh zu diesem Date ging, und sogar ihre Kleidung ausgewählt.

Tripp grinste und warf ihr einen kurzen Blick zu, richtete seine Aufmerksamkeit jedoch gleich wieder auf die Straße. „Da hast du wahrscheinlich recht", räumte er belustigt ein. „Aber hier geht es nicht um Melodys gute Absichten, denn ich habe nicht vor, mir irgendwelche Freiheiten herauszunehmen. Du brauchst also keinen Bodyguard."

Aus irgendeinem Grund erinnerte sie sich plötzlich an jenen lange zurückliegenden Tag, an dem sie und Bex die glorreiche Idee gehabt hatten, den Zementfußboden der Garage von Bex' Eltern zu streichen. Die beiden räumten die Garage aus, fegten und wischten den Boden. Anschließend mischten sie Sand mit kanariengelber Farbe, die sie in einem Vorratsregal entdeckt hatten, wobei sie sich gegenseitig zu ihrer Genialität beglückwünschten. Bex' Mom würde überglücklich sein. Beklagte sie sich nicht dauernd, der Garagenboden sei bei Regenwetter so rutschig, dass sich eines Tages noch jemand den Hals brechen würde?

Auf den Knien arbeiteten sie Seite an Seite, schwangen ihre Pinsel und trugen fröhlich die körnige Pampe auf. Sie arbeiteten sich vom Eingang bis zur hinteren Wand vor, nur um dann festzustellen, dass sie nicht mehr zurückkonnten.

Da sie ihr Kunstwerk nicht zerstören wollten – oder die Sohlen ihrer Turnschuhe –, indem sie über die nasse Farbe liefen, warteten sie einfach stundenlang, bis der Boden trocken war.

Die Erinnerung und die Verbindung zwischen diesem Ereignis und den Entscheidungen, die sie heute Abend getroffen hatte, ließen Hadleigh lächeln. Heute wie damals saß sie fest, weil sie sich den Weg abgeschnitten hatte, und zwar nicht gegen ihren Willen.

Was nun?

Sie war Tripp keinerlei Erklärungen schuldig, das wusste sie, und er auch. Im Grunde neckte er sie nur, um ihr irgendeine Reaktion zu entlocken.

Es wäre viel zu demütigend, Tripp zu gestehen, was ihr bei Billy's klar geworden war und sie dermaßen erschüttert hatte, dass sie noch keine Zeit gehabt hatte, ihre Fassung wiederzugewinnen.

Der gleiche Tisch wie damals vor zehn Jahren, als ihre Unreife und ihre romantischen Fantasien ihr um die Ohren geflogen waren.

Lügen kam auch nicht infrage. Hadleigh war darin nicht nur notorisch schlecht, sondern geradezu unfähig, die Unwahrheit zu sagen. Selbst wenn es ihr gelungen wäre, irgendeine fadenscheinige Begründung vorzubringen, ohne über ihre eigenen Worte zu stolpern, würde Tripp sie auf der Stelle durchschauen.

Aber er hatte gesagt, er würde das Thema fallen lassen, wenn sie ihm ehrlich gestand, warum sie von einem Moment zum anderen bei Billy's den Appetit und beinah auch die Fassung verloren hatte. Sie verdankte es allein ihrer Streitlust, dass sie die Szene überstanden hatte, die sich vor dem Verlassen des Lokals zwischen ihnen abgespielt hatte.

Sie waren erst vor wenigen Minuten gegangen, doch einige der Zuschauer tauschten sich bestimmt schon darüber aus, schickten Textnachrichten an ihre Freunde oder posteten möglicherweise schon einen detaillierten Bericht der Ereignisse des heutigen Abends in einem der sozialen Netzwerke. Vielleicht gab es sogar Fotos, da ja fast jeder heutzutage ein Smartphone besaß.

Hadleigh konnte sich das alles nur zu gut vorstellen. *Hadleigh Stevens und Tripp Galloway haben sich geküsst. Direkt hier in Bad Billy's Burger Palace, vor allen Leuten. Und wir reden nicht von einem freundschaftlichen Küsschen auf die Wange. Das sah ganz nach einem Zungenkuss aus. Und dann sind sie ganz plötzlich aufgebrochen. Nicht gerade schwer, sich auszumalen, wie es weiterging, oder?*

Ja, dachte sie, vielleicht hätte ich mir einen Rest Würde bewahren können, wenn Tripp mich nicht geküsst hätte.

Aber es war sinnlos, weiter über den Kuss nachzudenken. Es war ja schon schwer genug, still zu sitzen.

Hin- und hergerissen zwischen ihren guten Absichten und ihrem inneren Teufelchen, seufzte sie hingebungsvoll, presste die Fingerspitzen beider Hände an ihre Schläfen und fragte sich, ob sie langsam verrückt wurde.

Sie – oder besser gesagt, die Person, die sie vorher gewesen war – wollte das Vernünftige tun, und das war bestimmt nicht identisch mit dem, was ihre Fantasie beschäftigte. Ihre dunkle Seite nämlich sehnte sich nach heißem, wildem Sex, und zwar je eher, desto besser.

Hadleigh stöhnte laut.

Tripp, dem nie auch nur die geringste Kleinigkeit zu entgehen schien, lachte. „Es kann doch nicht so schwer sein, sich von der Seele zu reden, was einen beschäftigt."

„Du hast gut reden", erwiderte sie. „Du bist schließlich hinterher nicht derjenige, der sich wie ein Idiot fühlen wird." Der Zwang, ehrlich zu sein, würde noch mal ihr Untergang sein.

„Du magst vieles sein, Hadleigh", erwiderte Tripp ernst. „Aber ein Idiot bist du ganz sicher nicht."

Schon wieder löste er etwas in ihr aus, diesmal mit seinem aufrichtig klingenden Kompliment, so fragwürdig es auch sein mochte. Wieder hatte er sie überrumpelt, sodass sie nicht in der Lage war, angemessen darauf zu reagieren.

„Du hast deine Vorgehensweise geändert", verkündete sie in einem Singsang, nachdem sie einige Meilen schweigend gefahren waren. Dann fügte sie hinzu: „Seit du mich zuletzt gekidnappt hast."

Sie betrachtete ihn im Profil. In der Kabine des Pick-ups war es dunkel bis auf die Armaturenbeleuchtung. Trotzdem bemerkte Hadleigh sein kurzes Grinsen. „Für meine Begriffe habe ich dich beim ‚letzten Mal‘ nicht entführt, sondern vor einer Katastrophe bewahrt, deren Auswirkungen dich noch auf Jahre hinaus beschäftigt hätten." Nach einer kurzen Pause erkundigte er sich beiläufig: „Wie geht's dem alten Oakley eigentlich?"

„Willst du mir weismachen, du weißt nichts von ihm?", konterte sie kühl. „Wir sind hier nicht in Seattle oder Los Angeles. Das hier ist Bliss County, Wyoming, wo jeder jeden kennt. Oakley ist regelmäßig in der Entzugsklinik, manchmal wegen Alkohol, manchmal wegen Tabletten, manchmal wegen beidem. Der Nachlassverwalter seines Vaters hat ihm den Zugang zu den Konten gesperrt, seine Mutter hat wieder geheiratet und ist nach Quebec gezogen. Seine Geschwister haben ihn längst abgeschrieben. Außerdem ist er gerade zum zweiten oder dritten Mal geschieden. So genau weiß ich das nicht."

Tripp fuhr langsamer und blinkte rechts, um von der dunklen Straße in eine noch dunklere, unbefestigte Auffahrt abzubiegen. „Das dritte Mal", sagte er mit emotionsloser Stimme.

Also hatte er den Klatsch verfolgt, während er fort gewesen war, um reich zu werden und zu heiraten. Zu schade, dass sie zu feige gewesen war, selbst ein paar Nachforschungen anzustellen. Das hätte ihr einiges erspart.

„Aber wer zählt schon mit?" Sie kamen an dem alten Briefkasten vorbei, auf dessen Seite *Galloway* stand.

Hadleigh war erst ein paarmal auf der Galloway Ranch gewesen – wenn sie sich von ihrem großen Bruder Will mal nicht abschütteln ließ und zur Beerdigung von Tripps Mutter. Im Anschluss an das Begräbnis auf dem kleinen und sehr alten Friedhof hinter dem Obstgarten hatte es einen Leichenschmaus im Haus gegeben. Selbst noch in Trauer nach dem Verlust ihrer Eltern achtzehn Monate zuvor, hatte Hadleigh das Geschehen in trübsinnigem Schweigen verfolgt und sich eng an Gram gehalten. Will, damals sechzehn, musste ebenfalls einige düstere Parallelen gezogen haben, doch bewahrte er sichtlich Haltung, und sei es nur, weil sein bester Freund sich auf ihn verließ.

Tripp, der in diesem Jahr ebenfalls sechzehn wurde, stand die gesamte Tortur mit stoischer Ruhe durch. Er sprach wenig, vermutlich nur auf einen Wink seines Stiefvaters. Jim Galloway war durch den Verlust seiner Frau am Boden zerstört, das sagten zumindest alle, aber falls er geweint hatte, musste er es getan haben, als er allein war. Von da an sah man die Trauer in seinen Augen an der Art, wie er die Schultern hängen ließ. Früher war Jim ein aufgeschlossener Mensch gewesen, der beim Reden gestikuliert und gelacht hatte.

Dieser Teil von ihm war zusammen mit seiner Frau zu Grabe getragen worden. Im Grunde war Tripp danach auf sich allein gestellt gewesen, jedenfalls in emotionaler Hinsicht. Er verbrachte noch mehr Zeit in Grams Haus, und Gram schaffte ohne großes Aufhebens Platz für ihn.

Die Flut an Erinnerungen ließ Hadleigh ihre gedankenlose Bemerkung bereuen. Andererseits lenkte sie sie von der Unterhaltung ab, die sie und Tripp miteinander führen würden. Er zwang sie zu nichts. Nein, sie hatte freiwillig beschlossen, sich seinen Höhlenmenschen-Spielregeln zu unterwerfen.

Wieder einmal.

Sie setzte sich aufrechter hin und wappnete sich für mindestens einen holprigen Gitterrost im Boden und dahinter ungefähr eine Meile Schlaglöcher. „Dein Dad muss ziemlich einsam gewesen sein, als er all die Jahre hier draußen allein gelebt hat."

„Ja", stimmte er ihr zu, mit leiser Stimme und ein wenig wachsam. „Dad ließ sich nie etwas anmerken, wenn ich zu Besuch kam oder wir telefonierten. Aber es ist sicher nicht leicht gewesen für ihn."

Aus einem Impuls heraus – den sie sicher noch bereuen würde – legte Hadleigh ihm eine Hand auf den Unterarm. Selbst durch den Ärmel seiner Jeansjacke spürte sie, wie seine Muskeln sich anspannten und die Wärme seiner Haut durch die Stoffschichten drang.

Sie zog die Hand zurück. „Tripp, ich wollte damit nicht andeuten …"

„Dass ich hätte hier sein sollen?" Er klang nicht wütend, nur resigniert und ein bisschen traurig. *Ob er das oft hat? Fühlt er sich schuldig, weil er nach seiner Entlassung aus der Army anderswo ein Leben geführt hat?*

Sie hoffte nicht, denn welche Probleme sie auch mit ihm haben mochte, wusste sie doch, dass er ein guter Mann war, der stets versuchte, das Richtige zu tun.

„Du hattest das College vor dir und anschließend das Militär …"

Hadleigh verstummte plötzlich. Das Militär war gleichbedeutend mit Afghanistan und Wills viel zu frühem Tod. Sie wandte sich ab und schaute mit Tränen in den Augen auf eine Landschaft, die in der Dunkelheit nicht zu erkennen war, an die sie sich jedoch erinnerte.

Nun war Tripp es, der ihre Hand drückte. „He", sagte er heiser. „Ich weiß, dass du Will sehr vermisst, und das ist in Ordnung. Bis zum heutigen Tag denke ich an Dinge, die ich ihm noch sagen will. Dann fällt mir wieder ein, dass er tot ist, aber schon ist der Schmerz über den Verlust erneut da."

Tripp hielt ihre Hand. Hadleigh wollte sie wegziehen. „Ich glaube, es gefiel mir besser, als wir uns gestritten haben", erklärte sie mit einem traurigen Lachen, in dem ein kurzer Schluchzer mitschwang.

Tripp lachte ebenfalls, und die Stimmung hellte sich deutlich auf. „Na schön", meinte er bereitwillig. „Dann streiten wir eben." Er ließ eine erwartungsvolle Pause folgen. „Du fängst an", sagte er schließlich.

Diese Aufforderung brachte Hadleigh zum Lachen. „Gib mir eine Minute, ja?", scherzte sie. „Mir wird schon etwas einfallen, was zu einem richtigen Streit führt."

„Ja, das kannst du gut", erwiderte Tripp.

Sie wollte schon einwenden, dass zum Streiten immer mindestens zwei gehörten, aber dann passierten sie die letzte Kurve, und vor ihnen tauchte das Ranchhaus auf. Hinter einigen Fenstern brannte Licht, das einen goldenen Willkommensschein in den Garten warf.

Vielleicht wartete Jim auf Tripp. Hadleigh hoffte, dass es so war, denn ihre Vernunft hatte über ihre dunkle Seite gesiegt. Plötzlich war sie sich nicht mehr so sicher, dass sie alles erzählen wollte. Zumindest noch nicht.

Wie bin ich überhaupt in diesen Schlamassel geraten? fragte sie sich und versuchte die verschiedenen großen Landmaschinen zu erkennen, die zwischen Haus und Scheune standen. Noch wichtiger war die Frage, warum sie mitgefahren war.

Es war eine Sache, ein aufrichtiger Mensch mit edler Gesinnung zu sein. Aber die schonungslose Wahrheit war eine ganz andere Geschichte.

„Mach dich auf was gefasst", warnte Tripp sie, ehe er den Motor ausstellte und ausstieg, um Hadleigh beim Aussteigen zu helfen.

Diesmal akzeptierte sie seine Hilfe. „Worauf soll ich mich gefasst machen?" Sie befürchtete, Jim könnte in schlechterer Verfassung sein, als sie vermutet hatte. Daher bereitete sie sich innerlich darauf vor, nicht zu erschrocken auszusehen oder – noch schlimmer – zu mitleidig, wenn sie Jim gegenübertrat.

„Auf den Hund", antwortete Tripp. „Ridley ist schwer begeistert, wenn ich jemanden mitbringe. Ich habe eine Hundeklappe in die Tür eingebaut für ihn, damit er kommen und gehen kann, wie es ihm gefällt. Sobald er einen Motor hört, stürzt er durch die Klappe nach draußen und kommt angerannt."

134

Hadleigh lächelte. Mit einem Hund würde sie problemlos fertigwerden.

Doch zu sehen, wie die Krankheit Jim gezeichnet hatte, würde sehr schwer werden.

Sie gingen auf die Hintertür zu, die in die Küche führte, wenn Hadleigh sich richtig erinnerte. Tripps Hand lag wieder auf ihrem Ellbogen, und er führte sie durch das Labyrinth aus aufgestapelten Baumaterialien und den schweren Maschinen.

„Ich habe schon gehört, dass du einige Reparaturen durchführst", bemerkte Hadleigh, wegen ihrer Nervosität um Konversation bemüht. „Aber es sieht hier aus, als wolltest du Scheune und Haus abreißen und anschließend alles ganz neu aufbauen."

Bevor Tripp darauf antworten konnte, kam Ridley durch die Klappe geschossen, die wild hin und her schwang. Vor Freude laut bellend, rannte er auf sie zu. Er war kein Wachhund, so viel war klar.

Aber das war Muggles auch nicht.

Tripp stellte sich vor Hadleigh, gerade als der Hund sich auf die Hinterbeine stellte und lossprang.

Lachend fing Tripp das Tier auf und hielt es mit beiden Armen, während Ridley sich vor Vergnügen wand und begeistert das Gesicht seines Herrchens ableckte, wobei es immer wieder verzückt jaulte.

„Du komischer Hund", sagte Tripp liebevoll.

Hadleigh stellte fest, dass sie das Tier beneidete. Sie malte sich aus, wie es wohl wäre, zu springen und zu wissen, dass Tripp sie auffangen würde, in die Arme schließen und an seine Brust drücken …

Selbst das Gesichtlecken wäre keine schlechte Sache.

Da Tripp mit dem Hund beschäftigt war, hatte sie die Gelegenheit, sich zu sammeln. Denn auch wenn er der Ansicht war, dass es keinen Grund für sie gab, sich selbst als Idiotin zu bezeichnen, wusste sie es besser. Wenn es um Tripp ging, war sie die reinste Närrin.

Bald hatte Ridley sich beruhigt und entdeckte Hadleigh, die erst jetzt hinter Tripp hervortrat. Sofort stellte er die Ohren auf und fing an zu zappeln, weil er aus Tripps Armen heruntergelassen werden wollte.

Tripp tat ihm den Gefallen, behielt Ridley jedoch im Auge, bis er sicher war, dass der Hund sich benehmen würde. Hadleigh beugte sich herunter, tätschelte Ridleys Kopf und sagte ihm, er sei ein guter Hund.

„Pass bloß auf, sonst wird er noch eingebildet", scherzte Tripp.

Sie verdrehte die Augen, richtete sich wieder auf und sah, wie Jim die Seitentür des Hauses öffnete. Er wirkte nicht mehr so groß, wie Hadleigh ihn in Erinnerung gehabt hatte, auch sah er deutlich dünner aus und schien ein bisschen wacklig auf den Beinen zu sein. Sein früher graubraunes Haar war jetzt weiß. Doch als er ins Verandalicht trat, erkannte sie das vertraute Lächeln.

„Hadleigh Stevens." Jim krähte beinah, als sie und Tripp die zwei Stufen auf die schmale Veranda hinaufstiegen. „Bist du das wirklich, oder spielen meine alten Augen mir einen Streich?"

Hadleigh gab Jim zur Begrüßung einen Kuss auf die Wange, dann ließ er sie zusammen mit Tripp und dem Hund eintreten.

„Ja, ich bin es wirklich", erwiderte sie fröhlich, während Jim sie verblüfft und erfreut musterte.

Tripp nahm ihren Mantel und hängte ihn mit seinem Mantel über einen der Küchenstühle. Die heitere Tapete, an die sie sich schwach erinnerte, war verschwunden. Eine Gipswand, die noch neu roch, hatte ihren Platz eingenommen. Nackte Glühbirnen strahlten von der Decke, wo früher Lampen gehangen hatten, und sämtliche Küchengeräte standen schief. Ein Bild, das Hadleigh an verirrte Rinder am Ufer eines schnell fließenden Flusses erinnerte.

„Zum Glück habe ich schon vor einer Weile Kaffee gekocht", sagte Jim, noch immer erfreut über den späten Besuch der berühmten entführten Braut von Bliss County.

Tripp schob ihr einen anderen Stuhl vom Tisch hin, und sie setzte sich. Er verzog das Gesicht, und Hadleigh lächelte triumphierend.

So viel zu seiner Annahme, dass Jim schon im Bett war.

Doch Tripp ließ sich nicht beeindrucken, sondern schaute ihr unverwandt in die Augen. Es knisterte heftig zwischen ihnen, so sehr, dass Hadleigh ganz zappelig wurde. Tripp sah sie einfach nur an, mit diesem dreisten Lächeln, bei dem er nur einen seiner Mundwinkel hob.

„Wenn du jetzt Kaffee trinkst, wirst du die halbe Nacht wach sein", wandte er sich schließlich an seinen Stiefvater.

Jim lachte nur und ließ sich auf den Platz neben Hadleigh sinken. „Mach dir meinetwegen mal keine Sorgen, mein Sohn", sagte er in seinem tiefen Brummbass, der einfach zu ihm gehörte. Er würdigte Tripp nicht einmal eines Blickes, weil seine ganze Aufmerksamkeit Hadleigh galt. „Die Sache ist nämlich die, dass ich sicher bin, schon tief und fest zu schlafen und mitten in einem schönen Traum zu sein." Seine Augen leuchteten. „Ich könnte schwören, dass ich gerade der schönsten Frau weit und breit gegenübersitze. Und das heißt ja wohl, dass ich träumen muss."

Hadleigh lächelte zwar, doch sie hatte Schuldgefühle. Sie wusste, dass die meisten benachbarten Rancher und ihre Frauen Jim schon besucht hatten, während er noch in Behandlung gewesen war. Die Männer halfen bei der Arbeit, wo sie konnten, die Frauen kochten, putzten und kümmerten sich um die Wäsche. Auch die Leute in der kleinen Stadt legten sich ins Zeug und halfen so viel, wie Jim zuließ. Sie brachten ihm Suppe, Aufläufe und selbst gebackenes Brot. Sie brachten ihm die Post und Kataloge aus dem Briefkasten. In der Erntezeit, als die Bohnen und Tomaten reif wurden, hatte er so viele davon, dass er die städtische Essensausgabe anrief, damit sie die Überschüsse abholten.

Also, warum bin ich kein einziges Mal bei ihm gewesen?

Die ehrlichste Antwort war auch eine egoistische. Sie war nur aus einem Grund nicht hinaus zur Ranch gefahren – weil Jim Tripps Vater war. Sie hatte nicht einmal eine einzige Minute in einem Haus sein können, in dem Tripp sein sollte und es nicht war. Seine Abwesenheit wäre zu deutlich spürbar gewesen, als wäre er jäh aus der Welt gerissen worden. Genau wie Will.

„Es tut mir schrecklich leid, Jim", brachte sie schließlich hervor. „Ich hätte vorbeikommen sollen oder wenigstens anrufen …"

Er tätschelte ihre Hand und schüttelte den Kopf. „Dir muss überhaupt nichts leidtun", erwiderte er milde. „Die Leute tun, was sie können – und wann sie können. Genauso sollte es auch sein."

Hadleigh schluckte gerührt.

Tripp mochte diesen kurzen Dialog verfolgt haben oder nicht und ihn als das gedeutet haben, was er war. Etwas anmerken ließ er sich in jedem Fall nicht. Stattdessen unterdrückte er sichtlich einen Seufzer, nahm drei Becher, füllte sie mit Kaffee aus der uralten Maschine und brachte sie zum Tisch.

Um ihre Gefühle wieder besser unter Kontrolle zu bringen, schaute Hadleigh sich in der Küche um. Alle Schränke waren weg, bis auf den neben dem überalterten Herd. Der Kühlschrank aus gebürstetem Edelstahl war offenbar neu, ein massives Ding mit Eis- und Wasserspender, Gefrierfächern unten und Griffen, die so glänzten, dass es einen blendete. Zwei Geschirrspülmaschinen, noch verpackt, warteten darauf, angeschlossen zu werden.

Jim, der Hadleighs Blick gefolgt war, grinste noch breiter, falls das möglich war. Er trank einen Schluck Kaffee und sagte: „Mein Sohn hat ziemlich ausgefallene Ideen, was Küchen angeht. Und auch die Badezimmer will er rausreißen und anschließend neu gestalten und dazu richtig schicke Armaturen einbauen. Wahrscheinlich wird es ihm gelingen, das ganze Haus neu zu verkabeln, damit Computer funktionieren, ohne dass alle fünf Minuten die Sicherung herausfliegt. Ja, sobald ich ihm nicht mehr im Weg bin, wird hier die Hölle los sein.“

Tripp schaute auf seinen Kaffee, ein feines Lächeln im Gesicht, aber er enthielt sich jeglichen Kommentars.

Hadleigh horchte auf. „Wie meinst du das? Willst du denn weg?“

Jim Galloway war bekannt dafür, dass er an seinem Land hing, das seit Generationen im Familienbesitz war. Das Galloway-Brandzeichen gehörte zu den ersten eingetragenen in Wyoming und reichte in die Zeit zurück, als Wyoming noch kein Bundesstaat war. Und dann war da noch der Friedhof, auf dem Jims Frau und Dutzende seiner Vorfahren zur Ruhe gebettet worden waren. All das machte es für Hadleigh nahezu unmöglich, sich ihn irgendwo anders vorzustellen.

Es sei denn …

Jim lachte schallend, als er ihre entsetzte Miene bemerkte. „Nee, keine Bange, ich bin noch nicht so weit, mir die Radieschen von unten anzusehen, junge Lady. Ich mache mich auf den Weg Richtung Norden, nach Alaska, wie es in diesem alten Song heißt. Nur werde ich stilvoll reisen, an Bord eines Kreuzfahrtschiffs mit rund um die Uhr geöffnetem Buffet und Eisskulpturen so groß wie ein Bison.“

Bei diesen Worten grinste Tripp, schwieg aber weiterhin.

„Wow“, sagte Hadleigh, völlig verblüfft von Jims engagierten Urlaubsplänen. Sie hätte ihn eher als Typ für Reitausflüge mit Gepäck eingestuft, der Maultiere über schmale Bergpfade führte und mit Kumpeln in der Wildnis campierte, sich aus der Natur ernährte und Jack Daniel's am Lagerfeuer trank, während sie sich gegenseitig Abenteuergeschichten erzählten. Aber eine Kreuzfahrt? Darauf wäre sie nie gekommen. „Das ist ... großartig!"

„Auf solchen Schiffen wird bis zum Morgen getanzt", fügte Jim nach einigen weiteren Schlucken Kaffee hinzu. „Es gibt Bingo mit tollen Preisen und jeden Abend irgendeine Bühnenshow. Ich habe keine Ahnung, wie man da zu Schlaf kommen soll."

„Apropos Schlaf", meldete Tripp sich zu Wort.

Jims Augen leuchteten noch immer, als er sich erhob, um demonstrativ zu gähnen und sich zu strecken. Dann sagte er in dazu passendem übertriebenen Ton: „Mann, bin ich geschafft. Es ist echt anstrengend, die ganze Zeit herumzusitzen und den Tischlern, Klempnern und Elektrikern bei der Arbeit zuzusehen, die jeden Tag arbeiten, außer Sonntag." Er schob ein weiteres Gähnen hinterher.

„Gute Nacht, Dad", sagte Tripp und stand aus Respekt vor seinem Vater ebenfalls auf.

Jim beachtete ihn gar nicht, sondern wandte sich an Hadleigh, vor der er sich geradezu elegant verbeugte, eher wie ein geübter Charmeur und nicht wie ein Rancher. Er nahm sogar ihre Hand und küsste sie.

„Wenn ich dreißig Jahre jünger wäre", flüsterte er für alle Anwesenden hörbar und grinste übermütig, „würde ich Tripp ganz bestimmt Konkurrenz machen."

Hadleigh lachte und drückte Jims schwielige Hand zum Abschied.

Er richtete sich auf, zwinkerte ihr zu und verließ den Raum.

Sie bedauerte es, dass er ging, und nicht nur, weil er als Puffer zwischen ihr und Tripp fungiert hatte. „Ich glaube, ich bin verliebt", meinte sie, als sie allein waren.

„Ja, Dad hat es drauf, was die Frauen angeht", räumte Tripp amüsiert ein.

„Macht er wirklich eine Kreuzfahrt nach Alaska?"

„Ja, die macht er wirklich", bestätigte er, drehte seinen Stuhl um und setzte sich wieder, diesmal rittlings, die Arme auf die

Lehne gestützt. „Der Doktor hat ihm gestern grünes Licht gegeben. Die Fahrt ist schon bezahlt, und er hat sich sogar vorgenommen, extra neue Kleidung für die Reise zu kaufen."

„Ich bin beeindruckt", sagte Hadleigh und meinte es auch so.

„Du versuchst, Zeit zu schinden", stellte Tripp beiläufig fest.

Sie kicherte, eher nervös als belustigt. „Ja, das auch."

Tripp sah ihr ins Gesicht. „Aus irgendeinem Grund warst du heute Abend bei Billy's ein wenig aus der Fassung. Und es geschah sehr plötzlich, von einem Moment auf den anderen."

Hadleigh schluckte und nickte.

Er wartete, ohne sie zu drängen. Er hatte seine Bedingungen bereits genannt – wenn sie ihm in die Augen schauen und sagen konnte, dass das, was sie beschäftigte, nichts mit ihm zu tun hatte, würde er sie in Ruhe lassen.

Sie wich seinem Blick nicht aus, so gern sie es auch getan hätte. „Ich habe an damals gedacht. Ich konnte nicht anders, weil wir an genau diesem Tisch gesessen haben."

Dass er ihre Hand nahm und darauf wartete, dass sie weitererzählte, änderte wenig an ihrer Nervosität.

„Ich weiß nicht, was du glaubst, was ich erzählen werde. Na ja, ich schätze, es wird dich überraschen. Vielleicht lachst du sogar darüber."

Er strich sanft mit dem Daumen über ihre Fingerknöchel, so wie er es zuvor mit seinen Lippen getan hatte. Handküsse hatten in seiner Familie offenbar Tradition. „Keine Sorge, das wird nicht passieren. Sieh mal, Hadleigh, du musst das nicht tun. Das weißt du, oder? Ich hätte dich nicht drängen sollen, aber die Wahrheit ist nun mal, dass einige der Dinge, die ich mir dauernd vorstelle, mich langsam in den Wahnsinn treiben."

Ein seltsames warmes Gefühl durchströmte Hadleigh in diesem Moment. Ihre Kehle war wie zugeschnürt, und sie drückte Tripps Hand, als er sie vermutlich zurückziehen wollte.

Sie hatte gewusst, dass er sie nicht drängen würde zu antworten – so wie sie vor gut zehn Jahren auch sicher gewesen war, dass er sie daran hindern würde, Oakley zu heiraten.

Vielleicht wollte sie einfach nur einen Schlussstrich ziehen. Trotz ihrer Verlegenheit und Angst musste sie Tripp sagen, was sie all die Jahre nicht hatte wahrhaben wollen und verdrängt hatte, und warum. *Was war mein Motiv?*

Die Antwort traf sie unvermittelt und beschämte sie.

Es war ihr gelungen, Tripp für das verantwortlich zu machen, was in ihrem Leben fehlte. Das entließ sie aus der Verantwortung, ihre Träume zu verwirklichen.

Tja, dachte Hadleigh, vielleicht war ich ein langweiliges Mitglied des Heiratspakts. *Bis jetzt, denn das ändert sich gerade.* Nun war sie endlich frei und konnte die Vergangenheit hinter sich lassen. Sie konnte sich einen Mann suchen, der sie aufrichtig liebte und dessen Liebe sie erwiderte. Sie und Mr Right würden eine Familie gründen und glücklich sein.

Na schön, eine wilde, leidenschaftliche Liebe würde es wohl nicht werden.

Man kann eben nicht alles haben.

„Du hattest recht", erklärte sie. „Damals, meine ich. Ich war tatsächlich zu jung, um zu heiraten, und ich habe Oakley genauso wenig geliebt wie er mich. Was mir heute Abend klar geworden ist und mich erschüttert hat, ist, dass ich ihn nur benutzt habe."

Tripp musterte sie skeptisch. „Du hast Smyth benutzt? Warum?"

Hadleigh holte tief Luft und atmete langsam wieder aus. Dann wagte sie den Sprung. „Ich hatte gehofft, dass du auftauchen würdest, ehe es zu spät ist." Als er nichts sagte, fuhr sie fort: „Ich war erst achtzehn, Tripp. Meine Eltern waren tot, und ich hatte auch noch meinen Bruder verloren. Gram war zwar wie ein Fels in der Brandung für mich, doch nach Wills Tod alterte sie viel schneller. Ich glaube, ich wollte einen

Ehemann, Kinder, ein Zuhause – eine Art emotionale Sicherheit."

Tripp sah müde aus. Aber überrascht? Nein, das nicht.

Er schwieg eine ganze Weile.

Hadleigh schämte sich zwar ein bisschen, aber sie hatte auch das Gefühl, endlich eine uralte Last losgeworden zu sein. Schon in viel besserer Stimmung als noch wenige Minuten zuvor erklärte sie: „Darum bat ich dich, mich mit nach Kalifornien zu nehmen ..."

„Und ich antwortete dir, ich sei verheiratet", beendete er den Satz für sie.

„Ja." Sie hielt kurz inne. „Ich war im Grunde noch ein dummes junges Mädchen mit Rosinen im Kopf." Endlich ließ sie den Schmerz an die Oberfläche, damit sie ihn hinter sich lassen konnte. „Aber du warst der beste Freund meines Bruders", fuhr sie fort. „Du bist in Mustang Creek aufgewachsen, und Hochzeiten sind genau das, worüber die Leute an Orten wie diesem reden – und zwar jede Menge. Daher dachte ich wohl, ich hätte etwas von deinen Plänen gehört haben müssen."

„Es tut mir leid, Hadleigh. Da habe ich mich nicht besonders schlau verhalten."

Aber sie winkte ab. „Begreifst du denn nicht? Nicht du warst es, der mir wehtat. Ich selbst war es mit diesen dummen, verrückten Erwartungen. Du warst schon ein erwachsener Mann, und natürlich konntest du heiraten, wen du wolltest. Du konntest tun, was du wolltest. Ich war diejenige, die in einer Traumwelt gelebt hat. Ich war noch ein Kind, wie du selbst ganz unverblümt festgestellt hast ..."

„Ja, du warst noch sehr jung", bestätigte er. „Eine kluge, wunderschöne junge Frau mit einer Zukunft, die zu kostbar war, um sie an Oakley Smyth zu vergeuden."

In diesem Moment trottete Ridley zu ihr und stupste mit der Schnauze an ihr rechtes Knie, wobei er ein mitfühlendes Winseln von sich gab. Hadleigh lachte und streichelte ihm den Kopf,

143

gerührt von seinen Bemühungen, sie aufzumuntern. Dann sah sie Tripp wieder an.

„Du wusstest also, dass ich darauf gehofft hatte, du würdest bei meiner Hochzeit auftauchen?"

Mit der Antwort zögerte er einen Tick zu lang. „Nein", entgegnete er, und seine Stimme war so heiser, dass er sich räuspern musste. „Ich wusste es nicht. Jedenfalls nicht damals."

Doch offenbar war es ihm inzwischen klar.

Hadleigh war mittlerweile erschöpft und beschloss, das Thema nicht weiter zu vertiefen, bis sie Zeit gehabt hatte, in Ruhe alles zu verarbeiten.

„Ich glaube, ich habe mir alles von der Seele geredet, zumindest für heute Abend", meinte sie und versuchte zu lächeln.

Tripp wirkte sowohl verwirrt als auch erleichtert.

„Dann bringe ich dich jetzt wohl besser zurück in die Stadt. Sonst denkt Melody noch, dass ich dich diesmal wirklich gekidnappt habe und ruft das FBI an."

Als er ihr in den Mantel half, fühlte Hadleigh sich trotz der Müdigkeit beschwingt, als wäre ihr eine große Last von den Schultern genommen worden, deren Gewicht ihr zuvor nicht einmal richtig bewusst gewesen war.

Bin ich nun endlich bereit, diese ewigen, immer gleichen Träume hinter mir zu lassen? Konnte sie die Vergangenheit begraben, sich von den Erfahrungen der Achtzehnjährigen lösen, die sie damals gewesen war, um nach vorn zu schauen und ihr Leben zu führen?

Aber eines war ihr absolut klar: Es war an der Zeit für ein paar Veränderungen – große Veränderungen.

8. KAPITEL

Keiner von beiden sprach auf der Rückfahrt in die Stadt, und da Tripp ohnehin nicht mehr in der Stimmung für ein Gespräch war, passte ihm das gut. Trotzdem wäre ihm die Straße länger und viel einsamer vorgekommen, wenn Ridley nicht mitgefahren wäre und ihm Gesellschaft geleistet hätte.

Physisch war Hadleigh bei ihm und Ridley im Pick-up.

Doch in Gedanken schien sie irgendwo anders zu sein, weit weg, wohin er ihr nicht folgen konnte. Vielleicht schlief sie aber auch nur.

Schließlich hatte sie gesagt, sie wolle heute Abend nicht mehr reden, und dafür hatte er Verständnis. Sie hatte ihr großes Geständnis gemacht, und nun waren ihre Batterien leer.

Die Sache war nur die, dass Frauen es normalerweise nicht ernst meinten, wenn sie behaupteten, sie wollten nicht mehr reden. Das war zumindest seine Erfahrung. In neunundneunzig Komma neun Prozent aller Fälle wollten sie, dass man sich behutsam, am besten poetisch, nach ihren Gefühlen erkundigte.

Umgekehrt galt, dass Frauen bei einem sich anbahnenden häuslichen Krach verdächtig still wurden und Feindseligkeit ausstrahlten. Fragte man aber, konnte man sich darauf verlassen, dass sie mit „Nichts" antworteten.

Ein Mann hatte keine Chance, wenn es darum ging, aus einer genervten Frau eine klare Antwort herauszubekommen. Trotzdem sollte er es unbedingt versuchen, ganz gleich, wie hoffnungslos das Unterfangen zu sein schien.

Mit all diesen Gedanken im Kopf schaute Tripp zu Hadleigh. Im Profil war sie genauso schön wie von vorn, und die Rückansicht war auch nicht schlecht.

Vielleicht stellte sie sich schlafend. Oder sie war tatsächlich eingedöst. Er konnte es nicht sagen. Das süße, ein wenig schelmische Lächeln auf ihrem Gesicht faszinierte ihn ebenso, wie es ihn beunruhigte. Wenn sie wirklich schlief, hatte sie einen schönen Traum. War sie jedoch wach und tat nur so, als schliefe sie, beschäftigten sie anscheinend ein paar nette, vielleicht sogar sinnliche Gedanken.

Was geht nur in ihrem Kopf vor, egal ob wach oder schlafend?

Tripp hätte in diesem Moment alles gegeben, um zu erfahren, ob er darin irgendwo vorkam. Denn wenn dieses Lächeln bedeutete, dass sie an einen Mann dachte, wollte er dieser Mann sein.

Er musste immer wieder auf die Straße schauen, und als er das nächste Mal einen Blick auf Hadleigh riskierte, weckte nicht ihr verträumter Gesichtsausdruck seine Aufmerksamkeit, sondern ihre Brüste.

Verdammt, sie hatte tolle Brüste, perfekt geradezu, und ihr enges Top hob sie auf eine Weise hervor, die ihm Herzklopfen bescherte. Ihn befiel das heftige Verlangen, diese Brüste zu betrachten und in den Händen zu wiegen.

Um ein Haar wäre er von der Straße abgekommen.

Leise fluchend riss er das Lenkrad im letzten Moment herum und richtete den Blick wieder auf die Straße. Doch selbst dann konnte er Hadleigh gut aus dem Augenwinkel sehen.

Ihre Brüste, sinnierte er gequält, sind weder zu groß noch zu klein. Sie waren genau richtig – alles, was über eine Handvoll hinausgeht, ist Verschwendung, wie ein altes Sprichwort sagt.

Tripp stöhnte innerlich. Warum hatte er geglaubt, Hadleigh ein Date nach Mustang-Creek-Standards vorzuschlagen, sei eine gute Idee?

Die Antwort lag auf der Hand, und sie war nicht sehr schmeichelhaft. Arrogant, wie er war, hatte er gedacht, ein gemeinsamer Abend, ein Essen im am wenigsten romantischen Restaurant – nämlich Billy's –, könnte ihm dabei helfen, Hadleigh für sich zu gewinnen. Er hatte geglaubt, er wäre dadurch imstande, all die Barrieren zu überwinden, die Hadleigh in den vergangenen zehn Jahren um sich herum errichtet hatte.

Von wegen.

Er dachte an den Beginn des Abends. All diese freundlichen Unterbrechungen waren letztlich nicht hilfreich gewesen, aber es handelte sich um alte Freunde, langjährige Nachbarn und gut meinende Bekannte, die einfach kurz Hallo sagen und sich nach seinem Dad erkundigen wollten. Sicher, sie waren auch neugierig gewesen, aber sie mochten Jim aufrichtig und wollten, dass Tripp sich willkommen fühlte. Es waren gute Menschen, die er unter gar keinen Umständen abgewimmelt hätte. Andernfalls wäre er nicht mehr imstande gewesen, jemals wieder in den Spiegel zu schauen.

Jahre fort von zu Hause hatten nichts an dem geändert, was er eigentlich war: ein Cowboy aus Wyoming, der am glücklichsten war, wenn er auf einem Pferd über die Weiden reiten konnte. Früher hatte er geglaubt, er wollte weg von der harten körperlichen Arbeit und den immer wiederkehrenden Schwierigkeiten, mit denen ein Rancher zu kämpfen hatte. Wenn er jetzt zurückblickte, fragte Tripp sich, ob er all die anderen Dinge nicht getan hatte, um zum richtigen Zeitpunkt für immer zurückzukehren.

Wenn er auf der Ranch geblieben wäre, hätte er auch glücklich werden können. Aber dann hätte er vermutlich nachts oft wach gelegen, die Decke angestarrt und sich gefragt, ob er nicht etwas verpasste und was er hätte erreichen können, wenn er sich nur getraut hätte.

Tripp bedauerte keine seiner Entscheidungen, mit Ausnahme der Heirat mit Danielle. Es hätte vollauf gereicht, eine Weile mit ihr zu schlafen. Auf diese Weise hätten sie ihren Spaß gehabt und anschließend als Freunde auseinandergehen können.

Grimmig verdrängte er diese Gedanken wieder, denn was passiert war, war nun einmal passiert. Endlos darüber zu grübeln würde auch nichts mehr ändern. Außerdem war es doch gar nicht so schlecht, im Hier und Jetzt zu sein, angesichts der vielen erstaunlichen, unvorhergesehenen Dinge, die in seinem Herzen und in seinem Kopf vorgingen.

Er begehrte Hadleigh, das wusste er inzwischen ohne jeden Zweifel. Und er wollte sie nicht nur in seinem Bett, sondern in seinem Leben. Er war berauscht vom Blumenduft ihrer Haut, dem seidigen Schimmer ihres Haars, ihren sinnlichen Kurven – einfach von allem.

Aber sein Instinkt warnte ihn, dass es nicht leicht werden würde.

Ohne benennen zu können, woher, wusste er, dass Hadleigh heute Abend einige Veränderungen durchgemacht hatte und sich möglicherweise von ihm wegbewegte.

Die Ironie dieser Geschichte hätte ihn amüsiert – wenn sie nicht wie ein übler Fausthieb in den Magen gewesen wäre.

Und was war mit dem Kuss, den ich ihr mitten in Bad Billy's Burger Palace gegeben habe, praktisch im Beisein der ganzen Stadt? Was, zur Hölle, habe ich damit beweisen wollen?

Na schön, Hadleigh war nicht getürmt oder hatte ihn dafür geohrfeigt noch hatte sie sonst etwas getan, wozu sie jedes Recht gehabt hätte. Im Gegenteil, sie hatte den Kuss erwidert.

Trotzdem war es dumm gewesen, und verdammt arrogant noch dazu.

Das Gleiche galt für den Höhlenmenschen-Mist, den er danach verzapft hatte, indem er Hadleigh zum Pick-up geschleift hatte. Und statt sie nach Hause zu fahren, worum sie ihn gebeten hatte, war er mit ihr zur Ranch gefahren.

Sicher, wenn sie nicht mitgewollt hätte, wäre sie nicht gefahren. Aber das rechtfertigte sein Verhalten nicht. Sie verdiente mindestens eine Entschuldigung von ihm.

Dennoch hatte sie erfreut gewirkt, als sie auf der Ranch ankamen. Und als Jim auf der Veranda auftauchte, war sie so herzlich zu ihm gewesen, dass der alte Mann förmlich dahinschmolz.

Nachdem Jim endlich ins Bett gegangen war und Hadleigh und Tripp allein in der Küche waren, hatte sie ihren Stolz überwunden und ihm gestanden, dass sie Oakley Smyth nie hatte heiraten wollen. Sie gab zu, die ganze Zeit darauf gehofft zu haben, dass Tripp sich tatsächlich wie Tarzan in die Kirche schwang und sie entführte.

Eine verrückte Vorstellung, ja – aber damals war Hadleigh erst achtzehn gewesen, noch dazu sehr behütet aufgewachsen, da Will nach dem Tod ihrer Eltern stets auf sie aufgepasst und die böse Welt von ihr ferngehalten hatte. Das Gleiche galt für ihre Großmutter. Alice, der nach Wills Tod nur noch ein Küken im Nest geblieben war, fand vermutlich, ihre Enkelin sei genug geprüft worden. Fortan packte sie das Mädchen in Watte, sperrte es in den sprichwörtlichen Elfenbeinturm, wo Hadleigh Märchen lesen und Trickfilme von Prinzen und Prinzessinnen sehen durfte.

Während sie sich den Lichtern von Mustang Creek näherten, erkannte Tripp, dass ihre Beziehung zu Oakley Smyth auf größere Widerstände gestoßen sein musste, als er gedacht hatte.

Alice war mit Sicherheit dagegen gewesen. Kein vernünftiger Mensch, der etwas über den Bräutigam wusste, hätte die Verbindung gutheißen können. Hadleighs Großmutter musste alles versucht haben, um Hadleigh daran zu hindern, sich mit Smyth zu treffen oder ihn gar zu heiraten.

Das wog schwer, da Alice die letzte Blutsverwandte war. Ihre Zustimmung hätte Hadleigh viel bedeutet, einem Mädchen, das gerade erst die Highschool hinter sich hatte. Dennoch hatte sie den Mut, auszubrechen und alles zu riskieren. Sie klammerte sich an die Hoffnung, eine eigene Familie zu gründen.

Und als wäre das alles noch nicht genug, hatte Hadleigh ganz naiv ihr Herz an Tripp verschenkt, damals in ihrem bauschenden weißen Hochzeitskleid im Billy's. Nimm mich mit, hatte sie gesagt.

Wie viel Überwindung war für diese Bitte nötig gewesen?

Und wie habe ich darauf reagiert? Ich habe sie zurückgestoßen, verletzt und ihr das Herz gebrochen.

Bei der Erinnerung daran stöhnte Tripp. Er wusste zwar nicht, was er unter den gegebenen Umständen anders hätte machen sollen, doch wünschte er inzwischen, er wäre netter und weniger unverblümt gewesen.

Er hielt vor einer roten Ampel und war mittlerweile richtig wütend auf sich. Hinterher ist man immer schlauer, klar, aber es machte ihm trotzdem zu schaffen.

Na schön, einiges sprach durchaus für sein Verhalten an jenem Tag, aber hätte er vorher gründlich über die Angelegenheit nachgedacht, wäre er weniger hart gewesen. Er hätte sich die Zeit genommen, damit Hadleigh es auch wirklich verstand, und wäre zur moralischen Unterstützung geblieben, bis der Klatsch langsam aufhörte.

Stattdessen hatte er Hadleigh einfach zu Hause abgesetzt, weil er wusste, dass Alice sie trösten würde. Er selbst kehrte in sein gut geordnetes Großstadtleben zurück. Später erinnerte er sich an Hadleigh als die lebhafte kleine Schwester seines besten Freundes – sehr jung und verletzlich und darum absolut tabu.

Inzwischen war sie erwachsen. Hadleigh war nicht nur schön, sondern auch klug und sexy. Der Mann, für den sie sich eines Tages entscheiden würde, konnte sich glücklich schätzen. Und diesmal wäre wohl auch keine Befreiungsaktion mehr nötig. Nein, sie würde einen guten Mann finden und heiraten, Kinder mit ihm bekommen und ihn an jedem einzelnen Tag seines Lebens glücklich machen.

Tripp wollte, das Hadleigh glücklich war, keine Frage.

Doch die Vorstellung von ihr im Bett eines anderen war fast unerträglich.

Genau bei dieser Erkenntnis wachte Hadleigh auf, falls sie überhaupt geschlafen hatte. Sie setzte sich auf, blinzelte und sah ihn an mit einem Ausdruck milden Erstauntseins.

Ridley heiterte die Situation auf, indem er den Kopf mit seinen Schlappohren durch die Lücke zwischen den Vordersitzen schob und mit seiner rosa Zunge Hadleighs Wange abschleckte.

Erschrocken wischte sie sich den Hundespeichel mit ihrem pinkfarbenen Ärmel ab, ehe sie sanft an Ridleys Ohren zog. „Du Spinner", tadelte sie ihn mit einem zärtlichen Unterton, um den Tripp seinen vierbeinigen Freund zu allem Überfluss beneidete.

„Wir sind in etwa einer Minute bei dir", erklärte er, und seine Stimme klang – zumindest in seinen Ohren –, als käme sie von weit her.

Na klasse! Als wüsste Hadleigh das nicht längst, wo sie doch ihr ganzes Leben in Mustang Creek verbracht hatte, von der Collegezeit einmal abgesehen.

„Das ist gut", erwiderte sie zerstreut. Ihre Aufmerksamkeit galt nach wie vor Ridley, dessen Kopf sie kraulte und dem sie ein Lächeln schenkte.

Ja, er beneidete seinen Hund wirklich.

Ihm fiel nichts ein, was er sagen könnte und womit er vielleicht ein paar Punkte bei ihr gutmachen konnte. Also fuhr er einfach, bis sie kurz darauf Hadleighs Zuhause erreichten und er am Bordstein hielt.

Hinter den meisten Fenstern brannte Licht, und Melodys Auto stand noch in der Ausfahrt. Immerhin hatte sie den Wagen freundlicherweise bewegt, damit er nicht länger Hadleighs Kombi blockierte.

Tripp stellte den Motor ab und stieg aus. Den Hund ließ er auf der Rückbank. Er ging um den Wagen und legte die Hand auf den Türgriff, eine knappe Sekunde, bevor Hadleigh die Tür von innen öffnete, und zwar mit so viel Schwung, dass sie ihn praktisch umwarf. Hätte er nicht so schnell reagiert, wäre sie auf ihn gefallen und hätte ihn mit zu Boden gerissen.

„Hoppla", sagte sie müde lächelnd.

151

In einer Parallelwelt hätte sie ihn mit ins Haus gebeten, und Ridley auch. In seiner Fantasie verschwand ihr Hund mit seinem praktischerweise in eine andere Dimension. Nach nettem Geplauder, vielleicht vor dem prasselnden Kamin, und nach einigen Gläsern Wein, würde Hadleigh einladend lächeln, seine Hand nehmen und ihn in ihr Schlafzimmer führen …

Er riss sich zusammen. *Träum weiter!*

Ridley passte es anscheinend nicht, zurückgelassen zu werden, denn er fing an, winselnd zu protestieren und hin und her zu laufen. Er wollte Hadleigh mit zur Tür bringen und zusehen, wie Tripp ihr einen Abschiedskuss gab.

Es reicht, ermahnte Tripp sich im Stillen.

Er würde Hadleigh zur Tür begleiten und auf der Veranda warten, bis sie sicher im Haus war.

Ein Kuss wäre natürlich nicht schlecht, aber selbst der Hund wusste wahrscheinlich, dass das nicht infrage kam, zumindest nicht heute Abend.

„Ich komme schon allein zurecht", erklärte sie, als Tripp die Gartenpforte öffnete. „Ehrlich, du musst mich nicht …"

Ehe sie den Satz beenden konnte, flog die Haustür auf und Melody spähte zu ihnen hinaus. Der Retriever – Muggles oder irgendein anderer Name aus den Harry-Potter-Romanen – wich nicht von ihrer Seite und drückte seine glänzende schwarze Nase gegen die äußere Fliegentür.

Fabelhaft, jetzt haben wir auch noch Publikum.

Was ihn nicht allzu sehr überraschte.

Er warf Melody einen hoffentlich vielsagenden Blick zu, und sie reagierte, indem sie die Nase rümpfte, als wollte sie sagen „Erwischt!".

Zum Glück schien Hadleigh nichts davon mitzubekommen.

„Siehst du?", wandte sie sich an Tripp und sah im Mondlicht wunderschön aus. „Ich bin absolut sicher. Du kannst also gehen. Danke für das Essen und … alles andere."

Alles andere? Tripp war verwirrt. Er hatte sie zu einem Salat und einem Eistee eingeladen, und beides hatte sie kaum angerührt. Anschließend hatte er sie aus dem Restaurant geschleift und sich wie ein Idiot aus einer dieser Reality-Crime-Sendungen im Fernsehen benommen.

„Tja, gern geschehen", sagte er ein bisschen verspätet und mit dem Charme einer Steckrübe.

„Es war nett", bemerkte Hadleigh großzügig, stellte sich auf die Zehenspitzen und gab ihm einen Kuss auf die Wange, so wie Frauen ihrem Urgroßvater einen Kuss gaben, wenn die Besuchszeit im Altenheim vorbei war.

Melody stand immer noch im Türrahmen, genau wie der Hund. Wie hieß er noch? Hermine? Wie auch immer. Was war das hier überhaupt? Irgendeine Art von Nebenvorstellung?

Zum ersten Mal fiel Tripp nichts mehr ein, er schaffte es nicht einmal zu improvisieren. Er machte den Mund auf und, als nichts herauskam, einfach wieder zu.

Inzwischen war Hadleigh schon auf dem Weg zur Veranda. Sie schaute kurz über ihre seidig schimmernde pinkfarbene Schulter zurück und winkte. Dann ließ sie ihn einfach stehen wie ein schlechtes Date beim Abschlussball.

Er rührte sich nicht von der Stelle, bis Hadleigh ins Haus gegangen war und die Tür hinter sich zugemacht hatte.

Er seufzte und machte sich auf den Weg zu seinem Wagen.

Bei seiner Ankunft fing Ridley an zu bellen, diesmal kläffte er wie ein kleiner, wild gewordener Pudel. Er mochte es nicht, ausgeschlossen zu sein. Vielleicht protestierte er aber auch nur, weil er Hadleigh ziehen lassen musste.

Willkommen im Club, dachte Tripp.

Zumindest etwas Gutes konnte er über diesen Abend sagen: Er war vorbei.

Und morgen war ein neuer Tag.

Melody, die ihre Sachen aus- und Hadleighs rote Jogginghose sowie ein altes T-Shirt angezogen hatte, stand ungeduldig an der Haustür und trat von einem Fuß auf den anderen wie ein Kind, das auf dem Spielplatz darauf wartete, dass es endlich beim Himmel-und-Hölle-Spiel an die Reihe kam.

„Wie ich sehe, beabsichtigst du, die Nacht hier zu verbringen", bemerkte Hadleigh beiläufig und beugte sich zu Muggles, die außer sich war vor Freude über ihre Rückkehr. Das ist das Tolle an Hunden, dachte sie – sie freuen sich hemmungslos, ihre Leute wiederzusehen, egal ob die Trennung fünf Minuten oder fünf Monate gedauert hat.

„Du weichst mir aus", warf Melody ihr vor. Abgesehen von Hadleighs Jogginghose und dem T-Shirt hatte sie sich auch noch einen Joghurt genommen. Jetzt wedelte sie mit dem Löffel wie eine Dirigentin mit einem Taktstock. „Erzähl mir, was passiert ist!"

Hadleigh grinste. „Na schön", gab sie nach. „Ich erzähle dir, was passiert ist. Nämlich: nichts."

„Willst du mich auf den Arm nehmen? Ich habe die Social-Media-Sites gecheckt, meine Liebe. Und was sehe ich da? Es wimmelt dort von Fotos, die dich und Tripp zeigen, wie ihr euch küsst!"

„Ich hoffe, du hast dich wirklich ganz wie zu Hause gefühlt, während ich weg war", entgegnete Hadleigh in süßlichem Ton. Sie zog ihren Mantel aus und hängte ihn an den gewohnten Haken am Garderobenständer. Dabei lauschte sie unentwegt mit einem Ohr auf Tripps Pick-up. Aber das musste Melody nicht wissen. „Ich meine zum Beispiel, dass du dich in meinen Computer eingeloggt hast", zählte sie fröhlich auf. „Hast du vielleicht auch in meinem Arzneischrank herumgeschnüffelt? Und falls dir so richtig langweilig war, möglicherweise auch noch meinen Kühlschrank nach abgelaufenen Lebensmitteln durchforstet?"

„Du weißt sehr gut, dass ich keinen Computer brauche, um auf dem Laufenden zu sein. Ich habe mein Handy benutzt.

154

Außerdem schnüffle ich nicht in deinem Arzneischrank herum. Hätte ich das getan, wäre mir vermutlich die Frage in den Sinn gekommen, wann du dich um das Thema Verhütung zu kümmern gedenkst. Und was deinen Kühlschrank angeht, diesbezüglich habe ich dir wahrscheinlich das Leben gerettet. Da drin waren Sachen, die deine Großmutter während der ersten Bush-Regierung gekauft haben muss. Aber keine Sorge, ich habe alles weggeworfen, das Bläschen bildete oder nicht grün sein sollte, also wirst du dich nicht vergiften."

Hadleigh lachte und schüttelte den Kopf. „Und die Sachen?", fragte sie und zeigte auf die Jogginghose und das T-Shirt.

„Die waren im Trockner, du meine Güte", verteidigte Melody sich. „Ich hatte nichts zu tun, und es gab absolut nichts im Fernsehen, also habe ich die Wäsche zusammengelegt. Dann habe ich mir gedacht, dass diese Sachen ziemlich bequem aussehen und schön warm, also habe ich sie angezogen. Verklag mich doch."

„Du bist unmöglich", sagte Hadleigh grinsend. Tripp war inzwischen längst auf dem Heimweg, durch die Stadt und wieder hinaus aufs Land, unter dem Sternenhimmel und dem Mond, der, obwohl nur zur Hälfte sichtbar, so hell strahlte, als müsste er gleich platzen.

Ein Gefühl meldete sich – Sehnsucht? –, so wie früher das Heimweh abends, als sie noch sehr jung gewesen war und fort von zu Hause, zum Beispiel bei einer Übernachtungsparty im Haus einer Freundin. Wahrscheinlich sah man ihr wieder klar und deutlich an, was sie gerade empfand, aber zum Glück ging sie gerade an Melody vorbei in die Küche. Sie wollte Muggles noch ein paar Minuten zur Hintertür hinauslassen und sich einen Kräutertee kochen, in der optimistischen Hoffnung, heute Nacht schlafen zu können.

„Mehr hast du dazu nicht zu sagen? Dass ich unmöglich bin?", wetterte Melody fröhlich drauflos, vor Neugier berstend und Hadleigh folgend, zusammen mit dem Hund. „Der Mann hat dich mitten in einem voll besetzten Restaurant geküsst. Du liebe Zeit, Tripp hat dich nicht nur geküsst, er hat dich verschlungen, und es sah nicht aus, als würdest du irgendwelchen Widerstand leisten."

Hadleigh seufzte, als sie unter dem Türbogen zwischen Esszimmer und Küche hindurchging und das Licht einschaltete. Obwohl sie es besser wusste, hegte sie die schwache Hoffnung, dass Melody vielleicht das Thema fallen ließ, wenn Hadleigh nicht die ganze Geschichte des heutigen Nicht-Dates mit Tripp ausspuckte. Vielleicht gab Melody es wenigstens vorläufig auf und zog sich ins Gästezimmer zurück. Oder fuhr nach Hause.

Aber natürlich hatte Hadleigh kein Glück.

Als sie die Hintertür öffnete, um Muggles hinauszulassen, fing ihre Freundin an, mit dem Smartphone zu wedeln. „Du glaubst mir nicht? Ich kann dir die Fotos zeigen ..."

Hadleigh folgte dem Hund auf die Veranda, öffnete die Außentür und stellte sich auf die Stufen. Wegen der Abendkälte schlang sie die Arme um sich. „Selbstverständlich glaube ich dir", versicherte sie Melody. „Und ich muss mir die Fotos nicht ansehen, ich war schließlich dabei. Ich bin sozusagen Augenzeugin, mir ist nichts entgangen."

Melody stand im Türrahmen und stieß einen dramatischen Seufzer aus. „Warum tust du mir das an? Verdammt, Hadleigh, ich bin doch deine Freundin. Wir haben einen Pakt geschlossen, du und ich und Bex, um einen Ehemann zu finden. Und auf einmal bist du von einem Typen hin und weg und verrätst nicht mal das kleinste Detail? Ehrlich, das kränkt mich."

„Du bist nicht gekränkt, sondern nur neugierig", erwiderte Hadleigh und sah Melody an, während sie darauf wartete, dass Muggles die Gartentour beendete und wieder hereinkam. „Aber du bist tatsächlich meine beste Freundin, und ich weiß, du meinst es nur gut."

„Wenn ich deine beste Freundin bin, warum erlöst du mich dann nicht endlich und erzählst mir, was passiert ist?"

„Der Kuss ist passiert", sagte Hadleigh milde und ein wenig traurig. „Oh, und ich habe Tripp etwas gesagt, das ich wahrscheinlich besser für mich behalten hätte." Da Melody sie besorgt und mitfühlend ansah, zwang sie sich zu einem Lächeln, wenn auch nur einem flüchtigen, und zuckte mit den Schultern. „Abgesehen davon gibt es einfach nicht viel zu erzählen."

Melody blinzelte in dem schwachen Licht, das durch das Fenster über der Küchenspüle auf die Veranda fiel. „Ist alles in Ordnung mit dir?", erkundigte sie sich fast flüsternd. Ihre Wut schien verraucht zu sein.

„Ich komme klar", erklärte Hadleigh leise, aber überzeugt. „Was hältst du davon, wenn wir morgen weiter darüber reden, Mel? Bex sollte am Nachmittag zurück sein, oder? Wenn wir warten, bis sie wieder zu Hause ist, muss ich die ganze Geschichte nicht zweimal erzählen."

Melody nickte, wenn auch widerstrebend, und ging zu der Stufe, auf der Hadleigh in der Kälte stand. Sie legte ihr sanft die Hand auf die Schulter. „Einverstanden. Aber dir geht's wirklich gut?"

„Ich komme klar. Fahr nach Hause und geh schlafen." Hadleigh brachte ein heiseres Lachen zustande, als Muggles die Verandastufen hinaufgelaufen kam. „Der Stress hat seine Spuren hinterlassen, Melody. Du siehst schlecht aus."

Da lachte Melody endlich, obwohl Tränen in ihren Augen schimmerten. „Na vielen Dank", entgegnete sie schniefend.

Sobald sie wieder in der Küche waren, füllte Hadleigh den Teekessel über der Spüle, und Muggles fraß die letzten Brocken Trockenfutter in ihrem Napf. Auf der Suche nach wer weiß was für Anzeichen stand Melody mit dem Rücken zur Arbeitsfläche und beobachtete Hadleigh, während sie auf ihrer Unterlippe kaute.

„Bleib und trink noch einen Tee mit mir", schlug Hadleigh vor. Schließlich war Melody eine ihrer beiden besten Freundinnen, und es war sehr nett von ihr gewesen, den ganzen Abend bei Muggles zu bleiben – mal abgesehen von ihren Hintergedanken. Sie hatte das Herz am richtigen Fleck und verdiente es nicht, von Hadleigh rausgeschmissen zu werden.

Doch Melody schüttelte den Kopf und stieß sich wie in Zeitlupe von der Arbeitsfläche ab. „Ich mache mich lieber auf den Weg. Katzen sind zwar unabhängig, und meine haben genug Wasser und Futter. Trotzdem warten sie wahrscheinlich schon auf mich. Ich will nicht, dass sie denken, ich wäre tot oder mir sei sonst was zugestoßen."

Hadleigh schaltete die Platte unter dem Teekessel ein und ging zu ihrer Freundin, um sie zu umarmen. „Auf eine halbe Stunde mehr oder weniger kommt es doch nicht an. Bleib noch auf eine Tasse Tee."

Aber Melody war entschlossen zu gehen, und wenn sie sich erst einmal zu irgendetwas durchgerungen hatte, egal ob groß oder klein, hielt sie sich daran. Sie war bereits unterwegs zur Haustür.

Hadleigh ging ihr hinterher. „Ich bringe dich noch zum Auto", bot sie an.

„Wir sind hier in Mustang Creek", erinnerte Melody Hadleigh. „Nicht in den bösen Straßen von Gotham City. Mir passiert schon nichts."

Das kam Hadleigh sehr bekannt vor. So etwas Ähnliches hatte sie zu Tripp gesagt, als er sie nach Hause gebracht und darauf bestanden hatte zu warten, bis sie sicher im Haus war. Ihr Protest hatte ihr etwa so viel genützt, wie er Melody jetzt nützte.

„Ich bleibe auf der Veranda stehen und behalte dich im Auge, bis du im Auto sitzt und losfährst", ließ Hadleigh nicht locker.

„Meinetwegen", meinte Melody und spreizte in einer frustrierten Geste die Finger beider Hände. Sie lief die Stufen hinunter und drehte sich zu Hadleigh um, wobei sie die Auto-schlüssel hoch hielt und mit ihnen klingelte.

Das war ihr Stichwort, um wieder ins Haus zu gehen, aber Hadleigh blieb, wo sie war. Trotz der kühlen Abendluft hatte sie nicht vor, sich von der Stelle zu rühren. Daher schlang sie die Arme um sich und wartete fröstelnd.

Melody ließ langsam die Hand mit den Schlüsseln sinken, und im Licht der Verandalampe wurde ihr Gesicht ernst. „War es so schlimm?", erkundigte sie sich mit so leiser Stimme, dass Hadleigh Mühe hatte, ihre Freundin zu verstehen. „Ist das der Grund, warum du nicht über heute Abend sprechen willst?"

„Es war nicht schlimm", beeilte Hadleigh sich, ihr zu ver-sichern, gerührt von Melodys Sorge. „Nur … ich weiß auch nicht. Als wäre man an einem Ort weit weg in der Erinne-rung, und plötzlich findet man sich an einem ganz anderen Ort wieder."

Melody zog die Augenbrauen zusammen. „Das klingt rät-selhaft. Wenn Tripp heute nur mit dir ausgegangen ist, um dir von einer weiteren Ehefrau zu erzählen, muss ich ihn wahr-scheinlich erschießen", sagte sie. Dann hellte sich ihre Miene für einen Moment auf. „Und Bex wird mir liebend gern dabei helfen, die Leiche zu verstecken."

In der Küche pfiff der Teekessel. Er hatte Gram gehört. Auf seiner Tülle saß ein kleiner Vogel, der Dampf ausatmete und dabei laut und schrill „sang", wenn das Wasser kochte. Sie hatte das Ding immer gehasst. Eines Tages würde ihr davon das Trommelfell platzen.

Jetzt ignorierte sie es.

„Falls es eine weitere Ehefrau gibt, hat Tripp sie nicht er-wähnt. Würdest du jetzt bitte entweder hier die Nacht verbrin-gen oder in deinen Wagen steigen, bevor ich erfriere?"

Melody zögerte für den Bruchteil einer Sekunde, ehe sie lachte, sich umdrehte und zum Wagen rannte. „Ich gehe ja, ich gehe ja", rief sie, als sie die Gartenpforte erreichte.

Auch Hadleigh lachte, und diesmal tat es gut, denn es war nicht erzwungen und künstlich, sondern echt und natürlich.

Melody schloss ihren Wagen auf, stieg ein, warf die Tür aber noch nicht zu, damit die Innenbeleuchtung brannte und sie gut sichtbar war. Sie schnitt eine komische Grimasse und winkte – *Siehst du, kein Axtmörder hier drin.* Hadleigh winkte zurück, wobei sie ebenfalls eine nonverbale Botschaft sandte: *Ich bleibe trotzdem hier stehen und warte, bis du weggefahren bist, und wenn es die ganze Nacht dauert.*

Als Melody endlich davonfuhr, betrachtete Hadleigh das als Sieg, wenn auch als kleinen. Sie ging ins Haus, um den Teekessel zum Schweigen zu bringen.

9. KAPITEL

Ich werde die Tage im Kalender anstreichen, wenn es sein muss, nahm Tripp sich an diesem kalten, dunklen Morgen nach seinem großen Abend mit Hadleigh vor. Vor Ablauf einer Woche würde er jedenfalls nicht mehr in die Nähe dieser Frau kommen, weder absichtlich noch zufällig.

Er war überzeugt, etwas sehr Dummes zu tun oder zu sagen, wenn er nicht lange genug Abstand zu ihr hielt. Und wenn Hadleigh bei ihrer nächsten Begegnung wieder so umwerfend sexy aussah wie in ihrer schwarzen Jeans und dem hautengen pinkfarbenen T-Shirt, dann stiegen die Chancen rapide, dass er sich zum Narren machte.

Abgesehen davon fragte er sich, weshalb er so überdreht war, als wäre er nicht mehr er selbst. *Wo ist mein wahres Ich geblieben?* So kannte er sich überhaupt nicht.

Immerhin war er Kampfpilot gewesen und hatte jede Menge Action gesehen und erlebt. Nachdem er die Army verlassen hatte und Jumbojets für eine große Fluglinie flog, war er verantwortlich für das Leben der Passagiere und der Crew, und ihm war nie der Schweiß ausgebrochen, nicht einmal in brenzligen Situationen, in die jeder Pilot mal gerät.

Später, als er sein eigenes Charterjet-Unternehmen aufbaute, flog er kleinere und elegantere Flugzeuge, besonders am Anfang, als er es sich noch nicht leisten konnte, mehr Piloten einzustellen. Im Lauf der Zeit hatte Tripp es mit Scherwinden zu tun bekommen, mit vereisten Tragflächen, Instrumentenversagen, Triebwerkausfällen, wilden Turbulenzen, Vogelschwärmen und einigen unvorhergesehenen Sturzflügen, um die Sache interessant zu halten. Und kein einziges Mal hatte er die Ruhe verloren. Er bewältigte die Situation einfach so, wie er es während der Ausbildung gelernt hatte.

All das lief auf eine unumstößliche Tatsache hinaus: Tripp hatte noch nie zuvor Grund gehabt, sich für nervös zu halten.

Doch nun war er wegen eines einzigen Abends mit einer Frau das reinste Nervenbündel.

Selbst die Rancharbeit half nicht, ihn zu beruhigen. Er hatte die kleine Herde im Grunde nutzloser Pferde in Jims windschiefem Stall bereits gefüttert, hatte Heu zu den Boxen geschleppt, die Tränken mit dem Gartenschlauch aufgefüllt und die Tiere gestriegelt.

Und während der ganzen Zeit musste er an Hadleigh denken – wie sie aussah, wie sie duftete, wie ihre Augen bernsteinfarben wurden, sobald sie stark für etwas empfand.

Was ziemlich oft vorkam, denn schon als kleines Kind hatte Hadleigh einen eigensinnigen und starrköpfigen Charakter gehabt. Daran hatte sich nichts geändert in all den Jahren, die seither vergangen waren. Zumindest nach Tripps Einschätzung.

Kurz: Er würde allmählich verrückt werden, wenn er keinen Weg fand, sie wenigstens für eine Weile aus seinen Gedanken zu verbannen.

Tripp seufzte, was er in den vergangenen zwölf Stunden sehr oft getan hatte. Die Sonne war noch nicht einmal aufgegangen, als er in der auseinandergenommenen Küche stand, allein mit Ridley, der sich dazu herabgelassen hatte, mit ihm in den Stall zu gehen, anstatt wie meistens in letzter Zeit im Haus zu bleiben.

Im Augenblick fraß der Hund seine Morgenration Trockenfutter mit der gleichen Gier, als hätte er einen harten Arbeitstag hinter sich, statt bloß hinter Tripp her zu trotten, am Boden schnuppernd und träge mit dem Schwanz wedelnd, wie ein durch einen heftigen Graupelschauer verlangsamter Scheibenwischer.

Tripp beschloss, das Grübeln einzustellen, was gar nicht so leicht war. Er schaltete die Kaffeemaschine ein, gähnte herzhaft und wartete darauf, dass der Kaffee durchlief. Mit etwas Glück würde er sich nach den ersten Schlucken wieder halbwegs menschlich fühlen.

In der letzten Nacht hatte er höchstens ein oder zwei Stunden geschlafen. Von Tiefschlaf und sonstigen, für das einwandfreie Funktionieren des Gehirns wichtigen Schlafphasen konnte keine Rede sein.

Die Kaffeemaschine gab gurgelnde Geräusche von sich, ohne dass erkennbare Fortschritte zu verzeichnen gewesen wären. Tripp war keineswegs konsumorientiert – die neuen Küchengeräte, den Fußboden, die Elektroarbeiten sowie die Sanitäranlagen hatte er mit Umsicht ausgewählt und für eine lange Lebensdauer gedacht. Sämtliche Renovierungen entsprangen praktischen Gründen, nicht ästhetischen. Trotzdem hatte er Lust, diese schrottreife Kaffeemaschine bis zum Ende des Tages in den Müll wandern zu lassen und durch eine aus diesem Jahrhundert zu ersetzen. Er hätte das moderne, stahlgepanzerte Ein-Tassen-Wunder mitbringen sollen, das er in seiner Wohnung in Seattle benutzte. Aber da er das Ding der Wohlfahrt gespendet hatte, zusammen mit allen anderen Sachen, die er für unwichtig hielt – was für fast alles galt, wie sich zeigte –, lohnte sich ein weiteres Nachdenken darüber nicht.

Er stand mit dem Gesicht zur Arbeitsfläche, stützte sich mit beiden Händen darauf ab und versuchte, die Kaffeemaschine per Gedankenübertragung zum Arbeiten zu bewegen, als er seinen Dad in die Küche schlurfen hörte. Das Schlurfen hing mit Jims neuer Angewohnheit zusammen, den halben Vormittag in Hausschuhen herumzulaufen. Früher hätte der Mann sein Schlafzimmer nicht verlassen, ohne vollständig bekleidet zu sein, bis hinunter zu den Stiefeln an seinen Füßen.

Sein Lachen klang tief und heiser wie immer, und das war tröstlich für Tripp.

„Ich nehme an, die Kaffeemaschine anzustarren hilft auch nicht wirklich, oder?", bemerkte Jim.

Tripp warf ihm einen Blick über die Schulter zu. Seine Laune war ohne Kaffee nicht besonders, schon gar nicht nach einer fast schlaflosen Nacht. „Das Ding ist ein Relikt", erwiderte er mürrisch. „Hätte man schon vor Jahren wegschmeißen sollen."

Jim stand an der Küchentür, in seinem karierten Flanellbademantel, der wahrscheinlich noch älter war als die Kaffeemaschine, und zog den Gürtel um seine magere Taille fester. Das volle graue Haar stand in alle Richtungen vom Kopf ab, und die Bartstoppeln sprossen auf seinen Wangen. Natürlich steckten seine großen hässlichen Füße in ausgelatschten Lederschlappen.

Die Krönung des Ganzen war das breite Grinsen in seinem Gesicht. Jim kniff die Augen zusammen, als versuche er, Tripp in einer Reihe einander sehr ähnelnder Leute ausfindig zu machen, und sei sich nicht sicher. „Warum sollte ich so etwas Dämliches tun?", konterte er gut gelaunt. „Das ist eine ausgezeichnete Kaffeemaschine. Außerdem hast du sie deiner Mutter und mir zu Weihnachten geschenkt, in dem Jahr, als du vierzehn wurdest. Sie hat also auch einen sentimentalen Wert. Du hast viel Schnee geschippt und Ställe ausgemistet, um das Ding kaufen zu können, und als du es geschafft hast, warst du verdammt stolz."

Tripp erinnerte sich an jenes Weihnachten vor vielen Jahren mit einer Klarheit, als sähe er das alles in einem nostalgischen Weihnachtsfilm. Damals lebte seine Mutter noch, und niemand hätte sich träumen lassen, wie bald schon Ellie von ihnen gehen würde. Sie hatte sich so über die moderne Kaffeemaschine gefreut, und Tripp sah sie vor sich, wie sie in ihrem pinkfarbenen Chenille-Bademantel und dazu passenden flauschigen Hausschuhen heller strahlte als alle bunten Lichter am Weihnachtsbaum zusammen.

Für einen Moment schloss er die Augen, um mit den Nachwirkungen dieser lebendigen und schmerzhaften Erinnerung fertigzuwerden. Als er die Augen wieder öffnete, stand sein Vater vor ihm und legte ihm die Hand auf die Schulter.

„Ich vermisse sie auch, mein Sohn", sagte Jim. „Ich vermisse sie auch."

Tripp richtete sich auf und seufzte ein weiteres Mal. Der Kaffee war immer noch nicht fertig. Darum begnügte er sich mit dem starken Vorlauf, der sich am Boden der Karaffe sammelte, dunkel und bitter riechend, wie Giftmüll aussah und wahrscheinlich auch so schmeckte. Er goss sich die Brühe in einen Becher.

Da er seiner Stimme noch nicht traute, trank er zunächst einen großen Schluck des Gebräus – es schmeckte wie erwartet – und verbrannte sich dabei die Zunge.

Er verzog das Gesicht.

Jim lachte und schüttelte den Kopf.

Ridley, der inzwischen sein Frühstück hinuntergeschlungen hatte, schlabberte den Inhalt seiner Wasserschüssel. Dann ging er zur Tür und fing an zu jaulen, weil er hinauswollte.

Die beiden Männer warteten darauf, dass dem Hund die erst kürzlich eingebaute Hundeklappe einfiel. Schließlich kroch er hindurch, und die Klappe schwang wie eine Saloontür in einem alten Western hin und her.

„Du darfst nicht zu viel von dem Tier erwarten", meinte Jim. „Es ist noch neu hier."

Tripp wich dem Blick seines Dads aus so gut es ging, verdünnte seinen Kaffee mit etwas Wasser aus dem Hahn und trank vorsichtig noch einen Schluck.

Im Gegensatz zu ihm schien Jim durchaus in der Stimmung für Small Talk zu sein. „Lass mich mal raten", meinte er trocken. „Der gestrige Abend lief nicht so gut für dich und Hadleigh."

„Für sie schon", entgegnete Tripp nach wie vor mürrisch. Er achtete weiterhin darauf, seinen Vater nicht direkt anzusehen. Aber aus dem Augenwinkel nahm er wahr, wie Jim sich dem Tisch näherte, sich einen Stuhl nahm und schwerfällig setzte, als hätte der kurze Weg von seinem Zimmer hierher ihn der letzten Kräfte beraubt.

„Wenn du nicht darüber sprechen willst, ist das natürlich deine Sache. Aber vielleicht bist du weniger gereizt, wenn du es loswirst."

Tripp drehte sich zu seinem Vater um, und sei es nur, um sich zu beweisen, dass er imstande war, Jim ins Gesicht zu schauen. „Es tut mir leid", sagte er mit heiserer Stimme. „Das ist alles nicht deine Schuld. Ich hätte es nicht an dir auslassen dürfen. Vermutlich habe ich zu lange allein gelebt."

Zwar grinste sein Vater nicht mehr, doch er wirkte unpassend heiter. Er rollte mit den dürren Schultern, was einem Schulterzucken ähnelte, aber keines war. „Geht es uns nicht allen so?", fragte er. „Nichts für ungut, mein Junge. Du warst morgens nie besonders umgänglich. Dich aus den Federn und dazu zu kriegen, dich anzuziehen und mir auf der Ranch zu helfen, war nie leicht. Vielleicht erinnerst du dich noch daran, wie Mutter dich wochentags für die Schule weckte und dabei möglichst auf Abstand zu deinem Bett blieb. Sie hat dich mit einem Besenstiel angestupst, bis du endlich aus dem Winterschlaf aufgewacht bist. Und dann warst du erst mal für eine Weile ungenießbar."

Bei der Erinnerung an seine zierliche, aber entschlossene Mutter mit dem verdammten Besen in der Hand musste Tripp lächeln, wenn auch ein bisschen matt. Sie warnte ihn jedes Mal, wenn er nicht sofort aufstünde, bekäme er nicht nur kein Frühstück mehr, sondern verpasse auch noch den Schulbus. Und er solle nicht im Traum daran denken, um seine täglichen Aufgaben herumzukommen. Außerdem, warnte Ellie, die für die unchristlich frühe Uhrzeit erschreckend munter war, ihn, dass es ein weiter Weg zu Fuß zur Schule sei. Denn niemand würde ihn fahren, nur weil er zu faul sei, rechtzeitig aufzustehen.

„Ja, ich erinnere mich", sagte er und ging zur Spüle, um den giftigen Inhalt seines Bechers auszukippen. Die Kaffeemaschine hatte ihre Mission endlich erfüllt, und er schenkte sich Kaffee ein. Das Zeug schmeckte immerhin ein kleines bisschen besser. „Willst du was von diesem … Gebräu?", fragte er Jim.

„Ich hole mir selbst welchen", antwortete Jim auf seine typisch starrsinnige Art. „Ich habe mich nie bedienen lassen wie irgend so ein Fürst, und daran wird sich auch nichts ändern."

Tripp lachte, ignorierte die Antwort seines Dads einfach und goss Kaffee in einen zweiten Becher, den er vor Jim stellte – all das, während der alte Mann noch seine Kräfte sammelte, um wieder aufzustehen.

In der Zwischenzeit war Ridley wieder durch die Hundeklappe hereingekommen, auf dem Bauch kriechend wie ein Soldat unter feindlichem Beschuss.

Jim betrachtete skeptisch den Kaffee in seinem Becher, murmelte ein Dankeschön und trank vorsichtig einen Schluck.

Liebevoll klopfte Tripp seinem Dad auf die Schulter, aber nicht zu fest. Früher hatten die zwei gern zusammen gerauft. Aber damals war Jim zäh wie Leder gewesen, hatte Löcher für Zaunpfähle gegraben, Heuballen in der Scheune gestapelt oder sie für das Vieh vom Anhänger geworfen. Er hatte das Vieh zu Boden gerungen, wenn die Brandzeichen fällig waren, Kälbern und Fohlen auf die Welt geholfen, wenn es Komplikationen gab und der Tierarzt gerade nicht verfügbar war. Er hatte Pferde zugeritten, ihre Hufe beschnitten und beschlagen. Ganz zu schweigen vom Holzhacken. Er hatte dem Wetter getrotzt, um irgendeinen alten klapprigen Anhänger zu flicken oder wieder zum Laufen zu bringen.

An diesen neuen, zerbrechlichen Jim musste Tripp sich erst noch gewöhnen, an seine Griesgrämigkeit, den fadenscheinigen Bademantel, die ausgelatschten Hausschuhe und alles andere.

„Willst du mir etwa erzählen, Mom habe dich nicht von vorn bis hinten bedient?", neckte Tripp ihn, in der Hoffnung, für bessere Stimmung zu sorgen, jetzt, wo das Koffein allmählich seine Wirkung entfaltete. „Ich war nämlich dabei, also vergiss es. Sie konnte dir nicht schnell genug Kaffee einschenken, dein Hemd bügeln oder dir das Abendessen zubereiten."

Darauf gab sein Vater einen Laut von sich, der irgendwo zwischen einem verärgerten Schnauben und einem Brummen lag. Doch seine Mundwinkel zuckten, und als Ridley auch noch zu ihm ging und seinen Kopf auf eines von Jims knochigen Knien legte, lachte er leise und kraulte den Hund hinter den Ohren. Tripp sah Stärke und Kummer in seinen Augen.

„Das hört sich ja an, als wäre Ellie ein braves Hausmütterchen gewesen", sagte Jim schließlich. „Da deine Erinnerung noch so gut ist, solltest du auch nicht vergessen haben, wie willensstark deine Mutter war. Und wie jeder sich die Zähne ausbiss, der versuchte, sie von ihrer Meinung abzubringen. Ellie war gern meine Frau, und sie war gern deine Mutter. Es war ihr wichtig, dass wir drei ein schönes Zuhause haben."

„Das weiß ich, Dad", erwiderte Tripp und trank einige Schlucke Kaffee. „Bist du bereit für deine große Reise? Wir könnten sie verschieben, vielleicht bis zum nächsten Frühling …"

Jims Miene verdüsterte sich. „Na hör mal", erwiderte er gereizt. „Seit du hier bist, sitzt du mir im Nacken und erzählst mir, ich soll von der Ranch verschwinden und etwas anderes machen. Und jetzt änderst du plötzlich deine Meinung?"

„Ich bin nur besorgt um dich, das ist alles. Du musst mir also nicht gleich den Kopf abreißen."

„Das musst du gerade sagen", konterte der alte Mann. „Als ich reinkam, hast du ausgesehen, als würdest du die Kaffeemaschine am liebsten aus dem Fenster werfen."

Entnervt fuhr sich Tripp durch die Haare, biss einen Moment fest die Backenzähne zusammen und entspannte anschließend die Kiefer wieder. „Na schön", sagte er und zog die beiden Wörter dabei ewig in die Länge.

Bevor Jim weitersprach, klopfte er mit dem rechten Zeigefinger auf die Tischplatte, so wie er es immer gemacht hatte, um seinen Argumenten Nachdruck zu verleihen. „Verdammt, Ellie war glücklich, hier den Haushalt zu führen. Wenn sie gewollt hätte, hätte sie einen Job in der Stadt bekommen können. Immerhin war sie ausgebildete Sekretärin und hat für euch beide gesorgt, ehe ich sie kennenlernte. Aber es gefiel ihr, hier zu sein. Sie wollte nichts anderes."

„Das behaupte ich doch auch gar nicht", erwiderte Tripp.

Der Hund, der ein paar Schritte entfernt saß, spitzte die Ohren und schaute zwischen den beiden Männern hin und her, wie ein faszinierter Zuschauer beim Badminton.

„Ja, das weiß ich, mein Sohn", lenkte Jim nach einem Moment ein. „Ich bin wohl ein bisschen empfindlich, sobald es um Ellie geht. Abgesehen davon, dass sie keine weiteren Kinder mehr bekam – wir waren beide traurig darüber –, hatte ich immer den Eindruck, dass sie sehr zufrieden damit war, Mutter und Farmersfrau zu sein. Ich werde sauer, wenn jemand etwas anderes behauptet, vielleicht weil ich mich insgeheim frage, ob sie es bereut hat, sich mit einem wie mir eingelassen zu haben."

„Sie war glücklich", versicherte Tripp ihm und wusste, dass das die Wahrheit war. Er sah noch deutlich das Leuchten in den Augen seiner Mutter, wenn sie Jim nach einem langen Arbeitstag zurückerwartete. Tripp saß dann meistens schon am Küchentisch – genau diesem –, nachdem er seine Arbeiten erledigt hatte, und machte Hausaufgaben. Ellie war mit der Zubereitung des Abendessens beschäftigt und schaute immer wieder zur Küchenuhr an der Wand. Sie summte leise vor sich hin, und wenn sie Jims Pick-up hörte, lief sie schnell ins Badezimmer, um ihre Frisur zu richten, Lippenstift aufzutragen und sich eine frische Schürze umzubinden.

Ellie hatte eine Schwäche für Schürzen, auch wenn sie nicht gerade modisch waren. Sie nähte sie selbst auf ihrer treuen Nähmaschine, wobei sie immer helle Stoffe wählte, mit Punkten oder Streifen oder Blumen. Sie fügte Rüschen hinzu und Zickzackborten. Sie hatte mindestens zwei Dutzend gehabt. Sobald eine ihrer Kreationen fleckig war oder anfing, schäbig auszusehen, warf sie sie in den Altkleidersack und nähte einen Ersatz. Sie bügelte und stärkte ihre Schürzen auch. Das war Ellie Galloway: retro, als retro noch gar nicht cool war.

Damals fand Tripp es amüsant, diese Schürzen und das Getue um ihre Frisur und den Lippenstift, nur weil Jim jeden Moment zur Tür hereinkommen würde, wie er es doch jeden Abend tat, von Kopf bis Fuß staubig oder schlammig. Rings um seinen Kopf hatte der Hut einen hellen Streifen hinterlassen. Er musterte Ellie kurz und bemerkte, er sei der glücklichste Kerl auf Erden, weil er eine Frau wie sie abbekommen habe. Daraufhin errötete sie wie ein Cheerleader nach einigen gelungenen Überschlägen, während Tripp am Tisch die Augen verdrehte.

Ellie zog einen Schmollmund, weil Jim ihr erst einen Kuss geben wollte, nachdem er geduscht hatte. Manchmal forderte sie Tripp auf, die Kartoffeln oder Erbsen auf dem Herd oder das Huhn im Backofen im Auge zu behalten, während sie verschwand.

Tripp gehorchte ahnungslos und passte auf, dass das Abendessen nicht anbrannte, bis sie irgendwann wieder auftauchte, gefolgt von Jim, vielleicht eine halbe Stunde später, mit leuchtenden Augen und einem ganz anderen Lächeln als sonst.

Heute fragte er sich voller Bedauern, warum ihm nicht klar gewesen war, wie gut es war, in einem solchen Zuhause aufzuwachsen, mit Eltern, die einander liebten und die ihn liebten. Sicher, er war noch fast ein Kind gewesen und ziemlich ahnungslos, es sei denn, es ging um Rodeos, Football und Mädchen. Doch er hatte genug Freunde, die aus zerrütteten Familien kamen und nur mit einem Elternteil zusammenlebten. Oder die wie Will und Hadleigh gar keine Eltern mehr hatten. Natürlich, ihre Großmutter hatte die zwei geliebt und sich um sie gekümmert, aber das war nicht dasselbe.

Tripp wusste, wie sehr Will seine Eltern vermisste, denn es gab fast nichts, worüber er und Tripp nicht sprachen. Die tiefs-

170

ten Geheimnisse tauschten sie in ihren Etagenbetten aus, nachdem das Licht gelöscht war.

Tripp hatte gewusst, dass Will ihn beneidete, weil – und nicht obwohl – Tripps Mom ihn zum Lernen drängte und ihn ermahnte, sein Zimmer aufzuräumen, weil er Regeln befolgen und Arbeiten erledigen musste. Jim hatte Tripp nie körperlich bestraft, aber er war streng gewesen und sogar in die Stadt gefahren, um nach Tripp zu suchen, als dieser über die verabredete Zeit hinaus weggeblieben war. Tripp war das entsetzlich peinlich gewesen, besonders da die meisten seiner Freunde dabei waren, als Jim ihn mit leiser Stimme aufgefordert hatte: „Steig in den Wagen."

Der alte Mann sagte nicht viel auf der Rückfahrt zur Ranch, bis auf ein grimmiges „Deine Mutter hat sich Sorgen gemacht." Für Jim kam das einem Vergehen gleich, und natürlich fühlte Tripp sich deswegen so schuldig, dass er sich wünschte, sein Dad würde ihn den gesamten Rückweg lang anschreien.

Das wäre jedenfalls besser gewesen als das verbitterte Schweigen.

„Danke", sagte Tripp jetzt.

Jim sah ihn verwirrt an. Er saß da mit seinen zerzausten, grauweißen Haaren, seinem Bademantel und den schrecklichen Latschen, den halb leeren Becher Kaffee vor sich. „Wofür genau?"

„Dafür, dass du meiner Mutter ein gutes Leben geboten und ihr Kind, das sie mit in die Beziehung gebracht hat, wie deinen eigenen Sohn behandelt hast."

Einen Moment lang füllten sich Jims Augen mit Tränen. Er schniefte und wandte sich kurz ab. „Du *bist* mein Sohn", erklärte er, nachdem er sich mehrmals geräuspert hatte. „Dein Nachname ist Galloway, oder?"

Tripp verschränkte die Arme, neigte den Kopf ein wenig zur Seite und musterte das hagere Gesicht seines Vaters. „Komm schon", sagte er. „Mom war hübsch, klug und amüsant, und

171

noch eine Menge anderer Dinge. Aber du musst doch ein paar Bedenken gehabt haben, was mich anging, zumindest am Anfang."

„Deine Mutter war schön und nicht bloß hübsch", stellte Jim klar. Die schimmernden Tränen waren verschwunden, doch nun lag ein sehnsüchtiger Ausdruck in seinen Augen, begleitet von der sanften Andeutung eines Lächelns. „Du warst drei Jahre alt und ein süßes Kind. Außerdem warst du ziemlich schlau – du konntest bereits ein wenig lesen und fehlerlos bis zwanzig zählen. Es war von Anfang an klar, dass ich mit deiner Mom auch dich bekomme, und ich fand, dass ich mich dadurch doppelt glücklich schätzen durfte. Ein simpler Cowboy mit einer heruntergewirtschafteten Ranch und sonst nichts bekommt plötzlich nach all den Jahren eine Familie. Das hier war auf einmal nicht mehr nur ein Haus, sondern ein Zuhause." Er hielt inne und sah Tripp an, ehe er gut gelaunt fragte: „Soll ich uns jetzt Rührei und Toast machen? Oder wollen wir bloß hier herumsitzen und über die Vergangenheit plaudern, bis wir verhungert sind?"

„Geh und zieh dich an, dann fahren wir in die Stadt, frühstücken dort und kaufen dir ein paar neue Klamotten für deine Reise."

„Was ist mit den Handwerkern hier?", gab Jim zu bedenken.
„Die werden bald kommen. Und was ist mit dem Hund und der Arbeit?"

„Die Pferde habe ich schon gefüttert. Ridley kann im Auto warten, und die Handwerker machen ihre Arbeit auch, ohne dass du ihnen die ganze Zeit über die Schulter schaust und sie pro Stunde ein Dutzend Mal fragst, ob sie wirklich wissen, was sie da tun." Jims entsetzter Gesichtsausdruck ließ ihn grinsen. „Außerdem kriege ich dann endlich einen halbwegs anständigen Kaffee."

Hadleigh, Bex und Melody saßen um einen alten Tisch mitten in Melodys geräumigem Studio, wo sie ihre Schmuckdesigns entwarf, lötete, bohrte und wiederholt verschiedene Metalle in einen Topf mit einer stinkenden Flüssigkeit tauchte, die den ebenso unappetitlichen Namen „Schwefelleber" trug, obwohl Melody sie „Gurkensaft" nannte. Ihre drei Katzen Ralph, Waldo und Emerson, ein bunter Haufen unbestimmbarer Herkunft, saßen nebeneinander auf einem Bücherregal wie Porzellanfiguren, reglos und unergründlich. Allerdings behielten sie Muggles im Auge.

„Du hast versprochen, alles zu erzählen", erinnerte Melody Hadleigh.

„Ich konnte es kaum erwarten, hierherzukommen", gestand Bex.

Hadleigh ahnte, dass die beiden ziemlich enttäuscht sein würden, sobald sie mit der Wahrheit herausgerückt war. Trotzdem wollte sie es hinter sich bringen, damit sie endlich wieder von etwas anderem reden konnten.

„Ich bin frei", platzte sie also heraus, vielleicht ein bisschen übereifrig. „Es ist vorbei", erklärte Hadleigh weiter. „Ich kann die ganze Tripp-Galloway-Besessenheit hinter mir lassen und nach vorn schauen."

Melody blinzelte.

Bex musterte Hadleigh aus zusammengekniffenen Augen. „Was ist vorbei?", wollte sie wissen.

Melody hatte sich so weit erholt, dass sie trocken bemerkte: „Ich wusste ja gar nicht, dass da überhaupt etwas zwischen euch beiden war. Sollte mir da etwas entgangen sein?"

Hadleigh blickte auf die schlafende Muggles, deren Schnauze auf ihrem rechten Schuh lag. Eine Welle tiefer Zuneigung durchflutete sie, so intensiv, dass es fast schmerzhaft war. *Liebe.*
Ziemlich beängstigend.

Ihre Wangen fühlten sich heiß an, als sie ihre Freundinnen ansah und langsam und deutlich weitererzählte, in der vergeblichen Hoffnung, Missverständnisse zu vermeiden. „Tripp und ich waren im Billy's essen. Und während wir dort saßen, kam mir ein Gedanke." Da sie eine Pause einlegte, bedeutete Melody ihr mit beiden Händen weiterzureden, und zwar schnell.

Also erzählte Hadleigh weiter, den skandalösen Kuss auslassend, denn zweifellos kannte auch Bex die Fotos.

„Ich ... ich hatte eine Art Eingebung. So könnte man es wohl nennen. Wegen der Hochzeit." Auf dem Regal über Melodys Holzofen tickte die robuste Kaminuhr ihrer Urgroßmutter schwerfällig, als markiere sie Hadleighs langsame Herzschläge, einen nach dem anderen. Sie holte tief Luft. „Mir wurde auf einmal klar, dass ich Oakley nie wirklich heiraten wollte. Damals bei der Hochzeit war mir das allerdings noch nicht bewusst. Versteht ihr? Die peinliche Wahrheit lautet, dass ich im Grunde damit gerechnet habe, dass Tripp auftauchen würde wie ein Ritter in schimmernder Rüstung, um die Zeremonie zu stoppen und – jetzt kommt der wirklich peinliche Teil – mir seine unsterbliche Liebe zu gestehen. Vor allen Anwesenden." Hadleigh verdrehte die Augen über sich selbst. „Wie blöd ich doch war!"

Weder Bex noch Melody wirkten sonderlich überrascht von Hadleighs Geständnis, dass sie Tripp schon die ganze Zeit geliebt hatte.

Natürlich hatten sie die Wahrheit längst geahnt, wahrscheinlich von Anfang an. Denn wundersamerweise waren sie ganz einverstanden gewesen mit der Idee, Oakley zu heiraten, nachdem sie es Hadleigh anfangs auszureden versucht hatten.

„Bitte sag, dass du das nicht Tripp anvertraut hast", meinte Melody.

Hadleigh biss sich auf die Unterlippe. „Ich wünschte, das könnte ich", erwiderte sie leise. „Aus welchem Grund auch immer, konnte ich es einfach nicht für mich behalten. Obwohl ich es wirklich versucht habe. Wir sind raus zu seiner Ranch gefahren, und Jim war auch da. Also unterhielten wir drei uns eine Weile, na ja, hauptsächlich Jim und ich. Und als Tripp und ich allein waren, habe ich es ihm erzählt."

„Warum nur?", riefen Bex und Melody gequält im Chor.

„Na, weil es die Wahrheit ist. Wie dem auch sei, ich glaube, er wusste es längst, denn er wirkte nicht sehr überrascht."

„O Mann", bemerkte Bex und schlug sich mit der flachen Hand vor die Stirn. Dann fragte sie, wobei ihre Augen zornig funkelten: „Und? Was ist weiter passiert? Hat Tripp dir genau wie damals einen Korb gegeben? Hat er das Gleiche gesagt, nämlich dass du zu jung seist, noch dein ganzes Leben vor dir hättest und der richtige Mann schon eines Tages kommen würde?"

Hadleigh entspannte sich ein wenig. „Nein, hat er nicht. Aber etwas anderes Eigenartiges ist passiert. In mir ging plötzlich eine Veränderung vor, und das war der Moment, in dem ich es wusste."

Ihre Freundinnen hielten sichtlich den Atem an und warteten gespannt.

Ein wenig genoss Hadleigh die Dramatik und hob die Hände, um ihren Worten mehr Ausdruck zu verleihen. „Ich hörte auf, in Tripp verliebt zu sein, und das war regelrecht ein Schock, da ich ja niemals geglaubt hatte, in ihn verliebt gewesen zu sein."

Melody blinzelte erneut. Bex starrte sie nur gebannt an.

„Du hast aufgehört, in Tripp verliebt zu sein?" Melody flüsterte fast, nachdem sie ihre Fassung wiedergewonnen hatte. Sie holte tief Luft und atmete langsam und hörbar wieder aus. „Und das findest du gut?"

„Wie ist es möglich, dass du nicht wusstest, was du für Tripp empfunden hast?", wollte Bex wissen. „Jeder wusste es, bis auf Oakley. Und wenn du es doch in gewisser Hinsicht gewusst hast, warum wolltest du dann diese Hochzeit, um Himmels willen? Wenn Tripp dir nun einen Strich durch deinen verrückten Plan gemacht und dich nicht entführt hätte? Hättest du Oakley dann geheiratet?"

Bei dieser Vorstellung schüttelte Melody sich, behielt ihre Meinung jedoch ansonsten für sich. Zumindest vorläufig.

„Ich weiß nicht, was ich getan hätte", räumte Hadleigh ein und kam sich unglaublich dumm vor. Gleichzeitig fand sie, dass sie ein bisschen mehr Verständnis und Unterstützung von ihren besten Freundinnen gebrauchen könnte. „Offenbar stand ich mit meinem echten Ich nicht so richtig in Kontakt." Als sie von ihrem „echten Ich" sprach, legte sie möglichst viel Spott in ihre Stimme. Denn sie war sich nicht einmal sicher, ob sie so etwas überhaupt besaß.

„Ich kann es nicht fassen, dass du es ihm gesagt hast", wiederholte Melody.

„Hast du denn nicht zugehört, als ich erklärt habe, dass es mir vorkam, als kenne Tripp die Wahrheit längst?", entgegnete Hadleigh leicht bissig, da Melody und Bex ihr das Gefühl gaben, eine Zeugin vor Gericht zu sein, die gegen sich selbst aussagte.

„Ich wünschte wirklich, du hättest nichts erzählt", meinte Melody und stöhnte.

Bex richtete ihre Aufmerksamkeit von Hadleigh auf Melody. „Nun krieg dich mal wieder ein", befahl sie, musste aber selbst einmal tief durchatmen. „Das ist nicht das Ende der Welt. Und was spielt es außerdem jetzt noch für eine Rolle? Hadleigh ist über Tripp hinweg, das hat sie eben selbst gesagt. Sie ist bereit, nach vorn zu schauen, und das ist doch gut, oder?"

Melody setzte sich sehr gerade hin und sah ihre beiden Freundinnen mit funkelnden blaugrünen Augen an. „Es wäre sogar sehr gut, wenn sich unsere verschmähte Braut hier nicht selbst zur Königin der Verdrängung gekrönt hätte."

„Wie bitte?", rief Hadleigh empört.

„Du machst es schon wieder!", beschwerte Melody sich und wedelte wild mit den Händen. Erschrocken schossen die drei Katzen wie Fellkugeln vom Regal und stoben in alle Richtungen auseinander. Endlich wachte auch Muggles aus ihren Träumen und gab ein besorgtes Jaulen von sich.

Immerhin hatte Melody so viel Anstand, zerknirscht, wenn auch verspätet, die Stimme zu senken. „Begreifst du denn nicht,

Hadleigh? Du machst dir schon wieder selbst etwas vor – du bist *nicht* über Tripp hinweg. Du hast nur Angst und hoffst, die ganze Geschichte würde sich von selbst erledigen und nicht mehr wehtun, wenn du einfach so tust, als würde er dir nichts bedeuten."

Hadleigh stand auf. Sie zitterte leicht. „Findest du nicht, dass du mir da eine ganze Menge unterstellst? Glaubst du etwa, du kennst mich besser als ich mich selbst kenne?"

Melody seufzte und schien in sich zusammenzufallen. „Nein", sagte sie leise und wirkte zutiefst geknickt. „Ich glaube nicht, dass ich dir einfach nur etwas unterstelle. Und ja, ich kenne dich tatsächlich besser, als du dich selbst kennst, jedenfalls in diesem Augenblick. Du hast in deinem jungen Leben schon so viel verloren – deine Eltern, deinen Bruder, deine Großmutter. Da ist es völlig normal, dass du es nicht riskieren willst, noch eine Person zu verlieren, die du liebst."

„He, ihr zwei", mischte Bex sich alarmiert ein. „Lasst doch nicht …"

Vom Verstand her wusste Hadleigh, dass Melody es nur gut meinte. Und bis zu einem gewissen Punkt mochte sie sogar recht haben. Aber manchmal war ihre Direktheit schwer bis gar nicht zu ertragen. Dies war eine dieser Gelegenheiten.

„Wir brauchen alle ein bisschen Abstand", erklärte Hadleigh, statt sich richtig zu verabschieden, hängte sich ihre Tasche um und zog unbeholfen ihren Mantel an. Sie hatte es eilig wegzukommen, bevor sie aus Frustration und Kummer noch in Tränen ausbrach. Und wer weiß, aus welchen Gefühlen noch.

Muggles beobachtete sie neugierig.

„Warte!", protestierte Bex, als Hadleigh auf dem Absatz kehrtmachte und durch das Atelier zur Tür marschierte. Muggles trottete ihr hinterher. „Hadleigh, bitte …"

„Lass sie gehen", bat Melody resigniert.

Damit Muggles nicht noch beunruhigter war als vermutlich ohnehin schon, verzichtete Hadleigh auf die Befriedigung, die es ihr verschafft hätte, die Ateliertür zuzuknallen.

Sie stürmte ums Haus, durch das Tor und auf den Gehsteig, die Hände in den Manteltaschen zu Fäusten geballt. Muggles hielt nur zögernd mit ihren weit ausholenden Schritten mit.

Innerlich kochend lief Hadleigh den ganzen Weg nach Hause. Erst dort fiel ihr ein, dass sie ihren Wagen in Melodys Auffahrt geparkt hatte.

Fürs Erste konnte er bleiben, wo er war.

10. KAPITEL

In der nächsten Woche hielt Tripp sich an seine Entscheidung, Hadleigh Stevens unter allen Umständen aus dem Weg zu gehen. Dummerweise wurde das Verlangen, sie zu sehen – und noch viel mehr zu tun als das –, dadurch nur noch größer und drängender. Er tat alles, um sich abzulenken, angefangen bei einem stundenlangen Pokerspiel in Spence Hogans Keller, über Nonstop-Episoden der Serie „Die Drei vom Pfandhaus" bis hin zu Diskussionen mit Jim über alles, von der besten Methode, Rühreier zuzubereiten, bis zur momentanen politischen Lage. Darüber hinaus las Tripp sogar jedes einzelne Wort der Werbepost, sobald sie eintraf.

Kein Zweifel, er verlor allmählich die Kontrolle, und seine nächste Karriere, nämlich die als Stalker, würde nicht mehr lange auf sich warten lassen.

Nachts schlief er unruhig, wenn überhaupt, schreckte hoch oder warf sich die ganze Zeit nur hin und her. Am nächsten Morgen schafften selbst Unmengen Kaffee es nicht, seine Stimmung zu heben. Kaffee, den er übrigens mit der schicken neuen Edelstahlmaschine zubereitete, die er online gekauft hatte – nachdem er festgestellt hatte, dass alle Händler in der Stadt lediglich Nachfolgeräte von Jims Kaffeemaschine anboten.

Es wäre schon ein echter Fortschritt gewesen, wenn seine Laune von bösartig zu einigermaßen zivilisiert wechseln würde, aber das schien unmöglich zu sein. Jim bezeichnete ihn als so umgänglich wie ein von einer Biene gestochener Grizzly mit Zahnschmerzen. Er meinte, man bräuchte einen NASA-Techniker, um die neue Kaffeemaschine zu bedienen, für die Tripp auch noch ein Vermögen bezahlt habe, von den Extrakosten für die Eilzustellung ganz zu schweigen.

Am Ende waren Vater und Sohn immerhin zähneknirschend und gereizt imstande, einen Kompromiss zu finden. Jims Maschine durfte aus dem Keller zurück in die Küche, und Tripps ultramodernes Gerät mit den verchromten Tüllen und der eingebauten Kaffeemühle blieb.

Die Fahrt zum Frühstück in der Stadt war gut gelaufen, da sie beide hungrig gewesen waren. Abwärts ging es erst, nachdem sie das Lokal verlassen hatten und sich aufmachten, um Reisebekleidung für Jim zu kaufen. Er erklärte plötzlich, seine übliche Kluft aus Jeans und Westernhemd sowie Stiefeln reiche völlig aus, und es sei Geldverschwendung, einen Haufen Klamotten zu kaufen, die er anschließend nie wieder anziehen würde.

Am Ende kauften sie nur ein paar Toilettenartikel, Unterwäsche und Socken, außerdem Anzughosen in Schwarz, Grau und Dunkelblau und ein Paar Schnürhalbschuhe, von denen Jim behauptete, er brauche sie nicht und wolle auf keinen Fall in ihnen gesehen werden.

Was, zum Kuckuck, denn auszusetzen sei an seinen Stiefeln, die er nur zu besonderen Anlässen trüge und die er immer noch einigermaßen auf Hochglanz polieren könne.

Ein paar vorzeigbare Hemden mit richtigen Knöpfen statt Druckknöpfen, zwei Ansteckkrawatten und ein dunkles Jackett vervollständigten seine Reisegarderobe.

Auf dem Weg zur Kasse schlug Tripp vor, noch ein anständiges Kofferset zu kaufen. Doch davon wollte Jim nichts wissen. An dem Koffer, den er für sich und Ellie vor ihren Flitterwochen im Yellowstone Nationalpark gekauft hatte, sei verdammt noch mal nichts auszusetzen.

Auf der gesamten Rückfahrt zur Ranch stritten sie sich. Während des Mittag- und Abendessens starrten sie finster vor sich hin und tauschten nur wenige Worte, und gelegentlich wurden sogar Türen geknallt.

Tripp war mächtig erleichtert, als er seinen Dad am Flughafen in Cheyenne absetzte, damit Jim die Maschine nach Idaho Falls nehmen konnte. Von dort hatte er einen Anschlussflug nach Seattle, wo er einmal übernachten würde, um am nächsten Tag an Bord seines Alaska-Kreuzfahrtschiffes zu gehen.

Die Reise sollte zehn Tage dauern, und Tripp freute sich schon auf die Ruhe. Diese Zeit brauchte er für sich.

Es würde nur ihn, den Hund, die Pferde und ein paar Rinder geben, die ihm kaum widersprechen oder seinen Geschmack in puncto Kaffeemaschinen kritisieren würden.

Die ständig anwesenden Handwerker hatte er bei dieser Rechnung vergessen, aber ihnen konnte er die meiste Zeit aus dem Weg gehen, indem er ein Pferd sattelte und auf die Weiden hinausritt.

Das Problem war nur, dass draußen ebenfalls Handwerker damit beschäftigt waren, die Zäune zu ersetzen und einen neuen Heuunterstand zu bauen.

Weder im Haus noch im Stall gab es Ruhe, denn die Zimmerleute hämmerten, bohrten und sägten überall, riefen sich gegenseitig, stellten Fragen oder rissen Witze, die kaum zu verstehen waren, weil jeder Arbeiter einige Nägel zwischen den Lippen zu halten schien, und zwar von morgens bis zum Feierabend.

Als er das alles nicht mehr ertrug, surfte Tripp im Internet, bis er eine Anzeige für eine private Viehauktion in der Nachbargemeinde fand. Er lud Ridley auf den Beifahrersitz seines Pick-ups und fuhr fast hundert Meilen weit zu einer Ranch namens Double-Sorry.

Was für ein Name, dachte er, als er in die Auffahrt bog, die so lang und holprig war wie Jims. Auf der Weide neben dem Haus standen Autos und Pick-ups mit Viehanhängern, aber wenigstens war keine gerichtliche Vollstreckungsandrohung zu sehen, soweit Tripp das erkennen konnte.

Tatsächlich sahen Haus und Stall noch gut in Schuss und gepflegt aus, dasselbe galt für die Zäune.

Das alles war ermutigend. Denn so gern Tripp auch Vieh kaufen wollte, und zwar reichlich, zusammen mit ein paar anständigen Pferden, so wenig gefiel ihm die Vorstellung, vom Unglück anderer irgendeinen Nutzen zu ziehen, sei es finanziell oder sonst wie.

Nachdem Ridley sich kurz ausgetobt hatte, brachte er ihn zurück in den Wagen, ließ das Fenster halb offen und ging zu dem verwitterten Obststand neben dem Stall, um sich als Bieter registrieren zu lassen. Eine Frau mit gerötetem Hals begrüßte ihn freundlich und reichte ihm mit leuchtenden Augen ein Klemmbrett mit einem schlichten Formular, dazu einen Kugelschreiber mit Bissspuren.

Der Auktionator ratterte irgendwo drinnen schon los, und die Zuschauer standen bis zur Tür. Einige reckten die Hälse, um dem Verkauf folgen zu können. Andere standen nur plaudernd beisammen und kümmerten sich nicht um die Auktion. Sie hätten sich ebenso gut vor der Post begegnet sein können, statt hier draußen bei einer Viehauktion.

„Keine Sorge", sagte die Frau mit den strahlenden Augen, als Tripp ihr Klemmbrett und Stift zurückgab.

Er hatte sich gar keine Sorgen gemacht, aber er verzichtete auf einen Kommentar.

„Heute sind viele Leute nur zum Schauen da", erklärte sie. „Und nicht so viele, die wirklich kaufen wollen." Nach diesen Worten drehte sie sich auf ihrem Hocker zur Seite und rief: „Charlie, Roy, Beanie, macht doch freundlicherweise mal Platz und lasst diesen Herrn durch!"

Tripp grinste. Anscheinend galt er als heißer Interessent, der Geld für Vieh und Pferde ausgeben wollte. Was definitiv auch zutraf, obwohl er das bisher mit keiner Silbe kundgetan hatte.

„Danke", sagte er und dachte *Beanie*?

„Mein Name ist Chessie", stellte die Frau sich vor und reichte ihm ihre von jahrelanger harter Arbeit gerötete Hand.

Sie hatte einen Händedruck wie ein Hafenarbeiter. „Tripp Galloway", erwiderte er, obwohl sie diese Information dem Formular entnehmen konnte, das er gerade ausgefüllt hatte.

Chessie musterte ihn nachdenklich. „Sind Sie mit Jim Galloway drüben aus Mustang Creek verwandt?"

„Er ist mein Dad", antwortete Tripp. Er und der alte Mann waren sich in jüngster Zeit zwar reichlich auf die Nerven gegangen, doch der stille Stolz darüber, wer Jim war und wofür er stand, hatte darunter kein bisschen gelitten.

„Er ist ein guter Mann." Chessie strahlte erneut und zeigte ihre dritten Zähne. „Richten Sie ihm bitte Grüße von Chessie und Bert Anderson aus."

„Das werde ich machen", versprach Tripp und wollte in den Stall gehen, wo sich dank Chessies brüsker, aber nicht unfreundlicher Aufforderung eine Lücke zwischen den Besuchern am Tor aufgetan hatte.

„Sie sehen ihm überhaupt nicht ähnlich", bemerkte Chessie, die es offenbar nicht eilig hatte, den neuen Bieter ins Geschehen zu entlassen, obwohl sie doch gerade erst Platz für ihn geschaffen hatte. „Jim, meine ich."

„Das höre ich oft."

Chessie nickte, als sei damit eine lang schon gehegte Überzeugung bestätigt worden. „Na ja", sagte sie. „Dann höre ich mal lieber auf, Sie vollzuquatschen, und lasse Sie zur Viehversteigerung. Bert und ich haben beschlossen, dass wir keinen weiteren Wyoming-Winter mehr durchstehen. Es ist ohnehin Zeit, dass wir uns zur Ruhe setzen. Wir haben keine Kinder, an die wir die Ranch weitergeben könnten, und die Tiere können wir ja nicht alle mitnehmen, wenn wir fortgehen." Sie machte eine kurze Pause. „Macht mir nichts aus, Ihnen zu gestehen, dass ich diese vierbeinigen Biester vermissen werde – und die Ranch auch, sobald wir eine Weile weg sind und das Neue zur Gewohnheit wird."

Tripp wartete, für den Fall, das Chessie noch mehr sagen wollte. Manchmal, dachte er voller Mitgefühl, war es leichter, sich einem Fremden anzuvertrauen als einem Freund.

Aber Chessie lächelte und machte eine scheuchende Handbewegung. „Und jetzt gehen Sie. Ich habe Sie lange genug aufgehalten."

Er lächelte zum Abschied und machte sich auf den Weg ins Getümmel. Wie sich herausstellte, war der Stall deutlich größer, als es von außen den Anschein hatte. Das war gut, denn er war voll bis zu den Wänden.

Vorn gab es einen Platz, an dem das zu ersteigernde Vieh vorgeführt wurde. Der Auktionator, ein kleiner Mann mit mächtiger Stimme, stand auf einem Heuballen. Er trug ein Headset und tadelte die Zuschauer humorvoll dafür, dass sie erwarteten, hier etwas umsonst zu bekommen.

Tripp musste grinsen. Er war noch nie auf Chessies und Berts Ranch gewesen, und trotzdem kam ihm alles sehr vertraut vor. Als Junge war er mit Jim zu Auktionen auf anderen Farmen gewesen, ganz ähnlich wie diese. Dabei hatte er von seinem Vater gelernt, hauptsächlich zuzuhören und wenig zu sagen und sich sehr genau die Kälber, Bullen oder Cowboy-Pferde anzusehen. Er solle sich vorher im Klaren darüber sein, wie viel er auszugeben gedenke, und sich unter allen Umständen daran halten.

„Sieh diesen Leuten genau in die Augen, mein Junge, und erweise ihnen Respekt", hatte Jim ihm geraten, während sie über holprige Landstraßen fuhren, solche wie die, über die Tripp gerade gekommen war. „Die Leute sind nicht unbedingt immer glücklich, ihr Land oder ihre Tiere und Maschinen verkaufen zu müssen. Manche von ihnen haben keine andere Wahl. Den Ort verlassen zu müssen, an dem sie gearbeitet und um ihre Existenz gekämpft, für dessen Erhalt sie gebetet haben – so wie schon ihre Eltern und Großeltern –, ist hart, nicht nur für den Stolz, denn sie sind diejenigen, die schließlich doch aufgeben müssen. Solcher Kummer geht tief, er wird zu einem Teil dieser Leute."

Tripp sah sich im Dämmerlicht des Stalls um, der nach Heu und Mist roch, und spürte einen Anflug von Traurigkeit, weil

Jim nicht neben ihm stand, mit verschränkten Armen, den Hut ins Gesicht gezogen, das Geschehen um ihn herum genau verfolgend.

Für einen Moment musste er tatsächlich mit den Tränen kämpfen, denn plötzlich vermisste er seinen Dad, als wäre dieser gestorben, statt sich anderthalb Wochen auf einer Kreuzfahrt Totempfähle, Gletscher und die Weite der Tundra anzusehen.

Ein Mann führte einen schwarz-weiß gescheckten Wallach herein. Das Pferd sah Tripp direkt an. Instinktiv spürte er, dass es zwischen ihm und dem Tier eine Verbindung gab, ebenso unerklärlich wie unauflöslich.

Seine Miene zeigte keine Regung. Wie der Mann, der ihn großgezogen hatte, ließ Tripp sich kaum mehr als mildes Interesse anmerken, egal wie begeistert er in diesem Moment auch sein mochte. Er wartete, bis die Versteigerung begann, blieb still, als der Auktionator einige zögernde Gebote aufgriff. Doch das Blut rauschte in seinen Ohren, und er hatte Mühe, sich zu beherrschen und nicht wie wild mit seiner Auktionskarte zu wedeln.

„Das ist ein ausgezeichnetes Cowboy-Pferd", erinnerte der Auktionator die Zuschauer beinah empört, um damit anzudeuten, dass die Besucher doch genau wissen müssten, wann sie ein gutes Pferd vor sich hatten. Seufzend schaute er in seine Karten, die er in der linken Hand hielt, als müsste er sein Gedächtnis auffrischen. Tripp hätte jedoch wetten können, dass der Mann alles über das Pferd auswendig wusste, bis zur Abstammung und der Zahl seiner Zähne im Maul. Einige Sekunden vergingen, bevor der Mann wieder aufsah. „Apache", verkundete er mit ein wenig Nachdruck, als hatte er gerade eine interessante Entdeckung gemacht. „Apache kann eine Viehherde praktisch allein hüten. Er ist erst fünf, behauptet jedenfalls Bert, und absolut gesund." Eine lauernde Pause. „Also, wer gibt mir …"

Die Zahl, die er nannte, rief keinerlei Reaktion hervor.

Der Auktionator ging vom vorgeschlagenen Preis herunter.

Es gab hier und da Füßescharren und Gemurmel, aber kein Gebot.

So gern Tripp sich auch gemeldet hätte, er beherrschte sich. Der Preis spielte für ihn keine Rolle – er konnte es sich leisten, das Vielfache dessen zu bezahlen, was der Auktionator forderte, und er war auch darauf vorbereitet. In gewisser Hinsicht war es wie Sport, auf einer Versteigerung zu kaufen, und es gab einige unausgesprochene, aber bewährte Regeln, von denen die erste und wichtigste lautete: *Mach niemals einen kauflustigen Eindruck.*

Also wartete er, ein wenig amüsiert darüber, wie schwer ihm das fiel.

Inzwischen flehte der Auktionator das Publikum geradezu an.

Irgendjemand aus der Menge schnappte schließlich nach dem Köder, und danach stiegen die Gebote. Als der richtige Moment kam, tippte Tripp an seine Hutkrempe.

Der Auktionator sah ihn, rief das Gebot laut aus und zeigte in Tripps Richtung. Dann fragte er natürlich, ob jemand mehr bieten wollte.

Tripp hatte es nicht eilig, er konnte das hier den ganzen Tag machen, vorausgesetzt, er ging ab und zu zum Pick-up und ließ seinen Hund für ein paar Minuten raus. Aber es fiel ihm überraschend schwer, die Versteigerung nicht zu einem schnellen Ende zu bringen, indem er das bisherige Angebot verdoppelte oder verdreifachte.

Mehr Füßescharren, zusammen mit weiterem Gemurmel.

Der Auktionator probierte es von Neuem, doch niemand rührte sich oder sagte etwas. Am Ende verkündete der Mann in der Lautstärke eines Jahrmarktschreiers: „Verkauft an den Gentleman-Cowboy in den handgemachten Stiefeln!"

Über diesen freundlichen Spott musste Tripp lächeln, denn er hatte extra darauf geachtet, ganz gewöhnliche Jeans und ein

Baumwollhemd aus Jims Kleiderschrank anzuziehen. An den Stiefeln, die tatsächlich handgenäht waren, konnte er nichts ändern, da er nur ein Paar aus Seattle mitgenommen hatte und keines der gut eingelaufenen Stiefelpaare seines Dads ihm passte.

Das spielte jetzt aber keine Rolle mehr. Was zählte, war allein die Tatsache, dass er wieder ein Pferd hatte.

Es war viel zu lange her.

Da er auf einer Ranch aufgewachsen war, hatte er immer mindestens einen Heufresser füttern und versorgen müssen. Sein Lieblingswallach Partner war während Tripps erstem College jahr unerwartet gestorben. Der Verlust hatte ihn schwer getroffen. Seiner Meinung nach hätte er da sein und die Chance haben sollen, sich für die gute gemeinsame Zeit zu bedanken und Abschied zu nehmen. Jims Versicherung, das Pferd habe nicht leiden müssen, war zwar tröstlich, änderte aber nichts an Tripps Trauer.

Wäre er gefragt worden, warum er als Cowboy, der auf einer Ranch groß geworden war, kein Pferd hatte, hätte er praktische Gründe angeführt. Auf dem College hatte er keine Zeit für ein Pferd und auch nicht das nötige Geld gehabt. Nach dem Studium, als er sich für die Flugschule qualifiziert hatte, ging er zur Army, absolvierte eine harte Ausbildung und zog in den Krieg.

Nach seiner Entlassung flog er Linienflugzeuge auf der ganzen Welt und war oft tagelang nicht zu Hause. Abgesehen davon ergab es für einen Mann, der auf dem Land aufgewachsen war, keinen Sinn, in Seattle oder Los Angeles ein Pferd zu halten.

All diese Dinge hätte Tripp aufgezählt, und zwar mit Fug und Recht. Doch jetzt, wo er gerade eine emotionale Lücke gefüllt hatte, der er sich gar nicht bewusst gewesen war, wusste er, dass es noch einen anderen Grund gab.

Er hatte Angst gehabt, für ein Lebewesen so zu empfinden wie für Partner.

Ridley war die erste große Kerbe in seinem Panzer. Tripp hatte ihn als Welpen gekauft, den letzten aus einem Wurf, den ein Idiot von der Ladefläche seines zerbeulten Pick-ups herunter verhökerte. Und das, obwohl er gar kein Haustier gebrauchen konnte. Er kaufte den Hund trotzdem, für zwanzig Dollar, laut Verkäufer von fünfzig heruntergesetzt, mit dem Plan, ein gutes Zuhause für ihn zu suchen.

Stattdessen gab er dem Hund einen provisorischen Namen, und das war der entscheidende Faktor. Tripp lernte etwas Wichtiges über sich selbst: Wenn er etwas einen Namen gab – noch dazu, wenn dieses Etwas ein Paar braune Augen hatte, in denen sich nichts als Hoffnung spiegelte, vier Beine und ein schlagendes Herz –, dann baute er damit eine Verbindung auf, die sich nicht so einfach mehr lösen ließ.

All diese Gedanken gingen ihm durch den Kopf, während er in Andersons Stall stand und beobachtete, wie Apache weggeführt wurde, damit ein anderes Pferd vorgestellt werden konnte.

Auch das kaufte Tripp, eine hübsche kleine Buckskin-Stute, auf der er sich Hadleigh gut vorstellen konnte, und dazu noch den stämmigen braunen Wallach, der danach angeboten wurde.

Tripp wusste, dass er mehr als drei Pferde brauchte, da Jims Pferde alle kurz davor standen, ihr Gnadenbrot zu bekommen. Von den fünfzig bis hundert Rindern ganz zu schweigen, wenn die Ranch diesen Namen wieder verdienen sollte. Die neuen Pferde waren ein Anfang.

Außerdem fühlte es sich sehr gut an, die Tiere zu kaufen.

Draußen, im blendenden Licht des kühlen Nachmittags bezahlte er und nahm das Angebot eines Nachbarn von Chessie an, die drei Pferde gegen angemessene Bezahlung im Anhänger zu Tripps Ranch zu fahren.

Die beiden Männer besiegelten den Deal per Handschlag, und nachdem Tripp Ridley noch einmal aus dem Auto gelassen hatte, machten er und sein Hund sich auf den Heimweg.

Sie hielten bei Bad Billy's Drive Thru, um Cheeseburger zu essen – einen für jeden. Dazu teilten sie sich eine große Portion Pommes frites. Tripp merkte erst jetzt, wie hungrig er war, und schlang sein Essen nicht weniger gierig herunter als Ridley.

Es wurde bereits dunkel, als sie die Ranch erreichten. Für einen Moment fühlte Tripp sich einsam, da er wusste, dass das Haus leer war. Natürlich freute er sich, dass Jim einmal im Leben Urlaub machte, aber er vermisste den alten Griesgram auch.

Zum Glück gab es genug Arbeit, da drei der vier leeren Boxen im Stall für die neuen Bewohner vorbereitet werden mussten. Die anderen Pferde standen am Weidezaun und warteten darauf, zur Fütterung und zur Nacht in den Stall gelassen zu werden.

Als der andere Pick-up eintraf, dessen Scheinwerfer in der Dunkelheit grell leuchteten, einen zerbeulten Pferdehänger hinter sich, war Tripp so weit, die Neuankömmlinge abzuladen und sie mit den anderen Pferden bekannt zu machen. Ridley spürte die großen bevorstehenden Veränderungen und war ganz aus dem Häuschen. Er rannte ständig im Kreis und bellte wie verrückt.

Tripp musste ihn schließlich für gute fünfzehn Minuten in die Sattelkammer sperren, schon allein damit er nicht unter die Hufe kam.

Nachdem er den Besitzer des Pferdeanhängers bezahlt und verabschiedet hatte, und die Pferde wohlbehalten in ihren Boxen standen, ließ Tripp den Hund wieder heraus. Gemeinsam gingen sie zum Haus, um endlich Feierabend zu machen.

„Ich werde nicht drumherum kommen", erklärte Hadleigh Muggles zerknirscht, als sie wieder zu Hause waren. „Ich muss mich bei Melody entschuldigen."

Muggles, die auf ihrem Lieblingsteppich in der Küchenecke lag, legte den Kopf schief und spitzte die Ohren. Der Golden Retriever sah aus, als verstünde er nicht nur jedes Wort, sondern als stimme er Hadleighs Aussage zu.

Sie winselte sogar mitfühlend.

„Du hast vollkommen recht", sagte Hadleigh, während sie die Stapel der schlecht zusammenpassenden Töpfe und Pfannen und Bräter betrachtete, die sie aus den Schränken genommen hatte, wo sie bisher gestanden hatten. Sie hatte sie alle auf der Arbeitsfläche gestapelt, unmittelbar nachdem sie und Muggles nach Hause gekommen waren. Wenn Hadleigh aufgewühlt war, musste sie etwas tun, vorzugsweise etwas Konstruktives, und sie hatte das Bedürfnis verspürt, ihre Besitztümer zu sortieren – sozusagen Klarschiff zu machen.

Das war ein lobenswertes Ziel, und mit den Küchenschränken anzufangen war so gut wie irgendetwas anderes. Doch der Streit mit Melody belastete sie dermaßen, dass sie einfach nicht vorankam. Diese Art von Beschäftigungstherapie nützte heute nicht viel.

Eins nach dem anderen, hatte ihre Großmutter stets gesagt, und das hatte sich in ihr Gedächtnis gebrannt, was sie als Fluch oder Segen betrachten konnte, je nachdem, von welchem Standpunkt man es betrachtete.

Grams gut gemeinte Maxime hatte Hadleigh zu einer Perfektionistin gemacht, einer oftmals getriebenen Perfektionistin mit der klaren Tendenz, jedes Hindernis zu überwinden.

Nur war Melody weder ein Hindernis noch ein Gegner, sondern im Gegenteil eine ihrer beiden besten Freundinnen. Obwohl es natürlich Höhen und Tiefen gab, standen sie und Bex sowie Melody sich näher als die meisten Schwestern.

Na schön, Melody war ein bisschen sehr direkt, und manchmal konnte einen das auf die Palme bringen.

Aber sie war auch eine absolut treue Freundin, großzügig, witzig und hatte überhaupt noch mindestens eine Million anderer guter Eigenschaften.

„Kommst du mit?", fragte Hadleigh, die Hand auf dem Türknauf.

Muggles hatte anscheinend genug von persönlichen Dramen, denn sie gähnte nur herzhaft und legte sich auf den Bauch. Dabei blickte sie mit ihren sanften braunen Augen zu Hadleigh auf, als wollte sie sagen: *Nur wenn du darauf bestehst.*

„Ich nehme es dir kein bisschen übel", versicherte Hadleigh ihr. „Du kannst hierbleiben und die Stellung halten. Ich komme zurück, nachdem ich mich entschuldigt habe und ausgiebig zu Kreuze gekrochen bin."

Muggles seufzte laut, schloss die Augen und schlief prompt ein.

Fünf Minuten später holte Hadleigh tief Luft, nahm Haltung an und klopfte fest an die Tür zu Melodys Atelier.

Melody öffnete ihr mit geröteten Augen.

„Es tut mir leid", sagten beide Freundinnen gleichzeitig.

Im nächsten Moment lagen sie sich in den Armen und kämpften mit den Tränen.

„Ich und meine große Klappe", begann Melody.

Hadleigh redete zur gleichen Zeit drauflos. „Ich hätte die Beherrschung nicht verlieren dürfen. Das war kindisch."

„Ihr habt alle beide recht", mischte Bex sich ein, die bei Bedarf stets als Schiedsrichterin einsprang. „Melody, du musst nicht immer gleich mit deiner Meinung herausplatzen. Und Hadleigh, du musst dich und alles andere nicht immer so furchtbar ernst nehmen."

Hadleigh und Melody lachten.

„Ich werde uns jetzt einen Tee kochen", verkündete Bex fröhlich. „Übrigens", fügte sie auf dem Weg in die Küche, die direkt neben Melodys Atelier lag, hinzu, „glaube ich, dass es ein guter Zeitpunkt ist, um Hadleigh zu zeigen, woran du gearbeitet hast. Oder?"

„Ja", stimmte Melody zu und schaute zu ihrem Arbeitstisch, auf dem ein kleines Leinentuch ihre jüngste Kreation verbarg.

191

„Aber warte, bis ich zurück bin!", rief Bex aus der Küche.

Melody flüsterte extra laut, damit Bex es hörte: „Es sollte eigentlich ein Geheimnis bleiben, jedenfalls bis Weihnachten. Aber Bex muss ja ständig herumschnüffeln, weshalb es unmöglich war."

„Das habe ich gehört!", erwiderte Bex beschwingt aus der Küche.

Hadleigh und Melody grinsten.

„Es tut mir wirklich leid, dass ich mich wie eine Primadonna benommen habe", sagte Hadleigh.

„Und mir tut es wirklich leid, dass ich meine Meinung nicht einmal für mich behalten habe", erwiderte Melody und drückte kurz Hadleighs Hand.

„Aber du meinst das tatsächlich ernst, was du gesagt hast? Dass ich schon die ganze Zeit in Tripp verliebt war, ohne es zu wissen?"

Melody stieß den Atem aus und wirkte wieder ein wenig angespannt. „Ja", gestand sie. „Ich habe das ernst gemeint. Ich denke nun mal, was ich denke – aber ich muss es ja nicht immer gleich aussprechen."

Hadleigh tat, als müsse sie einen Moment über Melodys Antwort nachdenken. In Wahrheit gehörte die bisweilen brutale Offenheit so sehr zum Charakter ihrer Freundin, dass Melody diese einfach nicht immer im Zaum halten konnte. Das Wunder bestand eher darin, dass es ihr überhaupt manchmal gelang, mit einer Meinung hinterm Berg zu halten, sei sie nun gut, schlecht oder gleichgültig.

„Klingt vernünftig", sagte Hadleigh schließlich. „Was nicht heißen soll, dass ich bereit wäre, dir zuzustimmen."

„Klar." Melody grinste erleichtert.

„Worüber sprecht ihr zwei da drüben?", rief Bex und versuchte dabei, das schrille Pfeifen des Teekessels zu übertönen.

Wieder mussten Melody und Hadleigh lachen.

„Das wüsstest du wohl gern, was?", rief Melody zurück.

Bex antwortete nicht, doch sie sah grimmig entschlossen, aber auch hoffnungsvoll aus, als sie mit der Teekanne herein-kam, die früher Melodys Großmutter gehört hatte. Auf dem Tablett standen außerdem drei zur Kanne passende Tassen und Untertassen, Zucker, Milch, Süßstoff und Silberlöffel.

„Seid ihr wieder Freunde?", wollte sie wissen.

Da schlang Melody Hadleigh einen Arm um die Schultern und drückte sie. Und Hadleigh erwiderte die Geste.

„Ja, sind wir", bestätigten beide.

11. KAPITEL

*N*achdem die drei Freundinnen sich gesetzt hatten und Bex anmutig allen Tee eingeschenkt hatte, herrschte Gespanntheit in der kleinen Gruppe.

„Einigen wir uns darauf, nicht mehr über Tripp Galloway zu sprechen", meldete sich Bex vorsichtig zu Wort.

„Gute Idee", sagte Hadleigh schnell. Inzwischen hatte sie sich einem beunruhigenden Gedanken gestellt. *Wenn ich nicht wild, hoffnungslos und dauerhaft in Tripp verliebt bin, warum habe ich dann so extrem auf Melodys Bemerkungen reagiert?* Es war überhaupt nicht ihre Art, gleich so an die Decke zu gehen, ganz zu schweigen davon, völlig aufgebracht einfach zu verschwinden.

„Zumindest vorläufig", schränkte Melody das Abkommen ein und trank einen Schluck Tee.

Plötzlich hatte Hadleigh Lust, ihre Freundin ein wenig zu ärgern. „Wir können natürlich jederzeit über einen gewissen Polizeichef namens Spence Hogan reden", schlug sie vor.

Melody lief prompt rot an.

„Aufhören", mischte Bex sich streng ein. „Sofort!"

„Tut mir leid", murmelte Hadleigh und widmete sich ihrem duftenden Tee.

Melody warf ihr einen warnenden Blick zu.

„Melody", forderte Bex sie auf, „erzähl uns alles über dein Projekt."

Das dramatische Seufzen ihrer Freundin erinnerte Hadleigh daran, wie aktiv Melody sowohl auf der Highschool als auch auf dem College in den Theater-AGs gewesen war. Damals wollte sie Strafverteidigerin und nicht Künstlerin werden und hatte geglaubt, die Schauspielerei würde ihr Auftreten im Gerichtssaal verbessern.

„Würde es dir etwas ausmachen, wenn ich zuerst meinen Tee trinke?", erwiderte Melody ebenso süßlich wie Hadleigh zuvor und warf Bex einen durchdringenden Blick zu.

„Du versuchst, Zeit zu schinden", warf Bex ihr vor. „Aber nur zu, trink deinen Tee. Wir warten."

Melody stellte ihre Tasse geräuschvoll auf die Untertasse zurück, wobei sogar der Silberlöffel klapperte. „Na schön, meinetwegen", gab sie nach. „Ich tue ja alles, um den Frieden zu wahren."

Ein kurzes Lächeln huschte über Bex' Gesicht.

Hadleigh gestattete sich nicht einmal das und verbarg vorsichtshalber den Mund hinter ihrer Tasse.

Melody war schon am Zeichentisch. Doch anstatt das Leinentuch wegzunehmen, das ihre neueste Kreation verbarg, zog sie eine der Schubladen auf. Sie nahm eine schlichte, aber elegante, mit Samt überzogene Schachtel heraus.

Zurück am Tisch, klappte sie die Schachtel auf.

Hadleigh riss sich zusammen, um nicht den Hals zu recken.

Äußerst behutsam nahm Melody drei goldene Armbänder heraus, jedes gefertigt aus anmutigen Gliedern. Sie hielt sie hoch und ließ sie von der Spitze ihres rechten Zeigefingers baumeln. „Ich habe für jede von uns eines gemacht."

Hadleigh tat nicht einmal so, als wisse sie, worauf Melody hinauswollte.

„Das sind Glücksarmbänder", erklärte Bex.

Melody reichte Bex und Hadleigh je eines und befestigte das dritte an ihrem Handgelenk.

„Was …", begann Hadleigh, doch ihre Stimme versagte.

„Sag es ihr", drängte Bex sanft, während sie ihr Armband umlegte. Es glitzerte wunderschön an ihrem linken Handgelenk.

„Gib du mir die Chance dazu", meinte Melody und klang dabei ein wenig schnippisch. Ihre Wangen waren noch immer gerötet.

Bex zuckte nur die Schultern.

Hadleigh betrachtete das goldene Armband an ihrem Handgelenk und war gerührt, ohne den Grund dafür benennen zu können. Schmuck war schließlich nur Schmuck, und Melody hatte ihr und Bex im Lauf der Jahre schon viele Stücke geschenkt – Anhänger, Ringe, Armbänder. Trotzdem wusste sie sofort, dass dieses Schmuckstück etwas ganz Besonderes war.

„Es repräsentiert unser Versprechen", erklärte Melody beinah schüchtern. „Den Heiratspakt meine ich."

„Okay …", sagte Hadleigh. „Es ist wunderschön, Mel, aber …"

„Lass sie doch erst mal ausreden", unterbrach Bex sie.

„Hier ist der Plan", fuhr Melody fort, nachdem sie tief ein- und wieder ausgeatmet hatte. „Wir tragen die Armbänder, jede von uns, und wenn wir die wahre Liebe finden, fertige ich einen speziellen Glücksbringer an, dreimal, irgendetwas Symbolisches. Ihr wisst schon, ein anderes Design, das unsere Liebe darstellt."

Tränen brannten Hadleigh in den Augen. „Oh, Melody …", flüsterte sie, konnte jedoch nicht weitersprechen.

„Das ist doch eine schöne Idee, oder?", meinte Bex.

„Es geht um unsere gemeinsame Absicht", erläuterte Melody und war selbst zu Tränen gerührt. „Wir glauben an uns, achten die Ziele der anderen und geben nicht auf, bis wir endlich unseren Erfolg feiern können." Sie schniefte. „Im Grunde geht es um die alte Losung: Eine für alle, alle für eine. Niemand hat das Ziel erreicht, ehe nicht alle ihr Ziel erreicht haben."

„Wow", hauchte Hadleigh überwältigt.

„Ja", pflichtete Bex ihr bei. „Der Heiratspakt ist mehr als nur ein gemeinsames Ziel. Er ist ein heiliger Bund, genau wie Melody gesagt hat."

„Aber er taugt nichts, solange nicht alle drei mitmachen", verkündete Melody.

Hadleigh fühlte sich aufrichtig verpflichtet. Sie war bereit zu einem Schwur. „Machen wir es", sagte sie.

„Ich bin dabei." Bex nickte, auch in ihren Augen schimmerten nun Tränen.

„Dann ist es beschlossen", sagte Melody. „Wenn uns die wahre Liebe begegnet, egal ob allen zur gleichen Zeit oder zu unterschiedlichen Zeiten, fertige ich Glücksbringer für uns drei an. Sie sollen jede Romanze und Hochzeit unvergesslich machen. Niemand gibt auf – so lautet die Abmachung –, bis jede von uns dreien auch ihren eigenen Glücksbringer am Armband hat."

„Das ist eine wunderschöne Idee", wisperte Hadleigh.

„Ja", stimmte Bex zu und musterte das funkelnde Armband an ihrem Handgelenk mit stillem Stolz.

„Was passiert als Nächstes?", wollte Hadleigh wissen.

„Das hängt ganz allein vom Schicksal ab", entgegnete Melody und sah Bex und Hadleigh durchdringend an. „Unser Part besteht darin, sich zu entscheiden – und anschließend zu unserer Entscheidung zu stehen." Sie machte eine Pause, bevor sie fortfuhr: „Also, gilt es oder nicht?"

„Ich bin dabei", erklärte Hadleigh mit Bestimmtheit, obwohl sie insgeheim ein wenig nervös war. Denn in gewisser Hinsicht begriff sie, dass dies kein Scherz war, sondern eine ernsthafte kosmische Angelegenheit.

„Ich auch", erklärte Bex.

Melody streckte die Hand aus, an deren Gelenk das Armband glitzerte. Bex ergriff ihre Hand, und Hadleigh ergriff beide Hände ihrer Freundinnen.

Der Himmel allein wusste, was bei diesem seltsamen Ritual herauskommen würde. Eines war jedoch sicher: Es gab kein Zurück mehr.

Tripp fiel aus allen Wolken, als Jim, der nach wie vor an Bord des Kreuzfahrtschiffes war, ganz unverhofft zu Hause anrief. Er war überschwanglich und geradezu unfassbar gesprächig im Vergleich zu seiner sonstigen Schweigsamkeit. „Ich habe jemanden kennengelernt", verkündete er, noch bevor Tripp die Möglichkeit hatte, über die ungewöhnlich gute Laune seines Stiefvaters nachzudenken.

Tripp stand in der Küche, den Hörer des Festnetztelefons am Ohr – warum sollte Jim auch auf dem Handy anrufen, wie jeder andere es gemacht hätte? – und brauchte ein paar Sekunden, um die Nachricht zu verdauen. „Du hast was?", fragte er idiotischerweise. Wenigstens konnten sie ungestört miteinander telefonieren, da die Handwerker gerade Mittagspause machten.

Jim war seit fünf Tagen unterwegs. Während der ganzen Zeit hatte Tripp auf die Nachricht gewartet, dass er erfolgreich an Bord des Kreuzfahrtschiffes gegangen war. Aber kein Wort von ihm. Dafür musste er nun zu seinem Entsetzen erfahren, dass sein wortkarger, nüchterner Vater anscheinend jemanden … Das konnte nicht sein, nach all den Jahren, in denen er um seine verstorbene Frau getrauert hatte.

Oder doch?

„Sie heißt Pauline", fuhr Jim fort und klang aufgeregt wie ein Teenager vor dem Date seines Lebens beim Abschlussball. „Sie ist pensioniert und war früher Mathelehrerin …"

„Mal langsam", unterbrach Tripp ihn.

Jim lachte, und es schwang eine Freude darin mit, die Tripp seit dem Tod seiner Mutter nicht mehr gehört hatte. Einerseits war er sehr erleichtert, andererseits blieb er skeptisch.

„Pauline und ich lieben uns", erzählte Jim fröhlich. „Es ist etwas Ernstes, Tripp, und ich hoffe doch sehr, du freust dich für uns."

Pauline. Eine Mathelehrerin. Wahrscheinlich keine Psychopathin, wie sie in diesen Doku-Dramas vorkamen, aber trotzdem … Wie gut konnte Jim diese Frau nach knapp einer Woche kennen? „Nun warte mal eine Sekunde, Dad …"

Doch Jim war einfach nicht zu bremsen. „Pauline hat ein Wohnmobil", sprudelte es weiter mit glücklicher Begeisterung aus ihm heraus. „Wir werden auf der Ranch wohnen, denke ich, aber bis dahin werden wir noch eine Weile unterwegs sein und uns so viel vom Land ansehen, wie wir können."

Inzwischen drehte sich wenigstens nicht mehr alles in Tripps Kopf. „Na schön", sagte er vorsichtig und langsam. *Ist das nicht genau das, was ich gewollt habe?* Dass Jim wieder anfing, zu leben und Lebensfreude zu entwickeln?

Jim musste seine Gedanken gelesen haben, denn er seufzte. „Ich weiß, das kommt sehr plötzlich, mein Sohn. Aber so habe ich bisher nur ein einziges Mal in meinem Leben empfunden, und zwar als ich deine Mutter kennengelernt habe. Die Liebe funktioniert nach ihren eigenen Gesetzen, und ich kann nur sagen, dass ich definitiv in Pauline verliebt bin." Auf einmal klang er ernst und ein wenig unsicher. „Ich will nur wissen, ob du, na ja, ob du damit klarkommst."

Tripp stand mit hängenden Schultern und geschlossenen Augen da. Er entspannte bewusst seine Rückenmuskeln. „Ich will, dass du glücklich bist, Dad", versicherte er ihm. „Ich bin nur ein wenig von den Socken, weil alles so schnell zu gehen scheint."

Jim lachte leise, behielt jedoch den ernsten Unterton bei. „Sobald die Kreuzfahrt vorbei ist, machen Pauline und ich uns auf den Weg zur Ranch, damit du sie kennenlernen kannst. Danach wirst du die Situation viel entspannter sehen, das verspreche ich dir …"

„Dad", sagte Tripp. „Du brauchst meine Einwilligung nicht. Es ist nur …"

„Es ist nur so, dass du, Captain Galloway, zwischen den Flügen zu viele von diesen Büchern gelesen hast, die über wahre Verbrechen berichten", zog Jim ihn auf. „Pauline ist keine Irre mit einer Spur aus Leichen oder vermissten Ehemännern hinter sich. Sie ist Lehrerin und seit fast zwanzig Jahren verwitwet. Sie hat vier Kinder, die alle glücklich verheiratet, berufstätig und aufrechte Bürger sind." Er holte Luft, denn offenbar hatte er gerade erst angefangen. „Pauline ist ganz sicher nicht hinter meinem Geld her, denn ich habe ja nicht viel, was absolut okay ist, denn sie hat auch nicht viel."

„Wie heißt sie denn mit Nachnamen?", erkundigte Tripp sich leichthin. Er hätte sich auch nach ihrer Sozialversicherungsnummer und Kreditwürdigkeit erkundigt, wenn die Aussicht bestanden hätte, dass Jim ihm darauf antworten würde.

Jim ließ sich von der vermeintlichen Harmlosigkeit der Frage nicht täuschen, aber er nahm sie Tripp auch nicht krumm. „Pauline Norbrand", antwortete er amüsiert. „Soll ich es buchstabieren?"

Tripp lachte und fühlte sich ein wenig schuldig. Gleichzeitig war er entschlossen, sicherzustellen, dass die Lady eine reine Weste hatte. Manche Dinge waren einfach zu wichtig, um sie dem Zufall zu überlassen, und dazu gehörten ganz bestimmt das Glück und Wohlbefinden seines Dads.

Damals hatte er auch Nachforschungen über Oakley Smyth angestellt, mit zugegebenermaßen durchwachsenem Ergebnis, denn er war immer noch nicht überzeugt, dass Hadleigh ihm diesen Übergriff jemals verzeihen würde. Trotzdem stand er nun kurz davor, das Gleiche wieder zu tun. Diesmal mit Pauline Norbrand als Rechercheobjekt.

Das geht dich alles nichts an, meldete sich eine leise Stimme in Tripps Kopf.

Vermutlich hatte die Stimme recht, und Tripp konnte nicht leugnen, dass sich sein Gewissen regte. Doch die Wahrheit war die Wahrheit, oder? Selbst wenn schlimme oder schmerzhafte Dinge ans Tageslicht kamen.

„Nein", antwortete er leicht verspätet auf Jims Frage. „Du brauchst es nicht zu buchstabieren."

Danach schwenkte die Unterhaltung auf unbeschwerte Themen um. Jim erzählte, dass er die Kreuzfahrt und die Sehenswürdigkeiten genieße und dass das Essen eine Offenbarung sei, nachdem er sich jahrelang seinen eigenen Fraß gebrutzelt hatte. Er nahm zu, was Tripp als gute Nachricht wertete. Darüber hinaus hatte er fünfhundert Dollar beim Bingo gewonnen und ja, es gehe ihm richtig gut, und er schlafe ausreichend. Ja, auch seine Medizin nehme er nach Vorschrift.

„Du musst aufhören, dir ständig so viel Sorgen zu machen, mein Sohn", riet Jim ihm am Ende. „Das macht dich noch ganz fertig, wenn du das nicht in den Griff bekommst."

„Ja", erwiderte Tripp, während er mit der freien Hand in seinem Smartphone bereits nach der Nummer seines alten Freundes von der Airforce suchte, der inzwischen eine Detektei in Denver hatte.

Die beiden Männer verabschiedeten sich, Jim humorvoll, Tripp gedankenverloren.

Tripp beschloss, eine Weile nachzudenken, ehe er seinen Freund anrief. Darum legte er sein Handy beiseite.

Er mochte diese misstrauische, skeptische Seite an sich selbst nicht, war aber nun mal Realist. Wenn er sich die Mühe gemacht hätte, über seine Exfrau Erkundigungen anzustellen, hätte er ihnen beiden viel Mühe und Ärger ersparen können.

Ridley stand an der Tür, die Schnauze gegen die Hundeklappe gedrückt, und winselte leise. Wahrscheinlich wollte er hinaus, um bei den Klempnern, Zimmerleuten und Elektrikern, die draußen im Garten ihre Mittagspause beendeten, um Häppchen zu betteln.

„Wenn du nach draußen willst, dann geh schon", ermutigte Tripp den Hund.

Ridley warf ihm einen vorwurfsvollen Blick zu und kroch durch die Schwingklappe.

Und Tripp startete seinen Laptop.

„Ich gebe Samstag eine Party", verkündete Bex bei der nächsten Zusammenkunft, einer spontanen Teeparty in Melodys Atelier, fast eine Woche nach der Erneuerung des Hochzeitspakts. Seitdem hatten sie alle viel zu tun gehabt.

Als Bex jetzt ihre Pläne für das kommende Wochenende verkündete, waren sie und Hadleigh schon im Gehen begriffen.

„Eine Party?", wiederholte Melody.

„Ja", bestätigte Bex und schob die Hände in die Taschen ihres Daunenmantels. Sie hob das Kinn, wirkte dabei aber belustigt und nicht trotzig. „Es kommt ja schließlich nicht jeden Tag vor, dass man ein großes Ziel im Leben erreicht."

„Oh, du meinst dieses Franchise-Ding", sagte Melody mit kurzem Seitenblick zu Hadleigh. Die zwei befürchteten insgeheim, Bex' wohlverdienten Erfolg nicht ausreichend gewürdigt zu haben.

„Genau, dieses Franchise-Ding", bestätigte Bex grinsend. „Das ist eine ziemlich große Sache, müsst ihr wissen. Leute aus dem ganzen Land tragen sich bereits für die Ausbildung ein und eröffnen eigene All-Jazzed-Up-Clubs."

„Natürlich ist das ein großes Ereignis", rief Hadleigh und sah ihrer Freundin ins Gesicht. Es war ihr peinlich, dass sie ihr angesichts dieses Erfolgs nicht längst überschwänglicher gratuliert hatte. „Oh, Bex, wir sind beide so stolz auf dich ..."

Sie verstummte.

„Das weiß ich", sagte Bex und rettete damit diesen Augenblick.

Auch Melody war zutiefst zerknirscht. „Das stimmt wirklich, Bex. Wir sind mächtig stolz auf dich und freuen uns für dich. Aber wir hätten es deutlicher zeigen können." Sie seufzte. „Verzeihst du uns?"

Bex hob nur leicht die Schultern. Sie war stets die Umgängliche gewesen. „Da gibt es nichts zu verzeihen", erwiderte sie.

„Wie können wir dir bei den Vorbereitungen für die Party helfen?", wollte Hadleigh wissen. Manchmal machte es ihr Sorgen, dass Bex sich nie kleinere Fehler zu Schulden kommen ließ und stattdessen immer den anderen ihre Verfehlungen nachsah.

„Ach, hört schon auf. Ihr braucht euch auch keine Gedanken darüber zu machen, was ihr anziehen sollt, denn ich habe die Moose Jaw Tavern gemietet. Also reichen Jeans und T-Shirt völlig aus."

„Die Moose Jaw Tavern?", wiederholte Hadleigh überrascht. Sie hatte einen anderen Ort für die Feier erwartet, Bex' kleines Haus vielleicht oder das All Jazzed Up.

„Früher waren wir oft im Moose Jaw", erinnerte Melody sich, der die Idee anscheinend gefiel. „Erinnert ihr euch noch? Es gab da immer diese Billardturniere, Musik aus der Jukebox, billiges Bier und Popcorn umsonst, so viel man essen konnte. Und wisst ihr noch, diese heißen Rodeo-Cowboys, die ab und zu auf der Durchreise waren?"

Bex lachte. „Wie könnten wir das alles vergessen?"

Hadleigh grinste reumütig. „Ich habe es versucht zu vergessen. Das waren wilde Nächte damals."

Melody verdrehte die Augen. „O ja, das kann man wohl sagen. Wir waren ganz schön rebellisch und wild."

„Na schön", sagte Bex und umfasste Hadleighs Ellbogen, um sie zur Tür zu führen. „Wir verschwinden, bevor ihr zwei wieder anfangt, euch zu entschuldigen."

Melody machte sich mit dem Teetablett auf den Weg in die Küche. „Ausgezeichnet", rief sie über die Schulter. „Denn zufällig habe ich auch noch Arbeit zu erledigen."

Darauf reagierten Bex und Hadleigh nicht, da sie bereits draußen waren. Bex zog die Tür hinter ihnen zu, während Hadleigh die Autoschlüssel aus ihrer Manteltasche kramte und auf ihren Kombi zuging, der am Bordstein geparkt war. Melodys Geschenk, das Armband, funkelte an ihrem Handgelenk, als sie die Hand nach dem Türgriff ausstreckte, und ihre Stimmung stieg noch mehr.

„Ich bin wirklich froh, dass du neulich alles wieder ins Reine gebracht hast", gestand Bex und blieb auf dem Gehsteig stehen.

„Ich auch. Ich weiß gar nicht, was in mich gefahren war, dass ich mich so danebenbenommen habe."

„Man darf durchaus mal die Beherrschung verlieren. Schließlich bist du auch nur ein Mensch."

Hadleigh winkte ab. „Leider manchmal etwas zu menschlich." Sie schaute sich um und konnte den schlichten, aber sportlichen Kompaktwagen ihrer Freundin nirgends entdecken. „Soll ich dich mitnehmen? Oder zurück zum Club bringen?"

Bex schüttelte den Kopf. „Nein danke, ich gehe zu Fuß. Ich habe heute nicht trainiert und brauche noch etwas Bewegung."

Hadleigh öffnete die Wagentür. „Wir sehen uns", sagte sie.

„Ja, bis bald", rief Bex fröhlich und ging in die entgegengesetzte Richtung davon.

Lächelnd und kopfschüttelnd startete Hadleigh den Kombi – Woody, wie Will ihn wegen der Holzeinlagen in der Karosserie genannt hatte – und fuhr nach Hause.

Dort begrüßte sie Muggles, hängte ihren Mantel auf, krempelte die Ärmel hoch und machte sich daran, endlich die sich immer noch türmenden Berge von Töpfen und Pfannen auf der Küchenarbeitsfläche abzuwaschen. Den Schrank hatte sie inzwischen von außen und innen gründlich gereinigt. Nun stellte sie die Sachen wieder zurück, die sie behalten wollte. Den Rest packte sie in Kartons und lagerte diese ordentlich gestapelt auf der Veranda, um sie zur Abgabestelle hinter dem Secondhandladen zu fahren.

Zum Abendessen machte Hadleigh sich ein Käsesandwich und eine Dosensuppe. Während des Essens ließ sie die Ereignisse des Tages Revue passieren. Zuerst hatte sie Earl im Krankenhaus besucht. Dann war sie mehrere Stunden im Laden gewesen und hatte ihren neuen Onlinekurs gegeben. Anschließend war sie zur Teeparty gefahren. Bei dem Gedanken an Bex' Abschiedsworte wegen Hadleighs Krach mit Melody letzte Woche empfand sie enorme Erleichterung, weil sie sofort hingefahren war und sich entschuldigt hatte. Das musste einfach sein.

Das Problem bei einem Wutanfall ist, dass man meistens hinterher seinen Stolz überwinden und sich entschuldigen muss, hatte Gram vor langer Zeit einmal nach einem ähnlichen Vorfall gesagt, als Hadleigh noch die Highschool besuchte. Damals hatte Gram milde gelächelt, zweifellos um die Botschaft nicht streng zu übermitteln, und ihren kurzen Vortrag mit den Worten beendet: *Es ist viel einfacher und auf lange Sicht weniger demütigend, sich zu beherrschen.*

Wie üblich hatte ihre Großmutter recht.

Hadleigh seufzte. Es wäre schön gewesen, wenn ihr diese Lektion eingefallen wäre, bevor sie mit Melody aneinandergeraten war. Doch ihrer Erfahrung nach lief es selten so perfekt.

Sie trug die Suppenschale, den Teller und das Besteck zur Spüle, spülte alles unter dem Wasserstrahl ab und stellte die Sachen in die Spülmaschine, aufmerksam beobachtet von Muggles.

„Was?", fragte sie den Hund schließlich.

Muggles bellte einmal zögernd.

Und im nächsten Moment klopfte jemand an die Haustür. Es klang ein wenig gedämpft, aber entschlossen und sachlich.

Hadleigh trocknete sich die Hände ab. Ein seltsames Gefühl erfasste sie. Angst? Nein – das hier war Mustang Creek, Wyoming, ihre Heimatstadt, ein überwiegend sicherer und friedlicher Ort. Was war es dann? Aufgeregtheit? Nervosität? Nein, das auch nicht.

Auf dem Weg durch ihr Haus, Muggles an ihrer Seite, versuchte sie weiter, das eigenartige Gefühl zu analysieren. Wahrscheinlich eine Mischung aus Wachsamkeit und Erwartung.

Sie spähte aus einem der langen Fenster zu beiden Seiten der Tür und war überrascht – und auch wieder nicht –, Tripp auf ihrer Veranda stehen zu sehen. Im goldenen Schein der Außenbeleuchtung sah er mit seinem weizenfarbenen Haar und den markanten Gesichtszügen aus, als käme er direkt vom Olymp und nicht von der Galloway Ranch, verkleidet als Sterblicher, in Jeans, Stiefeln und Westernhemd samt Jeansjacke statt Toga.

Was für ein alberner Gedanke, tadelte Hadleigh sich im Stillen. Doch noch während sie den Riegel zurückschob, den Türknauf drehte und die Tür öffnete, lag irgendeine Magie in der Luft wie ein kaum wahrnehmbarer Puls.

Beim Anblick von Tripp kamen ihr mehrere Dinge in den Sinn, die sie hätte sagen können: *Du hättest anrufen sollen. Komm rein. Kannst du eine Weile bleiben – sagen wir, für immer?*

Keine dieser Möglichkeiten schaffte zum Glück den Weg von ihrem Kopf auf ihre Zunge, da sie noch ganz benommen mit der plötzlichen Erkenntnis kämpfte, wie recht Melody doch gehabt hatte. Sie liebte Tripp tatsächlich, von ganzem Herzen, und zwar nicht erst seit diesem Augenblick.

Dieses Eingeständnis traf sie wie ein Schock.

Noch während Hadleigh sich davon erholte, erschien ein schiefes Lächeln auf Tripps Gesicht, kaum wahrnehmbar, und sie sah kurz, aber äußerst wirkungsvoll, das Grübchen auf seiner rechten Wange. Allmählich hatte sie sich wieder so weit im Griff, dass sie den Strauß roter Rosen in Tripps Hand bemerkte.

Obwohl sie immer noch nichts sagte – sie war nicht sicher, ob sie überhaupt etwas herausbekäme, zumal etwas Zusammenhängendes –, löste sie den kleinen Haken, der die Fliegentür verschloss, und trat zurück, damit Tripp eintreten konnte. Dabei wäre sie um ein Haar über Muggles gestolpert.

Drinnen musterte er sie neugierig und amüsiert, den Kopf leicht zur Seite geneigt und mit einem verdächtigen Funkeln in den Augen.

„Ich hätte vorher anrufen sollen", sagte er.

„Hast du aber nicht." Hadleigh hörte ihre eigenen Worte wie aus weiter Ferne. Es lag kein Vorwurf in ihnen, nur Erstaunen.

Er grinste und allein das bescherte Hadleigh weiche Knie. „Na ja, ich dachte, wenn ich das tue, lässt du mich abblitzen." Mit einer Hand gab er der Tür einen leichten Schubs, sodass sie zuging. Mit der anderen hielt er Hadleigh den Blumenstrauß hin. „Die sind aus dem Supermarkt. Irgendwer sollte in dieser Stadt mal einen Blumenladen aufmachen."

Ihre Hand zitterte sichtbar, als sie die langstieligen Rosen entgegennahm. Obwohl sie nicht wirklich zählte, weil sie dafür viel zu konfus war, wusste sie, dass es entweder achtzehn oder vierundzwanzig dunkelrote Blüten waren. Ihr Duft machte Hadleigh benommen. „Danke", brachte sie mühsam heraus und errötete sofort, da ihre Stimme wie ein Krächzen klang. „Aber was ..."

„Ich hatte gehofft, wir könnten reden", sagte Tripp, inzwischen ernst. Auch das Funkeln in seinen Augen war einem vorsichtig zärtlichen Ausdruck gewichen.

„Klar, warum nicht?", erwiderte Hadleigh, allerdings mehr zu sich selbst. Warum nicht? spottete ihre innere Kritikerin. *Das ist alles, was dir dazu einfällt?* Entschlossen probierte sie es noch einmal. „Hast du Ridley nicht mitgebracht?"

Das ist auch nicht viel besser, du Meisterin der Konversation.

Tripp nickte und sah sie ernst an. Was auch immer hier vorgehen mochte, ein Spielchen spielte er nicht. Dafür verrieten sein Ton und seine Miene zu viel Ernsthaftigkeit. „Er ist im Wagen", erklärte er.

Hadleigh bemühte sich, den Aufruhr ihrer Gefühle unter Kontrolle und gleichzeitig die Rosen in eine Vase mit Wasser zu bekommen. Ohne ein weiteres Wort drehte sie sich um und floh praktisch in die Küche.

Tripp begrüßte Muggles ausgiebig. Der blöde Hund winselte vor Freude. Hadleigh ging einfach weiter. *Schau nicht zurück.* Vielleicht würde sie ja wie durch ein Wunder wieder ein kleines bisschen vernünftig denken können, sobald sie die Küche erreicht hatte.

Sie hätte wissen müssen, dass Tripp ihr folgen würde, auch wenn sie die Absätze seiner Stiefel auf dem Fußboden ebenso wenig hörte wie Muggles' Krallen, als der Hund eilig hinterherzukommen versuchte.

207

Natürlich war der Weg in die Küche zu kurz, als dass ein Wunder hätte geschehen können. Darum herrschte in Hadleighs Kopf noch dasselbe Chaos wie vorher – wenn es nicht noch schlimmer geworden war.

Sie kehrte Tripp den Rücken zu, während sie mehrere Regale durchsuchte, um eine Vase zu finden, die groß genug war für die Rosen. Danach kramte sie in einer der Schubladen nach Grams alter Gartenschere.

„Hadleigh", sagte Tripp mit sanfter, rauer Stimme.

Sie konnte schlecht so tun, als hätte sie nicht gehört, wie er ihren Namen aussprach. Aber sie drehte sich trotzdem nicht zu ihm um. Stattdessen antwortete sie nur: „Die Blumen sind wunderschön. Danke." In der Zwischenzeit kam sie sich auf dem Höhepunkt ihres Gefühlsdurcheinanders wie eine Surferin auf einer besonders hohen Welle vor. Obwohl sie Herzklopfen hatte und ihre Gedanken rasten, bewegte sie sich langsam und methodisch und nicht planlos. Zuerst füllte sie an der Spüle die hohe Vase aus geschliffenem Glas mit Wasser. Sie schnitt das Gummiband durch, das den Strauß zusammenhielt, und kürzte jeden einzelnen dornigen Blumenstiel, bevor sie ihn behutsam in die Vase stellte.

Als Tripp sie sacht an der Schulter berührte, zuckte sie zusammen, nicht weil sie erschrak, sondern weil die Berührung dieses Mannes elektrisierend war. Er sagte noch einmal ihren Namen, ein heiseres Flüstern, drehte sie zu sich um und nahm ihr die Schere und die Rose, die sie hielt, aus der Hand. Beides legte er zur Seite.

Hadleigh sah ihn an, verwirrt und elektrisiert. Sie blinzelte, machte den Mund auf, schloss ihn wieder und biss sich auf die Unterlippe.

Tripp lächelte, und seine Augen hatten das zarte Blau eines Frühlingshimmels. „Die Rosen halten sich schon noch ein paar Minuten. Glaubst du, du könntest dich vielleicht ein bisschen ... entspannen?"

Er hat gut reden, dachte sie. Er war die Ruhe selbst, während sie sich fühlte wie eine dieser Comicfiguren, die einen elektrischen Schlag bekommen – so heftig, dass ihr Skelett aufleuchtete.

„Okay", antwortete sie nervös, sog scharf die Luft ein und atmete langsam wieder aus.

Tripp lachte leise. Es klang rau und männlich. Dann umfasste er mit beiden Händen ihr Gesicht. An diesem Punkt war sie sich nicht mehr sicher, ob sie leichenblass oder knallrot war. Außerdem schien sich der Boden unter ihren Füßen zu bewegen.

„Nichts wird gegen deinen Willen geschehen", versprach er ihr.

In Hadleighs Kopf drehte sich alles. *Ist es möglich, durch die Nähe eines anderen Menschen betrunken zu werden? Von der Wärme seiner Haut, dem Klang seiner Stimme?* Es hatte ganz den Anschein.

„Ich weiß", wisperte sie. Und sie wusste es wirklich. Ihrem Herzen könnte er gefährlich werden, aber er würde sie nie körperlich verletzen.

Er strich mit dem Daumen über ihre Unterlippe. „Ich möchte dich küssen", gestand er. „Wenn das für dich in Ordnung ist, meine ich."

Zu diesem Zeitpunkt dachte Hadleigh, sterben zu müssen, falls er sie nicht küsste. Sie nickte einmal heftig und schlang ihm wie selbstverständlich die Arme um den Nacken.

Quälend langsam beugte er sich herunter. Sein Kuss war hauchzart, wie sanftes Mondlicht.

Hadleigh stöhnte und stellte sich auf die Zehenspitzen, denn sie sehnte sich nach mehr – nach der Erfüllung dessen, was bisher nur ein Versprechen sein mochte. Sie spürte Tripps Kraft, seine Wärme, so, wie er sie fester an sich drückte.

Als er sie endlich voller Leidenschaft küsste, wusste Hadleigh, dass es kein Zurück mehr gab. Zumindest nicht, wenn es

209

nach ihr ging. Sämtliche Fasern in ihrem Körper schienen zu glühen.

Sie stöhnte laut auf, doch als Tripp sich aus der Umarmung lösen wollte, zog sie ihn enger an sich und klammerte sich förmlich an ihn.

Und tatsächlich küsste er sie noch stürmischer, obwohl das kaum möglich zu sein schien.

In Hadleigh tobte ein Kampf. Ihr Verstand argumentierte: *Das ist falsch.*

Nein, es ist himmlisch, konterte ihr Körper.

Verstand: *Es geschieht zu plötzlich.*

Körper: *Ich habe so lange darauf gewartet. Viel zu lange.*

Schließlich beendete Tripp den Kuss doch, legte seine Stirn an Hadleighs und seufzte. „Ups", murmelte er ohne die geringste Reue. „Ob du es nun glaubst oder nicht, aber das hatte ich gar nicht vor."

Sie lachte, obwohl ihre Kehle wie zugeschnürt war. Das Gefühlschaos in ihr wuchs weiter an, während in ihren Augen Tränen brannten, die sie aus Stolz unterdrückte. „Nein, soweit ich mich erinnere, wolltest du eigentlich nur reden."

Ein weiterer Seufzer, ein weiteres Lächeln. „Stimmt genau."

Sie fuhr ihm mit den Fingern durch die Haare, wie sie es schon immer hatte tun wollen. Es fühlte sich warm und seidig an – wie Sonnenlicht. „Möglicherweise haben wir aber schon zu viel geredet", meinte sie leichthin.

Darauf gab Tripp einen Laut von sich, der zum Teil ein Stöhnen, zum Teil ein Knurren war. „Hadleigh, wenn du damit das andeuten willst, was ich glaube – und das hoffe ich wirklich –, solltest du dir im Klaren darüber sein, ob du es auch tatsächlich willst."

„Was ich andeuten will, ist, dass du raus zu deinem Wagen gehst und Ridley ins Haus holst", erklärte sie, um sofort hinzuzufügen: „Denn du wirst eine Weile hierbleiben, Cowboy."

„Wenn wir zulassen, dass das passiert, wird sich einiges zwischen uns ändern", warnte er sie. „Und wenn ich hinterher noch in den Spiegel schauen können will, muss ich wissen, dass du dir sicher bist – dass es nicht aus einer Laune heraus geschieht."

Hadleigh presste die Hände auf seine muskulöse Brust und schob ihn ein Stück zurück, damit sie ihm besser in die Augen blicken konnte. „Eine Laune?", wiederholte sie amüsiert. „Ich bin inzwischen erwachsen und nicht mehr die kleine Schwester von jemandem. Und ich weiß sehr wohl, was ich will, vielen Dank auch."

Tripp sah ein bisschen skeptisch aus, und Hadleigh schätzte, dass es einen Grund für diese Reaktion gab.

„Na ja, vielleicht nicht in jeder Hinsicht", stellte sie eilig klar. „Was meine Emotionen und Einstellung zu gewissen Dingen betrifft, meine ich. Aber wer kann das schon von sich behaupten?" Sie zögerte einen Moment. „Du vielleicht? Warst du dir immer vollkommen sicher, was deine Gefühle und Gedanken in Bezug auf eine Person angeht? In jedem Moment deines Lebens?"

Er lachte und schüttelte den Kopf. „Nein, Süße, das kann ich bestimmt nicht behaupten."

„Warum glaubst du dann, ich müsste es sein?"

„Da hast du mich erwischt", räumte Tripp ein, und seine Stimme war rau und unglaublich sanft zugleich.

Einen Augenblick standen sie einfach nur da, nah, doch nicht nah genug, einander berührend und sich zugleich schmerzlich der Distanz zwischen ihnen bewusst.

Schließlich legte Hadleigh ihren Zeigefinger auf seine warmen, geschmeidigen Lippen und brach das Schweigen. „Los, bring den Hund ins Haus. Und falls ich zwischenzeitlich meine Meinung ändern sollte, teile ich es dir mit."

Tripp grinste. „Ja. Wenn du Nein sagst, werde ich aufhören, das verspreche ich dir. Aber ich bin auch nur ein Mensch. Es ist zwar politisch unkorrekt, das zu sagen, allerdings ist da tatsächlich ein Punkt, an dem es kein Zurück mehr gibt."

Den Kopf zur Seite geneigt, beobachtete sie seine Miene, die das Wechselspiel seiner Emotionen widerspiegelte, jede einzelne deutlich, allerdings sehr flüchtig, wie das funkelnde farbige Muster eines Kaleidoskops. Sie erkannte Verlangen, Widerstand, heftige Leidenschaft, Hoffnung, zaghafte Belustigung – und dann wieder Verlangen.

Erst jetzt reagierte sie auf seine behutsame Warnung, gedankenverloren, beinah wehmütig. „Ah ja, der berühmte Point of no Return. Sind wir an dem nicht schon vorbei? Ungefähr da, wo du mich geküsst hast?"

„Und du hast den Kuss erwidert."

„Klar doch", bestätigte sie keck. „Was ist? Holst du jetzt endlich den armen Hund rein, oder muss ich das erledigen?"

Tripp war sich nicht sicher, ob seine Füße überhaupt den Boden berührten, als er Hadleigh in ihrer Küche stehen ließ, mit geröteten Wangen und glühend, um zu seinem Wagen zu laufen. Er schloss die Tür auf, befreite den entzückten Ridley aus seinem Gefängnis und suchte im Handschuhfach nach der kleinen zerbeulten Schachtel, die er mitgebracht hatte. Er steckte die Schachtel in die Jackentasche und legte den Kopf in den Nacken, um sich den Sternenhimmel anzuschauen – und im Stillen zu beten, er möge das Richtige tun.

Keine Frage – Hadleigh zu küssen fühlte sich richtig an. Und mit ihr zu schlafen würde noch besser sein.

Doch nach der gemeinsamen Nacht würde der Morgen danach kommen, und irgendwann würde Tripp vor irgendeinem Spiegel stehen, spätestens wenn er sich rasieren oder die Zähne putzen musste – oder sich wenigstens einmal mit den Fingern durch die Haare streichen musste, damit er halbwegs präsentabel war.

Und wenn dieser Moment da war, wollte er auch wirklich noch in den Spiegel blicken können.

Ridley, völlig unbelastet von solchen Überlegungen, hob einen Hinterlauf und besprenkelte den Torpfosten.

„Du bist mir eine schöne Hilfe", meinte Tripp. „Das weißt du, oder?"

Ridley stand wieder auf allen vieren und rannte schwanzwedelnd weiter, zufrieden mit sich und der Welt. Er war einfach nur ein ganz gewöhnlicher, nicht allzu heller, Torpfosten anpinkelnder Hund, der voller Vertrauen auf die weitere Entwicklung der Dinge zu Tripp aufsah.

Tiefe Rührung erfasste Tripp, und ihm wurde klar, wie sehr er diesen Hund inzwischen liebte. „Komm", sagte er brüsk. „Die Lady wartet."

Die „Lady" wartete tatsächlich schon und hielt sowohl Fliegentür als auch Haustür weit für die beiden auf.

Tripp konnte ihr Gesicht nicht erkennen, da sie im Flurlicht stand. Doch er fragte sich, ob sie wohl damit rechnete, dass er sich hinter das Lenkrad seines Pick-ups schwingen und mit durchdrehenden Reifen davonrasen würde.

Und wenn ich das täte – wäre sie dann erleichtert oder doch eher enttäuscht?

Er hatte keine Ahnung, und vermutlich war das auch völlig egal.

Er ging bis zu den Verandastufen. Ridley trottete neben ihm wie ein Pony, das für eine Parade zurechtgemacht wurde. Tripp blieb stehen und blickte zu Hadleigh, erstaunt vom Wunder ihrer bloßen Existenz und ihrer Schönheit.

Ridley lief die Stufen hinauf, außer sich vor Freude darüber, sie zu sehen.

Tripp kannte das Gefühl.

Hadleigh lachte sanft und beugte sich herunter, um den Hund zur Begrüßung zu kraulen. Dann, die Türen mit ihrer wohlgeformten Hüfte aufhaltend, wandte sie sich an den Mann, der wie gebannt am Fuß der Treppe verharrte.

Tripp musste sich ins Gedächtnis rufen, dass er Hadleigh praktisch schon ewig kannte.

Er und Will waren gerade in die zweite Klasse gekommen,

als sie geboren wurde. Er hatte erlebt, wie sie ihre ersten Gehversuche unternahm und die Geheimnisse der Welt um sie herum erkundete, hatte fasziniert verfolgt, wie sie aufwuchs und wagemutiger wurde. Die Spuren der anwachsenden Risikobereitschaft waren aufgeschrammte Knie und Ellbogen. Tripp und Will brachten ihr das Schwimmen bei, Radfahren und Reiten. Außerdem beschützten sie Hadleigh während ihrer ganzen Kindheit und Jugend.

Und dann brach ihr jeder auf seine Weise das Herz. Will, indem er in einem fremden Land getötet wurde. Tripp, indem er ihre Traumhochzeit platzen ließ, um anschließend zu verkünden, er sei verheiratet.

Jetzt, Jahre später, war das passiert, worauf er die ganze Zeit unbewusst gewartet hatte – Hadleigh war zu einer wunderschönen erwachsenen Frau geworden.

„Willst du einfach nur dastehen?" Ridley hatte sich bereits an ihr vorbei ins Haus geschlängelt. „Es ist kalt draußen."

Tripp erwachte aus seiner Trance und konnte sich endlich wieder bewegen. Lachend stieg er die Stufen hinauf, überquerte die Veranda und folgte Hadleigh ins Haus, wo es warm war und gedämpftes Licht brannte. Und wo sie, zumindest vorübergehend, die einzigen Menschen auf diesem Planeten hätten sein können.

Hadleigh war keine Jungfrau mehr. Diese Hürde hatte sie während einer unbeholfenen und gnädigerweise kurzen Romanze auf dem College genommen. Aber besonders erfahren in Liebesangelegenheiten konnte sie sich deshalb noch lange nicht nennen. Insgesamt war sie mit zwei Collegefreunden intim gewesen, die – das konnte sie jetzt ruhig zugeben – Tripp äußerlich ein wenig geähnelt hatten, jedenfalls von Weitem. Dann war da noch der Typ gewesen, den sie bei einem Geschäftsessen außerhalb der Stadt kennengelernt hatte. Seitdem hatte sie kaum je an ihn gedacht. Es war der klassische One-Night-

Stand gewesen, eine Erfahrung, für die sie sich nicht schämte, auf die sie aber auch nicht besonders stolz war. Sie markierte für Hadleigh lediglich den endgültigen Eintritt in die Erwachsenenwelt. Laut Melody stand jedem einmal Sex mit einem Fremden zu – und dieses eine Mal hatte Hadleigh auch gereicht.

Vor all diesen Episoden war da jedoch noch die achtzehnjährige Braut mit romantischen Vorstellungen und einer bemerkenswerten Fähigkeit zur Selbsttäuschung gewesen, die um ein Haar Oakley Smyth geheiratet hätte. Bei der Erinnerung daran überlief sie heute noch ein Schauer.

Die Wahrheit über Hadleighs Beziehung zu Oakley hätte vermutlich viele Leute überrascht – einschließlich Tripp. Denn sie und Oakley waren nie übers Händchenhalten und harmloses Petting hinausgekommen. Damals war ihr das nicht merkwürdig erschienen, und heute begriff sie, warum es so gewesen war.

Oakley, der chronische Betrüger, fühlte sich vielleicht ein wenig schuldig wegen dem, was er der anderen Frau in seinem Leben antat *und* den zwei Kindern, die er mit ihr hatte. Hadleigh auf der anderen Seite hatte eine Rolle in einem Stück für eine einzige Schauspielerin gespielt, in der Hoffnung, dass es abgebrochen würde, ehe der Vorhang fiel.

Bex und Melody hatten ihr den Spitznamen „Quasi-Jungfrau" verpasst. Auch nach den Collegeaffären und dem One-Night-Stand hatte Hadleigh keine Ahnung, warum die Leute in den Büchern und Filmen immer so ein Theater um Sex machten. Natürlich, er konnte ganz angenehm sein, wie eine Rückenmassage oder Nacktbaden in einem kalten Bergsee in einer schwülen Sommernacht – aber genauso schnell konnte man ihn auch wieder vergessen.

Nun wusste sie im Gegensatz zu dem achtzehnjährigen Mädchen von damals ganz genau, was sie tat. Sie war sich über die emotionalen Risiken absolut im Klaren, genau wie darüber, dass ihr möglicherweise wieder einmal das Herz gebrochen werden würde.

Falls das geschah, müsste sie sich dem stellen. Ein gebrochenes Herz war nicht lustig, andererseits allerdings nur selten tödlich.

Tripp, noch umgeben vom Duft des kühlen Herbstabends, schloss Hadleigh sanft in die Arme. Erschrocken fiel ihr auf, dass sie inzwischen den ganzen Weg von der Haustür zur Küche zurückgelegt hatten, ohne dass sie etwas davon bemerkt hatte.

„Möchtest du mir von diesen Gedanken erzählen, in denen du dich anscheinend immer wieder mal verlierst?", fragte er. „Oder ist das zu privat?"

Hadleigh trat näher, schlang den Arm um Tripps schmale Taille, spürte seine Stärke und genoss sie. „Ich verbringe eindeutig zu viel Zeit in meinem Kopf", gestand sie. „Da oben gibt's diesen kleinen Raum, in dem ich mir meine eigenen Filme anschaue – über die Vergangenheit oder über das, was hätte sein können oder hätte sein sollen oder in der Zukunft noch sein könnte." Sie verstummte und atmete so tief ein und aus, dass ihre Schultern sich hoben und senkten. „Jetzt aber will ich mich ausschließlich auf meinen Körper konzentrieren und vollkommen im Moment leben."

„O Lady", war alles, was Tripp dazu sagte. Und dann küsste er sie wieder.

Es war natürlich nicht das erste Mal, es hätte allerdings ebenso gut das erste Mal sein können, denn das Universum, wie Hadleigh es kannte, verdunkelte sich, schrumpfte auf die Größe eines Stecknadelkopfs zusammen, um sich gleich darauf in einer Explosion aus Licht und Farben in alle Richtungen auszudehnen, noch dazu mit atemberaubender Geschwindigkeit.

Hadleigh stöhnte und wollte mehr von diesem Kuss, mehr von Tripp, mehr von diesem seltsamen Zauber, der zwischen ihnen entstand, sobald sie zusammen waren.

Selbst als er sie hochhob, endete der Kuss nicht. Hadleigh hätte vor Freude fast angefangen zu weinen, wenn sie noch genug Atem gehabt hätte, um auch nur einen einzigen Schluchzer herauszubringen. Doch mehr als ein Luftschnappen oder ein Seufzer waren ihr nicht möglich. Alles, was sie hatte, alles, was sie war und sein würde, lag in diesem sinnlichen Knistern zwischen ihr und Tripp.

Er unterbrach den Kontakt nur, damit er sie aus der Küche in den dunklen Flur hinaustragen konnte. „Wo ist denn ...“

Beinahe hätte sie gelacht. Ihr Kinderzimmer war oben gewesen, unter der Dachschräge, gegenüber von Wills Zimmer. Daran erinnerte Tripp sich bestimmt noch. Einige Monate nach dem Tod ihrer Großmutter allerdings hatte sich Hadleigh beengt gefühlt und eine Veränderung gebraucht. Und so hatte sie das große Schlafzimmer renoviert und war dort eingezogen.

„Da drüben“, flüsterte sie und deutete mit dem Kopf auf die Doppeltür neben dem Badezimmer.

Tripp gab einen Laut von sich, der nach Erleichterung klang.

Das Zimmer war groß und spärlich möbliert. Da stand das antike Messingbett, das sie bei einer Haushaltsauflösung gekauft hatte und auf dem ihr Lieblingsquilt lag. Außerdem beherbergte der Raum die Kommode aus Massivholz und den langen niedrigen Schreibtisch, beide alt, eine kunstvoll schräge Mischung aus Trödelladenchic und Landhausstil. Bunte geknüpfte Läufer schmückten den glänzenden Hartholzboden, und Hadleighs größter Luxus, ein Kamin, gebaut aus alten Backsteinen, die zu einem dezenten, toskanischen Gelb-Ocker ausgebleicht waren, ragte zwischen zwei hohen Fenstern auf.

Blasses Mondlicht erhellte das Zimmer.

Tripp schaute sich um, mit Hadleigh auf dem Arm. Er wirkte ein bisschen desorientiert, als wäre er nicht nur in einem anderen Zimmer, sondern plötzlich auch in einem ganz anderen Haus. Was immer er zu sehen erwartet haben mochte, dies war es offensichtlich nicht.

Er schüttelte einmal den Kopf, wie ein Mann, der sich erst einmal zurechtfinden muss. Dann schritt er zum Bett und setzte Hadleigh darauf ab, um im nächsten Augenblick vor ihr in die Hocke zu gehen. Behutsam zog er ihr die Schuhe und die Socken aus. Statt sich danach wieder aufzurichten oder sich zu ihr auf die Matratze zu gesellen, blieb Tripp, wo er war, und fing an, ihren rechten Fuß zu massieren.

„Wow", flüsterte sie. „Das fühlt sich aber verdammt gut an."

„Das ist das Ziel", erwiderte Tripp mit heiserer, amüsierter Stimme.

„Wer hätte gedacht, dass die Füße ..." Hadleigh lehnte sich noch weiter zurück, senkte die Lider und sog vor Begeisterung scharf die Luft ein, da Tripp den anderen Fuß nahm und beide gleichzeitig massierte. „O Mann ..."

„Lass dich fallen, Cinderella", forderte er sie auf.

Seufzend kapitulierte Hadleigh und gab den Versuch auf, sich richtig aufzusetzen. Stattdessen ließ sie sich rückwärts aufs Bett sinken. „Wonach sieht es denn aus, was ich hier tue?"

Tripp lachte. „Na ja, jetzt wo du es sagst", erwiderte er und unterbrach die magische Massage gerade lange genug, um seine Jacke abzustreifen, kurz in einer der Taschen zu kramen und etwas auf den Nachttisch zu legen. „Es scheint tatsächlich, als würdest du loslassen."

Hadleigh spreizte die Arme und griff mit beiden Händen in die Tagesdecke. Andernfalls hätte sie vielleicht die Beherrschung verloren und sich die Kleidung vom Leib gerissen.

Noch war sie vollständig angezogen, bis auf die Schuhe und Socken natürlich, und sie verzehrte sich mit jeder Faser ihres Körpers nach Tripp. Die Gefahr, dass sie zum Höhepunkt gelangte, und zwar noch bevor Tripp mit seiner Fußmassage fertig war, war nicht zu leugnen.

Wenn das geschah, bestünde kein Zweifel mehr daran, dass sie wirklich schräg war – jemand mit einem *Fußfetisch*, du meine

Güte, und wer weiß, was sonst noch. Wenn Tripp schon allein mit einer Fußmassage solche Empfindungen bei ihr auslösen konnte … wie würde es dann wohl erst sein, wenn er wirklich zur Sache ging?

Einerseits verspürte Hadleigh den Impuls, sich in den winzigen Raum in ihrem Kopf zu flüchten. Sie wollte sich zurückziehen, auch wenn Einsamkeit und unerfüllte Sehnsucht die Folge wären. Aber damit würde sie schon fertigwerden. Kein Problem. Was sie wirklich in Schwierigkeiten bringen könnte, war diese wilde auflodernde Leidenschaft. Damit kam sie nur schwer zurecht, mit dieser Lust, sich ganz hinzugeben. Es war göttlich.

Und schrecklich beängstigend.

Tripp ließ ihre Füße endlich los, die sich wie verwandelt anfühlten, als müsste sie nie wieder gehen, sondern könnte von nun an schweben. Er knöpfte sein Hemd auf, streifte es ab und warf es mit derselben Achtlosigkeit fort, mit der er sich schon seiner Jacke entledigt hatte.

Nach wie vor erhellte nur der Mondschein das Zimmer, doch das genügte, um Tripps aufregenden Oberkörper zu bewundern, seine breiten Schultern, die wohlgeformte Brust und die deutlich definierten Bauchmuskeln. Ein feiner weizengoldener Schimmer bedeckte seine Haut und lief unterhalb seines Nabels zu einem V zusammen, um im Bund seiner tief sitzenden Jeans zu verschwinden.

Hadleigh genoss seinen Anblick, und die reine Schönheit dieses Körpers verschlug ihr für einen Moment die Sprache. Dass Tripp hier war und ihn so zu sehen, überwältigte sie für einen Augenblick. Dabei hatte sie ihn schon oft ohne Hemd gesehen, schließlich war er der beste Freund ihres Bruders gewesen. Will und er waren häufig mit nacktem Oberkörper herumgelaufen, beim Basketballspielen in der Auffahrt an heißen Sommernachmittagen, am Pool in der Siedlung oder an Badeteichen in der Gegend. Ganz zu schweigen von den legendären

Wasserkämpfen in Grams Garten, die unweigerlich Kids von überall anlockten und in epische Schlachten mündeten, bei denen Eimer, Wasserschläuche und Spritzpistolen zum Einsatz kamen.

Aber das hier war etwas völlig anderes. Hadleigh war kein heranwachsendes Mädchen mehr, unbeholfen und nie ganz sicher, ob sie stehen bleiben oder sich hinsetzen sollte. Eines, das nicht wusste, was es mit seinen zu langen Beinen oder den dünnen Armen anfangen sollte. Und Tripp war kein übermütiger Jugendlicher mehr, sondern ein echter Mann.

Und sie beide waren hier in diesem Schlafzimmer.

Du liebe Zeit, dachte Hadleigh – und dann: *Wow!*

Wortlos streckte Tripp die Hände aus, und Hadleigh legte ihre in seine.

Behutsam half er ihr auf die Beine, deren Knie sich wie Pudding anfühlten und prompt nachgaben.

Mit Leichtigkeit fing er Hadleigh auf und hielt sie aufrecht. In seinen Augen lag ein Flackern, und einer seiner Mundwinkel hob sich. „Okay, Cinderella", raunte er. „Der Moment der Entscheidung ist da. Wir schlafen miteinander. Wir schlafen nicht miteinander. Erster Test."

Sie antwortete, indem sie ihr T-Shirt abstreifte.

Tripp hielt hörbar den Atem an, während er den Blick langsam von ihrem Gesicht abwärts wandern ließ, kurz bei ihrem Mund verweilte, um schließlich ausgiebig ihre vollen Brüste zu betrachteten, die sich über den Spitzen-BH wölbten. Ein tiefer Laut der Anspannung entwich ihm, und er zeichnete mit dem Zeigefinger die Konturen ihres Busens nach.

Hadleigh, einerseits wie in Trance, andererseits sich ihrer selbst gewiss wie nie zuvor, hakte den Vorderverschluss ihres BHs auf.

Jetzt stöhnte er tatsächlich.

Dann streichelte er Hadleigh und rieb sacht die Brustwarzen mit seinen Daumen, bis sie diejenige war, die stöhnte.

Als Tripp sich herunterbeugte, damit er leicht an einer ihrer Spitzen saugen konnte, schrie Hadleigh heiser auf und lehnte sich zurück.

Die Empfindungen, die Tripp mit seinen zärtlichen wie gierigen Lippen in ihr auslöste, machten sie wild vor Lust und verzweifelt vor Ungeduld.

Nachdem er aufgehört hatte, ihre Brüste zu verwöhnen – sie hoffte nur vorübergehend –, küsste er sie auf den Mund. In ihr schien ein Damm zu brechen, hinter dem bis zu diesem Zeitpunkt Leidenschaft, Weiblichkeit und pure Freude gefangen gewesen waren.

Offenbar spürte Tripp, welche Emotionen er in Hadleigh auslöste, die nicht mehr aufzuhalten war. Es gelang ihm zwischen den Küssen, ihnen beiden die restlichen Kleidungsstücke auszuziehen. Irgendwo in diesen harmonischen Bewegungsabläufen schaffte er es sogar, sich ein Kondom überzurollen.

Obwohl weder Hadleigh noch Tripp etwas sagten, herrschte ein stilles Einvernehmen zwischen ihnen, dass sie dieses erste Mal einfach ihren körperlichen Bedürfnissen folgen würden. Sie würden sich ganz der Leidenschaft und der Begierde überlassen, diesen Strömungen und Gegenströmungen, und sich treiben lassen.

Tripp hob Hadleigh vom Boden, und instinktiv schlang sie ihre langen Beine um seine Hüften, warf den Kopf in den Nacken und schloss die Augen, um sich ihm ganz und gar hinzugeben. Sie vertraute ihm so, wie sie niemals, unter gar keinen Umständen, irgendeinem anderen Mann vertraut hätte.

Er hielt sie, seine starken Arme lagen um ihren Körper, während er sein Gesicht an ihre Brüste schmiegte. Mit wenigen Schritten war er an der nächsten Wand, drückte Hadleigh dagegen, fasste ihren Po mit beiden Händen und küsste sie stürmisch, bis sie glaubte, keine Luft mehr zu bekommen. Sie stöhnte, halb verrückt vor Begierde.

„Letzte Chance", flüsterte Tripp ihr ins Ohr.

Hadleigh wand sich, reckte sich ihm entgegen. Sie atmete in kurzen flachen Stößen. „Jetzt, Tripp", flehte sie. „Jetzt!"

Keuchend drang er geschmeidig und tief in sie ein, eroberte sie und wurde von ihr erobert.

Der erste Orgasmus kam unmittelbar, schien nicht aufzuhören und sogar ihre Seele zu erreichen. Sie überließ sich diesen Gefühlen rückhaltlos, ohne Scham, ohne nachzudenken, reagierte wie eine wilde Kreatur, deren Körper sich aufbäumte, wieder und wieder, während sie kehlige, animalische Laute von sich gab, in einem Triumph erbebend, der in diesem Moment neu war und zugleich alt wie die Sterne.

Schluchzend rief sie seinen Namen, und Tripp beruhigte sie, raunte ihr zärtliche Worte ins Ohr, strich mit den Lippen über ihren Hals, ihre Lider, ihre Mundwinkel. Doch noch während er sie so liebkoste, forderte er ihren Körper unerbittlicher ein. Immer wieder schob er sich tief in sie, schneller und schneller, und mit jeder Bewegung wurde der sinnliche Genuss intensiver. Kaum ebbte ein Orgasmus ab, erlebte sie schon den nächsten, noch heftiger, noch gewaltiger.

Als Tripp seine Selbstbeherrschung nicht länger aufrechterhalten konnte und ebenfalls den Höhepunkt erreichte, Hadleighs Namen herausschreiend, war sie völlig erschöpft. Sie grub ihre Finger in seine Haare und umschloss ihn fest mit ihrer Wärme und Zartheit, bis auch er ihr alles schenkte, was er zu geben hatte.

12. KAPITEL

Hadleigh erwachte aus tiefem Schlaf in der dunkelsten Stunde der Nacht und merkte sofort, dass Tripp nicht mehr neben ihr lag. Er sammelte seine Kleidungsstücke ein und gab sich dabei Mühe, möglichst leise zu sein.

Sie empfand ein kurzes, deutliches Ziehen, das ebenso gut Kummer wie Freude entsprungen sein konnte.

„Willst du schon weg?", fragte sie.

Tripp drehte sich um, noch immer mit nacktem Oberkörper. Er zog gerade den Reißverschluss seiner Jeans hoch. „Ich muss die Pferde füttern", erklärte er.

Hadleigh war amüsiert – über sich selbst. Was hatte sie zu hören erwartet? *Es war wirklich ... na ja, wir sehen uns. Ruf mich nicht an, ich melde mich.* „Brauchst du Hilfe?", erkundigte sie sich.

Tripp beugte sich herunter und knipste die Nachttischlampe an. In ihrem Schein erkannte sie das Lächeln auf seinen verboten sinnlichen Lippen. Mit diesem Mund hatte er Wunder bewirkt. „Gegen ein bisschen Gesellschaft hätte ich nichts", antwortete er.

Hadleigh, nackt und empfindlich an gewissen Stellen, schlug die Decke zurück, zögerte, und deckte sich verlegen wieder zu. „Gib mir fünfzehn Minuten, damit ich duschen und mich anziehen kann."

Wieder lächelte er. „Ich mache Kaffee", und verließ das Schlafzimmer.

Dafür war Hadleigh dankbar. Zwar war sie im Lauf der Nacht alles andere als gehemmt gewesen, und sie bereute auch nicht das Geringste von dem, was sie und Tripp getan hatten – und das war einiges. Trotzdem brauchte sie nun einen Moment für sich, um sich ein wenig zu sammeln und zu sich zu kommen.

Kaum hatte Tripp das Zimmer verlassen, sprang sie aus dem Bett, schnappte sich ihre Unterwäsche und Socken aus den entsprechenden Kommodenschubladen, wählte eine bequeme Jeans und ein ausgewaschenes T-Shirt aus ihrem Kleiderschrank und eilte ins Badezimmer. Genau wie das Schlafzimmer war auch dieser Raum ihre eigene Kreation. Es gab eine große Badewanne, zwei Waschbecken mit Marmorablage und eine große Duschkabine mit verschiedenen, strategisch platzierten Düsen.

Gemessen an den anderen Räumen in dem bescheidenen kleinen Haus wirkten das schicke Schlafzimmer und das Badezimmer auf einen Außenstehenden bestimmt unpassend. Doch nach dem Tod ihrer Großmutter hatte Hadleigh Veränderungen gebraucht. Und bei der Testamentseröffnung hatte sie zu ihrer Verblüffung erfahren, wie viel sie geerbt hatte.

Sicher, Gram war ein sehr sparsamer Mensch gewesen. Trotzdem hatte Hadleigh nicht damit gerechnet, nach den Kosten für die Beerdigung noch viel übrig zu haben. Sie wusste, dass sowohl der Quilt-Laden als auch das Haus hypothekenfrei waren, seit Jahren schon. Aber wie sich herausstellte, hatte Gram schon seit Jahrzehnten Geld zur Seite gelegt. Sie hatte nicht nur das meiste von dem angelegt, was sie bekommen hatte, als Hadleighs Eltern bei dem Autounfall ums Leben kamen, sondern überdies die monatlichen Schecks von der Sozialhilfe, die sie für ihre beiden Enkel erhielt, auf zwei Konten eingezahlt. Als Will im Krieg fiel, besserte seine Lebensversicherung die Finanzlage der kleinen Familie noch mehr auf. Hadleigh hatte stets angenommen, dass ein Großteil des Geldes für ihre Studiengebühren verbraucht worden war, außerdem für Bücher, Unterkunft und Essen.

In Wahrheit hatte sie nicht die leiseste Ahnung gehabt.

In all den Jahren hatte Gram Will und Hadleigh aus den oft mageren Einnahmen des Ladens unterstützt, in dem sie fleißig Stoffe und Kurzwaren verkaufte, Musterbücher und etliche ihrer eigenen Kreationen. Außerdem gab sie Kurse, wann immer das möglich war. So hatte auch Hadleigh das Handwerk von ihr gelernt.

Die Erinnerung wühlte sie immer auf, manchmal mehr, manchmal weniger. Und dieser inzwischen helle, kalte Morgen danach stellte keine Ausnahme dar. Sie war zwar nie ganz dahintergekommen, welche Opfer Gram gebracht hatte, um ihre Enkelkinder großzuziehen. Sie ahnte es nur.

Wenn Alices Freundinnen – hauptsächlich Frauen mittleren Alters wie sie, Witwen oder Geschiedene – zusammen verreisten und ihr Geld für gemietete Busse nach Branson, Missouri, Reno, den Grand Canyon oder auch Disneyland ausgaben, war sie stets daheim geblieben. Die anderen mochten sie noch so bedrängen und bitten, Gram weigerte sich freundlich, aber bestimmt. Sie konnte nicht quer durchs Land fahren und ihren Spaß haben, weil sie einen Laden führen und zwei heranwachsende Kinder großziehen musste. Das erklärte sie jedem, der fragte.

Es gab auch noch zahlreiche andere Sparmaßnahmen, größere und kleinere. Gram war zum Beispiel eine ausgezeichnete Näherin, die all ihre Kleidungsstücke und auch viele von Hadleighs selbst genäht hatte. Sie schnitt Coupons aus der Zeitung und hatte ein scharfes Auge für Sonderangebote. Sie trug stets dieselben zwei oder drei Paar praktischer Schuhe, jahrelang, und erntete im Sommer ihr eigenes Gemüse im Garten, von dem sie viel für den Winter einkochte. Soweit Hadleigh sich erinnern konnte, gönnte Gram sich nicht einmal einen extra Lippenstift oder den Bestseller, auf den alle aus ihrem Gartenverein sehnsüchtig warteten.

O nein, nicht Gram. Sie hatte einen Lippenstift, im Supermarkt gekauft, und den brauchte sie komplett auf. All ihre Bücher stammten aus der Leihbücherei, stapelweise. Sie erklärte, es würde sie nicht umbringen, auf den Bestseller des Monats zu warten, bis sie an der Reihe war. Seit Hadleigh und Will bei ihr eingezogen waren, war sie höchstens dreimal im Kino gewesen. Und wenn jemand gefragt hätte, hätte sie bestimmt geantwortet, es sei dumm, gutes Geld dafür auszugeben, wenn man Popcorn in der Speisekammer hatte und jede Menge Fernsehprogramme.

Nur liebte Gram Filme.

Seufzend stieg Hadleigh in ihre luxuriöse Dusche. Das ist alles längst vorbei, hätte ihre Großmutter gesagt. *Daran kann man jetzt auch nichts mehr ändern.*

Außerdem, selbst wenn sie und Will damals gewusst hätten, wie viel die alte Dame sich versagte, und dagegen protestiert hätten, wäre das angesichts Grams Sturheit völlig sinnlos gewesen. Sie machte immer nur das, was sie für richtig hielt.

Bei diesem Gedanken musste Hadleigh lächeln, und dann schweiften ihre Gedanken ab zu Tripp und der vergangenen Nacht. Trotz des rauschenden Wassers konnte sie ihn in der Küche hören, wo er mit den Hunden sprach, die Hintertür öffnete und wieder schloss, Geschirr aus dem Regal nahm.

Sie lebte schon eine Weile allein, daher war es nett, ein wenig Gesellschaft zu haben. Noch besser, wenn es sich dabei um Tripp handelte.

Verdammt, ist der Mann gut im Bett.

Außerhalb des Betts aber auch.

Das löste sofort wieder ein sinnliches Kribbeln in ihrem Körper aus.

Ruhig, Mädchen, ermahnte sie sich im Stillen, während sie einen weiteren sinnlichen Schauer genoss. *Du hast den Mann doch gehört. Er muss die Pferde füttern.*

Sie beendete die Dusche, wickelte sich in ein Handtuch, trat ans Waschbecken und putzte sich die Zähne. Aufs Haarewaschen hatte sie verzichtet, sonst hätte sie ihre Haare föhnen müssen, und das hätte zu lange gedauert. Darum bürstete sie sie nur, drehte sie zu einem Knoten auf ihrem Kopf und steckte sie mit einer Klammer fest.

Nachdem sie sich angezogen hatte, trug sie ein wenig Mascara und pinkfarbenen Lippenstift auf – für ihre Verhältnisse war das schon ziemlich viel Make-up. Anschließend ging sie, zumindest hoffte sie das, würdevoll gemessenen Schrittes in die Küche.

Da sie wusste, dass Tripp dort wartete, vom Liebesspiel noch ganz zerzaust und sexy, musste sie sich beherrschen, um nicht loszurennen. Aber sie durfte nicht zu begierig wirken!

Dummerweise war sie das aber nun einmal – um ehrlich zu sein, war sie sogar noch viel mehr als nur begierig.

Bei seinem Anblick blieb sie wie erstarrt im Türrahmen stehen, obwohl sie doch auf ihn hätte vorbereitet sein müssen. Er schien den gesamten Raum auszufüllen.

Hätte er in diesem Augenblick etwas von ihr gewollt, ganz egal was, hätte sie sich ihm in die Arme geworfen. Es war ein denkwürdiger Moment, einer von der Sorte, in denen die Zeit stillzustehen scheint, das ganze Universum, ehe es mit einem Ruck wieder in Bewegung kommt. Und doch war alles so … normal, als wäre überhaupt nichts Ungewöhnliches passiert.

Auf der Arbeitsfläche gurgelte die Kaffeemaschine, und zwei Becher warteten darauf, befüllt zu werden. Die Hunde, inzwischen wieder im Haus, mit feuchtem Fell vom Ausflug in den Garten, standen Seite an Seite und fraßen jeder aus einem Napf. Wenn man sie so sah, konnte man meinen, sie wären zusammen aufgewachsen.

Auf Tripps Gesicht strahlte jenes schiefe Lächeln, bei dem Hadleigh Schmetterlinge im Bauch bekam. „Du bist wunderschön", sagte er mit heiserer Stimme.

Hadleigh fühlte sich albernerweise geschmeichelt. Sie wusste, dass sie einigermaßen attraktiv war. Aber wunderschön? Nicht mal annähernd.

Melody war schön.

Und Bex auch.

Hadleigh hingegen lag irgendwo zwischen vorzeigbar und hübsch.

„Ist das deine Form der Anmache?", fragte Hadleigh zugleich skeptisch und schief grinsend, ehe sie auf ihre abgetragene Jeans, die dreckigen Turnschuhe und das alte T-Shirt deutete.

Tripp lachte. „Nein, ich benutze keine Anmache. Die sind alle viel zu plump. So was erwartet man eher von einem Typen mit Bauch und Goldkette und zweifarbigem Toupet."

Sie stand nach wie vor unschlüssig im Türrahmen, unfähig, sich zu rühren. Nur wollte sie auf keinen Fall, dass Tripp das merkte. „Wie geht es jetzt weiter?", fragte sie.

„Wir fahren raus zur Ranch, füttern die Pferde, und anschließend mache ich dir Frühstück", schlug er vor, wobei seine Augen funkelten.

„Das meinte ich nicht." *Warum kann ich mich nicht bewegen?*

„Was meintest du dann?", fragte Tripp. Dieser Schuft genoss die Situation sichtlich.

Plötzlich fühlte Hadleigh sich wieder wie mit dreizehn, schlaksig und unbeholfen, mit weichen Knien, spitzen Ellbogen und einem Mund voller Zahnspangenmetall. Ihr Gesicht glühte.

Tripp ging zu ihr. „Das ist wichtig, Hadleigh", sagte er ernst, doch in seinen Augen stand ein zärtlicher Ausdruck. „Ich will es auf keinen Fall vermasseln, indem ich zu voreilig bin."

Sie versteifte sich. Sie war keine von diesen lockeren Frauen, mit denen Tripp es für gewöhnlich zu tun hatte – und mit denen er schlief. Allerdings wusste sie, was ein Korb war und wann man sie abblitzen ließ.

Als Tripp ihre Miene bemerkte, stutzte er. „Was?", fragte er und schien sich ein wenig in die Enge getrieben zu fühlen.

Ja, was? dachte sie. Sie und Tripp waren erwachsen und hatten die halbe Nacht einvernehmlichen, wilden Sex gehabt. In

Hadleighs Welt mochte das der Beginn einer glücklichen Beziehung sein. Oder im Märchen. Aber das hier war die Realität.

Tripp sah gequält aus, nicht wütend, wie sie es halbwegs erwartet hatte. „Ich sagte, ich will es mit uns nicht vermasseln", erinnerte er sie. „Aber ich nehme an, du hast aus meinen Worten etwas ganz anderes herausgehört."

„Du findest, es geht alles zu schnell zwischen uns?" Hadleigh verschluckte sich beinah an diesen Worten, die sie überhaupt nicht hatte aussprechen wollen.

Er seufzte schwer und schüttelte den Kopf. „Nein, aber es war ein langer Weg bis hierher – bis zu diesem Moment, meine ich. Und wenn es nach mir geht, fangen wir nicht wieder bei null an."

„Einverstanden", erwiderte Hadleigh verwirrt und nicht in der Lage, das zu verbergen. „Gibt es also einen Plan?"

Er grinste wieder, und es war, als käme die Sonne an einem bewölkten Tag unerwartet zum Vorschein. „Muss es denn immer einen Plan geben?"

„Ich wüsste einfach gern, was mich erwartet, das ist alles", erklärte Hadleigh.

Da neigte er den Kopf, sodass sein Mund ihrem sehr nah war. So nah, dass sie ein leichtes Pulsieren in ihren Lippen verspürte. „Das ist nur fair", murmelte er. „Du kannst jede Menge Küsse erwarten. Wie diesen hier." Er küsste sie sanft, doch elektrisierend und verheißungsvoll. Und leider viel zu kurz. „Außerdem darfst du damit rechnen, dass ich bei jeder sich bietenden Gelegenheit mit dir schlafen werde", fuhr er mit leiser Stimme fort, ein Funkeln in den Augen. „Soll ich dir noch mehr verraten? Oder dir die Liste aller Orte aufzählen, an denen ich es mit dir tun will?"

Ein sinnlicher Schauer überlief Hadleigh, der so intensiv war, dass sie befürchtete, ohnmächtig zu werden. „Äh, nein", brachte sie mühsam hervor, wobei ihre Wangen glühten. „Da lasse ich mich lieber überraschen."

Tripp legte den Kopf in den Nacken und lachte erleichtert. Dann küsste er sie noch einmal, leicht und kurz wie zuvor. „Wir müssen los", erklärte er.

„Weil die Pferde hungrig sind?", neckte sie ihn und schlang ihm die Arme um den Nacken.

Sowie ihre Körper sich berührten, stöhnte er. „Ja, das auch. Und noch wegen einer anderen Sache."

„Welcher?", hauchte sie.

„Wir haben keine Kondome mehr", antwortete Tripp und seufzte erneut auf.

Diesmal war Hadleigh diejenige, die lachte.

Tripp gefiel es, Hadleigh bei sich zu haben und ihr zuzusehen, wie sie Heu zu den Futtertrögen im Stall schleppte, sanft mit jedem Pferd redete und es dabei hinter den Ohren kraulte, sobald es den großen Kopf über der Boxentür senkte.

Die Handwerker waren noch nicht da, denn es war noch früh. Bald schon würde es hier jedoch von ihnen wimmeln. Tripp versuchte, nicht an die Klempner, Dachdecker, Elektriker und Maler zu denken. Jetzt gab es nur ihn und Hadleigh, die zwei Hunde und die Pferde, und genau so gefiel es ihm.

Er konnte sich gut vorstellen, mit Hadleigh hier zu leben, mit ihr am Küchentisch gemeinsam die Mahlzeiten einzunehmen und nachts mit ihr das Bett zu teilen.

Letzteres musste er sich nicht länger vorstellen, denn nach der vergangenen Nacht wusste er genau, wie es war, mit ihr zu schlafen. Es kehrte sein Innerstes nach außen und brachte ihn regelrecht um den Verstand – und es steigerte sein Verlangen nach ihr noch. Kaum dass sie seinen Namen auf dem Höhepunkt geschrien, ihre Nägel in seinen Rücken gekrallt und sich ihm entgegengereckt hatte, begehrte er sie schon wieder. Beim letzten Orgasmus hatte sie geseufzt – Hadleigh war eine zu multiplen Orgasmen fähige Frau –, und ihr Körper hatte gebebt. Einen Moment später gab sie einen langen summenden

Laut von sich, während sie langsam und erneut zitternd von den lustvollen Höhen herabsank.

Und dieser Laut, die Art, wie sie sich um ihn zusammenzog, gaben ihm den Rest. Er drang dann tief in sie ein, unfähig, sich noch länger zu beherrschen oder den heiseren Aufschrei zu unterdrücken, den sie ihm entlockte, während er endlich befriedigt und erschöpft auf sie herabsank.

O ja. Er war befriedigt gewesen, und wie, bis in sein tiefstes Inneres. Nur war da die Tatsache, dass sich das Kondom nicht ignorieren ließ. Es dämpfte seine Lust nicht, schließlich waren diese Dinger heutzutage hauchdünn und ihrer Aufgabe gewachsen. Nein, es war ihre Effizienz, die Tripp zu schaffen machte.

Warum? Weil ich mir zum ersten Mal im Leben ein Baby wünsche – von Hadleigh?

Vergiss es, Junge, sagte er sich, während er die Stute striegelte, die er auf der Auktion gekauft hatte.

„Wie heißt sie?" Hadleighs Frage riss ihn aus seinen Gedanken. Sie stand an der Tür zur Box und bewunderte lächelnd die Stute.

Tripp, noch leicht abgelenkt, überlegte einen Moment. „Das weiß ich gar nicht", gestand er schließlich. „Niemand hat mir einen Namen genannt, und im Kaufvertrag stand auch nichts."

Jetzt, wo er darüber nachdachte, fiel ihm ein, dass das auch auf den Fuchs zutraf. Apache war ihm namentlich vorgestellt worden, doch wie die Stute und der andere Wallach hießen, wusste er nicht.

Hadleigh verzog das Gesicht, halb amüsiert, halb entsetzt. „Männer", stöhnte sie. „Tiere brauchen Namen, genau wie Menschen. Das verleiht ihnen erst Individualität und ein Gefühl von Dazugehörigkeit."

Tripp grinste und dachte, dass er diese Frau ewig und drei Tage lieben könnte. *Warum habe ich nur so lange gebraucht, um das zu erkennen?*

„Wenn das so ist", sagte er und legte die Striegelbürste aus der Hand, „dann solltest du dir schnell einen Namen für diesen Falben hier einfallen lassen." Er runzelte nachdenklich die Stirn. „Und der Fuchs könnte wohl auch einen gebrauchen, wenn du schon kreativ wirst."

„Und ob ich kreativ werde. Schließlich bin ich Künstlerin. Ich verdiene meinen Lebensunterhalt mit dem Entwerfen von Quilts."

„Na schön", sagte er, und seine Stimme klang ein wenig rau, denn er musste schon wieder daran denken, wie sie auf dem Gipfel der Lust gestöhnt und seinen Namen gehaucht hatte. Am liebsten hätte er sie sofort ins Haus und in sein Bett getragen. Oder noch besser, sie hier im Stehen im Boxendurchgang genommen. Oder auf einem Berg frischer, nach Holz duftender Sägespäne, die vor einigen Tagen geliefert worden waren. Er nahm sich zusammen, was gar nicht so leicht war, und räusperte sich. „Nur zu."

Hadleigh betrachtete den Falben und dachte offenbar schon über mögliche Namen nach. Ihre Miene hellte sich auf. „Zuckerpflaume", verkündete sie, sichtlich begeistert.

Tripp seufzte, musste jedoch auch über ihren Gesichtsausdruck lächeln. „Das geht nicht", erklärte er mit fröhlichem Bedauern.

„Warum nicht?"

„Weil kein Cowboy aus Wyoming, der auch nur einen Funken Selbstachtung besitzt, an einem Sommermorgen raus aufs Weideland reitet und ruft: ‚Hallo, Zuckerpflaume!' Deshalb."

Hadleigh tat empört. „Das ist doch albern."

„Kann schon sein", räumte Tripp schulterzuckend ein. „Aber so ist es nun mal. Wenn ich ein Pferd mit diesem verschwuchtelten Namen rufe, mache ich mich zum Gespött im gesamten County."

„Na gut", gab Hadleigh nach, die Hände in die Hüften gestemmt. „Dann gib du ihr einen Namen. Einen echten Macho-

Namen wie zum Beispiel Killer oder Spike, ohne Rücksicht darauf, dass es eine Sie ist."

„Sie ist dein Pferd", sagte er. „Du kannst sie nennen, wie du willst."

„Außer Zuckerpflaume", erwiderte Hadleigh.

„Außer Zuckerpflaume", bestätigte er.

„Ach, verdammt."

„Die Arbeit ist getan", sagte Tripp. „Gehen wir ins Haus und frühstücken. Da hast du Gelegenheit, dir einen Namen auszudenken, mit dem wir beide leben können."

Erst jetzt schien sie richtig zu begreifen. „Sagtest du gerade, sie sei *mein* Pferd?"

Er nickte. „Genau das habe ich gesagt."

„Du hast dieses Pferd für mich gekauft?"

„Sagen wir, ich konnte mir sehr gut vorstellen, wie du darauf reitest, von Anfang an. Sie dir zu schenken geschah … spontan."

„Fairy Dust", rief Hadleigh. „Feenstaub."

Tripp stutzte. Offenbar war ihr gerade ein noch scheußlicherer Name für das arme Tier eingefallen als Zuckerpflaume.

„Ah, nein", sagte er.

„Dann eben Tinkerbell!" Jetzt zog sie ihn auf, das erkannte er an dem Glitzern in ihren bernsteinfarbenen Augen.

„Ach komm schon", protestierte er, öffnete die Boxentür und trat hinaus zu Hadleigh in die Stallgasse.

Eine halbe Stunde später im Durcheinander der Küche des Ranchhauses, bei Speck mit Rührei, einigten sie sich schließlich auf einen Namen: Sunset.

„Weil sie so ein golden schimmerndes Fell hat", erklärte Hadleigh strahlend. „Wie die Abendsonne an einem Sommertag."

„Sunset, einverstanden", stimmte Tripp zu und dachte: Ich liebe dich, Hadleigh Stevens. *Ich möchte jeden Morgen meines Lebens neben dir aufwachen und jeden Abend neben dir ein-*

schlafen. Ich will mit dir Babys haben. Und zwar ein ganzes Dutzend.

Natürlich würde er nichts davon laut aussprechen – zumindest vorläufig nicht.

„Wie lange ist es her, seit du zuletzt im Sattel gesessen hast?", erkundigte er sich stattdessen, nachdem sie den Tisch abgeräumt und Geschirr wie Besteck unter dem Wasserhahn abgespült hatten – eine gemeinsame Bemühung, bei der ihre Ellbogen und Hüften sanft gegeneinanderstießen. Die neue Spülmaschine war noch nicht ausgepackt.

„Das ist schon eine Weile her", gestand Hadleigh frech grinsend. „Wir könnten aber auch in die Stadt fahren, um Kondome zu kaufen."

Tripp lachte und schaute demonstrativ auf die Uhr, die er gar nicht trug. Seit der Erfindung des Smartphones band er nur noch selten die einzige Uhr um, die er besaß, ein Geschenk zum Collegeabschluss von Jim. „Die Handwerker werden jeden Moment hier sein", sagte er, drehte sie Richtung Tür und gab ihr einen kleinen Klaps auf ihren wohlgeformten Po. Den Kondom-Vorschlag noch im Kopf, fügte er vorsichtig hinzu: „Du verhütest doch, oder? Nimmst du die Pille?"

„Warum sollte ich?", konterte sie und schaute über die Schulter zu ihm, wobei sie beinah über einen der Hunde stolperte, da Ridley und Muggles sich an ihnen vorbei hinaus auf die Veranda zwängten. „Ich schlafe mit niemandem."

Das waren in der Tat gute Neuigkeiten, obwohl Tripp sich nicht der Illusion hingab, eine leidenschaftliche Nacht bedeute automatisch lebenslange Monogamie.

„Na ja, jedenfalls mit niemandem außer mit dir", erklärte sie und trat auf die Veranda.

Tripp nahm ihre Hand, zögernd zunächst, doch als sie die Hand nicht zurückzog, drückte er sie sanft.

Die Hunde sprangen übermütig links und rechts von ihnen, als Hadleigh und Tripp sich auf den Weg zum Stall machten.

Ridley und Muggles war es vermutlich egal, wohin es ging, sie freuten sich einfach, endlich wieder draußen zu sein und mitkommen zu dürfen.

Die Sonne war gerade erst aufgegangen und warf ihr pinkfarbenes Licht über die zerklüfteten Berggipfel. Die Luft war kalt und klar, wie sie es nur in den Bergen sein kann. Der Himmel, noch dunkelviolett, nahm allmählich jene hellblaue Farbe an, die Tripp immer mit Wyoming in Verbindung bringen würde.

„Bex gibt Samstagabend eine Party", verkündete Hadleigh und wandte rasch den Blick ab, offenbar plötzlich verlegen. Tripp sah an ihrem schmalen Hals, wie sie schluckte.

„Ja", sagte er, um ihr über diesen Moment der Verlegenheit hinwegzuhelfen. „Ich weiß."

Hadleigh blieb am Stalltor stehen und sah ihn an. „Hat sie dich eingeladen?"

„Ja. Ist das ein Problem?"

Sie überlegte. „Nein. Bex hat es mir gegenüber nur nicht erwähnt."

„Mit anderen Worten, sie hat dich nicht davor gewarnt, dass ich da sein könnte?", hakte er nach.

Hadleigh zögerte und biss sich auf die Unterlippe.

„Könnte es sein, dass sie Angst hatte, du würdest nicht auftauchen, wenn du wüsstest, dass ich komme?", forschte er weiter.

„Diese Party würde ich mir unter gar keinen Umständen entgehen lassen", erwiderte Hadleigh mit einer Spur Empörung. „Bex hat etwas Unglaubliches erreicht, indem sie ein kleines Fitnessstudio zu einer landesweiten Kette aufgebaut hat. Das ist ein Grund zum Feiern. Mich beschäftigt eher etwas anderes … ich fühle mich ein wenig überfallen."

Tripp hob ihre Hand an seinen Mund, fuhr sacht mit den Lippen über die Knöchel und genoss Hadleighs Erschauern, das sich auf ihn übertrug. „Wenn es dir lieber wäre, dass ich nicht komme, dann bleibe ich weg", bot er an.

235

„Nein", protestierte sie sofort. „Bitte geh hin."

„Dann ist das also ein Date?" Sie wusste es nicht, aber er hielt gebannt den Atem an, während er auf ihre Antwort wartete. „Werden wir zusammen hingehen?"

Ihr Lachen klang hell und fröhlich. „Na, das war jetzt aber ziemlich clever."

Tripp wartete einfach weiter und fühlte sich fast wie am Tag seines ersten Soloflugs – als breite er die eigenen Flügel aus, als gehöre ihm der Himmel. Das Gefühl war so intensiv, dass seine Augen brannten und es ihm die Kehle zuschnürte.

Zum Glück war Hadleigh an der Reihe zu sprechen, denn er war sich nicht sicher, ob er in diesem Moment ein Wort herausbekommen hätte.

„Okay", sagte sie schließlich. „Okay, wir machen es." Sie errötete. „Ich meine, wir gehen zusammen zu dieser Party." Eine weitere Pause folgte, in der Hadleigh schluckte. „Diesmal wird es ein richtiges Date sein."

Er nickte nur.

Eine Stunde später, nachdem sie endlich alle Arbeiten im Stall erledigt und sowohl Apache als auch Sunset gesattelt hatten, führten sie die Pferde in den Septembervormittag. Inzwischen hatten sie sich darauf geeinigt, den Fuchs Skit zu nennen, was eine Kurzform von „skitter" war, dem englischen Ausdruck für „dahinjagen, weglaufen", da das Tier stets sehr unruhig war.

Hadleigh schob mutig einen Fuß in den Steigbügel, hielt sich am Sattelhorn fest und zog sich auf Sunsets Rücken. Zwar bemerkte Tripp eine gewisse Unbeholfenheit und hörte sie kurz keuchen, doch hielt er sich zurück, damit sie es allein schaffte.

Er hielt lediglich die Zügel fest – schließlich war Hadleigh eine unabhängige Frau und hatte ihren Stolz. Und er liebte sie für diese Eigenschaften, neben vielen anderen, obwohl er keinerlei Zweifel daran hegte, dass sie beide wegen genau dieser Eigenschaften in den vor ihnen liegenden Jahren regelmäßig aneinandergeraten würden.

„Ich glaube, ich bin ein bisschen eingerostet", gestand sie, sobald sie aufrecht im Sattel saß und zu Tripp herunterschaute.

„Du machst das sehr gut", erwiderte er und reichte ihr die Zügel hinauf.

Hadleigh wickelte beide sofort um ihre linke Hand.

Tripp, der sich schon abwenden wollte, um sich auf Apache zu schwingen, machte noch einmal kehrt, um Hadleigh die Zügel aus der verkrampften, schwitzigen Hand zu nehmen. „Einen in jede Hand", erklärte er und hoffte, dass es sachlich genug klang, nicht lehrerhaft, denn es war wichtig, Hadleighs Würde zu achten. Andererseits hatte er auch für ihre Sicherheit zu sorgen. „Halt sie fest, aber nicht zu fest – und wickle sie niemals um deine Hand. Falls du aus irgendeinem Grund abgeworfen wirst und dich dabei in den Zügeln verhedderst, schleift das Pferd dich hinterher."

Jetzt hielt sie die Lederriemen korrekt. „Meinst du so?"

„Genau so", bestätigte er. „Du musst sie sicher halten, aber nicht verkrampft. Pferde sind sehr sensibel und spüren das kleinste Signal desjenigen, der auf ihnen reitet oder mit ihnen zu tun hat. Wenn du dich erschreckst, werden sie sich ebenfalls erschrecken. Wenn du alles unter Kontrolle hast, merken sie es sofort, und die meisten werden es respektieren."

„Die meisten?", wiederholte Hadleigh ein wenig nervös, als Tripp im Sattel saß. Apache, ein geborener Pegasus, trippelte etwas zur Seite in seiner Ungeduld, endlich loszufliegen.

Tripp sah grinsend zu Hadleigh und beugte sich nach vorn, um Apache den Hals zu tätscheln und ihm zu signalisieren: Heute nicht, Junge.

„Sunset ist ein sanftes Pferd", versicherte er Hadleigh. „Wenn dem nicht so wäre, hätte ich dich bestimmt gar nicht erst in ihre Nähe gelassen."

Für den Bruchteil eines Augenblicks sah sie verwirrt von seinen letzten Worten aus. Er überlegte, ob sie das Gleiche dachte wie er, nämlich dass sie als Frau von Beginn an auf sich allein gestellt gewesen war. Als kleines Mädchen hatte sie ihre Eltern gehabt und nach deren Unfall ihre Großmutter und ihren Bruder Will. Und Melody Nolan und Bex Stuart waren echte Freundinnen, die nur das Beste für sie wollten.

Doch für Hadleigh war das nicht genug.

In gewissen Dingen war Tripp altmodisch, und er wäre der Erste, der das zugeben würde. Allerdings war er nicht so gestrig, dass er glaubte, eine Frau brauche einen Mann zum Glücklichsein. Andererseits war er durchaus der Ansicht, dass für manche Menschen ihr Leben ohne Partner nicht vollkommen war. Ohne jemanden, mit dem sie lachen konnten, den sie trösteten und der sie tröstete. Jemand, der nicht immer der gleichen Meinung sein musste, sondern bis zu einem gewissen Punkt auch keine Angst vor einer Auseinandersetzung haben sollte, den Vorstellungen des anderen aber dennoch mit Respekt begegnete.

Ohne Respekt überdauerte die Liebe nicht. Vertrauen war die andere entscheidende Komponente.

Tripp war sich ziemlich sicher, dass Hadleigh ihn respektierte, ja sogar liebte. Aber vertraute sie ihm auch?

Ein wenig, nahm er an. Andernfalls hätte sie wohl nicht mit ihm geschlafen.

Er hatte mit vielen Frauen Sex gehabt, doch inzwischen war ihm klar, dass er sich dabei mit keiner geliebt hatte. Nur mit Hadleigh.

Die Sache war nur, dass „ein wenig" Vertrauen – um eine von Jims Lieblingsphrasen zu verwenden – den Kohl nicht fett machen würde. Diesmal nicht. Dafür stand zu viel auf dem Spiel.

Und noch etwas wurde Tripp in diesem Zusammenhang klar. Bei seinen früheren sexuellen Kontakten, selbst während seiner kurzen stürmischen Ehe, war es ihm nur um die eine Nacht, den einen Moment gegangen.

Bei Hadleigh hingegen dachte er an die Ewigkeit.

All diese Dinge beschäftigten ihn in den Stunden, in denen er mit Hadleigh ausritt. Sie folgten eine Weile dem Fluss, überquerten ihn an einer flachen Stelle und ritten durch hohes Gras, um nach dem neuen Heulager zu sehen.

Es war erst seit Kurzem fertig, machte einen soliden Eindruck und war bis unter die Dachbalken gefüllt mit stacheligen, frisch duftenden Heuballen. Hadleigh hielt Sunset neben Tripp. Sie war inzwischen wieder sicherer im Sattel, nachdem sie die Gelegenheit gehabt hatte, sich wieder an die Feinheiten des Reitens zu gewöhnen. Tripp rückte seinen Hut zurecht und bewunderte den neuen Schuppen, denn er wusste, dass der Unterstand heftigen Unwettern, Schneemassen, matschigen Frühlingen sowie knochentrockenen Sommern widerstehen musste.

Unwillkürlich wünschte er sich, sein Leben mit Hadleigh besäße diese Stärke oder noch mehr. Mit weniger würde er sich nicht zufriedengeben.

Nun mal schön langsam, Cowboy, ermahnte er sich selbst im Stillen, während er die Frau neben sich aus dem Augenwinkel beobachtete und fand, der Himmel selbst könne nicht schöner sein als sie. *Du musst das richtig anstellen.*

13. KAPITEL

Zwei Dinge passierten am darauffolgenden Samstagmorgen: Tripp kaufte hundertfünfzig Hereford-Rinder von einem Nachbarn und alten Freund, und Jim kehrte zurück, auf dem Beifahrersitz des langen, schicken Wohnmobils seiner neuen Liebe Pauline. Sie hatte flammend rotes Haar und ein strahlendes Lächeln, das Tripp sogar durch die Windschutzscheibe erkennen konnte.

Als die Hupe des Wohnmobils fröhlich ertönte, verkroch Ridley sich unter Tripps Pick-up, und alle Pferde auf der Weide erschraken. Sie traten aus, sprangen zur Seite und wieherten wie verrückt. Die ganze Szene hatte etwas zirkushaft Komisches.

Tripp, der mit Skit im Korral arbeitete – das Pferd war mit Sattel und Zaumzeug noch ein wenig launisch –, hielt inne, um sich das genau anzusehen. Natürlich war er über Pauline und ihr Wohnmobil informiert. Er kannte die Heiratspläne des Paars und wusste, dass die beiden anschließend für längere Zeit unterwegs sein wollten. Nur hatte er nicht die leiseste Ahnung gehabt, wann genau er mit dem neuen Leben seines Stiefvaters konfrontiert werden würde.

Da er es nicht verfolgt hatte, war Tripp sich auch nicht sicher, wann sie das Kreuzfahrtschiff verlassen hatten. Aber es musste zu einem sehr frühen Zeitpunkt gewesen sein. Vermutlich waren sie in ihrer Eile ganz einfach über Bord gesprungen und nach Seattle zurückgeschwommen.

Tripp grinste, schüttelte den Kopf, gab den Versuch, den Wallach zu satteln, auf, und überließ das Pferd im Korral sich selbst. Er warf sich das Zaumzeug über die Schulter und wuchtete Sattel und Decke auf die oberste Zaunplanke, ehe er selbst über den Zaun stieg. Der Motor des Wohnmobils, das in einem guten Zustand zu sein schien, aber sicher nicht mehr neu war, erstarb mit einem hörbaren Husten und Rasseln.

Die Türen gingen gleichzeitig auf, und Jim sprang auf der Beifahrerseite heraus. Er sah zwanzig Jahre jünger aus als vor der Reise. Pauline hingegen benutzte das Trittbrett beim Aussteigen.

Die Lady musste in den Fünfzigern sein und hatte, wie Tripp nicht entgangen war, ein Lächeln, das einem Mann auffiel. Ihre Figur war auch nicht schlecht.

Sie trug eine enge Jeans, elegante Sandaletten und eine weite weiße Bluse, die sie in der Taille zusammengeknotet hatte. Strahlend lächelnd sah sie Tripp an und erwartete offenbar, von ihm willkommen geheißen zu werden.

Jim ging um die Front des Wohnmobils und legte den Arm um Paulines Hüfte. Sein Grinsen war breiter als der Bliss River bei Hochwasser, und seine Augen leuchteten vor Freude und Wohlbefinden.

„Das ist Pauline", verkündete er stolz.

Tripp nickte. „Das dachte ich mir", erwiderte er. Wenn Jim glücklich war, dann war er es auch. Das hatte er schon vor einigen Tagen beschlossen, nach der Recherche, für die er seinen ehemaligen Airforce-Kumpel engagiert hatte. Tripp hatte lange gezögert, das zu tun, sich dann aber doch dafür entschieden. Ganz seinen Erwartungen entsprechend genoss Pauline einen tadellosen Ruf.

Ihm war durchaus bewusst, dass er ziemlich dreckig aussah, da er sich nicht rasiert und den Großteil des Tages mit den Pferden gearbeitet hatte. Als er Pauline zur Begrüßung die Hand schütteln wollte, stellte sie sich stattdessen auf die Zehenspitzen und gab ihm einen Kuss auf die Wange.

„Sie müssen Tripp sein", sagte sie, als sie wieder neben Jim stand.

„Selbst wenn ich es nicht wäre, hätte ich das glatt behauptet, nur um diesen Kuss zu bekommen", erwiderte er augenzwinkernd.

Jim sah zufrieden aus und mehr als nur ein bisschen erleichtert. Er deutete mit der freien Hand auf die Baumaschinen und die überall herumschwirrenden Handwerker. „Hier geht's ja zu wie im Bienenstock", sagte er gespielt mürrisch. „Und wo kommen all die Rinder her?"

„Die Renovierungsarbeiten sind fast abgeschlossen. Tja, und was die Rinder betrifft, die habe ich vom alten Pete Helgeson nebenan gekauft. Dadurch wurde der Transport sehr einfach, denn wir mussten nur seinen Zaun öffnen und sie von seinem Land auf unseres treiben."

„Was ist denn mit Pete los?", wollte Jim sofort wissen, diesmal ernsthaft besorgt.

„Nichts", antwortete Tripp leichthin. „Er findet nur, er sei zu alt, um weiter einer Herde starrköpfiger Kühe hinterherzulaufen. Das ist alles. Ich habe ihm ein Angebot gemacht, und er hat es angenommen."

Pauline stieß Jim dezent mit dem Ellbogen an.

Einen Moment wirkte Jim perplex, dann fing er sich. Er nahm Paulines linke Hand und hielt sie hoch, um den breiten Goldring zu präsentieren.

„Ich hoffe, du findest nicht, wir hätten voreilig gehandelt, oder bist beleidigt, weil wir dich nicht zur Zeremonie eingeladen haben. Aber wir konnten einfach nicht mehr länger warten." Jim krähte diese Worte beinah.

Aus dem Augenwinkel bemerkte Tripp, wie Ridley unter dem Pick-up hervorkroch und sich ihnen vorsichtig näherte.

„Dazu habe ich nur eines zu sagen, Dad. Und das ist: Herzlichen Glückwunsch!"

Jims Brust schwoll an, und er ließ Pauline los, um Tripp kurz auf raue, männliche Art zu umarmen. „Ich bin ein Glückspilz", sagte er breit grinsend. Dann räusperte er sich. „Wenn ihr beide nichts dagegen habt, dass ich euch ein paar Minuten allein lasse, würde ich mich gern mal umsehen. Ich will wissen, was du hier angestellt hast, seit ich weg war."

Pauline hakte sich prompt bei Tripp unter und führte ihn von ihrem Bräutigam weg. „Jim hat mir erzählt, wie sehr er

Ihre Mutter geliebt hat", vertraute sie ihm flüsternd an. „Sie muss eine wundervolle Frau gewesen sein."

„Das war sie", erwiderte Tripp, wobei seine Stimme sofort heiser wurde. „Aber sie ist schon lange tot, und Jim war wirklich einsam. Mom würde sich freuen, dass er endlich jemanden gefunden hat, den er lieben kann, Pauline."

Sie blieb stehen, nach wie vor bei ihm eingehakt, und sah ihn an. Ihre grünen Augen schimmerten, und ihre Unterlippe bebte ganz leicht. „Ellie hat ihm alles bedeutet", sagte sie. „So wie mir mein Herb. Und Sie bedeuten ihm auch alles, Tripp. Kein Mann hat seinen Sohn mehr geliebt, als Jim Galloway Sie liebt."

Tripp kämpfte mit seiner Rührung und musste sogar den Blick kurz abwenden, um seine Gefühle in den Griff zu bekommen. „Na ja", sagte er schließlich und blickte zu seinem Dad, der in einiger Entfernung mit dem Rücken zu ihnen stand, während er das neue Stalldach und den fast fertigen Anstrich begutachtete. „Das beruht auf Gegenseitigkeit."

Ridley kam vorsichtig näher und schnupperte an Paulines rechtem Knie. Dabei wedelte er so wild mit dem Schwanz, dass sich sein ganzes Hinterteil mitbewegte.

Sie lachte und beugte sich herunter, um ihm die Ohren zu kraulen, wobei sie in sanftem Ton zu ihm sprach. „Hallo, du hübscher Hund. Heißt das, wir können Freunde sein?"

Was Tripp anging, war Paulines Reaktion auf Ridleys zögernde Annäherung bei Weitem aufschlussreicher als jede Recherche über ihre Person. Zwar war er durchaus bereit einzuräumen, dass es auch unter denen, die aus irgendeinem Grund keine Haustiere hatten, gute Menschen gab. Doch mit dieser Sorte hatte er nicht viel gemeinsam. Sie waren seiner Meinung nach meistens einen Tick zu besorgt, sich dreckig zu machen, um angenehme Gesellschaft zu sein.

Jim, der offenbar einverstanden war mit den Renovierungsarbeiten am Stall, drehte sich um und kam wieder auf sie zu. Er zeigte zum Korral. „Den Wallach kenne ich gar nicht."

„Hab ihn gerade erst gekauft", erklärte Tripp. „Zusammen mit einem Schecken namens Apache und einer kleinen Stute namens Sunset."

„Du warst fleißig", bemerkte Jim trocken.

„Der Winter steht vor der Tür", erinnerte Tripp ihn. „Besser, man ist vorbereitet."

Jim lachte in sich hinein. „Das ist mein Junge", sagte er, nahm wieder Paulines Hand und führte seine Partnerin zum Haus. „Ich führe meine Braut mal herum – falls ich mich im Haus noch zurechtfinde bei all den Änderungen."

Tripp klopfte seinem Dad auf den Rücken. „Du wirst schon zurechtkommen."

„Der Mann hat zwei Spülmaschinen gekauft", sagte Jim zu Pauline. „Kannst du das glauben?"

Sie lachte. „Na ja, und ob ich das kann, du alter Narr", neckte sie ihn liebevoll. „Dies ist das einundzwanzigste Jahrhundert. Zwei Spülmaschinen sind sehr praktisch, wenn mal eine Party gefeiert wird – und zu Thanksgiving und Weihnachten auch."

„Wir haben hier nicht so viele Gäste", meinte Jim und sah dabei in Tripps Richtung, wobei er sich ein Grinsen verkniff. „Zumindest bis jetzt nicht."

Weil er das Gefühl hatte, sich aufzudrängen, wenn er seinem Dad und Pauline ins Haus folgte, blieb Tripp, wo er war. „Wenn dich die zwei Spülmaschinen schon beeindrucken", rief er Jim hinterher, „dann warte mal ab, bis du das Badezimmer gesehen hast."

Pauline drehte sich um, ohne Jim loszulassen, und winkte sowohl Tripp als auch, demonstrativ, dem Hund. „Kommt doch mit", rief sie fröhlich. „Es ist noch zu früh am Tag für uns, um sich dem Flitterwochendasein hinzugeben."

„Das behauptest *du*", scherzte Jim und drückte seine Nase in all die dunkelroten Haare.

Wieder lachte sie und gab ihm einen Klaps. „Benimm dich", ermahnte sie ihn.

In ein paar Stunden sollte Tripp Hadleigh zu Bex' Party abholen, und er hatte noch Arbeit zu erledigen, bevor er duschen und sich umziehen konnte, darum winkte er ab. „Ich komme später nach."

Doch Ridley, diese treulose Tomate, ließ ihn einfach stehen, ohne auch nur einen Blick zurückzuwerfen, und trottete neben Pauline her, als kenne er sie schon ewig.

Tripp schüttelte lachend den Kopf und ging wieder in den Korral, um den Fuchs in den Stall zu führen. Danach sattelte er Apache und unternahm einen kurzen Ausritt aufs Weideland, um nach den neuen Rindern zu sehen.

Sie fühlten sich bereits ganz wie zu Hause, fraßen den letzten Rest des Sommergrases und tranken geräuschvoll aus dem Fluss. Tripp und der alte Pete hatten den Zaun längst wieder aufgebaut, doch viele andere Dinge mussten noch ausgebessert werden.

Nach seinem Rundritt brachte Tripp Apache in den Stall und führte die anderen Pferde von der nahe gelegenen Weide in ihre Boxen. Er sorgte dafür, dass die neuen elektrischen Tränken sauber waren, und füllte die Tröge mit Heu auf.

Während der ganzen Zeit dachte er an Hadleigh. Er hatte sie seit dem Morgen, nachdem sie miteinander geschlafen hatten, nur noch aus der Ferne gesehen und spürte ihre Abwesenheit überdeutlich als Leere und Stille, die ihm zu schaffen machte. Sie mochte vielleicht von der Trennung profitieren, doch für Tripp funktionierte das nicht. Natürlich vermisste er den Sex – und wie! – und glaubte manchmal schon, verrückt zu werden, wenn er sie nicht bald wieder in den Armen halten und ihr solche Lust bereiten konnte, dass sie seinen Namen schrie und sich ihm entgegenbog, weil sie mehr wollte und noch mehr.

Die Sonne ging bereits unter, als er endlich auf das Haus zuging, und es hob seine Stimmung, das Licht hinter den Fenstern zu sehen und zu wissen, dass jemand außer Ridley zum Reden da war, zumindest für eine Weile. Die Maurer hatten längst Feierabend gemacht und ihre Werkzeuge und Maschinen mitgenommen. Die Bauholzstapel waren schon kleiner geworden, und die Farbeimer, mit denen die Veranda vollgestellt gewesen war, waren bis auf einen kleinen Rest verschwunden. Inzwischen konnte Tripp auf dem Grundstück hin und her laufen, ohne sich wie bei einem Hindernisrennen zu fühlen.

Drinnen saß Jim auf seinem Stammplatz am Küchentisch, wo er die Post durchsah, die sich während seiner Abwesenheit angesammelt hatte. Weil er nicht online einkaufte und nicht einmal einen Computer besaß, bekam er noch regelmäßig einige Briefe und Kataloge und natürlich Werbepost.

Ridley lag zufrieden zu seinen Füßen und begrüßte Tripp mit einem Augenrollen, ehe er sie wieder zuklappte. Pauline war nirgends zu sehen.

„Wo steckt deine Frau?", fragte Tripp, während er die Ärmel hochkrempelte und mit dem Ellbogen das Wasser anstellte, um sich vor der geplanten Dusche mit einem Stück Seife Hände und Unterarme über der Spüle zu waschen.

Jim nahm seine Lesebrille ab – eine von der randlosen Sorte, die man in Drogerien und Supermärkten kaufen konnte. „Die ist erledigt, weil sie den ganzen Tag gefahren ist", antwortete er. „Sie hat noch ein Sandwich gegessen, ein Bad genommen und ist anschließend ins Bett gegangen." Seine Miene wurde ernst. „Du bist anders als sonst, mein Sohn", stellte er fest. „Was ist los?"

Tripp seufzte, trocknete sich die Hände ab und sah seinen Dad an. „Es würde die halbe Nacht dauern, dir das alles zu erzählen", erwiderte er. „Und ich muss in knapp einer Stunde in der Stadt sein. Was hältst du davon, wenn wir morgen reden?"

Ein schlaues Grinsen breitete sich auf Jims Gesicht aus. „Von mir aus gern. Aber wundere dich nicht, wenn ich mir bis dahin meine eigenen Gedanken mache."

„Ach ja? Und wie sehen die wohl aus?"

„Zum Beispiel so, dass du es nur deshalb so eilig hast, in die Stadt zu kommen, weil Hadleigh auf dich wartet", antwortete Jim zufrieden. „Darf ich darauf hoffen, dass euch beiden endlich aufgegangen ist, dass ihr zusammengehört?"

Tripp räusperte sich diplomatisch. „Du kannst hoffen, so viel du willst", zog er Jim auf, während er sich innerlich auf den bevorstehenden Abend vorbereitete. Er würde rasch beim Supermarkt halten, um noch einen Blumenstrauß zu kaufen – und eine neue Packung Kondome. Letzteres würde einiges Geschick erfordern, da in Mustang Creek jeder jeden kannte, und zwar viel zu gut.

„Amüsier dich gut heute Abend", sagte Jim, setzte seine Lesebrille auf und konzentrierte sich auf den Brief, den er gerade geöffnet hatte. „Ich erwarte beim Frühstück Näheres darüber zu erfahren – vorausgesetzt, du bist bis dahin wieder zurück."

Tripp lachte trocken und ging in sein Zimmer.

Hadleigh hatte an diesem Tag so viel zu tun wie an den vergangenen Tagen. Sie musste Teile des neuen How-to-Videos drehen, das sie für einen geringen Betrag auf ihrer Website anbieten wollte. Sie half Kunden, unterrichtete einen Anfängerkurs und arbeitete an einer Art Modell ihres nächsten Projekts – einem Quilt, der so besonders und persönlich war, dass schon allein der Gedanke daran ihr Herz höherschlagen ließ.

Als sie zu der alten Penduluhr an der Wand hinter dem Verkaufstresen blickte, erschrak sie ein wenig. Tripp würde jeden Moment zur Tür hereinkommen, und sie war noch nicht fertig – jedenfalls nicht, was ihr Äußeres betraf. Sie hatte ihn seit Tagen nicht gesehen, obwohl sie mehrmals miteinander telefoniert hatten. Darum sehnte sie sich nach einem Wiedersehen.

Rasch lief sie in das winzige Badezimmer des Ladens und zog ihre Arbeitskleidung aus, Flanellhemd, Trägertop, Turnschuhe, Socken und Jeans. In Slip und BH stand sie vor dem Waschbecken und spritzte sich Wasser ins Gesicht. Ihre Haare,

247

die sie auf dem Kopf mit einer Klammer zusammenhielt, waren nicht direkt eine Katastrophe, aber ausgehfertig war ihre Frisur noch lange nicht.

Hastig trocknete sie sich das Gesicht ab und trug eine Schicht getönte Feuchtigkeitscreme aus ihrer Handtasche auf. Anschließend tuschte sie ihre Wimpern. Sie beschloss, mit dem Lippenstift zu warten, bis sie sich die Sachen angezogen hatte, die sie heute Morgen von zu Hause mitgenommen hatte.

An jedem anderen Abend hätte sie sich wegen Muggles Sorgen gemacht, doch eine Nachbarin, die ehrenamtlich im Tierheim arbeitete, nahm den Hund mit zum Shady Pines Nursing Home, wo sie Earl besuchte. Das war Teil eines Hilfsprogrammes, um die Altenheimbewohner ebenso aufzuheitern wie die Tierheiminsassen. Hadleigh hielt das für eine wundervolle Idee. Sobald die Besuchszeit in Shady Pines vorbei war, würde die Nachbarin Muggles zu Hadleighs Haus zurückbringen und den Hund hineinlassen.

Und nach der Party würde Hadleigh sofort nach Hause fahren, wo Muggles schon auf sie wartete.

Sie errötete leicht, als sie daran dachte, dass sie zu diesem Zeitpunkt nicht allein sein würde. Dann schlüpfte sie in ihr neues Outfit – eine elegante schwarze Palazzo-Hose und eine lange, hauteng rote Bluse mit sexy angeschrägtem Saum. Diese Kleidung betonte ihre Kurven, ohne sie zu sehr einzuschnüren, und Hadleigh mochte es, wie zart und hauchdünn sich die Sachen auf der Haut anfühlten.

Ein entferntes Klopfen ließ sie aufhorchen. Sofort schlug ihr Herz schneller, wurde ihr Atem flacher.

Tripp. Er war da und sie noch nicht fertig. Ihre Haare standen noch wild durcheinander, und Lippenstift hatte sie auch noch nicht aufgetragen.

Einen kurzen Moment zögerte sie, ehe sie zu dem Schluss kam, dass er nicht denken sollte, sie habe ihre Meinung, mit ihm zu der Party zu gehen, geändert. Schon gar nicht sollte er glauben, sie verstecke sich irgendwo im Laden, in der Hoffnung, er möge wieder verschwinden.

Also rief sie: „Eine Sekunde! Bin gleich da!" und rannte zur Ladentür.

Draußen stand ein Mann und spähte durch das Glas, die Hände links und rechts vom Gesicht, ein blödes Grinsen auf dem Gesicht. Nur war dieser Mann nicht Tripp.

Ausgerechnet heute Abend hatte Oakley Smyth beschlossen, ihr einen Besuch abzustatten.

Normalerweise hätte sie ihn nicht hereingelassen, aber er hatte sie natürlich schon gesehen, und die Kleinstadt-Etikette verlangte eine gewisse Höflichkeit. Außerdem hasste sie Oakley nicht, und Angst hatte sie schon gar nicht vor ihm. Allerdings hatten sie nicht mehr viel miteinander zu tun. Seit der Beinahehochzeit hatte sie ihn höchstens ein Dutzend Mal gesehen.

Oakley sah immer noch gut aus, wenn auch ein wenig verlebt, so wie es bei privilegierten und nicht sehr verantwortungsbewussten Menschen gelegentlich der Fall war. In Mustang Creek traf man solche Leute eher weniger, da die meisten Leute es hier gewohnt waren, das Leben so zu nehmen, wie es gerade kam, ob es nun gut war oder schlecht. Ihr Beinah-Bräutigam musterte sie von Kopf bis Fuß, ehe er eintrat, obwohl Hadleigh ihn noch gar nicht hereingebeten hatte.

„Noch immer wunderschön", bemerkte er leise.

„Das ist ein ungünstiger Zeitpunkt", platzte sie heraus. „Ich gehe nämlich aus und …"

Genau in diesem Moment streiften Scheinwerfer die Schaufenster des kleinen Ladens.

Tripp.

Oakley drehte sich nicht um, denn er schien zu wissen, wer gleich den Laden betreten würde.

„Hast du Angst vor ihm, Hadleigh?", fragte er. „Vor dem Cowboy-Piloten, meine ich."

„Angst?", wiederholte sie empört. „Selbstverständlich nicht." Die Ungeduld siegte über die guten Manieren. „Was willst du, Oakley?"

„Warum bist du denn so nervös, wenn du keine Angst vor Galloway hast?", wollte Oakley wissen – auf eine Weise, dass Hadleigh sich prompt fragte, ob er irgendwelche Pillen nahm. Er roch zwar nicht nach Alkohol, aber das musste nicht automatisch bedeuten, dass er nüchtern war.

Sie war tatsächlich nervös, denn jede Begegnung mit Tripp – oder die Erwartung einer Begegnung – löste ein sinnliches Kribbeln bei ihr aus. Nur würde sie weder das noch sonst irgendetwas Oakley Smyth erzählen. Ihr Privatleben ging ihn nichts an.

Tripp kam herein und warf Hadleigh einen fragenden Blick zu, als wolle er sichergehen, dass mit ihr alles in Ordnung war. Dann erst wandte er sich Oakley zu.

Erst in diesem Moment begriff Hadleigh, was auf dem Spiel stand. Buchstäblich alles hing davon ab, was als Nächstes passierte. Wenn Tripp gegen Oakley gewalttätig würde oder erkennen ließ, dass er ihr nicht vertraute, wäre ihre Beziehung beendet, noch ehe sie richtig begonnen hatte.

Hadleigh wartete, nervös und gespannt.

Lange sahen die beiden Männer sich nur an und erinnerten Hadleigh an zwei Schafböcke, die gleich ihre Hörner kreuzen wollten.

Dann richtete Tripp seine Aufmerksamkeit wieder auf Hadleigh. „Bist du fertig zum Aufbruch, oder brauchst du noch ein paar Minuten?", fragte er schief grinsend.

Hadleigh war so erleichtert, dass sie befürchtete, von dem Rauschen in ihrem Kopf ohnmächtig zu werden. „Ich bin fast fertig", antwortete sie.

„Gut." Tripps blaue Augen waren so friedvoll wie ein wolkenloser Himmel. Er überreichte ihr einen Strauß hellgelber, oranger und weißer Zinnien, den er hinter seinem Rücken verborgen hatte. „Statt noch mehr Rosen", sagte er. „Das schien mir unsinnig zu sein."

Hadleighs Hand zitterte, als sie die Blumen mit unsicherem Lächeln entgegennahm. Oakley hätte sich ebenso gut in Luft aufgelöst haben können. „Danke", sagte sie, machte auf dem Absatz kehrt und rannte ins Badezimmer.

Als sie wieder herauskam, war Oakley verschwunden. Von Tripp war jedoch auch nichts mehr zu sehen.

„Tripp?", rief sie und hätte sich vielleicht gefragt, ob er sie versetzt hatte. Aber sein Pick-up stand noch vor dem Laden, und der schwache Duft nach Seife und Sonnenschein seiner Haut lag noch in der Luft.

„Ich bin hier", rief er aus dem Hinterzimmer, wo sie Kurse gab, Entwürfe ausarbeitete und die Videos für ihre Website aufnahm.

Sie betrat den Raum mit dem Blumenstrauß in der Hand, den sie pflichtbewusst beschnitten und in ein Einmachglas mit Leitungswasser gestellt hatte. Sie stellte ihn ab und fühlte sich auf seltsame, wunderbare Weise verzaubert.

Tripp stand mit dem Rücken zu ihr und betrachtete den Entwurf, der an ihr riesiges Designboard gepinnt war – die Skizze des ganz speziellen Quilts, die sie noch niemandem gezeigt hatte, nicht einmal Melody und Bex, denn dieser Entwurf hätte ebenso gut eine Landkarte ihres Herzens sein können, so viel offenbarte er.

Vorsichtig hob Tripp die Hand und zeichnete das Gesicht einer der Figuren nach, die sie auf dem übergroßen, von der Rolle über dem Zuschneidetisch abgerissenen Stück Papier skizziert hatte. Das Gesicht, das er so behutsam berührte, war ihres. In der Skizze lächelte sie, trug Jeans und eine langärmelige Bluse. Auf dem Arm hielt sie ein blondes Kleinkind, ein kleines Mädchen. Die andere Figur war ganz eindeutig Tripp, der ebenfalls ein Kind trug, einen Jungen, nur wenig älter als das pausbäckige Mädchen. Im Hintergrund war weites Weideland unter einem wolkenlosen hellblauen Himmel zu sehen.

Obwohl er wissen musste, dass sie da war und wie angewurzelt an der Tür stand, sagte Tripp nichts. Stattdessen betrachtete er weiter still den Entwurf.

Als er sich endlich umdrehte, pochte Hadleighs Herz bis zum Hals, und ihre Wangen brannten.

„Siehst du uns so?", fragte Tripp mit so leiser Stimme, dass sie Mühe hatte ihn zu verstehen.

Hadleigh biss sich auf die Unterlippe und brachte kein Wort heraus. Stattdessen nickte sie nur.

Da lächelte er, und sie wusste, dass sie ihn nicht verschreckt hatte, indem sie ihre sehnsüchtigsten Wünsche zu Papier gebracht hatte.

Er betrachtete noch einmal den Entwurf einer glücklichen Familie, dann ging er zu Hadleigh und umfasste ihr Gesicht mit beiden Händen. Einen langen Moment schaute er ihr in die Augen, ehe er etwas sagte. „Ich liebe dich", erklärte er feierlich, und erneut erschien dieses Lächeln, das ihr weiche Knie bescherte. „Doch du solltest lieber gleich wissen, dass ich mehr als zwei Kinder will."

Hadleigh wusste nicht, ob sie lachen oder weinen sollte, also tat sie beides, und dann küssten sie sich.

Und darüber verpassten sie beinahe die ganze Party.

Der Parkplatz vor der Moose Jaw Tavern war mit rot-blauen Kreppbändern abgesperrt, und die tragbare Tafel, auf der normalerweise das Tagesgericht stand und das Datum des nächsten Pool-Billard-Turniers, war nahe der unbefestigten Straße aufgestellt und verkündete: *Geschlossene Gesellschaft.*

Es gab sogar einen Parkplatzanweiser mit einem Clipboard, der anscheinend die Namen der Gäste mit denen auf einer Liste verglich.

Im Moose Jaw tobte das Leben. Laute Musik schallte in die Nacht hinaus, und Pick-ups, Autos und Motorräder waren dicht an dicht geparkt. In Mustang Creek bedeutete „Geschlossene Gesellschaft", dass jeder aus der Gemeinde willkommen war. Und sollte jemand uneingeladen auftauchen, wurde ihm ein Teller in die Hand gedrückt, mit der Aufforderung, sich am Buffet zu bedienen.

Hadleigh sah zu Tripp, und sie wusste, dass er ihre Gedanken kannte. „Manchmal geht es mit Bex ein bisschen durch", sagte sie.

Tripp hielt vor dem Parkplatzanweiser, einem Jungen aus dem Ort in orangefarbener Sicherheitsweste, der sich sehr wichtig vorkam. „Ihr Name, Sir?", erkundigte er sich.

Dem Vater des jungen Schnösels gehörte der Futtermittelladen, der ihn wiederum von seinem Vater geerbt hatte, der ihn selbstverständlich wiederum von seinem Vater geerbt hatte und so weiter. Jeder, der dort arbeitete, war mit irgendeinem anderen blutsverwandt. Die beiden Familien, Tripps und die des Jungen, kannten sich sehr lange. „Gestern Nachmittag war ich noch Tripp Galloway, als du die Säcke mit dem Pferdefutter auf genau diesen Pick-up hier geladen hast, Darrell. Und laut meinem Führerschein bin ich immer noch Tripp Galloway."

Darrell schaute von seinem Klemmbrett auf und dann zu Hadleigh, die ihm lächelnd zuwinkte. Er wurde rot und wandte sich mit zusammengekniffenen Augen an Tripp. „Mann, ich versuche doch nur, einen guten Job zu machen."

Tripp grinste. „Wenn du Leute verhörst, die du kennst, seit du laufen kannst, wie hart bist du dann erst gegenüber Fremden?"

Darrell machte einen resoluten Haken auf seiner Liste und grinste auch endlich. „Bis jetzt gab es keine", gestand er und wurde sofort wieder ernst. Er trat von dem Pick-up zurück und winkte ihn auf den Parkplatz. Offenbar konnte er es kaum erwarten, sich um das nächste Fahrzeug zu kümmern.

Tripp parkte hinter der Kneipe, und zwar nicht auf dem Parkplatz, sondern in der Gasse. Damit rechnete er sich Chancen

253

aus, nicht vollständig zugeparkt zu sein, falls er und Hadleigh sich entschließen sollten, die Party früher zu verlassen.

„Hier hinten ist es dunkel", bemerkte Hadleigh, allerdings ohne allzu besorgt zu klingen.

„Stimmt", erwiderte er. „Aber ich werde dich schon beschützen."

Er stieg aus dem Wagen und ging auf die Beifahrerseite, um Hadleigh beim Aussteigen zu helfen. Als sie auf dem Trittbrett stand und auf ihn hinunterschaute, erinnerte er sich an den Tag, an dem er sie über der Schulter aus der alten Backsteinkirche getragen hatte.

„Was hast du eigentlich zu Oakley gesagt, nachdem ich euch heute Abend allein gelassen habe?", fragte sie.

Diese Frage hatte Tripp erwartet, nur hatte er gedacht, es würde bis dahin noch mehr Zeit vergehen. Hadleigh wartete ruhig auf seine Antwort, nach wie vor auf dem Trittbrett stehend, ein göttliches Cowgirl mit funkelnden Sternen in den Haaren.

„Ich habe ihn gefragt, ob er jetzt Quilts nähen will."

Hadleigh gab einen Laut von sich, der ein unterdrücktes Lachen sein konnte – oder auch nicht. „Und?", hakte sie nach.

„Er meinte, er sei nur vorbeigekommen, um einmal Hallo zu sagen, mehr nicht. Aber falls es den Anschein gehabt hätte, dass du ihm noch eine Chance geben würdest, hätte er sie ergriffen."

Tripp musste zugeben, dass er Oakleys ehrliche Antwort respektierte, nicht aber den Mann selbst. „Ich habe ihm gesagt, wegen einer zweiten Chance müsse er mit dir sprechen, denn damit habe ich nichts zu tun." Er räusperte sich. „Ich habe ihm allerdings außerdem gesagt, dass ich vorhabe, dich zu heiraten. Vorausgesetzt, du willst mich. Er meinte, in dem Fall würde er vielleicht vor dem Jawort in der Kirche auftauchen, damit wir quitt seien."

Es war schwer zu sagen, wie Hadleigh das alles aufnahm, da sie weder sprach noch sich rührte. Und da hinter ihr das Mond-

254

licht, das Leuchten der Sterne und das hintere Fenster der Moose Jaw Tavern waren, konnte er ihr Gesicht nicht richtig erkennen. Hätte er nicht die Skizze an der Tafel in ihrem Laden gesehen, wäre er besorgt gewesen, sie könne angesichts seiner Worte in Panik geraten.

Er entschloss sich, die Sache zu einem Ende zu bringen. „Tja, und darauf habe ich ihm geantwortet, sollte er etwas so Dummes versuchen, könne er sich auf einen Kampf einstellen, Kirche hin oder her."

Hadleigh legte ihm die Hände auf die Schultern, und er umfasste ihre Taille und hob Hadleigh herunter. Sein Herz schlug wie ein Presslufthammer in seiner Brust.

„Du willst mich heiraten?", fragte sie.

Sein Hals war trocken wie Sägespäne, und seine Eingeweide rumorten. Darum konnte er nur stumm nicken.

„Und du würdest um mich kämpfen?"

„Lady, ich würde alles für dich tun."

Sie schlang ihm die Arme um den Nacken. „War das gerade eben also ein Heiratsantrag?", hauchte sie mit sinnlicher Stimme.

Tripp dachte kurz nach, dann lachte er laut. „Ja, ich denke schon. Da ich keinen Ring dabeihabe und aufrecht stehe, statt vor dir zu knien, war es vermutlich eine ziemlich erbärmliche Art, dich zu bitten, meine Frau zu werden. Darum könnte ich es dir nicht verübeln, wenn du einen neuen Antrag forderst." Er machte eine Pause. „Sag einfach Ja", fügte er hinzu und lachte nicht mehr. Er grinste nicht einmal mehr.

Hadleigh legte den Kopf schief, und ein kleines Lächeln erschien auf ihrem Gesicht. Sie fuhr ihm mit den Fingern in die Haare.

„Na klar, Tripp Galloway", sagte sie. „Ja. Ja, jetzt und ja, morgen und ja, für immer."

14. KAPITEL

Im darauffolgenden Juni

Hadleigh, Melody und Bex saßen nebeneinander auf Bex' altmodischer Veranda. Sie trugen alle Shorts und Tanktops in verschiedenen Farben, und ihre nackten Füße lagen auf dem von Wind und Wetter ausgebleichten Geländer. Ihre Zehennägel waren alle in demselben sündigen Pink lackiert – ein Überbleibsel der Pyjamapartys vergangener Jahre.

Die Sonne war gerade untergegangen, und die ersten Sterne leuchteten am Himmel wie die Lichter einer fernen himmlischen Stadt. Die Sommerluft war kühl und angenehm nach einem ungewöhnlich heißen Tag. Es duftete nach frisch gemähtem Gras, Bex' Englischen Rosen und Zementwegen, die allmählich trockneten, nachdem die meisten Nachbarn für die Nacht ihre Rasensprenger abgestellt hatten. In den Nachbargärten spielten Kinder, man hörte ihre hohen, atemlosen Stimmen, während sie herumtobten und jede Menge Spaß hatten, bevor die Eltern sie zum Abendessen ins Haus riefen.

Muggles lag auf dem alten Läufer neben Hadleighs Stuhl, hob den Kopf und gab ein leises Winseln von sich, als sehne sie sich danach, bei diesen Kinderspielen am Ende des Tages mit herumtollen zu dürfen.

Hadleigh lächelte und tätschelte den glänzenden goldblonden Kopf des Hundes. „Keine Sorge, meine Liebe", sagte sie zu dem Tier. „Eines Tages wirst du so viele Spielkameraden haben, wie du willst."

Melody und Bex nahmen gleichzeitig die Füße vom Geländer und stellten sie geräuschvoll auf die gestrichenen Dielenbretter der Veranda.

„Gibt es da etwas, was du uns verschweigst?", fragte Melody.

„Zum Beispiel, dass du schwanger bist?", hakte Bex nach, als sei Melodys Anspielung nicht deutlich genug gewesen.

Hadleigh lachte und behielt die Füße auf dem Geländer. Sie war seit Tagen auf den Beinen gewesen, zumindest kam es ihr so vor. Im Laden war viel zu klären gewesen, damit sie sich in den nächsten Monaten freinehmen konnte. Dazu hatte sie vorübergehend jemanden einstellen müssen, der den Laden führte. Sie wackelte mit den Zehen und antwortete übermütig: „Noch nicht."

„Du weißt genau, dass all die alten Klatschweiber auf ihre Kalender schauen werden", warnte Melody sie. „Und zwar ab morgen. Die Wahrheit wird ans Licht kommen."

Hadleigh gestattete sich ein verträumtes Seufzen. Morgen. Der Tag, an dem sie und Tripp heiraten würden. „Ihr zwei wollt also besser informiert sein als die Klatschweiber?", scherzte sie. „Ihr wollt die Insiderstory?"

„Natürlich wollen wir die", erwiderte Bex ganz ernst. Sie hatte zwar Sinn für Humor, doch in letzter Zeit hatte sie wegen ihres Franchise-Unternehmens so viel quer durchs Land reisen müssen, dass sie sich praktisch beim Kommen und Gehen selbst begegnete.

Melody stieß Bex mit dem Ellbogen an, allerdings sanft. Ihre Aufmerksamkeit galt allerdings Hadleigh. „Du würdest es uns doch wohl erzählen, wenn du ein Baby bekommst, oder? Deinen besten Freundinnen? Den einzigen beiden Frauen auf der Welt, die dich so sehr lieben, dass sie narzissengelbe Brautjungfernkleider für dich anziehen."

„Aus Organdy", fügte Bex düster hinzu. „Mit Rüschen."

„Seiden-Organdy", erinnerte Hadleigh sie gut gelaunt.

Die erwähnten Kleider waren in der Tat hellgelb und mit Rüschen versehen, aber längst nicht so schrecklich wie Bex und Melody behaupteten, nachdem sie sie online und in nahezu jedem Brautgeschäft im Umkreis von fünfhundert Meilen gesehen hatten. Im Gegenteil, es handelte sich um elegante, bodenlange Schlauchkleider mit sexy Schlitz an einer Seite bis zum Knie.

Als Hadleigh sich vor Monaten nach langer Suche für diese Kleider, die jetzt sorgfältig in Zellophan eingeschweißt an Bex' und Melodys Kleiderschranktüren hingen, entschieden hatte, waren ihre Freundinnen noch angetan gewesen.

Aber danach hatten die beiden keine Gelegenheit mehr ausgelassen, Hadleigh mit den Kleidern aufzuziehen, was ganz typisch war.

„Ihr werdet nach Tripp die Ersten sein, die es erfahren", versprach Hadleigh.

Offensichtlich glaubten ihre Freundinnen ihr. Ihre Enttäuschung war ebenso offensichtlich.

Melody seufzte und fing an, in ihrer übergroßen Handtasche zu kramen. Sie hatte drei kleine rote Samtkästchen mitgebracht. Eines behielt sie auf ihrem Schoß, die anderen zwei hielt sie Bex und Hadleigh hin.

„Ich wollte bis kurz vor der Trauung warten, ehe ich euch das hier gebe", erklärte sie beiden, ehe sie sich Hadleigh zuwandte. „So sehr ich auch an unsere Freundinnen-Power glaube, der morgige Tag sollte sich nur um dich und Tripp und eure gemeinsame Zukunft drehen."

Hadleigh hielt das Kästchen noch geschlossen in der Hand. Plötzlich musste sie schlucken, und Tränen verschleierten ihren Blick.

Melody lachte, obwohl auch ihr Tränen in den Augen standen. Sie legte einen Arm um Bex, den anderen um Hadleigh und zog beide für einen Moment an sich.

„Erinnert ihr euch noch an den Heiratspakt?", fragte sie.

Hadleigh blickte auf das Glücksarmband ohne Anhänger, das Melody ihr vor Monaten geschenkt hatte. Es war das einzige Schmuckstück, abgesehen von ihrem Verlobungsring, das sie niemals ablegte.

Bex, ebenso verwirrt wie Hadleigh, nickte langsam und

hielt den Arm hoch, um zu zeigen, dass sie ihr Armband auch trug.

„Macht die Kästchen auf", forderte Melody ihre Freundinnen auf. Ihre Augen waren jetzt trocken, doch sie schimmerten. „Wir haben etwas zu feiern: Eine von uns wird endlich heiraten", sagte sie schniefend.

Hadleigh öffnete den Deckel des Kästchens, spähte hinein und hielt den Atem an, wobei sie die freie Hand mit gespreizten Fingern auf ihr Herz legte. Der Anhänger, ein winziges, goldenes, galoppierendes Pferd, dessen außergewöhnlich detailgetreue Mähne und Schweif im Wind flogen, war bis zu den Augen, Ohren, Nüstern und Hufen perfekt.

„Oh, Melody", flüsterte Hadleigh. „Das ist wunderschön …"

Bex hatte in ihrem Kästchen den gleichen Anhänger, ebenso Melody.

Melody setzte sich ein wenig aufrechter. „Da du die Erste von uns bist, die heiratet, bekommst du auch als Erste einen Glücksanhänger", verkündete sie. „Das Pferd soll aussehen wie Sunset, aber es repräsentiert auch die Freiheit, die du gefunden hast, als du dein Herz geöffnet und all die angestaute Liebe endlich herausgelassen hast. Das war sehr mutig von dir, meine Freundin."

„Das war es", pflichtete Bex ihr strahlend bei, während ihr Tränen über die Wangen liefen. „Gibt es etwas Beängstigenderes, als verliebt zu sein?"

Da es sich um eine rhetorische Frage handelte, verzichteten Melody und Hadleigh auf eine Antwort. Hadleigh spielte mit dem Anhänger, den sie ungeduldig an dem Armband zu befestigen versuchte. Nur spielten ihre Finger nicht mit.

Schließlich half Melody ihr.

Ein paar Minuten später trugen alle drei den Glücksbringer.

„Eine für alle", sagte Melody, „und alle für eine. Ich werde für uns drei passende Anhänger anfertigen – Einzelstücke natürlich, die jede von uns auf individuelle Weise repräsentieren. Dann werden wir etwas haben, das uns daran erinnert, dass Träume wahr werden, auch wenn sich unsere Wege einmal trennen."

„Versprich mir bloß, dass ich keinen Turnschuh-Anhänger bekomme", meinte Bex grinsend. „Oder, noch schlimmer, eine winzige Hantel. Das könnte ich persönlich nehmen."

Hadleigh und Melody mussten lachen.

„Im Ernst, Bex?", neckte Hadleigh ihre Freundin. „Glaubst du wirklich, jemand, der noch bei Verstand ist, könnte dich dumm finden?"

„Ja, Miss-noch-keine-dreißig-und-schon-lebenslang-abge-sichert", fügte Melody hinzu. „Im Gegenteil, du bist brillant, Bex. Du hast in unserer Jugend schon ständig davon gesprochen, dass du eines Tages reich sein würdest. Tja, und das hast du geschafft, Mädchen. Wir sind schrecklich stolz auf dich."

Wehmütig betrachtete Bex ihr Armband, spielte mit dem daran baumelnden Glücksbringer und fragte leise: „Habt ihr jemals etwas bekommen, von dem ihr glaubtet, dass ihr es euch mehr als alles in der Welt wünscht, nur um dann festzustellen, dass sich dadurch gar nicht so viel ändert in eurem Leben? Jedenfalls nicht in euch selbst?"

„Gruppenumarmung!", rief Melody, und alle drei Frauen standen auf und legten die Arme umeinander. In gewisser Hinsicht war dieser Abend das Ende einer Ära.

Obwohl Hadleigh wusste, dass sie stets beste Freundinnen bleiben würden, konnte niemand bestreiten, dass sich ab morgen alles ändern würde.

Sie beendeten die Umarmung und gingen ins Haus, denn es wurde kühl, und die Moskitos begannen ihre Jagd.

Muggles folgte ihnen pflichtbewusst.

Tripp öffnete die Augen. Das Schlafzimmer war in blendendes Licht getaucht, und über ihm stand Jim, der von einem Ohr zum anderen grinste und bereits für die Hochzeit gekleidet war.

Sofort wich Panik der Gereiztheit.

„Wie spät ist es?" Tripp schlug die Decke zurück.

Jim lachte. Seit er Pauline geheiratet hatte, hatte er zugenommen. Die beiden waren wie zwei Nomaden durchs Land gereist und hatten von jedem Nationalpark westlich des Mississippi Ansichtskarten geschickt, zusammen mit den in unregelmäßigen Abständen gesendeten Handy-Fotos, auf denen die beiden vor Geysiren, in der Achterbahn oder neben dem größten Wollknäuel der Welt zu sehen waren. Einmal auch vor einem bunten Schild mit der Aufschrift: „Sehen Sie das erstaunliche, sechs Meter lange Reptil!"

„Entspann dich", sagte Jim. „Es ist noch nicht mal acht, und die Hochzeit ist erst heute Nachmittag um zwei."

Tripp atmete schwer aus, teils erleichtert, teils frustriert, und fuhr sich durch die Haare. Er arbeitete hart wie jeder andere auch, doch seit er einen Trupp zuverlässiger Ranchhelfer angeheuert hatte, stand er nicht mehr im Morgengrauen auf.

Er griff nach der Jeans von gestern, zog sie an und stand auf. Dann musterte er Jims schicken dreiteiligen Anzug. „Bist du nicht ein bisschen schnell?", zog er seinen Dad auf. Jetzt, wo er wusste, dass er nicht verschlafen hatte, besserte sich seine Stimmung sofort. Er hatte das wichtigste Ereignis seines Lebens nicht verpasst und somit die einzige Frau, die er je lieben würde, nicht verprellt.

Jim nestelte an seiner Ansteckkrawatte herum. „Ich wollte die Sachen nur mal anprobieren, das ist alles", erwiderte er. „Und deine Meinung dazu hören."

„Meiner Meinung nach", begann Tripp grinsend, „bist du ziemlich verrückt. Der Anzug sah gut aus, als Pauline ihn für dich ausgesucht hat, und er sieht immer noch gut aus."

Jim runzelte die Stirn, doch seine Augen funkelten übermütig. „Ich weiß nicht", meinte er nachdenklich. „Pauline backt ziemlich viele Kuchen und Plätzchen, seit wir hier angekommen sind. Der Ofen im Wohnmobil ist nicht größer als eine

Cornflakespackung, darum gibt's unterwegs nur wenig Naschzeug. Aber seit wir hier sind, stopfe ich Kuchen in mich hinein, als gäbe es kein Morgen. Das ist Tatsache."

Tripp lachte und zog sich ein T-Shirt über. „Hast du mich etwa geweckt, um mir von deinen Gewichtsproblemen zu berichten, alter Mann?"

„Ich habe dich geweckt, weil heute ein besonderer Tag ist", erklärte Jim, jetzt ernst. „Und ich dachte, wir zwei sollten uns mal unterhalten, so von Mann zu Mann."

„Du hast hoffentlich nicht vor, mir was von den Blumen und den Bienen zu erzählen", neckte Tripp ihn.

Sein Vater winkte ab, doch seine Miene blieb ernst. „Dafür wäre es wohl auch ein bisschen zu spät, was?" Dann schlug er Tripp auf die Schulter. „Was hältst du davon, wenn ich diese eleganten Klamotten gegen meine üblichen Sachen eintausche, wir unsere Pferde satteln und eine Weile ausreiten? Nur du und ich?"

Diese Einladung rührte Tripp, machte ihm aber auch ein wenig Sorgen. „Beantworte mir eine Frage vorweg: Bist du wieder krank?"

Jims Augen weiteten sich. „Nein", antwortete er, sichtlich überrascht von dieser eindringlichen Frage. „Ich bin gesund wie ein … na ja, wie ein Pferd."

„Das ist gut", sagte Tripp mit belegter Stimme. „Dann treffen wir uns in fünfzehn Minuten am Korral."

Darauf grinste Jim, als hätte er eine Frage gestellt und genau die Antwort bekommen, die ihm gefiel.

Eine Viertelstunde später verließ Tripp das Haus, begleitet von Ridley, und sah den Jim, den er kannte, so weit seine Erinnerung zurückreichte – den rauen, fähigen, wortkargen Rancher, dessen Herz groß genug war, um nicht nur eine temperamentvolle und bisweilen störrische Frau bei sich aufzunehmen, sondern auch deren kleinen Sohn. In Jim Galloways Herz war stets reichlich Platz für beide gewesen. Selbst in Tripps rebellischen Teenagerjahren, als er seine Grenzen testete und die Toleranz seines Stiefvaters gelegentlich auf eine harte Probe gestellt hatte, änderte das nichts an Jims Liebe zu diesem Kind.

In diesem Moment wusste Tripp, dass er die wichtigen Dinge richtig machen würde, wenn er ein so guter Ehemann und Vater sein könnte, wie Jim es immer gewesen war – und es bis heute war.

Lächelnd ging er auf Jim zu, der Apache und Skit gesattelt hatte. Was Tripp an dem Namen des braunen Wallachs am meisten gefiel, war die Tatsache, dass Hadleigh jedes Mal grinste, sobald sie ihn aussprach.

„Dieser Skit hier", meinte Jim, „also mit dem müsste man noch ein bisschen arbeiten. Ich sitze noch nicht mal im Sattel, und schon tänzelt er nervös herum."

„Nur zu", ermutigte Tripp seinen Dad und schwang sich auf Apaches Rücken. „Ich hab's versucht, aber er ist eine harte Nuss, der alte Skit. Bis jetzt mag er niemanden außer Hadleigh."

Jim saß mit der Leichtigkeit eines viel jüngeren Mannes auf und rückte seinen alten Hut gerade. „Na, dann besteht ja noch Hoffnung. Wenn er Hadleigh leiden kann, hat er immerhin einen ausgezeichneten Geschmack."

Tripp lachte, und gemeinsam ritten sie los. Sie passierten einige Gatter, ehe sie aufs offene Weideland gelangten. Die Rinder hatten den Winter gut überstanden, und im Frühling hatte es reichlich Kälber gegeben.

„Du hast hier viel bewirkt", stellte Jim fest, nachdem sie eine Weile geritten waren und die Herde in Sicht kam. „Tut meinem Herzen gut, das zu sehen."

Tripp antwortete nicht, denn er fand, dass er nur getan hatte, was getan werden musste. Außerdem hatte er genügend Kapital, um Rinder und Pferde zu kaufen und die nötigen Renovierungsarbeiten ausführen zu lassen. Jim andererseits hatte an der Ranch festgehalten, in guten wie in schlechten Jahren, oft mit nicht mehr als seiner Entschlossenheit und seinem Verstand.

Sie hielten, um Apache und Skit aus dem Fluss trinken zu lassen. Und endlich rückte Jim mit dem raus, was ihn beschäftigte.

„Pauline und ich wollen das Wohnmobil verkaufen und sesshaft werden", sagte er und musterte Tripp aus dem Schatten seiner Hutkrempe heraus.

Soweit es Tripp betraf, waren das gute Neuigkeiten. Er hatte sich schon Sorgen um die beiden gemacht, irgendwo dort draußen unterwegs. Nur hatte er es aus Rücksicht auf Jims Stolz bisher nicht angesprochen. „Okay", sagte er in einem Ton, der seinen Dad ermutigen sollte, weiterzureden.

Jim verlagerte das Gewicht im Sattel und stand kurz in den Steigbügeln, als müsse er die Beine strecken. „Die Sache ist die, dass wir wohl lieber in der Stadt wohnen würden. Besonders wenn der Winter kommt. Pauline ist gern unter Leuten, sie geht gern zur Kirche, ist Mitglied im Buchclub und solche Sachen. Sie mag Mustang Creek sehr, also denke ich, wir werden uns ein kleines Haus in einer ruhigen Straße zulegen und Stadtmenschen werden."

„Und was ist mit dir?", erkundigte Tripp sich vorsichtig. Wenigstens hatten die zwei nicht beschlossen, weit weg zu ziehen. „Du hast dein ganzes Leben auf dieser Ranch verbracht. Sie ist dein Zuhause …"

Doch Jim winkte ab. „Ich habe jetzt ein neues Leben, mein Sohn, mit Pauline. Und ich meinte es damals ernst, als ich dir erzählte, ich hätte genug von harten Wintern und kranken Rindern und all diesen Dingen. Wenn du die Ranch nicht willst, ist das etwas anderes. Aber ich glaube, du willst sie, so hart, wie du hier gearbeitet hast. Und wenn mich nicht alles täuscht … nun, das Beste wäre doch wohl, wenn du und Hadleigh dieses Haus wieder zu dem Zuhause macht, das es einmal war und längst wieder sein sollte." Der alte Mann machte eine Pause und grübelte. „Sorgst du dafür, dass ich auch ein paar Enkel bekomme?"

Es stimmte, Tripp liebte die Ranch, sie war sein Zuhause. Trotzdem wollte er nicht, dass Jim ihm die Ranch einfach überließ, zumal Tripp es sich leisten konnte, einen akzeptablen Preis dafür zu bezahlen. Er wollte genau das gerade anbringen, oder zumindest etwas in der Art, als Jims Miene wirklich ernst wurde und er auf sehr vertraute Weise die Hand hob, um Stille einzufordern.

„Ich mag nicht reich sein", erklärte er in ebenso ernstem wie unnachgiebigem Ton. „Aber ich habe alles, was ich brauche, und noch ein wenig darüber hinaus. Verdammt, Tripp, ein Mann will seinem Sohn nun mal etwas hinterlassen. Eines Tages wirst du das verstehen. Für eine Tochter hätte ich übrigens das Gleiche getan. Ich hoffe nur, du respektierst meine Entscheidung, denn ändern werde ich sie nicht mehr."

Tripp schwieg eine ganze Weile, um zu verarbeiten, was sein Dad gesagt hatte. Eine ähnliche Version dieser kurzen Rede hatte er schon einmal gehört, unmittelbar nach seiner Rückkehr nach Mustang Creek. Aber anscheinend war ihm gar nicht klar gewesen, wie wichtig Jim diese Sache mit dem Vermächtnis war.

Sicher, da spielte auch männlicher Stolz eine Rolle, doch darunter verbarg sich noch eine tiefere Bedeutung. Eine Ranch zu vererben, die seit Generationen im Familienbesitz war, etwas, wofür er gearbeitet, gebetet und gekämpft hatte, enthielt auch die Botschaft von Jim: „Du bist mein Sohn."

Jim hatte das oft genug betont, von Anfang an. Und er hatte sich nie anders verhalten.

In diesem Moment wusste Tripp – genau genommen traf ihn die Erkenntnis wie der Blitz –, dass er Jim nicht vorbehaltlos vertraut hatte. Das Geschenk, das Jim ihm anbot, schien das zu sein, was es war: zu gut, um wahr zu sein. Insgeheim hatte Tripp sich als Außenseiter gefühlt. Gut behandelt zwar, aber dennoch nicht ganz dazugehörig – jemand, der nicht da wäre, wenn seine Mutter ihn nicht mit in die Beziehung gebracht hätte. Er war noch ein Kind gewesen, und er hatte wie eines gedacht. Also war er zu dem Schluss gekommen, dass Jim ihn ebenfalls aufnehmen musste, wenn er Ellie zur Frau nehmen wollte.

Tja, dachte Tripp jetzt, ich bin kein Kind mehr. *Diese Entschuldigung zählt also nicht.* Er war ein Mann, und er liebte eine Frau – aus tiefstem Herzen. Und er wusste genau, dass er ihr Kind – oder seinetwegen auch ein ganzes Dutzend Kinder von ihr – genauso ins Herz schließen würde, wie Jim es mit ihm getan hatte.

Denn so verhielt sich ein guter Mann, wenn er eine Frau liebte. Er liebte sie jetzt und in der Zukunft, und er liebte sie, wie sie war – denn ihre Vergangenheit hatte sie schließlich in seine Gegenwart geführt. Wäre da schon eine kleine Familie gewesen, umso besser.

Jim riss Tripp aus seinen Grübeleien. „Gibst du mir eine Antwort, mein Sohn, oder willst du bloß für den Rest des Tages auf den Fluss starren?"

Tripp musste sich für einen Moment abwenden, brachte aber immerhin ein heiseres Lachen heraus. Als er Jim wieder ansah, grinste er. „Alles klar, alter Mann", sagte er. „Du hast gewonnen. Ich nehme diese Ranch und sorge dafür, dass sie blüht, und ich werde dir für den Rest meiner Tage dankbar sein." Er schluckte. „Nicht nur, weil du sie mir überlässt. Ich werde dich stolz machen, Dad. Das verspreche ich."

„Zufällig bin ich längst stolz auf dich. Und zwar seit ich dich zum ersten Mal gesehen habe. Sorg dafür, dass es so bleibt. Du weißt, wie sehr ich Hadleigh schätze. Sie ist wie eine Tochter für mich. Sei also lieber gut zu ihr, sonst bekommst du es mit mir zu tun."

Tripp drehte sein Pferd und ritt an Jims Seite, sodass sie einander ins Gesicht sehen konnten. Er streckte die Hand aus. „Ich liebe diese Frau viel zu sehr, um nicht gut zu ihr zu sein", erklärte er mit belegter Stimme. „Du hast mein Wort darauf."

Jim nahm seine Hand und schüttelte sie. Dann legte er ihm den Arm um den Nacken und drückte ihn an sich, sodass ihre

Köpfe zusammenstießen. Sie lachten beide. Die alten Bande zwischen ihnen, vor langer Zeit entstanden, hielten noch immer, und zwar stärker denn je.

Anderer Anzug.

Anderer Mann.

Gleiche Kirche und größtenteils auch die gleichen Gäste auf den Kirchenbänken entlang der Wände und auf den Emporen. Sogar der gleiche Prediger.

Hadleigh spähte aus dem kleinen Raum direkt neben dem Altar und fragte sich, ob Mr Deever einen Overall unter dem Talar trug, wegen der Arbeit, die auf der Farm noch auf ihn wartete. Gleich darauf jedoch wurde ihre Aufmerksamkeit auf den Mann gelenkt, den sie gleich heiraten würde. Er stand groß und aufrecht beim Altar, mit Spence Hogan als Trauzeugen.

Für den Bruchteil einer Sekunde glaubte sie auch Will zu sehen, lebendig und gesund und attraktiv in seiner Ausgehuniform, an Spences Stelle. Sie musste gegen die Tränen ankämpfen. Obwohl Hadleigh sie nicht gesehen hatte, wusste sie, dass auch Gram da war und auf ihre Weise an der Zeremonie teilnahm.

Bex, die in ihrem viel geschmähten Brautjungfernkleid umwerfend gut aussah, genau wie Melody in ihrem, zupfte am Ärmel von Hadleighs Hochzeitskleid. „Pass doch auf, sonst sieht dich am Ende noch jemand!"

„Das wäre der Horror", meinte Melody grinsend und verdrehte die Augen.

„Das bringt Unglück", stellte Bex klar. „Niemand darf die Braut vor der Zeremonie sehen. Was, wenn Tripp hinübersähe?"

„Wir sehen die Braut doch auch", argumentierte Melody und legte den einen Arm um Bex' Schultern und den anderen um Hadleighs. „Außerdem ist sie wunderschön."

„Bitte nicht", flehte Hadleigh wie wild blinzelnd. „Wenn ich weinen muss, verläuft mein Mascara."

„Wow", meinte Melody. „Das würde dann aber wirklich Unglück bringen."

Sie lösten sich voneinander, und Hadleigh hob die rechte Hand in einen Sonnenstrahl. Der kleine Talisman in Form eines Pferdes funkelte an ihrem Armband.

„Der Heiratspakt für immer", sagte sie.

Bex und Melody hoben ebenfalls die Handgelenke mit den Armbändern und hielten sich an den Händen.

„Für immer", bestätigte Melody.

„Oder bis wir alle verheiratet sind", sagte Bex. „Falls das jemals passiert."

Hadleigh legte ihre Stirn an Bex'. „Hab Vertrauen", flüsterte sie.

„Ja", pflichtete Melody ihr bei. „Wozu sollte ein heiliger Pakt denn gut sein, wenn man nicht dran glaubt?"

Bevor Bex darauf etwas erwidern konnte, wurde leise an die Tür geklopft, hinter der ein kleiner Gang lag, der in die Vorhalle der Kirche führte. Auf Hadleighs „Herein" erschien Jim Galloways immer noch gut aussehender Kopf. Jim zwinkerte seiner zukünftigen Schwiegertochter zu.

„Bist du bereit, wunderschöne Lady?", erkundigte er sich.

„Ich bin bereit."

Melody und Bex machten sich an ihrem Schleier zu schaffen und schüttelten ihre gebauschten Röcke.

Bex nahm die Blumensträuße aus den Schachteln und reichte Hadleigh den Brautstrauß aus gelben Rosen, Bändern und Schleierkraut. Bex und Melody würden Sträuße aus weißen Nelken mit zu ihren Kleidern passenden Bändern tragen.

Jim bot Hadleigh den Arm an, und sie nahm ihn voller Zuneigung zu diesem Mann, der sie bereits als Tochter sah. Sie folgten Melody und Bex durch den Flur, der so eng war, dass Hadleighs Kleid nur knapp zwischen seine Mauern passte und beim Gehen ein Rascheln verursachte.

In der Vorhalle mit den Regalen voller Broschüren, Informationsblättern und Sammelumschlägen hielten sie kurz an. Dann trat Melody in den breiten Türrahmen. Das war das Stichwort für die Organistin, die zu spielen anfing.

Hadleigh kam es vor, als sei alles und jeder in ein warmes, goldenes Licht getaucht. Wenn dies ein Traum war, wollte sie nie mehr daraus erwachen.

Melody schritt den Mittelgang entlang, gefolgt von Bex.

Als die ersten Töne des Hochzeitsmarsches erklangen, trat Hadleigh an Jims Seite über die Schwelle zur Ewigkeit.

Die Gäste erhoben sich, doch Hadleigh hatte nur Augen für Tripp, der sie mit einem Lächeln auf dem Gesicht erwartete.

Die meisten Bräute erinnerten sich vermutlich bis ins Detail an ihre Hochzeit, nicht so Hadleigh. Sie konnte nur Tripp sehen. Selbst Mr Deever mit der Bibel in der Hand verschwamm.

Dennoch gelang es ihr zu antworten, als sie an der Reihe war.

Nahm sie diesen Mann als ihren rechtlich angetrauten Ehemann?

Und ob!

„Hadleigh?", flüsterte Mr Deever.

„Ja, ich will!", rief sie überschwänglich und löste damit wohlwollendes Lachen unter den Anwesenden aus, die alle ein wenig angespannt waren. Das wurde Hadleigh allerdings erst später klar, als sie sich das Video ansah. Erst nach der Stelle, an der Mr Deever sich mit der Frage an die Gemeinde wandte, ob jemand Einspruch gegen diese Eheschließung erheben wolle, hatte sich die Anspannung gelöst.

Natürlich hatte niemand etwas einzuwenden, denn alle in Bliss County fanden, dass Tripp und Hadleigh füreinander bestimmt waren. Mit Ausnahme vielleicht von Oakley Smyth, der jedoch die Freundlichkeit besessen hatte, der Trauung fernzubleiben. Oder zumindest schlauer war, als die meisten Leute ihm zugetraut hätten.

Nachdem der Pfarrer das glückliche Paar zu Mann und Frau erklärt hatte, hob Tripp Hadleighs Schleier und küsste sie so

269

leidenschaftlich, dass es auf Monate für Klatsch sorgen würde, während der Organist einen triumphierenden Akkord anschlug.

Tripp, der nie allzu viel Traditionsbewusstsein gehabt hatte, hob seine Braut einfach hoch und trug sie zum zweiten Mal innerhalb eines Jahrzehnts eilig den Mittelgang entlang.

Mit dem Unterschied, dass er sich die Braut diesmal nicht über die Schulter geworfen hatte.

Und diesmal trat die Braut auch nicht um sich oder protestierte. Stattdessen standen ihr Freudentränen in den Augen.

Der Hochzeitsempfang, der im Versammlungszimmer der öffentlichen Bibliothek direkt gegenüber der Kirche stattfand, kam Tripp endlos vor. Er wollte endlich allein mit seiner Frau sein, und das war so ziemlich alles, woran er denken konnte. Darum achtete er auch darauf, lieber hinter einem Tisch oder sonst einem hüfthohen Hindernis zu stehen.

Er lächelte für die Fotografen.

Er und Hadleigh fütterten einander mit dem Kuchen, und dabei fühlten sich beide so wild, dass dieses Ritual sich beinahe in eine Essensschlacht verwandelte.

Der erste Tanz war eine Kombination aus Ekstase und Qual. Tripp tröstete sich mit dem Gedanken, dass er Hadleigh wenigstens im Arm hielt. Da war zwar sehr viel Kleid zwischen ihnen, doch er spürte ihre Wärme und Rundungen, als wären sie beide nackt.

Endlich war es Zeit zu gehen, und Tripp vergeudete keine Sekunde. Er schnappte sich seine Braut und marschierte auf direktem Weg zum nächsten Ausgang, sehr zur Belustigung der Gäste, die wahrscheinlich bis zum Morgengrauen tanzen wollten.

Sollten sie ruhig essen, trinken und feiern.

Tripp hatte andere Pläne, und in denen kamen nur zwei Leute vor.

Hadleigh lachte, als ihr frisch angetrauter Ehemann sie mitsamt ihrem bauschigen Kleid auf den Beifahrersitz seines Pick-ups runterließ und herumtastete, bis er den Sicherheitsgurt gefunden hatte.

„Das kommt mir alles seltsam bekannt vor", neckte sie ihn. „Fahren wir zu Bad Billy's?"

Tripp biss zärtlich in eine von Hadleighs hinter Spitze verborgenen Brustwarzen. „Nein. Es sei denn, du willst die Mutter aller Skandale heraufbeschwören", erwiderte er in sinnlichem Ton und mit funkelnden Augen.

Hadleighs Beherrschung, ohnehin nur mühsam aufrechterhalten, bröckelte zusehends. „Ich bin sehr für das Skandalöse", hauchte sie. „Aber es sollte unter uns bleiben."

„Gute Idee", sagte Tripp.

Einen Moment später saß er hinter dem Steuer, und sie fuhren los.

Flitterwochen hatten sie nicht geplant, weil sie beide die Hochzeitsnacht in ihrem Schlafzimmer im Ranchhaus verbringen wollten und nicht in irgendeinem Hotel. Denn zu Hause würde ihre gemeinsame Geschichte beginnen.

Tripp fuhr wie verrückt, und doch schafften sie es nicht ganz bis zur Ranch.

Er bog in eine kleine Nebenstraße ein, parkte bei einer Baumgruppe und sah zu Hadleigh. „Nun, Mrs Galloway, wenn Sie bereit sind, dann nehme ich Sie jetzt."

Eine prickelnde Wärme durchflutete sie. „Ich bin bereit, Mr Galloway."

Tripp hob sie aus dem Wagen. Im kühlen Schatten der Kiefern und in der süßen Stille standen sie einander gegenüber.

Hadleigh drehte sich um und kehrte Tripp den Rücken zu. Er öffnete die gefühlt neun Millionen Knöpfe des Kleids, was eine Ewigkeit dauerte. Endlich stieg sie aus dem wundervollen Kleid und stand Tripp wieder gegenüber, jetzt nur noch mit seidenem Unterrock, sexy Mieder und Strümpfen bekleidet. Die Schuhe hatte sie schon im Wagen abgestreift.

Tripp stieß einen erstickten Laut aus, der Hadleigh entzückte, und endlich küsste er sie.

„Mein Kleid", erinnerte sie ihn, nachdem sie wieder zu Atem gekommen war. Sie wollte nämlich, dass ihre Töchter dieses Kleid zu ihren Hochzeiten trugen, und möglicherweise noch deren Töchter.

Mit beiden Armen hob er den Berg aus Seide und Spitze und Perlen auf, um ihn auf den Vordersitz des Pick-ups zu stopfen. Wäre Hadleigh nicht schon halb verrückt vor Verlangen nach Tripp gewesen, hätte sie das vielleicht irritiert. Stattdessen schaute sie nur amüsiert zu, wie er mit der Unmenge an Stoff kämpfte.

Letztlich gelang es ihm, jeden Fitzel des Kleids im Wagen zu verstauen und die Tür zuzuwerfen.

„Wäre es nicht einfacher gewesen, es auf dem Rücksitz zu verstauen?", fragte Hadleigh, als Tripp wieder bei ihr war.

„Für den Rücksitz habe ich andere Pläne", erwiderte er, öffnete eine der hinteren Türen, hob Hadleigh seitlich auf den Sitz und streifte ihr langsam die Strümpfe und die Strumpfbänder ab.

Nachdem ihre Beine nackt waren, wusste sie, was er vorhatte. Sie legte sich auf den Rücken und stöhnte, als er den seidenen Unterrock hochschob und ihre Oberschenkel spreizte. In den vergangenen Wochen hatte es ihr Spaß gemacht, Tripp damit zu necken, dass sie nicht vorhabe, unter dem Hochzeitskleid einen Slip zu tragen.

Jetzt war die Zeit der Rache da.

Behutsam küsste Tripp ihre samtigen Beine.

Ungeduldig hakte Hadleigh ihr Mieder auf und ließ es zu Boden fallen. Sie konnte es nicht mehr erwarten, ihn Haut an Haut zu fühlen.

Und dann strich sein warmer Atem über ihren intimsten, empfindsamsten Punkt. Sowie er begann, sie mit seinem Mund zu verwöhnen, bog sie den Rücken durch und schrie ihre animalische Lust heraus, die Tripp jedes Mal in ihr weckte, wenn er mit ihr schlief.

Sie vergrub die Hände in seinen Haaren, fiebrig, mit zunehmender Erregung und ihn anflehend, denn sie wollte ihn spüren, tief in sich spüren.

Stattdessen fuhr Tripp fort, sie mit den Lippen zu liebkosen und so zu einem berauschenden Höhepunkt zu bringen. Und gleich anschließend noch einmal. Nachdem er fertig war, war sie erschöpft und so befriedigt, dass sie kaum sprechen konnte. Doch sie wusste, dass er ihr Verlangen schon bald von Neuem entfachen würde, sodass sie sich wand und stöhnte, unter ihm oder rittlings auf ihm, oder beides abwechselnd.

Tripp stieg in den Wagen, und es gelang ihm, Hadleigh auf seinen Schoß zu setzen, wobei er abwechselnd an ihren Brüsten saugte und sie streichelte, bis Hadleigh es vor Begierde nicht mehr aushielt und sich aufbäumte. Erst da drang er geschmeidig und kraftvoll in sie ein. Beinah sofort riss ein weiterer Orgasmus sie mit sich.

Erschöpft sank sie auf Tripp, während das Beben allmählich nachließ. Sie legte die Stirn an seine Schulter, wobei er ihre Hüften umfasst hielt und sie sacht hob und senkte. Dabei murmelte er beruhigende Worte und ließ ihre Erregung wieder ansteigen.

Es dauerte nicht lange, bis Hadleigh sich seinem Rhythmus anpasste und erneut stöhnte, während Tripp sich schneller und schneller bewegte. Er kam mit einem heiseren Schrei – schrie ihren Namen –, und da gelangte sie zu ihrem letzten Höhepunkt, dem intensivsten von allen.

Noch eine ganze Weile danach bewegte sich keiner von beiden.

Tripp streichelte Hadleighs Rücken. „Irgendwie", keuchte er, noch immer außer Atem, „hätte ich nie gedacht, dass wir unsere Ehe auf dem Rücksitz eines Pick-ups vollziehen würden."

Hadleigh lächelte ein wenig verlegen. Tripp war noch in ihr, und wenn es nach ihr ginge, würde es noch eine weitere Runde geben, bevor sie nach Hause fuhren. „Wie gut, dass du heute eine ehrbare Frau aus mir gemacht hast", sagte sie und vollführte leichte kreisende Bewegungen mit ihrem Becken, was Tripp ein Stöhnen entlockte. „Andernfalls wäre ich definitiv kompromittiert."

Erneut entrang sich ihm ein Stöhnen.

Sie fuhr fort mit ihren kreisenden Bewegungen.

„Verdammt, Weib", presste er mühsam hervor. „Hab Erbarmen mit mir."

Hadleigh beugte sich herunter und knabberte erst sacht an seinem Hals und dann an seinem Ohrläppchen. „Keine Chance, Cowboy", erwiderte sie. „Das wird ein sehr, sehr langes Rodeo."

– ENDE –

Lesen Sie auch:

Danielle Stevens

Im Tal der Kolibris

Ab Mai im Buchhandel erhältlich

Band-Nr. 25829
9,99 € (D)
ISBN: 978-3-95649-170-2
eBook: 978-3-95649-434-5

1. KAPITEL

Bremerhaven

Wie ein Gigant aus Eisen lag die Güstrow am Kai im Hafen. Der stählerne Leib des Schiffes war gut einhundertzehn Meter lang und verfügte über fünf Schornsteine, die in den strahlend blauen Himmel ragten.

Auf dem Pier herrschte emsige Betriebsamkeit. Über Holzplanken wurden Gepäck, Proviant und Unmengen an Kohle in den Bauch des Schiffes geladen. Obwohl es so kalt war, dass den Hafenarbeitern der Atem vor den Lippen kondensierte, arbeiteten sie zum Teil mit barem Oberkörper, auf dem der Schweiß schimmerte. Über einen Aufgang betraten die ersten Passagiere die Güstrow und wurden von Mitgliedern der Mannschaft in adretten weißen Uniformen in Empfang genommen.

Das galt zumindest für diejenigen, die ein Billett für Kabinen der ersten oder zweiten Klasse besaßen. Die zahllosen Männer, Frauen und Kinder, die eine Fahrkarte für die dritte Klasse ihr Eigen nannten, betraten die Güstrow auf demselben Weg, den auch der größte Teil der Ladung nahm. Und sie alle mussten, ehe sie sich an Bord begeben durften, eine gründliche Untersuchung ihrer Kleidung und Haare über sich ergehen lassen, um sicherzustellen, dass sie keine Flöhe oder Läuse einschleppten.

Eine Prozedur, die Charlotte von Grünau zu Meersberg, die jetzt noch neben ihrem Vater in der Familienkutsche saß, selbstverständlich erspart bleiben würde. Von der Tochter eines Barons erwartete man schließlich nicht, dass sie Ungeziefer an Bord brachte.

„Brrrrrr!" Heinrich, der achtzehnjährige Gärtnersohn, der oben auf dem Kutschbock saß, hielt die Pferde an. Dann kletterte er hinunter und öffnete den Wagenschlag für sie.

Betont elegant stieg Charlotte aus, wobei sie sich von Heinrich helfen ließ, was ihrem Vater, der ihr den Vortritt überlassen hatte, gar nicht gefiel. Das jedenfalls verriet sein verkniffener Gesichtsausdruck – so weit, das Verhalten seiner Tochter zu kommentieren, ließ er sich jedoch nicht herab. Umso süßer war das Lächeln, das sie Heinrich schenkte, dessen Wangen vor Verlegenheit regelrecht zu glühen begannen.

Sie wusste, dass er insgeheim schon lange aus der Ferne für sie schwärmte, doch für den etwas pummeligen Jungen, der sein sandbraunes Haar stets mit viel Pomade zurückkämmte, war sie unerreichbar. Und das wusste er ebenso gut wie sie, von daher hatte sie ihm auch nie irgendwelche Hoffnungen gemacht.

Dass sie heute einmal eine Ausnahme machte, lag daran, dass sie einander ohnehin nie wiedersehen würden. Denn im Gegensatz zu Heinrich würde sie an Bord der Güstrow sein, wenn das Schiff in ein paar Stunden mit Ziel Südamerika ablegte.

„Das genügt jetzt", wies Richard Baron von Grünau zu Meersberg seine Tochter in einem Tonfall zurecht, der keinen Widerspruch duldete. Die eisblauen Augen in seinem schmalen, fast schon asketisch wirkenden Gesicht blitzten warnend, als er sich Heinrich zuwandte: „Sorg dafür, dass unser Gepäck an Bord gebracht wird. Ich bezahle dich fürs Arbeiten, nicht fürs Gaffen!"

Heinrich zuckte merklich zusammen, senkte den Blick und murmelte eine Entschuldigung. Dann eilte er zur Rückseite des Wagens. Kurz darauf war Gepolter zu hören.

Charlotte keuchte unterdrückt auf, als ihr Vater sie grob am Oberarm packte.

„Nimm dich zusammen", fauchte er sie an. „Was soll dein zukünftiger Ehemann denken, wenn du ein solches Benehmen an den Tag legst? Auf der Überfahrt werden sich sicher einige Passagiere befinden, die mit den Duartes bekannt sind. Ich warne dich – bring mich nicht in Verlegenheit!"

Ehe sie etwas erwidern konnte, tauchte ein Mann in der Uniform der Reederei auf. Mit einem professionellen Lächeln wandte er sich an ihren Vater. „Ich darf Sie herzlich im Namen der Reederei willkommen heißen. Benötigen Sie Hilfe beim Verladen Ihres Reisegepäcks, Herr …?"

„Baron", korrigierte ihr Vater ihn mit einer Überheblichkeit, zu der nur Angehörige des echten alten Adels imstande waren. „Baron von Grünau zu Meersberg. Ich gehe jetzt mit meiner Tochter an Bord. Mein Bursche wird Ihnen zeigen, was alles mitbefördert werden muss."

Damit war das Thema für ihn erledigt, und er wandte sich wieder Charlotte zu, ohne den irritiert wirkenden Mann eines weiteren Blickes zu würdigen, und reichte ihr seinen Arm.

Sie näherten sich dem stählernen Koloss. Charlotte hatte noch nie ein so imposantes Schiff gesehen. Das Landgut ihrer Familie befand sich im äußersten Süden Oberschlesiens, weitab von den Ufern der Ostsee. Doch es war nicht die schiere Größe der Güstrow, die ihr weiche Knie bereitete, sondern vielmehr die Tatsache, dass sie sich mit jedem Schritt einer fremden, ungewissen Zukunft näherte.

„Ich kann mich hoffentlich darauf verlassen, dass du dich an unsere Verabredung hältst?", griff Richard von Grünau zu Meersberg das Thema wieder auf.

Er sprach, ohne sie dabei anzusehen. In seinem dunklen Gehrock, unter dem er ein schlichtes weißes Hemd trug, war er der gängigen Männermode entsprechend gekleidet. Das Haar unter dem Hut hatte er streng zurückgekämmt. Wie stets wirkte er nach außen hin vollkommen ruhig und gelassen, doch niemand wusste besser als Charlotte selbst, dass sich hinter der kühlen, emotionslosen Fassade ein Despot verbarg, der mit eiserner Hand ebenso über seinen Haushalt wie auch über seine Ländereien herrschte – und über seine Tochter.

„Natürlich, Papa", erwiderte sie, ganz das gehorsame junge Mädchen, das er von ihr zu sein erwartete. Im Laufe der Jahre hatte sie gelernt, dass man auf diese Weise seinem Zorn am ehesten entging – was nicht bedeutete, dass es ihr immer gelungen war, ihr vorlautes Mundwerk zu zügeln.

279

Entsprechend fiel ihr die Vorstellung, ihr Leben auf Schloss Meersberg zurückzulassen und in einem fernen Land noch einmal von vorn anzufangen, auch alles andere als schwer. Wäre ihre Mutter noch da gewesen, hätte das wohl ganz anders ausgesehen. Doch ihr herrschsüchtiger Vater und ihr älterer Bruder Johannes, der ihrem Vater in nichts nachstand, waren die einzigen Verwandten, von denen sie sich verabschieden musste.

„Vergiss nie, wie wichtig deine Verbindung mit den Duartes für unsere Familie ist", setzte der Baron erneut zu der Litanei an, die sie in den vergangenen Monaten schon so oft gehört hatte, dass sie sie mühelos aufsagen konnte. „Wie du weißt, ist der Name von Grünau zu Meersberg das einzige Kapital, das wir zurzeit in die Waagschale zu werfen haben. Wir sind bis unter den Dachfirst verschuldet, und unsere Ländereien gehören längst nur noch dem Anschein nach uns. Doch wenn es mir gelingt, das Handelsmonopol für Salpeter im Deutschen Bund zu erhalten, während du Miguel Duarte heiratest, um die Verbindung zwischen unseren Familien zu festigen, ist der Fortbestand unserer Linie für die kommenden Generationen gesichert."

Charlotte nickte stumm. Nichts von alledem berührte sie wirklich. Sie scherte sich nicht um das Schicksal irgendwelcher nebulösen Nachfahren, die sie höchstwahrscheinlich ohnehin niemals kennenlernen würde. Zudem stand zu befürchten, dass die zukünftigen Kinder ihres Bruders zu ebenso arroganten und selbstherrlichen kleinen Scheusalen heranwachsen würden, wie er selbst eins war.

Für Charlotte gab es daher wahrlich wenig Anlass, so etwas wie Loyalität oder Pflichtgefühl ihrer Familie gegenüber zu empfinden. Dass sie sich trotzdem bereit erklärt hatte, sich den Plänen ihres Vaters zu beugen, hatte gänzlich andere Gründe.

Unauffällig tastete sie nach dem goldenen Medaillon, das sie unter ihrem hochgeschlossenen Oberteil an einer feinen Kette um den Hals trug. Sie wagte nicht, es offen zu zeigen. Zumindest nicht, solange ihr Vater es sehen konnte. Sie zweifelte nicht daran, dass er es erkennen würde. Schließlich hatte dieses Medaillon, das die Form eines in der Mitte zerbrochenen Herzens aufwies, einmal seiner Gemahlin gehört, Frederike von Grünau zu Meersberg – eine Frau, über die Charlotte so gut wie nichts wusste.

Ihre Mutter.

Sofort spürte sie, wie ihr das Herz schwer wurde. Dass sie inzwischen doch ein paar Dinge über Frederike erfahren hatte, verdankte sie keineswegs ihrem Vater. Der Baron hatte sich, was die Mutter seiner Kinder betraf, stets äußerst zugeknöpft gezeigt. Kein Wort zu diesem Thema war je über seine Lippen gedrungen, da hatte Charlotte noch so sehr betteln und jammern können.

Nun, zumindest der Grund dafür war für sie nun kein Rätsel mehr. Falscher Stolz hatte ihren Vater dazu veranlasst, Stillschweigen über die Vergangenheit zu wahren. Indem er so tat, als hätte seine Frau niemals existiert, versuchte er den Schleier des Vergessens über eine Angelegenheit auszubreiten, die ihn in seiner männlichen Ehre gekränkt hatte. Denn Frederike von Grünau zu Meersberg war weder im Kindbett gestorben noch, wie Charlotte es sich als junges Mädchen ausgemalt hatte, von einem Riesen aus dem Märchen entführt oder in einem hohen Turm gefangen gehalten worden.

Nein, sie war kurz nach der Geburt ihrer Tochter vor ihrem despotischen Gemahl davongelaufen. Und zwar – wenn man den Gerüchten unter der Dienerschaft glauben durfte – nach Chile, wo sie entfernte Angehörige hatte.

Dies war der wahre Grund, weshalb Charlotte sich auf das Abenteuer Südamerika eingelassen hatte. Nicht wegen ihres zukünftigen Ehemanns Miguel Duarte, den sie nur ein einziges Mal kurz auf einem Ball kennengelernt hatte. Und schon gar nicht wegen der Ambitionen ihres Vaters, die Familie wieder zu Reichtum und Macht zurückzuführen. Nein, sie tat es ganz

281

allein für sich selbst. Um endlich herauszufinden, was aus ihrer Mutter geworden war. Und wenn sie dafür alles, was ihr Leben bisher ausgemacht hatte, hinter sich lassen musste, dann war dies ein Preis, den sie gern zu zahlen bereit war.

Zudem würde sie ja nicht allein sein.

Ein weiteres Detail, von dem ihr Vater nichts ahnte.

Verstohlen blickte sie sich auf dem Weg zum Aufgang der Güstrow um, doch sie konnte Margot nirgends entdecken – was vermutlich nicht besonders ungewöhnlich war, da ihre Freundin nicht, wie sie selbst, in der ersten Klasse reisen würde. Dazu reichten die Rücklagen, die Margot sich als Zofe im Haushalt der von Grünau zu Meersbergs zusammengespart hatte, bei Weitem nicht aus.

Dass Margot sich überhaupt an Bord des Schiffes befand, hatte sie vor allem Pastor Liebig, dem Gemeindegeistlichen, zu verdanken. Der hatte ein Ansuchen von einem Kollegen aus dem fernen Chile erhalten. Einige von dessen männlichen Schäfchen, bei denen es sich zum größten Teil um deutsche Auswanderer handelte, suchten verzweifelt nach einer patenten deutschen Frau zum Heiraten.

Über ihn hatte Margot einen jungen Siedler namens Ludwig kennengelernt. Nach monatelangem Briefwechsel hatte der ihr einen Antrag gemacht, und für Margot war es keine Frage gewesen, sofort zuzusagen.

Nun würde Charlottes ehemalige Zofe auf demselben Schiff wie sie selbst nach Chile reisen, um dort einen Mann zu heiraten, den sie bisher nur aus Briefen kannte.

Im Gegensatz zu mir heiratet sie aber, weil sie zumindest glaubt, ihren zukünftigen Mann zu lieben …

„Vielleicht wäre es besser, ich würde meinen Aufenthalt in Chile bis zu deiner Vermählung mit Duarte verlängern", sagte ihr Vater unvermittelt und riss sie damit aus ihren Überlegungen. „Mir ist offen gestanden nicht recht wohl bei dem Gedanken, dir eine solche Verantwortung zu übertragen."

Seine Worte mochten für einen Außenstehenden fürsorglich klingen, Charlotte wusste es jedoch besser. Richard von Grünau zu Meersberg traute es ihr nicht zu, dass sie die ihr gestellte Aufgabe zu seiner Zufriedenheit ausführte. Zum Glück hielt er sich überall für unabkömmlich, sodass er es nicht wagte, Grünau länger als für ein paar Wochen zu verlassen. Schloss Meersberg und die dazugehörigen Güter in die Hände seines Sohnes Johannes zu übergeben kam ihm nicht in den Sinn. Und er zog es auch jetzt nicht wirklich in Erwägung.

„Herzlich willkommen an Bord der Güstrow", begrüßte ein junger Mann in weißer Uniform sie und lächelte strahlend. Ein golden glänzendes Namensschild wies ihn als Hermann aus.

Charlottes Vater reichte ihm ihr Billett. „Ich möchte mir gern zunächst ansehen, wie meine Tochter und ich untergebracht sind", sagte er.

„Aber natürlich", erwiderte Hermann und winkte mit einer lässigen Handbewegung einen Jungen von allerhöchstens zwölf Jahren heran. „Mach dich nützlich, Gustav, und zeige den Herrschaften ihre Kabinen."

Gustav salutierte zackig und wandte sich an Richard von Grünau zu Meersberg: „Wenn Sie mir bitte folgen würden? Die äußere Hülle der Güstrow", referierte der Knirps, während er sie durch eine breite, mit kunstvollen Schnitzereien verzierte Flügeltür führte, „ist vollständig aus Stahl gefertigt und der Rumpf doppelwandig ausgeführt. Der Antrieb erfolgt über seitliche Schaufelräder und eine Heckschraube mit einem Durchmesser von gut sieben Metern. Im Bauch dieses Schiffes sorgen zwei Dampfmaschinen mit sechs Kesseln für eine Geschwindigkeit von bis zu zwölf Knoten."

Charlotte konnte ein Schmunzeln nicht unterdrücken, während die Miene ihres Vaters gewohnt eisig blieb.

„Wenn ich an einer Lehrstunde in Sachen Dampfsegelschiff interessiert wäre, hätte ich danach gefragt", sagte er kühl. „Und

283

eine Führung durch die Güstrow habe ich ebenso wenig angefragt. Wie groß ist dieser verflixte Kahn eigentlich?"

Dem kleinen Gustav war deutlich anzusehen, wie sehr ihm der herablassende Tonfall des Barons gegen den Strich ging, dennoch hütete er seine Zunge.

„So, da wären wir", sagte er schließlich, öffnete die Tür zu einer Kabine und ließ sie und ihren Vater eintreten.

Charlotte staunte. Sie hatte eine relativ überschaubare Kabine erwartet, obschon die schiere Größe der Güstrow sie bereits daran hatte zweifeln lassen. Mit einer ganzen Zimmerflucht, bestehend aus einem geräumigen Wohnzimmer, einem Schlafzimmer und einem eigenen Bad, hatte sie nicht gerechnet.

Die Einrichtung war in dunklem Holz gehalten und, wie Charlotte fand, sehr stilvoll. Da sich die Kabine auf dem Oberdeck befand, gab es eine ganze Front von Fenstern, von denen man, wenn das Schiff erst auf hoher See war, sicher eine fantastische Aussicht hatte. Gleich mehrere Sitzgelegenheiten – ein samtbezogener Diwan, ein Ohrensessel aus Chintz und ein Sofa mit ebensolchem Bezug – luden zum Verweilen ein.

„Das ist …", stieß Charlotte überwältigt hervor.

„Durchaus angemessen", fiel ihr Vater ihr ins Wort. Selbstverständlich vermied er es, sich anmerken zu lassen, ob er beeindruckt war oder nicht, denn das ließe sich nicht mit seinem Bild eines deutschen Aristokraten vereinbaren.

Charlotte kannte solche Vorbehalte nicht. „Atemberaubend", führte sie ihren Satz zu Ende. „Ich werde mich auf der Überfahrt nach Südamerika gewiss wie eine echte Prinzessin fühlen."

Ihre lobenden Worte dankte der kleine Gustav ihr mit einem strahlenden Lächeln, aber natürlich musste ihr Vater einmal mehr das letzte Wort haben.

„Wie ich schon sagte, diese Unterbringung dürfte für die Tochter eines Barons einigermaßen angemessen sein. Ich würde mir nun gern meine Räumlichkeiten anschauen. Sie befinden sich doch hoffentlich gleich nebenan?"

Der Schiffsjunge nickte knapp. „Die Kabinen sind sogar durch eine Zwischentür im Bad miteinander verbunden."

Er geleitete Richard von Grünau zu Meersberg hinaus – Charlotte blieb zurück, und zu ihrer Überraschung fühlte sie sich ein wenig verloren, jetzt, da es bald losgehen würde. Hatte sie sich mit dem Entschluss, alle Brücken hinter sich abzubrechen, vielleicht doch zu viel zugemutet? Noch war ihr Vater an ihrer Seite, aber er würde nach weiteren Verhandlungen mit ihrem zukünftigen Schwiegervater Carlos Duarte wieder aus Chile abreisen. Wie sollte sie ihr Leben dort völlig auf sich gestellt hinbekommen? Sie war bisher nie gezwungen gewesen, auf eigenen Beinen zu stehen. Konnte sie das überhaupt?

Nun, sagte sie sich, es wird dir wohl nichts anderes übrig bleiben. Du hast dir diese Suppe eingebrockt, jetzt musst du sie auch auslöffeln.

Außerdem war da ja noch Margot.

Mit einem Mal verspürte Charlotte den unwiderstehlichen Drang, ihre alte Vertraute wiederzusehen, allerdings durfte ihr Vater auf keinen Fall bemerken, dass sie sich ebenfalls an Bord der Güstrow aufhielt. Er hatte sie entlassen und sie, ohne ihr den letzten Lohn auszuzahlen, vor die Tür gesetzt. Einfach so, nach über sechs Jahren, die Margot im Dienste der Familie gestanden hatte. Und das nur, weil …

Nein, darüber wollte sie jetzt nicht nachdenken.

Beinahe hastig verließ sie die Kabine und suchte sich ihren Weg durch das Labyrinth von Gängen und Korridoren. Hier herrschte nun deutlich mehr Betrieb als noch vor wenigen Minuten. Inzwischen waren auch die letzten Mitreisenden erschienen und wurden zu ihren Unterkünften geführt. Charlotte zwang sich, jedem, der ihr begegnete, freundlich zuzunicken.

Niemand sollte ihr anmerken, wie angespannt sie war.

Als sie endlich ins Freie trat, war ihr, als würde eine zentnerschwere Last von ihr abfallen. Tief atmete sie die frische Luft ein, die nach Salz, Meer und Abenteuer schmeckte. Sie trat an die Reling und sah die Kutsche ihres Vaters mit Heinrich auf dem Bock wenden und davonfahren. In diesem Moment erschien der Bursche ihr wie die letzte Verbindung zu Schloss Meersberg und ihrer Familie – zu ihrem alten Leben –, und sie schaute dem Gefährt so lange hinterher, bis es schließlich in eine Straße zwischen den Lagerhäusern und Kontoren abbog und verschwand.

Charlotte horchte in sich hinein und fragte sich, ob es Traurigkeit war, die sie angesichts der Tatsache empfand, dass sie ihr Zuhause und all die Menschen, die sie zurückließ, niemals wiedersehen würde. Vor allem verspürte sie jedoch eins: den drängenden Wunsch, endlich aufzubrechen. Ganz gleich, was die Zukunft ihr auch bringen mochte, es konnte im Vergleich zu dem Leben in einem lieblosen Elternhaus nur eine Verbesserung darstellen.

„Fräulein Charlotte?"

Als sie Margots Stimme hinter sich vernahm, wirbelte sie herum und lief auf ihre ehemalige Zofe zu. Die drei Jahre ältere Margot stand in einer Nische zwischen zwei Rettungsbooten, wo sie nicht auf den ersten Blick zu sehen war.

Typisch Margot, dachte Charlotte. *Immer darum besorgt, meinen guten Ruf zu wahren.*

In diesem Moment war ihr völlig egal, ob sich ein solches Verhalten für eine junge Frau von Stand ziemte oder nicht – sie schloss Margot in ihre Arme und hielt nur mit Mühe die Tränen zurück.

Auch Margot war gerührt, ließ es sich jedoch kaum anmerken. Nur ihre Stimme klang etwas erstickt, als sie tadelnd sagte: „Das gehört sich aber nicht. Dennoch freue ich mich natürlich, Sie wiederzusehen." Nervös schaute sie sich um. „Eigentlich dürfte ich gar nicht hier sein. Für Reisende der zweiten und dritten Klasse ist der Zutritt zum Promenadendeck der ersten Klasse verboten. Ein Steward war so freundlich, mir ausnahmsweise Zugang zu gewähren, aber …"

Charlotte riss die Augen auf. „Soll das etwa heißen, dass wir uns nicht treffen können?"

„Nein", beruhigte Margot sie. „Es bedeutet nur, dass ich Sie nicht besuchen darf. Wenn Sie mich sehen wollen, befürchte ich, dass Sie mich im Unterdeck aufsuchen müssen – so wenig mir das auch behagt." Sie seufzte. „Ich meine, das ist doch kein Umgang für Sie."

„Papperlapapp", protestierte Charlotte. „Oberdeck, Unterdeck – was ist das schon für ein Unterschied? Macht die Tatsache, dass mein Vater sich Billetts für die erste Klasse leisten kann, mich zu einem besseren Menschen? Ich glaube kaum. Und davon abgesehen ist meine Familie längst nicht mehr so wohlhabend wie früher, das weißt du genau."

„Trotzdem." Man konnte Margot ansehen, wie unbehaglich sie sich fühlte. „Wirklich wohl ist mir nicht bei dem Gedanken, dass Sie sich in der Gesellschaft von Bauern und Tagelöhnern aufhalten. Was würde der Baron dazu sagen?"

„Du kannst ihn ja fragen, wenn du unbedingt willst", entgegnete Charlotte schnippisch. „Er ist drinnen und schaut sich seine Kabine an."

Margot erbleichte. „Er reist mit Ihnen nach Puerto Montt?"

Charlotte seufzte. „Tut mir leid, aber ich hatte keine Gelegenheit mehr, es dir mitzuteilen. Die Entscheidung ist recht kurzfristig gefallen. In seinem letzten Brief kündigte Carlos Duarte an, noch einige Details in Bezug auf die Vereinbarung zwischen unseren Familien klären zu wollen. Mein Vater hielt es für sinnvoll, sich persönlich darum zu kümmern. Ich glaube, ihm war von Anfang an nicht wohl dabei, mich mit einer so wichtigen Aufgabe zu betrauen." Sie kicherte leise. „Vermutlich hat er schon überlegt, ob er Miguel nicht besser selbst heiraten soll."

„Das ist nicht lustig, Fräulein Charlotte", wies Margot sie zurecht. Sie war noch immer bleich, schien sich aber ein wenig vom ersten Schreck erholt zu haben. „Wenn der Baron herausfindet, dass ich ebenfalls an Bord bin, wird er …"

287

„… sich fürchterlich aufregen, aber ansonsten überhaupt nichts tun", fiel Charlotte ihr ins Wort. „Er kann dir nicht das Geringste anhaben. Du vergisst, dass wir nicht mehr auf Schloss Meersberg sind, Margot. Auf der Güstrow zählen sein Einfluss und sein guter Name nichts. Mein Vater ist nur ein Passagier unter Hunderten."

„Ihr Wort in Gottes Ohr", murmelte Margot wenig überzeugt. „Wir sollten trotzdem jedes Risiko vermeiden. Nicht nur um meinetwillen, sondern vor allem Ihretwegen."

„Vergiss doch einmal einen Moment lang meinen Vater", bat Charlotte. „Ich kann dich also auf dem Unterdeck besuchen?"

Margot zögerte kurz, nickte aber schließlich. „Ja", entgegnete sie seufzend. „Heute allerdings nicht. Ich habe gehört, dass ein paar Leute unten ein Fest organisieren, und das ist nichts für Sie. Wenn Sie mich sehen wollen, lassen Sie mir vorher durch einen der Bootsjungen eine Nachricht zukommen. Ich werde Sie dann am Übergang zwischen erster und zweiter Klasse abholen. Sie irren mir auf keinen Fall allein auf dem Unterdeck herum, hören Sie?"

Lächelnd nahm Charlotte ihre Hand und drückte sie sanft. „Versprochen", sagte sie. „Ach, ich freue mich schon darauf, dort unten bei euch das wahre Leben kennenzulernen." Sie kicherte leise. „Als junges Mädchen habe ich mich immer in die Küche geschlichen, um der dicken Anni beim Kochen zuzuschauen, weißt du noch?"

„Allerdings", erwiderte Margot. „Und ich erinnere mich auch lebhaft daran, wer sich die Standpauke Ihres Herrn Vater anhören durfte, Fräulein."

Schuldbewusst senkte Charlotte den Blick. Es stimmte ja. Wenn sie ungezogen gewesen war, hatte fast immer Margot darunter zu leiden gehabt.

Tröstend legte sie einen Arm um die Taille der ehemaligen Zofe. „Ich weiß, und es tut mir fürchterlich leid. Ich habe dich nicht gerade selten in Schwierigkeiten gebracht, hm?"

„Das mag stimmen", entgegnete Margot. „Aber ich habe deswegen nie Groll gegen Sie empfunden. Wirklich nicht. Für mich waren Sie immer viel mehr als meine Dienstherrin."

Charlotte nickte energisch. „Ich weiß genau, was du meinst. Du bist für mich auch immer so etwas wie eine große Schwester gewesen. Und ich kann gar nicht in Worte fassen, wie froh ich bin, dass du mich auf dieser Reise begleitest."

„Danken wir Pastor Liebig dafür."

2. KAPITEL

„Ich weiß nicht, gnädiges Fräulein, ob das wirklich so eine gute Idee ist", gab Marie, das Mädchen, das ihr für die Dauer der Überfahrt vom Quartiermeister als Zofe zugewiesen worden war, ängstlich zu bedenken. „Ich könnte wegen dieser Sache in Teufels Küche kommen."

„Keine Sorge", erwiderte Charlotte und warf das blonde Haar, das sie sonst stets hochgesteckt oder geflochten trug, über die Schultern zurück. „Ich weiß genau, was ich tue, Marie. Aber hör um Himmels willen endlich auf, mich gnädiges Fräulein zu nennen!"

Es war acht Uhr, und irgendwie war es ihr gelungen, das schrecklich förmliche Abendessen im Speisesaal der ersten Klasse zu überstehen. Dabei hatte sie die ganze Zeit an das Fest auf dem Unterdeck denken müssen, von dem Margot erzählt hatte.

Die Tatsache, dass ihre frühere Zofe so vehement darauf bestanden hatte, dass sie nicht an dieser Feier teilnahm, hatte sie erst recht neugierig gemacht. So war es schon immer bei ihr gewesen. Verbote bewirkten stets das Gegenteil von dem, was damit erreicht werden sollte. Und so war es ihr nur mühsam gelungen, ihre Ungeduld zu zügeln. Halbherzig hatte sie sich an der Konversation zweier älterer Damen beteiligt, bis ihr Vater dem Elend ein Ende setzte, indem er sich in seine Kabine zurückzog.

Jetzt, eine Stunde nachdem Marie bei ihr angeklopft hatte, befanden sie sich auf dem Weg zum Bereich der zweiten und dritten Klasse. Ein wenig nervös strich Charlotte den einfachen dunkelgrauen Wollrock glatt, den Marie ihr geborgt hatte. Darüber trug sie eine schlichte weiße Bluse, unter der sie das goldene Medaillon ihrer Mutter verbarg.

Es war ein ungemein befreiendes Gefühl, einmal durchatmen zu können, ohne ständig von einem engen Korsett eingeschnürt

zu sein. Sie konnte sich bewegen, wie es in einem ihrer Ball-
kleider niemals möglich gewesen wäre. Und als sie jetzt zusammen mit Marie durch das kleine Tor trat, das die erste Klasse
vom Unterdeck trennte, klopfte ihr das Herz vor Aufregung
bis zum Hals.

Leicht war es nicht gewesen, Marie zu überreden, ihr zu helfen. Das junge Mädchen fürchtete Konsequenzen, weil es ihr
ein paar seiner Kleidungsstücke geborgt hatte und sie nun zu
der Feier im Unterdeck begleitete. Vermutlich würde es tatsächlich Ärger geben, sollte die Angelegenheit ans Licht kommen, daher mussten sie dafür sorgen, dass niemand etwas bemerkte.

Ein Lächeln umspielte ihre Lippen, als sie daran dachte, was
Margot für Augen machen würde, wenn sie überraschend auf
der Feier erschien. Natürlich hatte sie ihre Freundin nicht darüber informiert, dass sie kommen würde. Margot wäre niemals
damit einverstanden gewesen. Aber wenn Charlotte erst einmal
dort war, würde ihre ehemalige Zofe nichts dagegen tun können. Margot konnte ihr einfach nicht lange böse sein.

Schon von Weitem hörte sie die Klänge eines Klaviers und
die von Fiedeln, die der Wind ihnen entgegentrug. Und als Marie sie durch eine Tür in den Bauch des großen Schiffes führte,
wurde die Musik lauter und die Luft heißer und stickiger.

Schließlich erhaschte Charlotte zum ersten Mal einen Blick
auf die Feier, und ihr Herz begann vor Aufregung heftig zu
hämmern. Männer und Frauen tanzten ausgelassen miteinander, andere tranken und rauchten. Es wurde geredet, gegessen und gelacht. Kinder tobten zwischen den Erwachsenen
herum. Das Stimmengewirr war schier ohrenbetäubend, und
hin und wieder hörte man, wie ein Glas zu Boden fiel und klir-
rend zerbarst.

Der Raum war relativ groß – trotzdem drängten sich die
Menschen dicht an dicht. Überall standen Tische, auf einer
kleinen improvisierten Bühne spielten zwei Geigenspieler und

291

ein Mann mit einem Schifferklavier auf, und die Leute griffen sich an den Händen, bildeten eine Menschenschlange und zogen ausgelassen zwischen den Tischen und um die Tanzfläche umher. Die Luft war geschwängert von Bierdunst, Qualm und Schweiß.

Charlotte fand es herrlich.

„Ich sollte Sie wirklich lieber wieder zurück in Ihre Kabine bringen, gnädiges Fräulein", flüsterte Marie ängstlich.

Doch das kam für Charlotte überhaupt nicht infrage. „Auf gar keinen Fall!", entgegnete sie strahlend. „Und, bitte, hör endlich auf, mich gnädiges Fräulein zu nennen! Ich heiße Charlotte."

„Ich weiß nicht, gnä... Charlotte. Ich ..."

Charlotte wurde von einem jungen Mann mit roten Wangen zur Seite gedrängt. Er hielt ein halb volles Bierglas in der Hand, seine Schiebermütze saß ihm schief auf dem Kopf, und er roch penetrant nach Alkohol – der ihm vermutlich auch den Schneid verlieh, einfach auf sie zuzutaumeln und sie an sich zu ziehen.

„Na, wie sieht's aus? Willste nicht mal mit mir das Tanzbein schwingen, Schönheit?"

Freundlich, aber bestimmt machte Charlotte sich von dem Betrunkenen los. „Vielen Dank, aber ich möchte lieber nicht tanzen", sagte sie und wandte sich ab.

Doch der Mann war offenbar nicht bereit, so schnell klein beizugeben. Unsanft packte er sie am Arm und zog sie an sich. Dieses Mal blitzte etwas in seinen dunklen Augen auf, das sie schon oft in denen ihres Vaters gesehen hatte, wenn auch bei Richard von Grünau zu Meersberg stets nur in unterdrückter Form.

Zorn.

„Lassen Sie das!", verlangte sie mit fester Stimme. Es bereitete ihr einige Mühe, sich ihre Beunruhigung nicht anmerken zu lassen, doch eines wusste sie aus jahrelanger Erfahrung, Schwäche zu zeigen machte es nur schlimmer.

„Hältst dich wohl für was Besseres, wie?"

Als er sich vorbeugte, um sie zu küssen, trat Charlotte hastig zurück. Er wankte, und der Rest seines Biers ergoss sich über ihren Rock.

Sie schrie auf.

„Hey, hey, was soll das werden, wenn es fertig ist?"

Ein junger Mann drängte sich zwischen sie und den Betrunkenen. Als der trotzdem nicht von ihr ablassen wollte, versetzte der Neuankömmling ihm einen Stoß vor die Brust, der ihn ins Taumeln geraten ließ. Er stolperte gegen eine Gruppe von Leuten, fiel und landete schließlich unsanft auf dem Hosenboden. Ungelenk rappelte er sich auf und warf Charlotte und ihrem Retter bitterböse Blicke zu. Einen Moment lang schien er zu überlegen, ob er sein Glück noch einmal versuchen sollte, entschied sich dann aber dagegen und trollte sich fluchend.

„Danke." Charlotte wandte sich dem jungen Mann zu, der ihr zu Hilfe geeilt war.

Er war allerhöchstens ein paar Jahre älter als sie, Anfang, eventuell Mitte zwanzig. Seine dunklen Locken hingen ihm ins Gesicht, das vom Tanzen und Trinken gerötet war. Er hatte hohe Wangenknochen, fein geschwungene Lippen und dichte Brauen, was ihm, wie Charlotte fand, einen leicht überheblichen Ausdruck verlieh. Das alles nahm sie aber nur am Rande wahr, denn sie war gefesselt vom Anblick seiner Augen.

So etwas hatte sie nie zuvor gesehen.

Sie waren weder blau noch grün noch grau, sondern changierten im Schein der Gaslampen zwischen diesen Schattierungen.

Fasziniert schaute Charlotte ihn an.

„… immer so ungeniert an?"

Blinzelnd kehrte sie in die Realität zurück. Sie hatte gesehen, dass sich seine Lippen bewegten, die Worte aber nicht wirklich wahrgenommen. Jetzt zog sie die Brauen zusammen. „Wie bitte?"

Er grinste verschmitzt. „Ich habe gefragt, ob Sie alle Männer, die zu Ihrer Rettung eilen, so ungeniert anstarren."

Charlotte spürte, wie ihr das Blut ins Gesicht schoss. Ihre Wangen brannten vor Verlegenheit. „Ich … habe Sie nicht angestarrt", wies sie ihn scharf zurecht. „Jedenfalls lag das nicht in meiner Absicht. Vermutlich war es der Schreck."

„Aber sicher", entgegnete er schmunzelnd. „Ganz wie Sie meinen." Er streckte ihr seine Hand entgegen. „Leander Markowitz."

„Charlotte vo…" Sie hielt inne, als ihr klar wurde, dass sie im Begriff stand, sich zu verraten. „Einfach nur Charlotte."

„Nun, Einfach-nur-Charlotte – es freut mich, Sie kennenzulernen. Möchten Sie vielleicht etwas trinken?"

Wieder zögerte sie. Es war vermutlich keine gute Idee, mit einem wildfremden Mann auf eine Feier zu gehen, auf der sie eigentlich nichts zu suchen hatte. Falls Margot sie zusammen sähe, würde sie vom Glauben abfallen!

Dieser Gedanke zauberte ein Schmunzeln auf ihr Gesicht. Sie blickte sich nach Marie um, doch die hatte mittlerweile ebenfalls einen Kavalier gefunden und beachtete sie überhaupt nicht mehr.

Also schön, dachte sie, warum eigentlich nicht? Sie hatte ja gesehen, wohin es führte, wenn sie sich als junge Frau allein hier aufhielt. Ein starker Beschützer, der auf sie aufpasste, konnte daher auf keinen Fall schaden.

„Ja", sagte sie. „Gerne."

„Wunderbar." Er ging zu einem der Tische und nahm zwei Gläser mit dunklem Bier, von denen er ihr eins überreichte. „Prost!", sagte er und hielt sein Glas hoch.

Lachend stieß Charlotte mit ihm an. „Prost!"

Sie hatte noch nie Bier getrunken, das ihr Vater stets abfällig als das Getränk des Proletariats bezeichnete. Umso gespannter war sie auf den Geschmack, doch angesichts der herben Bitterkeit, die auf ihrer Zunge explodierte, verzog sie das Gesicht. „Großer Gott!"

„Alles in Ordnung?" Leander musterte sie besorgt.

„Ja", erwiderte Charlotte und nahm einen zweiten, tiefen Zug, der ihr warm die Kehle hinunterrann, ehe sie das Glas auf dem Tisch abstellte. „Alles bestens! Kommen Sie", sagte sie und griff nach seiner Hand. „Lassen Sie uns tanzen!"

Gemeinsam bahnten sie sich einen Weg durch die Menge. Doch als Charlotte kurz darauf Leander auf der Tanzfläche gegenüberstand, umringt von anderen Paaren, verließ sie der Mut auch schon wieder. Sie kannte die Schritte dieses Tanzes überhaupt nicht. Auf den Bällen, die sie bisher besucht hatte, wurde züchtig der Walzer getanzt. Dies hier war anders.

Vollkommen anders.

Das Herz klopfte ihr bis zum Hals, als Leander dicht an sie herantrat, beide Arme um ihre Taille legte und anfing, sich im Rhythmus der Musik zu wiegen. Plötzlich ging alles wie von selbst. Eng an ihn geschmiegt wirbelte sie über die Tanzfläche. Ihre Füße schienen sich eigenständig zu bewegen, und Leander tat ein Übriges, um sie alle Befangenheit vergessen zu lassen. Sie sprangen und hüpften im Takt, und Charlotte war, als würde sie fliegen.

Die Welt drehte sich um sie, doch Leander hielt sie fest umfangen. In seinen Armen fühlte sie sich so sicher und behütet wie noch nie zuvor in ihrem Leben. Sie lachte hell auf. Ihr Herz hämmerte wie verrückt und ihr war schwindelig vor lauter Aufregung und Glück.

Das war es also, was normale Menschen darunter verstanden, sich zu amüsieren. Es war in nichts mit dem vergleichbar, was sie von zu Hause kannte. Und als die Musik mit einem Paukenschlag endete, wünschte Charlotte sich, einfach weitertanzen zu können. Immer weiter und weiter, bis ans Ende aller Tage.

Im Nachhinein konnte sie selbst nicht mehr sagen, welcher Teufel sie geritten hatte, ihre gute Kinderstube derart zu vergessen, doch als sie zu Leander aufblickte und in seine eindrucksvollen Augen schaute, war es um sie geschehen. Sie ließ alle Regeln der Vernunft und des Anstands beiseite, stellte sich auf die Zehenspitzen und presste ihre Lippen auf seinen Mund.

Die Zeit schien stillzustehen.

Charlotte sah, wie Leanders Pupillen sich vor Überraschung weiteten. Er stieß ein unterdrücktes Stöhnen aus, und im nächsten Moment schlang er die Arme noch fester um sie und zog sie an sich, sodass kein Blatt Papier mehr zwischen ihre erhitzten Körper gepasst hätte.

Charlotte hatte bisher nur in den unanständigen Romanen, welche die Köchin Anni regelrecht verschlang, von Küssen gelesen. Dass es sich so anfühlen würde, damit hatte sie nicht gerechnet.

Es war überwältigend.

Ihr Herz hämmerte, und das Blut rauschte ihr in den Ohren. Flüssiges Feuer pulsierte durch ihren Körper, schoss in ihre Adern und setzte sie innerlich in Flammen.

„Fräulein Charlotte, was tun Sie denn da! Und was machen Sie überhaupt hier?"

Margots entsetzte Stimme beendete das Ganze so abrupt, wie es begonnen hatte. Leander ließ plötzlich von ihr ab und taumelte einen Schritt zurück, während Charlotte schwer atmend an Ort und Stelle blieb.

Ihre Wangen brannten. Das Bier, das ihren Bauch bisher mit wohliger Wärme erfüllt hatte, weckte mit einem Mal Übelkeit bei ihr. Sie schluckte hart. Schluckte noch einmal.

Die Musik war ebenso verstummt wie sämtliche anderen Geräusche. Man hätte eine Stecknadel fallen hören können, und Charlotte hatte das Gefühl, dass alle Blicke auf sie gerichtet waren. Jeder Moment schien sich zu einer kleinen Ewigkeit auszudehnen. Irgendwann hielt sie es nicht mehr aus.

Sie wirbelte auf dem Absatz herum, stürmte die Treppe hinauf und durch die offen stehende Tür nach draußen aufs Deck, ohne auf Leander zu achten, der ihr nachrief.

Schwer stützte sie sich auf die Reling. Das Meer tief unter ihr war schwarz, die Wellenkämme schimmerten silbrig im Mondschein. Eine kühle Brise wehte ihr ins Gesicht, während sie durchatmete.

Als sie Schritte hinter sich hörte, drehte sie sich langsam um. Es war Margot.

„Fräulein Charlotte!" Die ehemalige Zofe trat auf sie zu. „Was ist da unten passiert? Was, um Himmels willen, ist in Sie gefahren, dass Sie … Wieso sind Sie überhaupt hier? Habe ich mich denn nicht klar ausgedrückt?"

„Margot, bitte!" Charlotte barg das Gesicht in den Händen. „Eine Strafpredigt ist wirklich das Letzte, was ich jetzt gebrauchen kann. Ich weiß, dass ich einen Fehler gemacht habe."

„Allerdings, das haben Sie! Sie hätten niemals entgegen meines ausdrücklichen Rats hier herunterkommen dürfen. Ich habe Ihnen doch gesagt, dass dieser Umgang nichts für Sie ist. Warum konnten Sie nicht ein einziges Mal auf mich hören, Fräulein?"

Charlotte senkte den Blick.

Sie wusste, dass Margot recht hatte. Aber das änderte nichts daran, dass sie nicht wirklich bereuen konnte, was geschehen war.

Nicht die Feier und auch nicht den Tanz mit Leander.

Und schon gar nicht den Kuss.

Es war absurd, doch sie hatte noch nie etwas so sehr genossen wie diesen kurzen Augenblick in Leanders Armen. Und selbst wenn er sich als der größte Fehler in ihrem Leben herausstellen sollte – sie wollte ihn um nichts in der Welt missen.

„Sie fahren nach Chile, um zu heiraten", erinnerte Margot sie sanft. „Vergessen Sie das bitte nicht."

Charlotte seufzte. Wie könnte sie das vergessen? Schließlich hatte sie sich auf dieses Arrangement eingelassen, um etwas über ihre Mutter zu erfahren. Unwillkürlich umfasste sie das goldene Medaillon, das sie seit dem Tag, an dem sie es in der

Kiste auf dem Dachboden entdeckte hatte, bei sich trug. „Es hat sich nichts an meinen Plänen geändert", antwortete sie. „Du kannst ganz unbesorgt sein, Margot."

Doch ihre ehemalige Zofe wirkte nicht überzeugt. Sie ergriff Charlottes Hand.

„Sie dürfen diesen jungen Mann niemals wiedersehen, hören Sie? Sonst geschieht am Ende noch ein Unglück!"

Charlotte atmete tief durch. „Es ist wohl besser, wenn ich jetzt gehe", sagte sie.

„Ja", entgegnete Margot leise. „Ja, das ist es. Und passen Sie lieber auf, dass Ihr Vater Sie nicht in diesem Aufzug sieht. Ich glaube nicht, dass er dafür Verständnis aufbringen würde."

Ohne ein weiteres Wort raffte Charlotte ihren Rock und lief zurück zum Tor, durch das man in die erste Klasse gelangte. Ehe sie den Korridor betrat, blickte sie sich vorsichtig um.

Es war tatsächlich besser, niemandem über den Weg zu laufen. Nicht in diesem Aufzug. Es würde nur unnötig Fragen aufwerfen. Margot hatte recht: Wenn ihr Vater sie so sähe … Sie wollte lieber gar nicht daran denken.

Sie huschte zurück auf ihr Zimmer, schloss die Tür hinter sich und legte die Stirn an das kühle Holz. Was für ein Abend!

Rasch schlüpfte sie aus den geliehenen Kleidungsstücken und faltete sie ordentlich zusammen, was angesichts des Bier- und Qualmgeruchs, der ihnen anhaftete, wenig sinnvoll erschien. Doch sie musste einfach etwas tun, um ihre Hände zu beschäftigen. Mit ihren Gedanken war sie ohnehin ganz woanders.

Sie konnte nichts dagegen tun: Jedes Mal, wenn sie die Augen schloss, sah sie Leanders Gesicht vor sich. Dann fühlte sie wieder einen Nachhall dessen, was sie empfunden hatte, als er sie geküsst …

Als du ihn geküsst hast …

Es fiel ihr schwer zu begreifen, dass die Initiative tatsächlich von ihr ausgegangen war. Margot hatte jedes Recht, sie für ihr

Verhalten zu schelten. Was war bloß in sie gefahren? Sie hatte sich mitreißen lassen von einem Strudel, der stärker, viel stärker gewesen war als sie selbst. Und für einen Moment hatte sie beinahe vergessen, wer sie war und – noch schlimmer – wohin sie unterwegs war.

Anders als Margot, die in Ludwig im fernen Chile einen Seelengefährten gefunden zu haben schien, konnte sie für ihren zukünftigen Gatten keine Zuneigung empfinden. Wie auch? Er hatte sich nicht im Geringsten darum bemüht, sie für sich zu gewinnen. Hätte er wenigstens einen einzigen ihrer Briefe beantwortet, vielleicht hätten sich die Dinge vollkommen anders entwickelt. Doch so existierte Miguel für sie nur als eine verschwommene Erinnerung von jenem Ball, bei dem sie allenfalls ein paar Worte miteinander gewechselt hatten.

Leander hingegen …

Vergiss ihn, riet ihr die Stimme der Vernunft, Margot hat recht, es kann nicht gut gehen.

Niemals.

Doch das hielt sie nicht davon ab, von ihm zu träumen.

Und auch als sie etwas später in ihrem geräumigen Bett lag, die Augen schloss und verzweifelt den Schlaf herbeisehnte, schlich Leander sich wieder in ihre Gedanken. Erst, als sie das Medaillon ihrer Mutter mit den Fingern umschloss, stellte sich endlich ein wenig innere Ruhe bei ihr ein.

Sie atmete tief durch und sank in leichten traumlosen Schlaf.

Lesen Sie auch von Linda Lael Miller:

Deutsche Erstveröffentlichung

Linda Lael Miller
Big Sky Secrets –
Antwort des Herzens

Landry hat die Arbeit auf der Ranch satt und vermisst das Stadtleben. Im Gegensatz zu Ria! Die hat der hektischen Großstadt den Rücken gekehrt und genießt die Ruhe auf ihrer Blumenfarm. Kann es ein Happy End geben?

Band-Nr. 25803
9,99 € (D)
ISBN: 978-3-95649-093-4
eBook: 978-3-95649-354-6
304 Seiten

Linda Lael Miller
Big Sky Wedding –
Hochzeitsglück in Montana

Die Braut steht vorm Altar und wartet und wartet - vergeblich. Dieser Albtraum ist für Brylee Wirklichkeit geworden. Kein Wunder, dass sie Männern seitdem misstraut. Vor allem solchen wie Zane …

Band-Nr. 25781
9,99 € (D)
ISBN: 978-3-95649-060-6
eBook: 978-3-95649-361-4
304 Seiten

Deutsche Erstveröffentlichung

Deutsche Erstveröffentlichung

Bella Andre
Nicht verlieben ist auch keine Lösung

Marcus Sullivan kein Typ für einen One-Night-Stand. Und so gibt es für Nicola nur einen Kaffee und einen warmen Händedruck anstatt wildem Sex. Erst später erfährt er, wen er da von der Bettkante gestoßen hat …

Band-Nr. 25818
9,99 € (D)
ISBN: 978-3-95649-112-2
304 Seiten

Molly O'Keefe
Große Klappe für die Liebe

Billys Karriere steht vor dem Aus. Warum soll er sich da nicht zum Affen machen, indem er sich vor laufender Kamera vom Bad Boy in einen Softie verwandeln lässt? So könnte er auch seiner Exfrau Madelyn wieder näherkommen …

Band-Nr. 25824
9,99 € (D)
ISBN: 978-3-95649-164-1
384 Seiten

Deutsche Erstveröffentlichung

RaeAnne Thayne

Deutsche Erstveröffentlichung

Band-Nr. 25825
9,99 € (D)
ISBN: 978-3-95649-165-8
eBook: 978-3-95649-416-1
304 Seiten

RaeAnne Thayne
Hope's Crossing:
Wo Träume wohnen

Eine feste Beziehung kommt für Alexandra nicht infrage, zu oft im Leben wurde sie enttäuscht. Ihre langen Arbeitstage als Köchin im Skiresort von Hope's Crossing würzt sie ab und zu durch eine kurze, ungefährliche Affäre mit einem Gast, mehr nicht. Bis sie ihren Traumjob als Chefköchin des neuen Luxusrestaurants ergattert und dabei Sam Delgado trifft. Auf den ersten Blick passt der Bauleiter aus Denver perfekt in ihr Beuteschema: Er ist groß, stark, gut aussehend und nur vorübergehend in der Stadt. Doch dann entpuppt er sich wider Erwarten als treusorgender Singledad, der ein neues Zuhause für sich und seinen Sohn sucht. Plötzlich muss Alex fürchten, dass Sam mehr von ihr will, als sie zu geben bereit ist …

„Hope's Crossing ist eine bezaubernde Serie, die Hoffnung weckt – und den Glauben, dass Wunder möglich sind."
New York Times-Bestsellerautorin Debbie Macomber